伯爵令嬢の恋愛作法 Ⅲ

ジュリエットの胸騒ぎ

★ ★ ★

サブリナ・ジェフリーズ
琴葉かいら 訳

ハーレクイン®
MIRA文庫

* * *

AFTER THE ABDUCTION

by Sabrina Jeffries

Japanese translation rights arranged with
HarperCollins Publishers
through Japan UNI Agency, Inc., Tokyo

Published by Harlequin K.K., Tokyo, 2013

ジュリエットの胸騒ぎ

★

主要登場人物

ジュリエット・ラブリック……スワンリー伯爵家の三女。
ロザリンド・ナイトン……ジュリエットの次姉。
グリフ・ナイトン……ロザリンドの夫。
ヘレナ・ブレナン……ジュリエットの長姉。
ダニエル・ブレナン……ヘレナの夫。
セバスチャン・ブレイクリー……テンプルモア男爵。
モーガン・プライス……セバスチャンの双子の弟。
ルウェリン（ルー）・プライス……セバスチャンとモーガンの叔父。
ジョリー・ロジャー・クラウチ……密輸王。

1

一八一八年二月
シュロップシャー

〝不滅の髪、王の不死の頭上より落ちて巨大なオリュンポスを震わせり〟
ジュリエット・ラブリックが枕に刺繍《ししゅう》したホメーロス作『イーリアス』の一節

レディ・ジュリエット・ラブリックは、胸の鼓動には努めて気づかないふりをした。過去との対峙《たいじ》に向かってその身を運ばれながら、凍《い》てつく大地に轟《とどろ》く馬のひづめの音をかき消そうとする。手がかじかんでいるのは冬に旅をしているせいで、神経が張りつめているせいではないと思いこもうとした。

だが、不可能だった。二年以上経《た》ってようやく過去に決着がつき、正義が果たされようとしているのだ。あと数キロでチャーンウッドに着くのに、冷静でいられるはずがない。

「ランブルックの宿は最悪だったわ」馬車の向かい側から姉のロザリンドの声が聞こえた。ロザリンドは夫のグリフ・ナイトンの隣に座り、膝にのせた刺繍枠はわざと無視している。

ジュリエットはこのあと会う相手を忘れたい一心で、その話題に飛びついた。「炉棚の上に蜘蛛《くも》の巣が張っているところなんて初めて見たわ。下ならともかく、上よ？　それに、テーブルに置いてあったタンカードときたら。かすが浮いているのを見た？　休憩室をあんなに汚くしているなんて、宿の主人は捕まって八つ裂きにされてしまえばいいのに」

「まあ、私ならそこまで厳しい罰は与えないわ」ロザリンドは切り返した。「でも、それはあなたほど家事が得意ではないせいね」

「言っておきますけど」ジュリエットは言った。「家事が得意だろうと苦手だろうと、汚れたリネンの下で虫と一夜をともにしたら、お姉様も同じ罰を与えたくなるわよ。まったく、もうあんなところに泊まらずにすめばいいんだけど」

「それは、今日の男爵の出方しだいだ」グリフは窓の外を眺め、静かなシュロップシャーの森を、厄介事に慣れた人間らしい用心深い目で観察した。「テンプルモアが協力してくれないようなら、町の人に話を聞き終えるまで〈孔雀《くじゃく》の目〉に滞在しなきゃいけない」

その様子を想像し、ジュリエットは顔をしかめた。

「プライスがジュリエットにしたことを聞けば、テンプルモア卿《きょう》もこれ以上、被後見人をかくまおうとはしないはずよ」ロザリンドが不服そうに言った。

二人はジュリエットを見たが、その顔はいつもどおり思いやりと心配にあふれていた。ジュリエットは叫びだしそうになった。些細《ささい》な心労にも崩れてしまうかのような扱いを受けるのは耐えられない。

だが、それはジュリエットが三姉妹の末っ子で、ただ一人独身であるせいだった。そして、十八歳のとき愚かにもモーガン・プライスのような悪党と逃げたところ、相手の目的が駆け落ちではなく誘拐だったことが判明し、自分も家族も危険な目に遭ったせいだった。

ジュリエットは口元に快活な笑みを貼りつけ、グリフに言った。「モーガンはテンプルモア卿のお屋敷には住んでいないって、宿の主人は言ってなかった?」

「ああ。でも、それ以上のことは調べがつかなかった。ヘレナがスケッチした男を、テンプルモアの被後見人だと認める者はいないだろう」

ヘレナはジュリエットの長姉で、絵の才能がある。ヘレナもモーガンが法の裁きを受けるところを見届けたいのはやまやまだったが、第一子の出産が近いため、本人も夫のダニエルもシュロップシャーまで旅するのはやめたのだ。

グリフは続けた。「テンプルモアの父親は家名を汚し、地所の運営を破綻させたが、テンプルモア本人は尊敬すべき紳士として確固たる評判を得ている。だから、この町の人はよそ者の前でテンプルモアやプライスの話はしないんだ」

「でも、モーガンとテンプルモア卿の被後見人が同一人物なのは間違いないのよね」ジュリエットは言った。

「間違いない。ボウ・ストリートの捕り手がつかんだ証拠から明らかだ」

「だけど、そんな立派な親戚がいるような人が、誘拐するほど落ちぶれるなんて変ね」

「プライスに立派な親戚がいるからこそ、この調査は正しい線を行っている気がするんだ」グリフは言った。「目撃者はみんな、君を誘拐したのは洗練された教養のある男で、態度も話し方も紳士のようだったと言っているからね」

キスは紳士のようではなかったわ。突拍子もないことが頭に浮かび、ジュリエットは厳しく自分をたしなめた。どうしてモーガンのいちばんしゃくに障る性質が、何よりも記憶に刻まれているの？　厚かましい、恥知らずな男！　あれほど邪《よこしま》なふるまいをしておきながら、みだらで強烈なキスを浴びせて私を残し、無鉄砲な追いはぎのように馬で走り去る権利なんてないわ。

だけど、あんなふうに裏切った男なのだから、ついていきたかったわけではない。違う、絶対に！　あんな信用できない、油断ならない男……。

最後は気高くも、誘拐の首謀者である密輸業者に私を引き渡すのを拒んだけど、それが何？　私を連れて危険な状況を切り抜け、家族のもとに返したから何なの？　誘拐はしたのだから、悪人であることに変わりはない。一段落したあとに一緒に来てほしいと言われたところで悲惨なことになっていただろうし、実際には言われなかった。紳士的な外見に隠されたモーガンの素顔を、誰が知っているというの？

　モーガンが拳銃の扱いに長《た》けているのはこの目で見た。いくら容姿が整っていて、キスがうまくても、今さら彼に幻想を抱くことはない。

　まったく、もう。悪魔のキスについてうだうだ考えるのはやめないと。「テンプルモア卿はモーガンが隠れている場所を教えてくれるかしら？」ジュリエットはたずねた。

「それが賢明というものだ」グリフは言った。「拒んでも僕が吐かせてやる。聞き出せたらプライスを追いつめて、あらん限りの罰を与えてやるよ」

　ジュリエットは身をこわばらせた。「ねえ、約束は守ってくれるんでしょう？」

　グリフが答えないので、ロザリンドがたずねた。「約束って？」

　不吉なことに、グリフはかすかに気まずそうな顔をしている。ジュリエットはグリフをにらみつけた。「グリフはモーガンと決闘もしないし、ロンドンに引きずって帰って裁判を受けさせることもしないと誓ったの」

「この人はそんなことしないわよ」ロザリンドは気楽な調子で言った。「どちらもあなたの評判を落とすことになるんだから、グリフはそういう危険は冒さないわ」

「グリフ？」ジュリエットは返事を急《せ》かした。

「くそっ、ジュリエット、君たち姉妹に恥をかかせるようなことはしないよ」グリフはうなった。「ただ、あの悪党に報いは受けさせてやる」

「決闘を申しこむ以外なら」ジュリエットは言った。「何をしてくれても構わないわ」

グリフは無理やりほほえんだ。「そもそも、あいつに決闘を申しこむなど愚の骨頂だ。君たちは〝テンプルモア弾薬筒〟を聞いたことはないかな?」

姉妹はぽかんとした顔でグリフを見た。

「火薬と弾丸と点火薬を組み合わせた拳銃の装置だ。テンプルモアが発明したんだ。半年前、ロンドンの王立協会で本人が使い方を実演したんだが、あらゆる標的のど真ん中を撃ち抜いていた。プライスも後見人に射撃を習っているだろうから、そんな男に決闘を申しこむほど僕は愚かじゃない」

「グリフならこの問題を慎重に、紳士的な冷静さで処理してくれるはずよ」ロザリンドは言い、夫の手をぽんとたたいた。

ジュリエットはグリフが目を細めたのに気づいてうなった。正義は果たされなければならないが、ジュリエットは一度家族に迷惑をかけている。二年前は駆け落ち兼誘拐の醜聞が表に出ないよう家族がかばってくれたが、モーガンが野放しになっている限り、ジュリエットの評判、すなわち将来の幸せへの希望は安泰とは言えないのだ。

それがいやというほどわかったのが、一カ月前、ロンドンで突然噂《うわさ》が回り始めたときだった。ジュリエットが男性と〝不義の関係〟を持ったことをほのめかす噂だ。「どうしてモーガンが今さらあの話を言いふらして、過去を掘り起こし始めたのかわからないわ」

「あの噂の出所がモーガンだったとは誰も言っていないわよ」ロザリンドが言った。「でも、私たち以外の誰があの件の真相を知っているの？」今回の裏切りには最初のときよりも傷つき、すでにたっぷり塩を塗られた傷口に、さらに塩を塗りこまれた気分だった。どうして私はあの人に、あんな見当違いの思いを抱いていたのかしら？「だから、やっぱりモーガンの仕業よ。捕まえたら理由を聞き出してやるわ。あの人を止めないと！」

グリフがざらついた声で笑った。「どんな方法を使うんだ？　はたきであいつをたたくのか？　刺繍針で目を突くか？」

義兄にばかにされ、ジュリエットは歯ぎしりした。できるだけ高慢な表情でグリフを見る。「要するに、私がモーガンを一目見たら、前みたいに溶けて水たまりになってしまうと思っているんでしょ――」

「グリフはそんなこと思っていないわ」ロザリンドが口をはさんだ。

「でも、私は二年前に学習したの」

「ええ、そうだわ」ロザリンドが穏やかに言った。「だから私たちはここにいるのよね」

姉の思いやりに満ちた表情にジュリエットはひるみ、目をそらした。十八歳のときはそこまで家族を息苦しく感じたことはなかったが、二十歳になった今は窒息しそうだった。ジュリエットには自分たちがついていないと、また別の悪党と駆け落ちしてしまうのではないかと心配しているのだ。だが、ジュリエットにしてみれば、男性に関してはこの二年間である程度の教訓を得たつもりだ。

モーガンに出会うまで、人間とは本質的に善良なものだと思っていた。人に誠意を持って接すれば、相手もその優しさに応えるべく、誠実な態度をとってくれるものだと。

モーガンに出会うまで、何もわかっていなかった。家族の地所であるスワンパークで幸せに、無邪気に暮らしていたころは、世間には人の道に外れたことをし、誰かを傷つけ、裏切る人間もいるなんて知らなかった。それこそがモーガンが与えてくれた教訓だった。

社交界で過ごした二年間で、ジュリエットは学習課程を終えた。不似合いなカップルがロンドンを闊歩《かっぽ》しているのを見ると、モーガンの善良さを信じたせいで大惨事に陥りそうになったことが思い出された。周囲の男女の駆け引きを見ているうちに、またも家族に恥をかかせるような言動をしてはいけないと感じ、危機意識が研ぎ澄まされていった。

今、ジュリエットは分別がつき、慎重であると自負できる人間になった。生来の感受性の強さのせいで厄介事に巻きこまれないよう気をつけるようになり、二年前に死に絶えてしまった自分の無垢《むく》な部分を恋しく思うことさえあった。

ジュリエットのしかめっつらに気づいたらしく、ロザリンドは優しく言った。「そんなに悩まなくても大丈夫よ。何とかなるから」放置していた刺繍枠をぽんとたたく。「手伝ってくれない？　気晴らしになるわよ。ここからどう進めていいのかさっぱりわからなくて」

「何と意外な」グリフがそっけなく言った。

ロザリンドは夫をにらんだ。「私だって少しくらい家事はできるわよ」

グリフの笑みはいたずらっぽい色を帯びた。「確かにそうだ。でも、僕がいちばん気に入っているのは、君の針仕事の腕じゃないからね」

ロザリンドはあきれたように目を動かし、刺繍枠をジュリエットに差し出した。「とにかく、レパートリーを広げたいのよ」

ジュリエットは赤面しそうになるのをこらえ、刺繍枠を受け取った。グリフとロザリンドはときどきひどく露骨なことを言う。ジュリエットは二人の意味ありげな目配せは頑なに無視し、しわの寄った布地を観察して曲がった縫い目を指さした。「ここが間違ってるわ。ここには火の神を象徴する鍛冶場の炎が来るはずよ。これでは黒いプディングだわ」

「黒いプディングじゃないわよ」ロザリンドは文句を言った。「オリュンポスのつもりだったの。あなたが描いてくれたデザインが、鍛冶場で働くヘーパイストスとそばに立つアフロディーテだってことはわかっているわ。でも、火の神は不細工だったから、ゼウスとヘーラーに変えたの。つまり、これは私とグリフを象徴しているのよ」

ジュリエットは眉を上げた。「デザインを途中で変えることはできないわ。全部台なしになってしまうもの。手こずるのは当たり前」そう言って糸をほどき始めたが、それは午後の弱い日差しの下、冷たい空気に指がかじかんでいる状態ではたいした離れ業だった。

「それにゼウスは暴君でヘーラーはがみがみおばさんよ。元のデザインのほうがましね」

「でも、ゼウスとヘーラーには子供がいたもの」ロザリンドは鋭く言った。「ヘーパイストスとアフロディーテにはいなかった」

ジュリエットは刺繍枠から顔を上げた。「だから何だっていうの？」

グリフが突然表情を消し、ロザリンドはどういうわけか顔を赤らめてそっぽを向いた。

「別に」ロザリンドは言った。「何でもないわよ」

妙な雰囲気。二人の間に何かあった？「このめちゃくちゃはもう直せないわ。ゼウスとヘーラーを使ったデザインを新たに描くから、それを見て最初からやってちょうだい」

ロザリンドはうなずき、刺繍枠を受け取ってむっつりとそれを見下ろした。「あなたがどうして針仕事に耐えられるのか、さっぱりわからない。退屈だし、面倒だわ」

「お姉様たちがシェイクスピアを好きなのも、私にはまったく同じように思えるわ。私は手仕事が好きなの。気分が落ち着くのよ」それに、モーガンのことを考えずにすむ。

もう、またあの人のことが頭に割りこんできた。

馬車は大通りを離れ、凹凸の少ない道に入った。「どうやらチャーンウッドに着いたようだ」グリフは顔をしかめた。「近くには一軒も家が見当たらない。思った以上に広そうだな。田舎にこもって社交界に出てこない人間の情報を正確につかむのは難しいよ」

何キロもごとごとと進んでいくうちに、ジュリエットの心は沈んでいった。テンプルモア卿が貴族から尊敬されているというだけでも都合が悪い。そのうえ、シュロップシャーの半分もの土地を所有しているように見えるのだ。これでは、被後見人について知っていることを聞き出すという目的は、簡単には果たせそうにない。

「ここならプライスを隠す部屋はたっぷりありそうだ」グリフが指摘した。

「モーガンを隠す部屋はもちろん、食べ物と着る物と暖かい場所を十年ほど提供できるお金もたっぷりあるでしょうね」ジュリエットはぶつぶつ言った。「テンプルモア卿のお父様は、地所の運営を破綻させたと言っていたわよね」

「僕はそう聞いたよ。誰かが復興したんだろう。でも、大金がかかっただろうな」

大金というレベルの話ではない。松とオークの立木が歩哨《ほしょう》のように立ち、かちかちに凍りついた平原に羅針盤を並べて忙しく働く職人たちを見守っている。清潔に保存されている古風な酪農場に代わって、こぎれいな木骨造りの農家が増えていた。テンプルモア卿は専用の皮なめし工場も鍛冶場も、とにかく何でも持っているようだ。

「密輸業者と交わることと財産が増えることは無関係ではないわ」ロザリンドは皮肉を言った。「モーガンはあの密輸業者たちと何か関係があったんだから、テンプルモア卿もきっと同じよ。グリフ、あなたが最初のころにしていたのと同じ方法で富を築いたのかもしれないわ。密輸業者から仕入れた商品を売ったのよ」

「実に面白い」グリフはつぶやいた。「でも、もしそうなら、どうして捕り手が尋問した密輸業者の誰もテンプルモア卿のことを知らなかったんだ？　知っていたのはプライスのことだけで、中にはプライスさえ知らない人間もいた。プライスが密輸をしていたのだとしても、期間は長くなかったということだ」

やがて馬車は木の生い茂った低い丘を上り始めた。木々に縁取られた道路を抜け、堂々とした長い私道に差しかかると、ジュリエットは身をこわばらせた。

これはまずい。チャーンウッドはスワンパークの十倍以上も広かった。寒々と美しい芝生は、冬の灰色の空の下をどこまでも続いているように見える。格式ある庭園は単調な美しさを誇り、砂利敷きの小道と、土が掘り起こされたばかりの花壇と人工の池、それらをつなぐ上品な橋がしつらえられていた。立派なノットガーデンと生垣の迷路もあり、テンプルモア卿の有力者ぶりがいっそう際立っている。

その証明なら、チャーンウッド館だけでもじゅうぶんだった。ああ、すごい、本当にすごい。女性なら誰しも、ぶどう酒色の煉瓦《れんが》が不規則に広がるこの古い建造物に感銘を受けるだろう。威厳ある奥様のようなこの屋敷に比べれば、スワンパークは社交界デビューしたばかりの小娘にすぎない。

チャーンウッド館は、ハウスパーティで家々をめぐるうちにジュリエットが愛着を深めていった折衷主義の大邸宅だった。断片があちこちに足されている。ジェームズ一世時代風の翼棟は、一方の端がエリザベス朝様式の中心部に、反対の端がパラディオ式のオレンジ温室に接していた。オランダ風の破風がくすんだ煉瓦を飾り、装飾が施された円蓋が、中心部の四隅から断崖のように突き出した塔の上についている。世代が変わるごとにその時代の印が建物に残され、それらが実に見事に調和しているため、チャーンウッド館は見る者を魅了し、同時に威嚇もしていた。

「これでは使用人の大群が必要ね」ロザリンドが感想を述べた。「テンプルモア卿がまだ結婚していないのが不思議だわ。といっても、こんなお屋敷の家事を取り仕切るという恐ろしい任務につく女性はお気の毒だけど」

「それを楽しむ女性もいるわ」家事が好きなジュリエット自身、想像すると胸が高鳴った。挑戦しがいがあるし、達成感もあるでしょうね！「家事が滞りなく進むよう気を配る役になって、このお屋敷に家庭を築けるなんて、楽しみでぞくぞくしてこない？」

ロザリンドは眉を上げた。「ええ、そうね、ぞくぞくするって私も言いたかったの」そう言うと、物思わしげな顔になった。「テンプルモア卿は確かに結婚していないわ。あなたとヘレナがパーティに出始めたころ、ロンドンにいなかった？　私たちは会ってはいないけど、最近男爵になったという人の話は聞いたわ。今思い出したの」

「その話なら私も覚えているわ」ジュリエットは顔を輝かせた。「わがままな被後見人に手を貸すために、ロンドンに来ていたのかもしれないわね。モーガンがサセックスから姿を消した直後のことだから」

「すぐにわかるよ」グリフが言い、馬車は迫力ある石造りの玄関の前で停《と》まった。御者が降りてきて、急いで馬車の扉を開け、ステップを下ろす。

従僕が一人、世話をするために駆け寄ってきたが、顔には驚きの色が浮かんでいた。チャーンウッド館にはあまり来客がないのだろう。開いた馬車の扉から突然冷たい暴風が吹きこんできたが、この時期のシュロップシャーの気候がいつもこうだとすれば、冬は誰もここに来なくても不思議はない。

一同が馬車を降りたとき、屋敷の裏から銃声が聞こえ、お客さんが来ないのはこれも理由かしらとジュリエットは思った。

「今のはここのご主人か？」グリフは従僕にたずねた。

「はい、そうです」若い従僕は答えた。「毎日この時間は、西の芝生でご自分の拳銃のデザインを試していらっしゃいます」

「では、行ってみよう」グリフはジュリエットとロザリンドに声をかけ、屋敷を囲む砂利敷きの小道を歩きだした。

「でも、お客様」従僕は呼びかけながら、走って追いかけてきた。「ミスター・シンプキンズが皆様のお取り次ぎをしないと！」

「その必要はない！」グリフは言い返し、歩き続けた。

従僕はためらったが、執事を連れてくるつもりなのだろう、走って屋敷に戻っていった。

脚の長い義兄と姉に置いていかれないよう、ジュリエットは足早に進んだ。「グリフ、本当にこれでいいの？　こんなふうにテンプルモア卿にいきなり会いに行くなんて」警告するような銃声が、再び空を切り裂く。

「不意を突きたいんだ」グリフは答えた。

「頭を撃ち抜かれたいのね」ロザリンドが隣でつぶやいたが、夫を止めはしなかった。

「真っ昼間に、目撃者がいる前で撃ったりしないよ。それは紳士的とは言えない」

その辛辣な口調に、ジュリエットはどきりとした。グリフがここまで気負わなくていいのに。もしグリフが傷つくようなことがあれば、自分を許せなくなる。だが、グリフはこうと決めたら譲らない人だ。

巨大な建物の角を回ると、二人の男性がこちらに背を向けて芝生の中央に立っているのが見えた。豪華なお仕着せ姿の使用人が大きな銀のトレイを持って控えている。男性は二人とも拳銃を持っていたが、今は一人だけが数メートル先の色鮮やかな標的を撃っていた。

撃っていないほうの金髪男性が男爵であるのは間違いなかった。こんなにめかしこむのは、地位のある紳士だけだ。男性はぴかぴかに磨かれた乗馬靴に拍車をつけ、暗褐色のコサックズボンと、腰のところで絞られ、体にぴたりと張りつく淡黄色の燕尾服《えんびふく》、高価な山高帽という格好をしていた。

だが、ジュリエットの心臓が動きを止め、やがて早鐘を打ち始めたのは、もう一人の男性が理由だった。黒っぽい髪をした若い男性で、簡素な黒の厚手の外套《がいとう》を着て、帽子はかぶっていない。彼は拳銃に弾をこめ、狙いをつけて標的を撃った。

「お見事！」年上の男性が声をかけた。「今回はほとんど命中していたじゃないか」

「ほとんどではだめなんです」撃った男性は答えた。「この発射機構は調整しないと」

それは痛いくらいなじみのある、記憶の中で鳴り響いていた声だったので、ジュリエットは思わず歩調を速めた。

煙の筋が空中に消えると、男性は拳銃を点検し、弾薬がのった小さなテーブルに置いた。別の拳銃を取ろうとしているのか、トレイのほうに向かっているとき、使用人がジュリエットたちを見つけて声をかけた。「旦那様、お客様がいらっしゃっています」

二人の男性は同時に振り向いた。拳銃を撃った男性の顔を見たとき、ジュリエットは心臓が止まるかと思った。目の前にいるのは、ジュリエットの大敵だった。鉄黒の髪と悪魔じみた唇、あの傲慢な、がっしりしたあご。「モーガン」ジュリエットはつぶやいた。

男性は驚いたように目を丸くし、ジュリエットの顔をすばやく眺めた。それまで表情がうかがえなかった黒い目に、確かにジュリエットを認識した色が浮かんだ。

あいにく、ジュリエットの驚きの声はグリフに聞かれてしまった。グリフはジュリエットの前を大股に歩き、うなるように言った。「あいつか。あの若いほうだな？」

「ええ」ジュリエットは反射的に答えた。

　グリフは少しも歩調を乱さなかった。男の前にたどり着くと、こぶしを振り上げて顔を殴った。ロザリンドは悪態をつき、ジュリエットはうなり、モーガンは後ろによろけた。だが、自分の身を守るようなことはしなかった。冷静にハンカチを取り出し、口から滴る血を拭く。グリフのことは無視していたが、グリフはこぶしを振りかざして言い放った。

「おい、この悪党、かかってこいよ！　それとも、女しか相手にできないのか？」

「グリフは〝慎重に、紳士的な冷静さで〟話し合いに臨むんじゃなかったの？」ジュリエットは姉に向かってぶつぶつ言った。

「希望は捨てちゃだめ」ロザリンドもぶつぶつと言い返した。

　モーガンの連れがグリフの腕をつかんだ。「おい、いったいどういうことだ？　頭がどうかしているんじゃないのか？」

　グリフは腕を振りほどき、その年配男性に向き直った。「男爵様、残念ながら、あなたの被後見人はやくざな悪人なのです。ミスター・プライスは私の家族を傷つけ——」

「男爵？」年配男性が口をはさんだ。「それは誤解だ。私はテンプルモア卿ではない」

「では、男爵様はどこにいらっしゃるの？」突然ロザリンドが言った。

　血のついたハンカチを持ったまま、モーガンが前に出た。「ここにいる」三人は口をぽかんと開けて彼を見つめ、モーガンは表情の読み取れない目をグリフに向けた。「さっきの非難を聞く限り、君は最近、弟のモーガンといざこざがあったようだね」

「モーガンはあなたよ」ジュリエットが割って入った。これほど確信の持てることはめったにないと思ったが、やがて先刻の彼の発言を思い出した。「弟？　まさかそんな……」

男性が向けてきた視線はよそよそしく、超然としていて、ジュリエットを知っているようにはとても見えなかった。「失礼だが、僕はモーガンではない。セバスチャン・ブレイクリー、テンプルモア卿だ。でも、勘違いされるのも無理はない。モーガンと僕はただの兄弟ではなく、双子だからね。一卵性双生児だ」

グリフは唖然《あぜん》として男性を見つめた。「ありえない。聞いた話では、モーガンは男爵の……いや、君の被後見人だと」

傷ついたような笑みが、男性の整った顔に浮かんだ。「そうだろうとも。これには複雑な事情があってね」彼は背筋を伸ばした。ジュリエットはモーガンがとても背が高いことを思い出した。「だが、見知らぬ他人にその話をするのはあまり好まない」

正しい言葉づかい、紳士らしい物腰、皮肉めいた笑顔は、モーガンそのものだった。だが怒った使用人たちが芝生の上に集まってきて、彼を守るようにそばに固まっているのを見れば、彼がこの屋敷の主人なのは明らかだった。ジュリエットの知るモーガンが貴族だとは考えにくい。貴族は女性を誘拐したり、密輸業者とつき合ったりしない。でも……。

グリフはためらったあと、ぎこちなくおじぎをした。「失礼ながら、紹介させてください。グリフィス・ナイトンといいます。こちらは妻のレディ・ロザリンドと、義妹《いもうと》のレディイ・ジュリエット」テンプルモア卿の連れに向かって会釈する。「年のころから、こちらの紳士がチャーンウッドのご主人だと思いこんでしまったんだ。それで、義妹が君の顔を知っていたものだから、てっきり――」

「そうなんだ。本当に申し訳ないことをした。君を殴ったのは間違いだった」

「僕をモーガンだと思ったんだね」テンプルモア卿が続きを言った。

「それを聞いて安心した」テンプルモア卿はジュリエットをちらりと見たあと、動揺したかのようにグリフに視線を戻した。「弟に〝傷つけられた〟というのは、義妹さんか?」

「そうよ」テンプルモア卿の視線を引き戻すため、ジュリエットはグリフの代わりに答えた。この男性の言い分は信じられなかった。容姿だけでなく、抑えの利いた物腰にも、洗練された物言いにも、その傲慢さにも、モーガンの影がありすぎる。あとは目の表情さえ読むことができれば……。

だが、テンプルモア卿はグリフを見つめたままだった。「ナイトン、といったかな? ロンドンの〈ナイトン貿易〉の?」

「ああ、僕が経営している会社だ」グリフは答えた。「わざわざここまで来たのは、君の被後見……いや、弟さんと話をするためなんだ」

淡黄色の服を着た年配の紳士が鼻を鳴らした。「話をする? 君は実に変わった方法で会話を始めるんだな」

グリフの顔は濃い赤に染まったが、ジュリエットはそわそわと幅広のネクタイ《クラヴァット》を引っ張る義兄に同情する気はなかった。「こちらにも込み入った事情が……ミスター、あ……」

「紹介します」テンプルモア卿が礼儀正しく口をはさんだ。「ミスター・ナイトン、こちらは母の弟、ミスター・プライスだ」

聞き覚えのある名前に、一同はいっせいに年配男性のほうを見た。男性は急いで言い添えた。「ミスター・ルウェリン・プライスだ。だからこぶしを向けないでくれ」

ロザリンドがグリフの肘をつかんだ。「夫は今日はこれ以上、誰にもこぶしは向けませんわ。私が保証します」

グリフは珍しく黙って非難を受け入れたが、それでも顔はしかめっつらになっていた。

テンプルモア卿が目を合わせてくれないこともあり、ジュリエットはここで口をはさむのが得策だと踏んだ。「でも、モーガン・プライスのことは、やはり男爵様とお話ししなければなりませんわ。よろしければ、話を聞いていただけるとありがたいのですが」

テンプルモア卿は相変わらずジュリエットとグリフの存在には気づかないふりをしていた。代わりに、考えこむような顔でロザリンドとグリフを見た。「いいでしょう。ただ、この話はもっと、その……人目のない場所でしたほうがよいかと」

「そうだな」グリフは即座に同意した。

「では、こちらへどうぞ……」テンプルモア卿は言い、屋敷のほうを手で示した。

一同はチャーンウッド館に向かってぞろぞろ歩いた。あからさまに無視されたことに怒りをたぎらせながら、ジュリエットはテンプルモア卿の後ろ姿を観察するために後方を歩いた。服装はモーガンと同じく地味だ。黄褐色の上下に無地の絹のベストを着ていて、クラヴァットをシンプルに結んでいる。歩き方も、モーガンの自信に満ちた足取りと同じだった。叔父が話しているときは、モーガンがジュリエットに対して何十回としていたのとまったく同じように、首を傾《かし》げて聞いていた。だが、一卵性双生児というのは、そんなふうに同じ癖を持っているものなのかもしれない。そこまではわからなかった。

屋敷の通用口に着くと、テンプルモア卿は脇によけて一同を先に通した。ジュリエットは香りがわかるくらい、彼の近くを通った。神に誓って、それはモーガンとまったく同じ、硝石に鉄と煙が混じった匂いだった。火の神、ヘーパイストスの匂い。

やがて一同が大ホールに足を踏み入れると、ジュリエットははっと息をのんだ。

火の神は立派な武器庫を持っていた。片方の長い壁には、剣、あいくち、鉾槍《ほこやり》、そしてマスケット銃やらっぱ銃、凶悪な決闘用の拳銃などさまざまな銃が掛けられ、恐ろしげな列をいくつも作っていた。使用人はいつも怯《おび》えながら埃《ほこり》を払っているのだろう。ジュリエットが使用人の立場ならきっとそうだ。

ここにある拳銃は全部この人がデザインしたのかしら？　だとしても、驚きはなかった。彼がヘーパイストスとなって、地下に隠された鍛冶場で銃の部品を作っているところが目に浮かぶようだ。テンプルモア卿、あるいはその双子の弟が、密輸業者とつき合っていたのもうなずける。「テンプルモア卿、そのうち戦争でも始めるおつもりですか?」列に沿って一同を案内するテンプルモア卿に、ジュリエットはたずねた。

テンプルモア卿はまっすぐ前を見たまま答えた。「迫力があるだろう? でも、すべて僕のものというわけではないんだ。ほとんどは昔、祖父が手に入れたものでね。武器のコレクターで、熱心に集めていたよ」

「ただし、拳銃だけは君のものというわけだ」グリフが指摘した。

テンプルモア卿は表情のわからない目でグリフを見た。「僕の趣味をご存じのようで」

「聞いた話では、単なる趣味の域を超えているようだが」

テンプルモア卿は肩をすくめた。「若いころは銃に興味を示すと祖父がいい顔をしなくてね。大人になって父にマントンの火打ち石銃をもらって以来、ライフワークになった」

「マントンか?」グリフは言った。「僕は以前マントンの下で働いていたジェームズ・パーディに世話になっているよ。パーディは新型の排気栓を発明して――」

「ああ、話は聞いた」テンプルモア卿が口をはさんだ。「フォーサイスが言うには……」

二人はさまざまな銃器とその優劣について議論を始めたが、ジュリエットは気になっている言葉があった。マントンの火打ち石銃――二年前、モーガンはジュリエットが密輸団から逃げるのを手助けする際、誰かが〝マントンの火打ち石銃を二挺《ちょう》〟持っていると言っていた。危険が迫っている状況で、武器の型に気づく人がどれだけいる？　双子が二人とも、そこまで銃に詳しいものかしら？

　ロザリンドが歩調をゆるめ、ジュリエットの隣を歩き始めた。「男の人って本当に子供ね……路上で戦いに明け暮れているみたいに、お気に入りの拳銃や銃の製造業者の話をして。グリフはほとんど銃を撃たないし、撃っても鶉《うずら》くらいよ。なのに、話しぶりはまるで軍人だわ」ジュリエットが何も言わないので、心配そうな目で見てくる。「どうしたの？　モーガンが見つからなくてがっかりしているの？」

「もう見つかったと思うわ」ジュリエットはテンプルモア卿の広い背中をじっと見つめた。

　ロザリンドは声をひそめ、ささやくように言った。「まだ信じられないのはわかるけれど……」テンプルモア卿が部屋の外で足を止めて話しかけてきたので、口をつぐむ。

「書斎で話そう。叔父様、使用人にお茶を用意するよう言いつけてきてくれませんか？」

　ミスター・プライスは横目で甥《おい》を見た。「おい、何を言う。私がみすみすこの面白い話し合いを逃すと思うなんてどうかしているぞ。お茶なら鐘を鳴らせばいいだろう？」

　テンプルモア卿は眉を上げ、皮肉めかして言った。「すばらしい考えです。どうして思いつかなかったんだろう」そう言うと、一同を書斎に通した。

　当然ながら、その部屋も屋敷のほかの部分と同じく豪華だった。また、ひどく男性的でもあり、つややめく濃い色の木材と真鍮《しんちゅう》を使った調度品と、どっしりした家具が並んでいる。落ち着きと威厳を重視しているようだが、一つだけ例外があった。浮かれ騒ぐバッカスを描いた背の高い絵画が、壁の一面に掛かっているのだ。だが、哀れなバッカスの向かい側の壁には、王が所蔵している半分もあろうかという金箔《きんぱく》と革で飾られた蔵書が並んでいた。世間に二つの顔を見せる男に、同じく二面性のあるこの書斎は実にお似合いだ。

ロザリンドは高価なダマスク織りのカーテンに感嘆し、自分も裕福なグリフは巨大なマホガニーのデスクを値踏みするように見ていたが、ジュリエットは絶望していた。ここに捕まえに来たのは、高貴な一家のどら息子のほうであって、跡取り息子ではない。なのに、どうして跡取りを疑うはめになっているの？

テンプルモア卿が一同をこの部屋に通したのは、目的があってのことだ。この男性は頭がいい。客を威嚇するのに、目の前で富と権力という筋肉をひくつかせる以上の方法があるだろうか。まずは銃、次はこの部屋というわけだ。

けれど、ジュリエットも今回は惑わされなかった。事実は事実、いくら美しい屋敷に住んでいようと、モーガンが悪人であることに変わりはない。それに、本人が一卵性双生児だと主張したところで、テンプルモア卿がモーガンであるのは間違いなかった。金も影響力も、好きなだけ誇示すればいい。何をしようとも、この恥知らずの正体を暴いて、私の将来を台なしにする企てをすべて阻止してやる。

ジュリエットとロザリンドはデスクのそばの椅子に腰かけ、テンプルモア卿はデスクの前に座った。グリフはその近くに立ち、ミスター・プライスは本棚にもたれた。

「ロンドンで会ったことがないのが不思議だな」グリフはテンプルモア卿に言った。「社交界にはあまり顔を出さないと聞いたが、それでも——」

「社交界にはいっさい顔を出さないのだよ」ミスター・プライスが口をはさんだ。「甥はロンドンの娯楽を嫌っていてね。昔からそうなんだ」

「仕方がないでしょう」テンプルモア卿は言い返した。興味津々のグリフの視線に気づくと、にこやかな表情に戻った。「ご存じのとおり、父は社交界に自由に参加しすぎたせいで、家名に泥を塗ることになってね。ブレイクリーが二代続けてロンドンで暴れるのはまずい。爵位を継いでからは、ロンドンの軽薄な活動に参加する時間もなくなった」

あるいは、〝軽薄〟とは違う活動と自分とのかかわりを知る人に、顔を見られるのを避けるためか。ジュリエットは目を細めた。「たしか、爵位をお継ぎになって数カ月のころに、ロンドンにいらっしゃいましたわよね」

テンプルモア卿はやっとジュリエットに目を向け、黒い目の真っ暗な深みに炎をちらつかせた。あら、まあ。ジュリエットは煙を吐いて眠る竜をつついた乙女の気分だった。

「確かにロンドンには行ったが」テンプルモア卿は言った。「そこにこだわる理由があるなら、お聞かせ願いたいね。ついでに、弟を捜している目的もご説明いただきたい。レディ……」言葉を切る。「ジュリエット、だったかな？」

「はい」腹が立つわ、私の名前ならよく知っているくせに。何としてでも素顔を暴いてやろう。「お言葉ですが、あなたがモーガン・プライスでないのなら、私たちの捜索には何の関係もありません。弟さんの居場所を教えていただければ、出ていきますわ」

ジュリエットの率直な要求に、グリフとロザリンドは唖然としたが、テンプルモア卿がジュリエットの目を見つめる視線は険しく、揺るぎなかった。「それはできない」

「さっきと同じ状況になる心配ならいりません――」

「ジュリエット」グリフが割って入った。「テンプルモア卿に事情をお話しして、僕たちの捜索が正当なものだと納得していただくのは、最初から決めていたことだろう」

「ええ、でも赤の他人に個人的な事情を触れ回る必要がある？　淑女がかかわっていることは、テンプルモア卿も察していらっしゃるわ。あとは紳士的にモーガンの居場所を教えてくだされればいいの」

「知っていたら、喜んでお教えするんだが」テンプルモア卿は張りつめた口調で言った。「でも、知らないんだ。正確には。ただ、大西洋の底に沈んでいるのではないかと考えている」

ジュリエットの心臓はどくんと音をたてた。「ど、どういうこと？」

テンプルモア卿はジュリエットを見つめたまま言った。「モーガンは商船で海に出ていたんだが、その船がハイチ沖で難破したんだ。私たちは死んだものと思っている」

2

〝その形相、驚くほどに不死の女神のごとし〟

ジュリエット・ラブリックが枕に刺繍《ししゅう》したホメーロス作『イーリアス』の一節

「そんなのありえないわ！」

ジュリエットの頑とした不信の声を聞いて、セバスチャンは思わずうなりそうになった。ナイトンが来ただけでも災難なのに、ジュリエットまで連れてくるとは……。

「レディ・ジュリエット、なぜありえないと？」ルー叔父が物憂げにたずねた。

セバスチャンはたしなめるように叔父を見た。叔父には話を合わせてもらわないと、すべてが台なしになってしまう。口を慎んで、この場を甥《おい》に任せるだけの冷静さは備えているはずだが。

「モーガンが死んでいるはずがないからよ」ジュリエットは簡潔に言った。セバスチャンを見つめる目には疑いと懸念と心配の色が浮かんでいる。「とにかく、信じられません」

くそっ、信じてくれ！　セバスチャンとモーガンは危険な罠《わな》に絡め取られていて、そこから自分たちの身を救えるのはセバスチャンだけだった。ジュリエットとその家族を振りきり、この異常事態に決着がつくまで身動きが取れるようにしておかなければならない。

「君が信じられないからといって、事実は動かせない」心の中は冷静とはかけ離れているのに、ここまで冷静な声が出せるのが自分でも不思議だった。

畜生、どうして来たんだよ？　最初のころはナイトンに居場所を突き止められると思っていたが、二年間誰も現れなかったので、もう大丈夫な気がしていた。

大丈夫だと？　そんなはずがない。だが、まさか彼女が一緒に来るとは思っていなかった。美しいジュリエット、穏やかに責めるような目と、色っぽい魅惑的な唇をした……。

セバスチャンは悪態をつきそうになるのをこらえた。どうして連れてきたんだ？　ジュリエットがいなければ、僕の顔がわからないわけではあるまい。密輸王、ジョリー・ロジャー・クラウチとの最終対決に居合わせたダニエル・ブレナンかレディ・ヘレナが来れば、顔は判別がつく。家族はジュリエットを彼女の居場所である自宅に置いてくるべきだった。僕やナイトンのような男と接するには、ジュリエットは繊細すぎる。

「もしかして」ナイトンがたずねた。「モーガン・プライスが乗っていた船というのは、オセアナ号か？」

なるほど、ジュリエットは洗いざらい話したということか。〝モーガン〟がジュリエットをクラウチに引き渡す条件として、船の名前とある日付を要求し、オセアナ号と七月十七日という情報を手に入れたことも。〝モーガン〟がその情報を求めていた理由は、幸い表に出ていない。真実、すなわちあのときはセバスチャンがモーガンを演じていたことを隠すには、そのほうが都合がよかった。「なぜ船の名前を知っている？」

「君の弟がその名前をたずねていた。モーガンはいつオセアナ号に乗ったんだ？」

あの日、忘れられない日だ。「一八一五年十一月、僕はあとで知ったんだが」

「妙だな。その少しあとの一八一六年七月だと思っていた」セバスチャンがぽかんとした顔をしてみせると、ナイトンはつけ加えた。「モーガンには七月十七日という日付も重要だったようだから」

「そうだったのか？」ルー叔父がそっけなく口をはさんだ。「どうしてだろうね」

セバスチャンは叔父に向かって顔をしかめた。ふざけるな、理由はよく知っているじゃないか。ルー叔父はこの件でいつまでもいびってくるつもりのようだ。セバスチャンがモーガンのふりをして密輸団の中に入っても何にもならないと、つねづね言っていたのだ。

セバスチャンはぼろが出ないよう、叔父にこわばった笑顔を向けた。「なぜ七月十七日が重要なのかは知らない。僕が知っているのは、モーガンは一八一五年の春のどこかの時点でここを出たということだけだ。十一月にその船に乗ったというのは調査員の報告だ」

「それなら、僕が知っているモーガンの動きとも合致する」ナイトンが口をはさんだ。

ナイトンは餌に食いついてくれた。よかった。セバスチャンは事実を多少ゆがめただけだった。モーガンが春に密輸団のもとに行ったのは事実だが、オセアナ号に乗せられたのは七月だ。だからこそ、セバスチャンが十月に密輸団とかかわることになったのだ。

今は悲嘆に暮れる兄を演じるときだ。「君たち、モーガンがオセアナ号に乗ることになった事情を知っているなら、どうか教えてくれ。この二年間調べているが、収穫がない」

「それなら知っているよ」ナイトンは認めた。「僕たちがなぜここに来たと思うんだ？」

「そもそも、ここに来た理由を話してくれていないじゃないか」ルー叔父がとぼけた顔で指摘した。すかした悪魔め。「実は、君たちと甥との関係が気になってね。セバスチャンは弟は死んだと納得しているようだが、私はモーガンがあの悲惨な難破船から脱出して、ある日ひょっこり家に帰ってくるという希望を捨てきれないんだ」

ルー叔父が希望を捨てていないのは当然だ。モーガンが生きていることを知っているのだから。あとは分別を保って、ナイトンにはモーガンが死んだと思わせたほうが得策であることに気づいてほしい。

ナイトンはジュリエットに目をやった。「すまないが、こっちの事情を話さなければならなくなったようだ」背筋を伸ばし、口を開く。「実は――」

「やめて」ジュリエットがさえぎった。「これは私の問題だから、私が話すわ」

セバスチャンは驚きを隠せなかった。僕が知っている内気なジュリエットは、こういうとき自分から声をあげたりしないはずだ。

ナイトンも驚いたようだった。「君がそう言うなら、構わないよ」

ジュリエットは深く息を吸い、居ずまいを正した。「ストラトフォード・アポン・エイヴォンで出会ったとき、モーガン・プライスはウィル・モーガン大尉と名乗って、陸軍の連隊に所属しているけど今は休暇中なのだと言っていたの」

ジュリエットはできるだけ簡潔にことのしだいを説明した。〝ウィル・モーガン〟に口説かれ、駆け落ちする気にさせられたこと、昼も夜も移動を続けてサセックスに行ったこと、そこから仲間の船でグレトナ・グリーンに連れていってもらうと聞かされていたこと。

彼女の淡々とした口調を、どう解釈すればいいのかわからなかった。僕とのことは完全に過去の出来事になって、心をかき乱されることはなくなったのか？　そのほうが都合はいいが、あの一件に強い感情を抱かなくなっているなら、なぜ今さらここに来たんだ？

ジュリエットはウィル・モーガン大尉の本名がモーガン・プライスであり、密輸団の依頼で自分を誘拐してサセックスに連れていっているのだと知ったときの恐怖を語った。やがて無表情な仮面にひびが入った。もっと早く真相に気づけばよかったと自分を責めるジュリエットに、セバスチャンは必要以上に動揺し、そっぽを向いて感情を抑えようとした。

ジュリエットの背後で、ルー叔父が面白がるようにかすかに目をきらめかせた。「誘拐だと？　モーガンは女性を誘拐などしないし、ましてや密輸団の頼みなど聞くはずがない。

中にはそういう男もいるだろうが、モーガンはそんな人間ではない」

セバスチャンは歯ぎしりした。

「それでも、これは事実なんだ」ナイトンがぴしゃりと言った。セバスチャンは探るようなジュリエットの視線を感じながら、ナイトンが無情とも言える手際のよさで〝モーガン〟の過去の行動を説明するのを聞いた。〝モーガン〟がジュリエットを密輸団のもとに連れていったこと。密輸団が彼女を誘拐させたのは、ナイトンから身代金を引き出すためだったこと。〝モーガン〟はジュリエットの身柄を引き渡す前に、クラウチに情報を要求したこと。

セバスチャンはジュリエットがこの出来事をどう感じているのか気になり、彼女の顔を見たくてうずうずした。だが、自分の感情を読まれる危険を冒すわけにはいかない。リスクが大きすぎるため、この二年間もジュリエットに会おうとは思わなかった。美しい大人の女性になった彼女に、近づこうとはしなかった。

ああ、こんなにもきれいになったとは。十八歳のときでさえ、美しい曲線と豊かな蜂蜜色の髪を備えた光り輝く天使のような姿は、将来の美貌を予感させた。それが、今は……。

ジュリエットがおずおずと初々しい笑顔を向け、心の平穏を脅かそうとしてきたときから、本当にまだ二年しか経《た》っていないのか？

心の平穏などどうでもいい。今の彼女が脅かしているのは、もっと重大なものだ。地所、借地人、弟の将来、命そのもの。ナイトンが本気で復讐《ふくしゅう》を企てているのなら、すべてをこっぱみじんにできるのだから、この芝居はごく慎重にやり遂げなければならない。

ナイトンが〝モーガン〟が最終的にとった行動を説明している最中に、ドアがノックされた。

「お茶だな」ルー叔父が言い、使用人に入るよう命じた。「ちょうどよかった。このような話を聞かされて、体が震えていたからね」

セバスチャンは悦に入っている叔父をにらみつけたが、残りの面々はメイドがトレイを運んでくるさまを無言で見守った。

「もういいよ、メアリー」セバスチャンはぶっきらぼうに言った。

メアリーはぴょこんと頭を下げて慌てて出ていったが、メイドがセバスチャンにこんなふうにおどおどした態度をとるのはいつものことだった。

メイドが出ていっても、誰も紅茶のトレイには触れなかった。セバスチャンは険しい目でナイトンを見据えた。忌ま忌ましい叔父に、もう一度聞かせたい部分があった。「〝モーガン〟も最後は正しいことをしたわけだ。求めていた情報が手に入ると、妹さんを引き渡さず、密輸団から逃れる手助けをして、身代金をせしめるという連中の企《たくら》みをくじいたのだから」

ナイトンはその言葉を退けるように、空中で手を振った。「ああ、だが後の祭りだ。ジユリエットを一人きりで、昼も夜もイギリス中を連れ回したんだ。意味はわかるだろう」

確かに意味はわかったが、ナイトンが忌むべき行為をほのめかしているのなら、ジュリエットは義兄に嘘《うそ》をついたことになる。冗談じゃない！

「純潔を汚されたと？」ルー叔父は独り善がりのユーモアを引っこめ、セバスチャンに向かって顔をしかめた。

「違います！」ジュリエットの頬が真っ赤に染まった。「そんなことはされていません」

セバスチャンの怒りは引いた。なるほど、嘘はついていないのか。ああ、助かった。ルー叔父にその説明をするのに苦労するところだった。

「それでも、ジュリエットが汚されたことに変わりはない」ナイトンは頑とした口調で続けた。「それだけじゃなく、この子のもう一人の姉ヘレナと、僕の仕事の相棒がジュリエットを追って、やはり密輸団に捕らえられた。密輸団が完敗したのは、この二人が頑張ってくれたからだ。一方、モーガンは最後の戦いの最中に姿を消した」

「ジュリエットの無事を見届けたあとに」セバスチャンは口をはさんだ。

ナイトンはセバスチャンをにらんだ。「ああ、無事といってもすでに汚されているがな」

セバスチャンは悪態をつきそうになるのをこらえた。これはいったい何なんだ？〝駆け落ち〟後のいきさつは追っていたが、ジュリエットに被害がなかったことはわかっている。「つまり、レディ・ジュリエットの駆け落ちが明るみに出て、体面が傷ついたと？」

「最初のうちは大丈夫だった。姉のヘレナが駆け落ちの事実を上手に隠してくれたおかげで、妻と僕は戻ってきたジュリエットの体面を守ることができた」ナイトンは顔をしかめた。「最近までは、ということだが」

それはどういう……。

ジュリエットは責めるようにセバスチャンを見据えた。「ロンドンで駆け落ちの噂《うわさ》が流れていて、それを言いふらせるほどよく知っているのはモーガンだけなの。私たちがここに来たのはそのためよ。噂を止めたいの」

「わかるよ」セバスチャンは椅子にもたれ、ときどきストレス解消に使っている消しゴムの塊を手に取った。革手袋をはめた指でそれを揉《も》みながら、頭を振る。「でも、言っただろう、モーガンはオセアナ号とともに沈んでしまったんだ。噂を広めたのは別の誰かだ」

「君たちが知らないうちに、モーガンがイギリスに戻っているということはないか？」ナイトンは言い張った。「沈んだ船に乗っていなかったということは？」

「もし甥が戻っているとしても」ルー叔父が割って入った。「あの子はそんなひどいことはしない」叔父はセバスチャンの行動には否定的だが、それでも信頼はしてくれている。

「モーガンはジュリエットを誘拐したんだ」ナイトンはそっけなく言った。「噂を広めるくらい、どうってことはないと思うが」

おい、誰も話を聞いていないのか？「言っただろう、モーガンは死んだ」セバスチャンは主張した。「だから、噂を広めることはできない」本当に噂が流れていればの話だが。

「とにかく、噂を広めた人はいるんです」レディ・ロザリンドが反論した。「それに、もしあなたが間違っていたら？　モーガンはぴんぴんしていて、サセックスかロンドンに身をひそめていたら？」

「だから、モーガンは――」

「それは別の問題よ」ジュリエットが割って入り、怒りがあらわになったその声に、セバスチャンははっとした。「モーガンがあなたの被後見人だと世間に思われている理由をまだ教えてもらっていないわ。明らかに怪しいと思うのだけど」

　くそっ、ジュリエットは僕の言い分をまるで信じていない。セバスチャンは歯ぎしりしながら、叔父と視線を交わした。それ以外に方法がないのはわかっているが、汚れた一族の歴史を彼らに明かすのがいやでたまらない。とりわけ、ジュリエットには。

「そう思われるのも無理はない」セバスチャンはこわばった声で言った。「いいだろう。そちらも率直に話してくれたのだから、こちらも説明くらいはさせていただくよ」紅茶のトレイを手で示す。「でも、まずは腹ごしらえを。長くこみ入った話なのでね」

　驚いたことに、ジュリエットはセバスチャンの顔を立て、全員分の紅茶を注《つ》いでくれた。目に浮かぶ熱意をナイトンに読み取られる危険は承知しながらも、セバスチャンは彼女を見ずにいられなかった。とても上品で、とても魅力的で、記憶にあるとおりの女性……。

それでいて、まったく違うのだ。ジュリエットはいつから、ルー叔父の目をまっすぐ見ながらお茶を運んでいけるような、勇ましい女性になったのだ？　そもそも紅茶を注ぐ役を姉に任せず、自分でその役を買って出るような女性に？　この疑問のせいで、見ないほうがいいときまで彼女を見てしまう。

ジュリエットはテンプルモア卿《きょう》の視線を感じ、不快に思っていた。何しろ、こちらが目を合わせようとすると、視線をそらされるのだ。何とも腹立たしい。私のほうを見てもくれないなら、この人が本当にモーガンかどうかをどうやって判断すればいいの？

わざとぎこちなく動いてデスクに紅茶をこぼしても、彼はこちらを見なかった。つまり、それこそがモーガンである証拠？　それとも、噂どおり人づき合いを嫌っているだけ？

ジュリエットは自分もカップを手にして席に戻り、どんなに突飛な話が聞けるのかと心待ちにした。荒唐無稽な話だといい。そうでないと、モーガンが死んだことを受け入れるはめになるし、そんなことはできそうにないからだ。モーガンの首は絞めてやりたいが、殺したいわけではない。許しを請わせたくはあるが、死んでほしくはない。だから、納得せざるをえない話をテンプルモア卿がしてくれない限り、目の前のこの男に誘拐されたのだという考えを翻すつもりはない。どんなに裕福な環境と高貴な地位にある人であっても。

テンプルモア卿は世界中の重荷を背負わされたかのように、ぐったりと椅子にもたれた。相変わらずあの妙なゴムの塊を手にしていて、何かに憑《つ》かれたようにそれをつぶしたり曲げたりしながら、口を開く。

「一七八八年、母は父との間に双子を授かったが、父には僕が生まれたことしか言わなかった。産婆に金を渡して、ひそかにモーガンの世話をするよう言いつけたんだ。そして、起き上がれるようになるとすぐ、モーガンを連れて大陸に逃げた」

「まあ、驚いたわ、なぜそんなことを？」ジュリエットは疑わしげにたずねた。

「あとになって母は、子供を二人とも残していくのは耐えがたく、跡取り息子さえいれば父は自分を追ってこないと思ったと言っていた」

「でも、なぜそもそも逃げたんだ？」グリフが口をはさんだ。

テンプルモア卿はその質問に激怒したようで、ただちに一同を部屋から放り出さなかったのが不思議なくらいだった。「それは個人的な問題で、君たちの一件には関係がない」彼は言葉を切り、これ以上追及できるものならしてみろと言わんばかりに一同をにらみつけた。貴族の高慢さで無礼を抑えつけたことに満足すると、話に戻った。「醜聞を避けるため、父は世間と、僕が大きくなってからは僕にも、母はお産で死んだと告げた」

ジュリエットたちもそう聞いていた。テンプルモア卿の権力の砦《とりで》であるこの部屋を居心地悪く感じるのもそのせいだ。女性の影がまるで感じられない。愛情深い母親が花瓶いっぱいに生けた温室の花も、優しい姉が刺繍した上品な掛け布も、愛に満ちた妻が家族を描いてガラスケースに飾った細密画もない。ここに来るまでに通ったホールにも、そうした品々は見当たらなかった。ここは力強く、純粋に男性的な、独身男性の神殿なのだ。

「セバスチャンの父親と私だけが、姉のオフィーリアが本当は息子と夫を捨てたことを知っていた」ミスター・プライスが割って入った。カップをソーサーに戻すと、かたかたと音が鳴った。「姉は姿を消し、どんなに捜しても見つからなかった。だから、誰もモーガンの存在は知らず、十七年前に私が姉に、そのとき住んでいたジュネーヴに呼び出されたときに初めて知った」

テンプルモア卿は紅茶を飲んだが、もっと強いものが欲しい気分らしく、うんざりした顔でカップを置いた。「そのとき、僕とモーガンは十三歳だった。一文なしになり、肺病で死にかけていた母は、モーガンの身の上を案じていた。そこで、モーガンに出自にふさわしい待遇を受けさせてほしいと、叔父に泣きついたんだ。言うまでもないが、ルー叔父は母の話を疑わなかった。モーガンを一目見れば、本当の話だとわかったからだ」

「僕も複雑な身の上だと思っていたが、上には上がいるな」グリフは小声でつぶやいた。

「あなたが本当のことを言っているという証拠は？」突然ジュリエットは言った。「貴族年鑑で証明できないことはおわかりよね。何でも好きなことが言えるわ。あなたと叔父様が一卵性双生児の物語を作り上げたわけじゃないという証拠がどこにあるの？」

「失礼だが、私は決して――」ミスター・プライスが抗議の声をあげた。

「ジュリエット」グリフが割って入った。「捕り手の報告で、この二人が同時期に別々の場所にいたことはわかっている。モーガンは海軍に入り、テンプルモア卿は地所を運営していたんだ。断言してもいいが、何年もの間、船から地所を運営できる人間はいない」

確かにそのとおりだけど、でも……。「どうしてほかの誰も双子だって知らないの？お母様が亡くなったあと、双子の弟がイギリスに連れ戻されたのなら――」

「連れ戻されてはいない」ミスター・プライスが説明した。「セバスチャンの父親と私は、モーガンを外国の学校に入れたんだ。大人になると、海軍の将校任命状を買って戦争に行かせた。任務でイギリスに来ることもなかった」

「モーガンはすでに母の旧姓を使っていたから、叔父たちは弟を父の被後見人ということにしたんだ。僕もそう聞かされていた」テンプルモア卿の声に怒りがにじんできた。「僕はほとんど地所を離れなかったし、モーガンは船から船への生活をしていたから、僕たちを遠ざけ、二人の関係を隠すのは簡単だと思っていたんだ。モーガンは母に話を聞いていたから、兄がいることは知っていたけど、僕は何一つ知らなかった」

「とても不公平な気がするのだけど」ジュリエットは静かに言った。

テンプルモア卿は驚いたようにすばやくこちらを見た。「僕もそう思っていた」

素直に認めるその言葉に、ジュリエットの感じやすい愚かな心は締めつけられた。テンプルモア卿の目に傷ついたような色が浮かんでいるのを見ると、なおさらだった。

次の瞬間、ジュリエットは顔をしかめた。だめよ、今回はだめ。この人に気持ちをもてあそばれ、防御をすり抜けてナイフで切り開かれるようなことは二度とあってはならない。「セバスチャン、私たちは最善だと思う方法をとっただけだ」ミスター・プライスが抗議した。「おまえが相続するときに面倒があってはいけないと思ったんだ。産婆は亡くなっていたから、おまえが先に生まれたと証明できる人は誰もいなかった。おまえが爵位を継ぐ時期に、モーガンが近くにいて面倒なことが起こるという事態を避けたかったんだ」

テンプルモア卿はジュリエットから視線を引きはがした。「面倒を回避するための叔父様の試みが、父を生かしておくところまで及ばなかったのは残念と言うしかありませんね」茶化すような表現ではあったが、苦々しげな口調には悲哀がにじみ、手はとっさに消しゴムを握りしめていて、その動きで苦痛から気をまぎらわそうとしているように見えた。

ミスター・プライスはため息をついた。「おまえの父親は、いつも好き勝手にしていたから」

「そうですね」テンプルモア卿は立ち上がって、デキャンターとグラス数個がのったサイドテーブルの前に歩いていき、暗く濃い色のブランデーらしき液体を注いだ。一口飲み、グラスを見つめたまま立ちつくす。

椅子から跳び上がって彼をなぐさめたいというばかげた衝動を、ジュリエットは何とか抑えた。素行の悪い父親の噂は聞いていた。大勢の人妻、オペラダンサー、高級娼婦《しょうふ》と関係を持ったあげく、レディ・スロウリーという女性をめぐる決闘の末に死んだという。

残された息子は、醜聞に苦しむしかなかった。

抑えようとしても、同情の念がふくれ上がってしまう。私生活でそこまで犠牲を払って手にした財産と特権に、どれほどの価値がある？　母親も弟も知らず、父親が自分の身を滅ぼしていくさまを見せられたのだ。テンプルモア卿が詮索の目を避け、屋敷に引きこもっているのも無理はない。誰だってそうなるだろう。

「とにかく」気の毒な男性は続けた。「父が亡くなってすぐに戦争が終わり、モーガンは身元を明かすことにした。一八一五年の春に、僕に会いに来たんだ」唇にほほえみの影のようなものが浮かぶ。「初めて双子の弟に会ったときの僕の反応が想像つくかい？　一瞬にして血のつながりを感じたすごい体験だった」テンプルモア卿は一口、また一口とブランデーを飲んだ。「僕たちは一カ月かけて親交を深めた。ある朝、僕はモーガンに、家族の一員として戻ってきてほしいと話した。モーガンはその前に早急に片づけなければならない用件があって、それには数カ月かかると言った。でも、クリスマスには戻ると約束してくれたんだ」グラスの中のブランデーを回す。「それが弟を見た最後だった」

ジュリエットは唾をのんだ。もしこれが芝居なら、とてもよくできた芝居だ。でも……。

「ジュリエットを誘拐して密輸団のもとに連れていき、そのあとオセアナ号に乗りこむのが、モーガンが言っていた〝片づけなければならない用件〟だと？」グリフがたずねた。

テンプルモア卿はグリフに視線を向けた。「だと思う。僕は今の今まで、密輸団のことも誘拐のことも知らなかった。約束の時期を過ぎても弟が帰ってこなかったので捜したが、わかったのは沈没したオセアナ号に乗っていたことだけだった。船主が僕に、行方不明の乗客と乗組員の一覧を手紙で送ってくれたんだ」

デスクに歩いていき、一枚の紙を手にしてグリフに渡す。

グリフはすばやく目を通した。「でもこれには、〝お問い合わせの件について〟とあるが」

テンプルモア卿の顔に警戒の色がよぎった気がしたが、一瞬にして消えたため、ジュリエットには判別がつきかねた。「そうだ。僕が問い合わせたから連絡が来たんだ。藁《わら》にもすがる思いで、モーガンに関する情報はないかと、船の所有者たちにきいてみたんだよ」

グリフはもう一度手紙を見た。「船が沈没したのは、僕たちが最後にモーガンの姿を見た数カ月後だ。つまり、ここを出てから二年近く経っている」

テンプルモア卿は黙ってうなずいた。それが何を意味するのか、誰もが知っていた。二年……。二年間も海に姿を消したあと、港に戻ってくる人間はいない。少なくとも、生きて帰ってくることはない。ジュリエットの目の奥に熱い涙がこみ上げてきた。そんなの嘘。嘘であってほしい。モーガンはここに、目の前にいる……そして、再び私の同情心を煽《あお》っている。いかにもあの人がしそうなことじゃないの。

ロザリンドの声が重苦しい沈黙を破った。「つまり、モーガンがあの密輸団とかかわっていた理由に心当たりはないのね？　オセアナ号という名前と七月十七日という日付のためだけにジュリエットを誘拐した理由にも？」

「さっぱりだ。こっちがききたいくらいだよ」

「ああ、私もだ」ミスター・プライスの声音は皮肉にも聞こえるほどで、ジュリエットはなぜなのだろうといぶかった。

「とにかく」テンプルモア卿が急いで言った。「これでモーガンがロンドンで妹さんの噂を言いふらしているわけじゃないことはおわかりいただけたね。難破船から生還したのであれば、家に帰ってくるはずだ。むしろ、お宅の使用人が噂を流している可能性のほうが高い」

「そうかもな」グリフはあっさり認めた。

ジュリエットはグリフをじろりと見た。使用人が何も知らないことはわかっているはず。

グリフは前に出て、テンプルモア卿に手紙を返した。「テンプルモア卿、正直に話してくれてありがとう。これはとてもデリケートな問題だ……お互いに」

テンプルモア卿は手紙を受け取ってほほえんだ。「そちらはこちらの秘密を、こちらはそちらの秘密を守るということだね？」

「まあ、そういうことだ」グリフは手を伸ばした。「これ以上時間は取らせない。君がモーガンを捜すのに全力を尽くしたのはよくわかった。こちらでも少し調べてみるが、希望は持てそうにない。何か進展があったら、知らせてもらえると助かるんだが」

「もちろんだ」テンプルモア卿は言い、グリフと握手した。「まあ……その……噂を静めるために、僕にできることがあればいいんだが」

「君が介入すると、話がややこしくなるだけだ」

「そうかもしれない」テンプルモア卿は咳払《せきばら》いをした。「それでは、ほかに何もなければ……」

ジュリエットは弾《はじ》かれたように立ち上がった。「ちょっと、グリフ、この妙な話を鵜呑《うの》みにしたわけじゃないでしょうね？　答えが出ていない疑問はたくさんあるし、噂の件はまだ解決していないのよ。このまま帰るわけにはいかな――」

「私もレディ・ジュリエットと同じ意見だ」ミスター・プライスが口をはさんだ。「ロンドンに向かうにはもう遅いから、今夜はランブルックに泊まらなければならない。〈孔雀《くじゃく》の目〉というあのおぞましい宿に泊まっていらっしゃるのかな？」

「実は、そうなのです」グリフはうなずいた。「町にはあの宿しかないようだったので」

「では、ここに泊まっていけばいい。そうすれば、今夜新たな疑問点が出てきても、話し合いの続きができるからね。それに、セバスチャンがこれほどの屋敷を持っているというのに、あんな悲惨な宿に泊まってもらう必要がどこにある？　ここなら快適に過ごせる」

「叔父様――」テンプルモア卿がたしなめるように言いかけた。

「愛想のないことを言うな。外は冷えこむ。まさかご婦人方に〈孔雀の目〉でみじめな思いをさせるつもりじゃないだろうな？　おいおい、思いやりの心はどこに行った？」

「僕も提案しようと思っていたのですが」テンプルモア卿は冷静に言った。「弟がご家族にしたことを思えば、ナイトンは僕と一つ屋根の下にはいたくないのではないかと思いまして」

「何をおっしゃるの」いつものように目をきらめかせ、ロザリンドが口をはさんだ。「正直に言うと、あの汚い宿に戻るのは気が進まなかったの。ジュリエットさえ構わないなら――」

「私はぜんぜん構わないわ」ジュリエットはさえぎるように言ったが、ここに泊まりたい理由はロザリンドとはまったく違っていた。ロザリンドはジュリエットと誘拐犯の兄の仲を取り持ち、立派な結婚をさせたいに違いない。

ロザリンドが何を思い描こうと自由だが、そのもくろみが実現することはない。特に、ジュリエットが思っているとおり、テンプルモア卿が本当にモーガン・プライスだった場合は。手紙やその他の証拠を考えれば、いまだにそう思っているほうがおかしいのだろうが、テンプルモア卿が何かを隠しているのは間違いない。彼の話は、オセアナ号も通り抜けられるほど大きな穴だらけだ。ジュリエットは二年前、情に流されやすい性格のせいで事実を見失うことがあってはならないと学んでいた。

「ほら！　わかったか、セバスチャン？」ミスター・プライスは勝ち誇ったように言った。「これで皆の意見が一致した。ナイトン夫妻とレディ・ジュリエットは今夜ここに泊まる」

ジュリエットに向かって腕を差し出す。「皆さん、こちらへどうぞ。ご案内します」

ジュリエットがその腕を取ると、ミスター・プライスは一同を連れて部屋を出たが、ホールで甥がいないことに気づき、足を止めて書斎に顔を突っこんだ。「セバスチャン、行かないのか？」

「あとで行きます。その前にやらなければならないことがあって。お客様のもてなしは頼みます。東棟に泊まっていただいて、コックに五人分の夕食を頼んでおいてください」

「もちろんだとも」ミスター・プライスは返事をしてドアを閉めた。ホールを歩き出すと、グリフとロザリンドは前に行かせ、ジュリエットだけに聞こえる声で言った。「レディ・ジュリエット、一つだけききたいことがあるんだが」

「何でしょう？」

「あなたもご家族も、どうして二年も経ってから甥を捜し始めたんだい？」

ジュリエットはため息をついた。「最近になって噂が広がりだす前は、やぶ蛇になるようなことはしないほうがいいと思ったのです。家族は私の希望を聞き入れてくれました」

「それで、やぶの中の蛇は死んでいるように見えたかな？」

死んでいるように〝見えた〟？　ジュリエットは一《いち》か八《ばち》か言ってみた。「信じていらっしゃらないのですね」

ミスター・プライスは苦しげな笑みをちらりと浮かべた。「モーガンは死んだとセバスチャンが言えば、それはもう死んだということなんだ」

何て妙なことを言うのかしら。「そうなのですか?」

「そのうちわかるよ」ミスター・プライスはロザリンドのほうを向き、よく通る声でロンドンからの道程についてたずね始めた。

これは変だわ。テンプルモア卿に双子がいたというのは突拍子もない話だが、疑ってはいなかった。ミスター・プライスも認めていたし、グリフも言っていたとおり、モーガンがとった行動とぴったり重なる部分もある。

それでも、テンプルモア卿は弟の死に、なぜほとんど悲しみを見せないの? 明らかに嫌っていたであろう父親のことは悼んでいたのに、時間と労力をずいぶん使って捜索していた弟の死はさほど悲しんでいるようには見えなかった。それだけでなく、ジュリエットに対する挙動の不審さと、ミスター・プライスの謎めいた発言も気になった。

一つ一つは不揃《ふぞろ》いな縫い目にすぎなくても、全体を見れば下手なパッチワークのタペストリーであることがわかる。この件に関しては、パッチワークの下にある薄汚れた布を発見するまであきらめないと、ジュリエットは心に決めた。

3

〝清潔な手袋はしばしば汚れた手を隠す〟

テンプルモア邸の勉強部屋の壁にかつて掛かっていたイギリスのことわざ一覧より

廊下の足音が消えたのを確認してから、セバスチャンは書斎を離れた。少し歩いてまた曲がり、階段を上って昔の勉強部屋、今は作業場として使っている部屋に入る。

以前は地図とためになることわざの一覧表が掛かっていた場所に、拳銃の銃床と銃身が釘《くぎ》で留められている。荒っぽい傷のついたテーブルが置かれているのは、かつて学習用デスクときいきい音の鳴る地球儀があったところだ。一方の端には、セバスチャンがスケッチしたデザイン画と本が並んでいる。反対の端には、発射機構、火皿、銅製ケース、雷管、硝石の細粒が入った瓶、木炭、自分で火薬を作るための硫黄などがあった。

セバスチャンはテーブルのそちら側に行き、木やすりと今デザインしている決闘用拳銃の銃床を取った。がさがさした楓《かえで》材が革の作業用手袋に引っかかるのを感じながら、腰を下ろして未完成の部分をやすりで磨き始める。

普段なら銃床を触っていると気が休まるのだが、今日は違った。この一大事を、いったいどう処理すればいいのだ？

ナイトンが現れたタイミングは最悪だった。ランブルックによそ者が来たときはあらかじめ知らせてくれるよう、町の誰かに頼んでおけば、彼らと顔を合わせずにすんだのに。だが、あれから二年経《た》った今、警戒心はゆるんでいた。

何ということだ、ナイトンがジュリエットをここに連れてくるとは。しかも、大人になった彼女を。十八歳のジュリエットは、自分の魅力に無自覚な若い娘らしく、ぎこちなく自信なさげに動いていた。家事を担っているため社交界に出ることがなかったのか、不思議なくらい世間ずれしていなかった。

ところが、二十歳の今は……。あの魅惑の小柄な体に、驚くほどぎっしりと大人の女性がつまっている。当時はくすぐられる程度だったものに、今は苦しめられてしまう。

何と愚かなことを。これでは身持ちの悪い父親と同じではないか。今やるべきなのはあの一家の疑惑を静める方法を考えることであり、ジュリエットの口から出る言葉を漁《あさ》って、一緒に過ごした一週間の記憶を集めることではない。ライの小屋で何時間もチェスをしたことは覚えているのか？　馬車の中での気楽な会話は？　最後にしたキスは？

木やすりを持ったまま、セバスチャンの目はうつろになった。あの最後のキス……僕はいったい何を考えていたんだ？　一週間は品行方正に過ごし、ジュリエットには手も触れることなく、二人で密輸団から逃げ出すことができた。

そして、その場をあとにするとき、キスをするという危険きわまりない行動に出たのだ。あのときは、セバスチャンだけが馬で去ったことに対するジュリエットの怒りをなだめるつもりだった。ところが、少女の中で芽生えつつある大人の女性を追い求めてしまった。あそこで別れられたのは幸いで、危うくブレイクリーの名を永遠に汚すところだった。

残念ながら、長い間抑えてきたその欲望は、ジュリエットを見たとたんにそっくりよみがえった。無理もない話だ。これまで厳格な生活を送り、責任と義理の堅守を自らに課すことで、父の素行の悪さと母の不在を消そうとしてきたのだ。ジュリエットに惹《ひ》かれるのは当然だ。惹かれない男がどこにいる？　だが、この状況に対する反応に、その感情をにじませたのはまずかった。隠さなくてはいけないことはたくさんある。感傷やその他の厄介な衝動のせいで、目的を見失うことがあってはならない。

突然勉強部屋のドアが開き、ルー叔父が入ってきた。セバスチャンは不満の声をあげ、銃床に向かって背中を丸めた。

「やっぱりここにいたのか」ルー叔父は、テーブルの向かい側のスツールに座って言った。

セバスチャンは叔父とこの話をする気になれず、木材にやすりをかけ続けた。とにかく、状況を立て直す方法が見つかるまでは話したくない。叔父はエナメルの嗅ぎ煙草《たばこ》入れを取り出して少量つまみ、ロンドンのしゃれたサロンにでもいるかのように、気楽な調子で匂いを嗅いだ。だが、そのように平然とふるまわれたところで、セバスチャンがだまされることはない。「おまえの手に負えない問題はないんじゃなかったのか」ようやく叔父は物憂げに口を開いた。「あの一家がおまえを捜しに来ることはないと言っていたな」

セバスチャンは自分が口にした半面の真理を繰り返されたことにひるみ、気づくと鉛筆で描いたデザインの半分を削り取っていた。それ以外に何と言えばよかったんだ？　叔父に心配はかけたくなかった。セバスチャンがサセックスから戻ってきた当初、心配事はほかに山ほどあった。例えば、モーガンの行方を捜すことだ。

「たとえ居場所を突き止められても」叔父は続けた。「うまくやると言っていただろう」

「うまくやります」セバスチャンが猛烈な勢いでやすりを動かしたせいで、おがくずが膝に溜《た》まった。「大丈夫です」

「クラウチに対してもうまくやったつもりか？　向こうの条件をのんで、無実の人間を誘拐までしたんだぞ？」

「あの誘拐は完璧にやり遂げましたよ。レディ・ジュリエットに痛い思いをさせることなく、無傷で解放したんですから」叔父が眉を上げたので、セバスチャンはうなるように言った。「叔父様こそちゃんとしてください」

「おい、私は密輸業者の一団を一人で相手にするほど正気を失ってはいないぞ」叔父は上着の袖についた嗅ぎ煙草を払った。「最後に助けられればいいという考えで、女性を危険な目に遭わせるほど傲慢でもない」

「いいかげんにしてくれ」セバスチャンは木やすりを放り出した。「僕にどうしろと？」

叔父は冷ややかな目でセバスチャンを見据えた。「今回ばかりは手に負えないと認めればいい。おまえも失敗することがあるんだと」

ルー叔父の言うことが図星だからといって、受け入れるわけにはいかなかった。「失敗などしていません。やるべきことはやった。クラウチの手下がモーガンをどうしたか聞き出したんですから」

「それも結局、無駄に終わった」ルー叔父は嗅ぎ煙草入れをポケットにしまった。「海軍委員会が二カ月前、モーガンを海賊船で見かけたと教えてくれなければ、今もあの子はオセアナ号とともに沈んだと思っていたよ」

セバスチャンは深いため息をつき、ズボンからくずを払った。何よりも耐えがたいのはそのことだった。誘拐もクラウチとの最終対決も、すべて水の泡になってしまった。「いつでも好きなときに自宅に帰ってくれて構いませんよ」セバスチャンはぶつぶつ言った。

「いやいや、おまえがそう簡単に私を追い払うはずがない。まあ、私が公園の向こうのフォックスグレンに戻ってくれれば、その間に客人をたたき出して、紙みたいに薄っぺらい作り話に大穴を空けられるのを阻止できるのにとは思っているんだろうが」

「客人?」セバスチャンはうんざりして鼻を鳴らし、銃床を放り出した。いずれにせよ、これはもう使い物にならない。「叔父様が招待しただけで、僕はそんなつもりはなかった」

叔父はその言葉を退けるように手を振った。「そんなことはどうでもいい。おまえがあの気の毒な娘の人生を台なしにしたいきさつを知った以上、ほかにどう反応すればいい?」

「僕は彼女を守ろうとしたんだ! 言ったでしょう、クラウチは身代金が欲しかっただけじゃない。何かの取引が失敗したとかで、ナイトンに復讐《ふくしゅう》しようとしていた。だからこそ、僕はクラウチの条件をのんだんです。僕がやってもやらなくても、あの男はレディ・ジュリエットを誘拐していた」セバスチャンはぶるっと身を震わせた。「ナイトンの義妹《いもうと》に乱暴すれば、復讐としては上出来ですからね」

「少なくともその事態からは、彼女を守ったと」

「あらゆる事態から守ったんです」

「では、なぜレディ・ジュリエットとその家族はおまえを懲らしめようとしている?」

その言葉は鞭《むち》となり、叔父の思惑どおりセバスチャンの良心をぴしゃりと打った。セバスチャンはそれを無視した。ジュリエットの責めるような目の記憶も無視した。くそっ、あの難しい状況で最善を尽くしたというのに。その件で罪悪感を覚えるのはまっぴらだった。「僕とはこの状況に対する見方が違うからでしょうね」

「無理もない話じゃないか。おまえが事情を少しも話さなかったせいだろう？　レディ・ジュリエットを家族に返しただけで、先方が望む償いを何もせずに姿を消したせいだ」

「裁判を受けろということですか？　ナイトンなら間違いなくそれを望んだはずだ」

「レディ・ジュリエットとの結婚を申し出て、筋を通せばそうはならなかった」

　セバスチャンはうんざりして手で顔をこすった。「僕も考えなかったわけじゃありません」特に、あのキスのあとは。「でも、それは危険すぎます。もしその申し出が受け入れられず、僕が絞首台に引きずっていかれることになったら、誰がモーガンを捜して、チャーンウッドの世話をするんです？　いいですか、あの一家が僕を軽蔑する理由はたっぷりあるんです。僕がクラウチの手からレディ・ジュリエットを救おうとしている間に、レディ・ヘレナとナイトンの友人のブレナンも危険な目に遭ったんですから」

「要するに、あの誘拐は完璧にやり遂げたわけではなかったということだな？」

　セバスチャンはむっとした顔で叔父を見てから、立ち上がって暖炉に向かい、しゃがんで火に薪《まき》をくべた。まったく、この部屋は昔から寒い。「あの二人が現れるまではうまくやっていたんです。レディ・ヘレナとブレナンがお呼びでないところに入りこんできただけで、それは僕のせいじゃない」

「噂《うわさ》のせいでレディ・ジュリエットの体面に傷がつきそうになっているのも、おまえのせいじゃないというわけだな」

「僕はその件にはかかわっていない！」セバスチャンは激昂《げっこう》し、立ち上がって叔父と向かい合った。「僕をどんな恥知らずだと思っているんですか？」

叔父は煙草入れを取り出し、嗅ぎ煙草をあと少しつまんだ。「さあな。誘拐犯か？」

「はは、面白い。でも、僕はレディ・ジュリエット本人と彼女の体面を守るために、細心の注意を払ったんです。家族はあの件を表沙汰にしないと思ったし、実際にそのとおりだった。この新たな噂に関しては、そんなものは存在しないと思っています。ロンドンの三流紙にも書かれていなかった。そもそも、これだけ時間が経ったあとに、誰があの件の噂をするんです？　どうやって知るんですか？　もし本当に噂が出ているのだとしても、広まっているわけではないんでしょう。大げさな話をしてこっちの同情を引き、僕に正体を明かさせようとしているんだ。断じてお断りですが」

「では、レディ・ジュリエットは一人で苦しめばいいということだな？」

セバスチャンはかっとなった。「いいですか、もし本当にロンドンで彼女の噂が広まっていることが確認できたら……まあ、ほぼありえないと思いますが、その場合は噂を静めるために何らかの手を打つつもりです。でも、それもこのモーガンの問題が片づいてからだ」暖炉の前をうろうろする。「レディ・ジュリエットと一緒にいる間、実際に僕が何かしたわけじゃない。どこまでも礼儀正しくふるまったんです」

「そうなのか？」ルー叔父は横目でセバスチャンを見た。「それはさぞかしつらかっただろうな。きれいな娘だから、まともな目をした男なら誰でもぐっとくるだろう」

セバスチャンは顔をしかめないようこらえた。ルー叔父がジュリエットの魅力に目を留めていたのが不愉快で、不愉快になった自分がまた不愉快だった。何しろ、ルー叔父はジュリエットの二倍以上の年齢なのだ。「それでも、僕は紳士的にふるまったんです。恥じることは何もありません」あの一度きりのキスは例外だ。完璧で、官能的な……。

まったく、なぜあのことばかり考えるんだ？

「もし何も悪いことをしていないのなら、ナイトンに本当のことを話せ」

「いいですよ。そうしたらナイトンは町を出る途中で治安判事のもとに寄って、僕が鎖につながれてロンドンに連れていかれるよう手配するでしょうね。あいにくですが、僕は首をまともな長さに保っておきたいのですよ」

「ミスター・ナイトンなら、弟を救いたいというおまえの気持ちを理解できる程度の分別は持ち合わせているさ」

セバスチャンはあきれた顔をした。「叔父様はあの人の分別のなさをその目でごらんになったでしょう」

叔父は顔をくもらせた。「ああ、そうだな、けんかっ早い男だ」

「しかも、ナイトンは商売の仕方も容赦ないと聞きます」セバスチャンはテーブルの前に戻った。「自分が何をされるか心配しているわけじゃありません。リスクは承知のうえですから。ただ、モーガンが戻るための交渉に首を突っこまれるわけにはいかないんです」

叔父はため息をついた。「そのことを忘れていた。あれからモーガンから連絡は？　何か説明はあったか？」

「もうすぐ家に帰る、そのとき説明するという短い手紙が一通来ただけです」セバスチャンは顔をしかめ、革張りのスツールにどさりと腰を下ろした。「海賊王の船に乗っていたことを、いったいどう説明するというんです？」

叔父は頭を振った。「あれはいまだに理解できないね。内務省の依頼で密輸団に潜りこんだところ、スパイだと気づかれてオセアナ号に監禁され、船が沈没したのであの子も死んだものだと思っていたら、海軍の人間が、ウィンスロップ卿《きょう》の船を乗っ取ったサテュロス号でモーガンが目撃されたと伝えてきた。長年祖国に仕えたあとで、なぜ海賊とつるむんだ？　モーガンがいたというのは、ウィンスロップの乗組員の勘違いか？」

「海軍でモーガンと一緒だった人物らしいので、それはないでしょう。とんだ災難ですよ。おかげでウィンスロップはモーガンの首を取れと大騒ぎです。幸い僕は社交界で顔を合わせたことがありませんが、もし会っていたら僕の首を要求していたでしょう」

「モーガンがサテュロス号に乗っていたのは、その船がオセアナ号を沈めたからとか？」

「それは僕も考えました。でも、海賊王は略奪しかしないという話です」セバスチャンはため息をついた。「それでも、海軍は目の敵にしていますからね。モーガンがあの男の逮捕に協力するのと引き替えに、無罪放免を申し出てくれているのは幸いです」

セバスチャンは立ち上がって窓辺に歩み寄り、夕日とウェールズとの境界線に続く西側の芝生を見下ろした。「モーガンが戻ってきたらすぐに、そのことを誰にも知られないうちに問題を片づけなきゃいけない。ナイトンに引っかき回されるのだけはごめんなんです。海軍委員会に誘拐のことを通報されたら、交渉はたちまち決裂だ。海軍が好意的なのは、僕が外面的には人格者に見えるからでしょう」

叔父はため息をついた。「そのとおりだろうな」

「だからこそ、ナイトンにはモーガンは死んだと思わせたいんです。そうすればモーガンへの復讐をあきらめるだろうし、海軍委員会に僕のしたことを知られることもない」

ルー叔父はしばらく黙ってセバスチャンを見ていた。「私が心配しているのはモーガンのことだけではない。もしおまえが絞首刑になったら……」ぶるっと身震いする。「そこまでは考えないようにしよう。でもとりあえず、おまえがいなければチャーンウッドは崩壊するし、そうなればモーガンが後釜に入るような気がしてならないんだ。弟を救おうとすれば、自分の身も大きな危険にさらすことになるんだと肝に銘じてほしい」

そのことなら、すでに肝に銘じている。

「おまえのやっていることは、家族としての義務の範囲を超えていると言う者もいるだろうし、相手が家名を顧みず、海賊とつるむような男であればなおさらだよ」

「それでも、弟なんです。ブレイクリー家の人間は家族を見捨ててはならない」モーガンを取り戻すためなら、何でもするつもりだった。今もそのつもりだ。僕にルー叔父以外の誰がいる？　これまで父も母もなしに育ってきた。ルー叔父でさえ、そばにいてくれたことはほとんどない。モーガンが現れて初めて家族を持つ感覚を知ったというのに、それを簡単に手放すつもりはなかった。「それに、僕がモーガンを捜していなかったら、叔父様は僕を撃っていたでしょう。あなたはならず者に弱いから」

「私がいちばん弱いのはおまえだよ、セバスチャン。おまえのお母さんと妻のルシンダをずっと前に亡くしてからは、私にはおまえたち二人しかいなかったから」叔父は咳払《せきばら》いをした。「でも今は、二人とも私の神経を逆なでするばかりだ」

セバスチャンは窓辺から部屋の中に向き直った。「モーガンがこんな面倒なことになっているのは、僕のせいじゃありません」

「ああ。でも今無情な男と真実を求める娘さんに包囲されているのは、おまえのせいだ」

セバスチャンもそれは否定できなかった。テーブルに戻り、椅子に座る。「それでもモーガンを捕まえたら、海賊王とかかわったことで隣の州まで追い回してやりますけどね」

叔父は笑った。「私も手伝うよ。まあ、モーガンがレディ・ジュリエットを誘拐したと思いこんでいるナイトンに任せるという手もあるけどね」

「そうしたいのはやまやまですが、いくらモーガンでもそれはかわいそうです」セバスチヤンは分解するつもりだった火打ち石銃を手に取り、錆《さ》びたねじに牛脚油を差した。「モーガンが無事放免されたら、僕はナイトンの手荒な扱いに甘んじるつもりです」

「それまでどうやってあの一家を遠ざけておくつもりだ?」

「それがわかれば苦労しません」セバスチャンは錆びた打ち金を上下させ、なめらかに動くようにした。「ここに泊まるよう誘うなんて、事態を悪化させるだけですよ」

「まさか」ルー叔父は宝石のはまった手を振って言った。「今夜よく眠れば元気に目覚めてロンドンに帰ってくれるさ。だが〈孔雀《くじゃく》の目〉に泊まったら目覚めも悪いだろうから、ナイトンは引き返してきてまたおまえの鼻を殴るだろう。私は協力したかっただけだ」

「僕を困らせたかったんでしょう」

ルー叔父は目をきらめかせ、セバスチャンの指摘が図星だったことをうかがわせた。

「まあね。でも私がそう言ったときのおまえの顔は見ものだった。この面倒な状況のせいで不便も出てくるだろうが、あの顔が見られただけでも苦労した甲斐《かい》があったよ」

「不便?」セバスチャンは眉を上げた。「その程度ですむなら、叔父様の楽しみに文句を言うつもりはありません。でも、問題が片づく前にもっと面倒なことになるかもしれないんです。ナイトンが僕の言い分を信じているのかどうかもわかりませんし」

「レディ・ジュリエットは? 彼女こそ信じているのか? そっちのほうが問題だろう」

セバスチャンはジュリエットの顔を、目に浮かんだ確信を、責めるような視線を思い出した。「それもわかりません。とにかく真相を見抜かれるのを阻止するだけです」叔父をちらりと見る。「それは叔父様の仕事です」

ルー叔父は疑わしげにセバスチャンを見た。「私の？　なぜ？」

「あの人たちがうちに泊まるという厄介なことになったのは叔父様のせいなのだから、僕が今夜の夕食と明日の朝食に現れない理由を説明してください。僕の姿を見る機会が少ないほど、レディ・ジュリエットが僕を誘拐犯だと気づく可能性も減りますから」

「おまえがいなければ、彼女は疑いを強めるに決まっている」

「僕が世捨て人であることを強調しておいてください。あるいは、弟の話をしたせいで悲しみを新たにしたとか。一家がここを出るまで、レディ・ジュリエットを僕から遠ざけてくれればいいんです」

「逃げ回ればそれで解決すると思っているのか？　おまえのかわいらしい妖精さんは、おまえをやっつけようと心に決めているように見えるが」

「僕の妖精ではありません！」強い抗議の声に叔父が何か勘づくかもしれないと思い、口調をやわらげて言う。「レディ・ジュリエットは僕の何でもないんです。それに、いくら虚勢を張ろうとも、突き崩すのは簡単です」少なくともセバスチャンはそう願っていた。

ジュリエットは生まれてこのかた大事に育てられ、甘やかされてきたというのに、自分が誘拐されたと気づいた晩は実に気丈なふるまいを見せていた。それでも、家族の意見には不本意ながらも従う傾向がある。「ナイトンの疑惑さえ晴らすことができればレディ・ジュリエットのほうは何とかなるはずです」

叔父は悲しげに頭を振った。「冷たいな。あの気の毒な娘の気持ちをよくもそんなふうに無情に語れるな？　聞いた限りでは、おまえのせいでひどく傷ついているというのに」

叔父の言葉にセバスチャンは動揺したが、ここ数年間、家族に対する責任を果たすために良心をしまってきたクローゼットに、その気持ちを押しこめた。「無情ではありません、現実的なだけです。レディ・ジュリエットは若い。ときが経てば心の傷は癒えるだろうし、モーガンは死んだと思えばいっそう回復は早いでしょう」

「そうだろうか？」ルー叔父は上着から香りつきのハンカチを取り出し、高い鼻についた嗅ぎ煙草を拭いた。「おまえはレディ・ジュリエットに恋させておいて、その気持ちを踏みにじったんだ。愛《いと》しの甥《おい》よ、あの娘がこのまま傷が癒えるのを待つと思っているなら、おまえは女性に関する基本知識が足りないということだ」

ジュリエットに恋心を向けられていたあの一時の記憶がよみがえり、セバスチャンは動揺して息が止まりそうになったが、それは快い感情ではなかった。もし叔父の言うとおり、その恋情が燃えるような復讐心に変わっているのだとしたらなおさらだ。「叔父様の意見が間違っていることを願いますよ。そうでなければ長く困難な戦いになるでしょうから」

4

〝我にとってハデスの門ほど憎きものは、心に隠し事をし別事を口にする人間なり〟

ジュリエット・ラブリックが刺繍《ししゅう》見本用にデザインしたものの刺繍はしなかった

ホメーロス作『イーリアス』の一節

夕食が終わって一時間後、ジュリエットはテンプルモア卿《きょう》の書斎に近づいた。ドアは開いたままで、部屋は暗かった。

やっぱり! ミスター・プライスは嘘《うそ》をついていたんだわ!

テンプルモア卿は〝書斎で地所の台帳に目を通して〟はいなかった。あれはでまかせだったのだ。それに、早寝するようなタイプでもない。要するに、この屋敷のどこかにいて、ジュリエットを避けているのだ。

そこで、グリフとロザリンドが部屋に下がったとき、ジュリエットは自分も床につくふりをした。メイドが着替えの手伝いをしに入ってくると、服を着たまま寝具の中でうずくまり、寝たふりをした。そして、部屋を抜け出してここに来たのだ。

書斎に入り、中に誰もいないことを確かめる。テンプルモア卿が夕食の席にいないこと、いやそこから逃げたことを知っても、驚きはしなかった。双子の弟が自分を誘拐したという戯言《たわごと》をジュリエットが信じていないとわかっていて、避けているのだ。ジュリエットはあの話について午後中考え、彼の主張のほつれをほどいて、縫い目の粗をあらわにした。方法や理由はまだわからないが、ある一点だけははっきりしていた。ジュリエットを誘拐したのは、テンプルモア卿だ。

廊下から足音が聞こえ、ジュリエットはぎょっとした。すばやくドアの陰に身をひそめ、息をつめていると、ろうそくの灯《あか》りが暗い部屋に一筋の光を投げかけた。

「セバスチャン、いるのか?」すぐ近くで声がしたので、ジュリエットはびくりとした。だが、それはミスター・プライスで、やはりテンプルモア卿を捜しに来たようだった。幸い、ジュリエットには気づいていない。

「また銃をいじっているんだな?」ミスター・プライスはそうつぶやきながら、来た方向に引き返すのではなく、そのままホールの奥に進んでいった。

ジュリエットはためらった。知らない家で男性についていくのはいけないことだが、一人でテンプルモア卿と対峙《たいじ》できるこのチャンスを逃すわけにはいかなかった。疑惑に対する反応しだいでは、グリフに行動を起こさせるだけの証拠を集められるかもしれない。

グリフは信じられないくらい強情で、朝になったら出ていくと言い張っている。ジュリエットが抗議し、テンプルモア卿が信用できない理由を説明しても、一つ残らず退けられた。だが、グリフを責めるべきではないのだろう。自分も直接モーガンに会っていなければ、やはり信用していただろうから。

けれど、実際には会っている。そうなると、話はまったく違ってくるのだ。

ミスター・プライスの足音が階段を上るのが聞こえ、ジュリエットは急いであとを追った。敵のもとに連れていってくれるかもしれない。

ミスター・プライスのあとをつけるのは簡単だった。長年、病床についている父の寝室を静かに出入りしていたため、足音を忍ばせるのはお手のものだったし、ロザリンドが結婚する前の貧乏暮らしのせいで、灯りの少ない廊下を歩くことにも慣れていた。

月光のようにひそやかに、気づかれないだけの距離を空けて、ミスター・プライスのどすどすという足音を頼りに静かに階段を上った。彼が階段を上りきったところで動きを止める。その下の踊り場にのって、息をつめて待った。ドアが開き、ホールに灯りがもれる。

「相変わらずここに隠れているのか？」ミスター・プライスはそう言いながら中に入っていった。

その様子を確認してから、ジュリエットも階段のいちばん上まで行った。胸をどきどきさせながら、四角くもれた光の外側を回り、後方の暗がりに身をひそめてミスター・プライスが出てくるのを待つ。二人の会話を盗み聞きしたくてたまらなかったが、そこまで近づく危険は冒さなかった。見つかってしまえば、目的を果たすことができない。

まもなくミスター・プライスが出てきて、後ろ手にドアを閉めた。彼は足早に階段を下りていき、ジュリエットはその足音が聞こえなくなるのを待ってから、問題の部屋に近づいた。恐怖のせいで自信にぷつぷつと穴が空く。すべて間違いだったらどうしよう？　恥をかくことになってしまったら？

間違ってはいない。そんなはずはない。それに、今テンプルモア卿に対峙しなければ、二度とチャンスはない。ジュリエットは息を吸って心を落ち着けてから、ドアを開けて中に入った。

そこは、地獄の口のようだった。銃の部品が壁に留められたり、長いテーブルに散らばったりしていて、その上でランタンの灯りが不気味に揺らめいている。怪しげな粉の入ったガラス瓶が真ん中に並び、煙った空気に硫黄のほのかな悪臭が充満している。その中心にテンプルモア卿が君臨し、目の前にランタンを置いて金属を取り扱っていて、その姿はまるで神の鍛冶場の炎の中で鉄製品を作るヘーパイストスのようだった。

すすけた天井と暖炉の弱々しい炎から察するに、使用人はここには寄りつかないのだろう。何と分別のあることか。ジュリエットは自分にその分別が欠けていたことを後悔し始めた。そもそも、ここに来ること自体が間違っていたのだろう。

そのとき、テンプルモア卿が顔を上げずに口を開いた。「ドアを閉めてください、叔父様。ただでさえ寒いのに、隙間風まで入ってくるのは困ります」

ジュリエットは恐怖心を抑え、後ろ手にドアを閉めた。「ごめんなさい、テンプルモア卿。迷惑をかけるつもりはなかったの」

テンプルモア卿の背筋は跳ね返った弓の弦のように伸びたが、ジュリエットのほうは見なかった。「ああ、レディ・ジュリエット。迷ったのだね。客用寝室は東棟だよ」

冷血な獣はいつもどおり感情を閉じこめていた。「わかっていると思うけど、迷ったわけじゃないわ。本当のことを話してもらおうと思って来たの。どんな名前を使おうと、モーガンだろうとテンプルモア卿だろうと、あなたが私を誘拐したことに変わりはない」

ジュリエットの記憶と寸分違《たが》わない動きで、テンプルモア卿は金属細工を置き、革張りのスツールをくるりと回してジュリエットのほうを向いた。「レディ・ジュリエット、君は動揺しているせいで、理性を欠いているんだ。お姉様を呼んだほうがいいか?」いかにも心配そうなそぶりで、スツールから立ち上がろうとする。

「動かないで! 理性ならこれまでにないほど保っているわ」

心と同じくらい真っ黒な目が、ジュリエットを値踏みした。「なるほど。君は普段からイギリスの貴族に、密輸団とのつき合いや若い女性の誘拐の罪をかぶせているのか?」

「あなたが初めてよ。これが最後になってほしいと心から願っているけど」

「僕もだ。濡《ぬ》れ衣《ぎぬ》を着せられる男がこれ以上出てほしくはないからね」

ジュリエットはかっとなった。ここに来たのは、復讐《ふくしゅう》のためではなかった。ただ、答えが欲しかった。だが、真実を認めることを拒むその傲慢な態度に、この男を罰してやりたいという見下げた野蛮な本能が刺激された。「そっちこそ芝居はやめて。私たちが捜しているのがあなただってことははっきりしているんだから」

「ほう?」テンプルモア卿の笑顔には脅しの色があった。背後のランタンの灯りがたくましい肩越しにもれているため、全身の輪郭が炎に縁取られ、さっきよりも火の神に似ている。「希望的観測は抜きにして、僕を誘拐犯だと決めつける理由を教えてくれないか?」

ああ、丸めこもうとするこの口調が大嫌い。二年前、愚かでだまされやすい少女だったジュリエットに対して使っていたのと同じ口調だ。説得に一晩かかるなら、この口調は今のうちに消しておきたい。「希望的観測はないけど、ここにある拳銃を一挺《ちょう》頭に突きつけて、あなたがひざまずいて許しを請うのを見たいという希望ならあるわ」

それは功を奏した。テンプルモア卿の顔から笑みが消えた。「残忍なおてんば娘だな」

そのとおり。そして、そのようにふるまうのは想像以上に気分がよかった。「私の希望はただ、正義が果たされること」ジュリエットは言葉を切った。「なぜあなたの正体を確信しているかという話だけど、それは証拠が十二分にあるからよ」

「ほう?」テンプルモア卿はスツールから立ち上がり、背筋をまっすぐ伸ばした。

昔から背の高い男性には圧倒されるし、テンプルモア卿は恐ろしく背が高かった。それでも、彼が長身を利用して脅そうとしているのだと思うと、決意はいっそう固くなった。

「モーガンは外国の学校に入っていたと言っていたわよね？」

テンプルモア卿は慎重にうなずいた。

「しかも、イギリスの植民地ではなく、フランス語圏のジュネーヴにいたと」

「教育は英語で受けたんだよ。優秀な教師がついていたんだ」

「それは十三歳からのことでしょう。あなたも言っていたとおり、モーガンは子供のころはそういう特権的な暮らしはしていなかった。それに、お母様もあなたが言っていたような人なら、街中で野放しにされていたかもしれないわ。とりあえず訛《なま》りはあるだろうし、もしかすると礼儀作法と洗練された物腰も身についていないかもしれない」

テンプルモア卿は唇を引き結んだ。「僕の家族をそんなふうに侮辱して何がしたいんだ？」

「私を誘拐した人の英語は洗練されていたし、礼儀作法も完璧だったの。あなたみたいに」

「そうなのか？」テンプルモア卿はジュリエットに近づいてきて、わずか三十センチ手前で足を止めた。「だが、二年あれば記憶は大幅に変わるし、気持ちを落ち着けるために記憶が嘘をつくこともある。おそらく、誘拐した人間をそんなふうに記憶しておくほうが、君には楽だったんだ。男と駆け落ちした自分の判断ミスを正当化できるからね」

ジュリエットの目が険しくなった。よくもそんな当てこすりが言えるわね？「証拠はそれだけじゃないの。今朝のあなたの作り話で気づいたことはほかにもあったわ」

テンプルモア卿はテーブルにもたれ、胸の前で腕組みをした。「ほう？　聞かせてもらおう」

ジュリエットはいっきにまくし立てた。「まず、誘拐犯の服装……あなたと同じように地味だったわ。次に、あの人がついた嘘……陸軍にいると言っていた。海軍の人なら、海軍にいると言えばいいでしょう？　そのほうが偽装しやすいし、説得力もあるわ」

テンプルモア卿はジュリエットをじろじろ見た。「君とご家族の話から判断するに、モーガンが君を説得するのはさほど難しくなかったようだが」

ジュリエットは顔を赤らめた。図星だった。あのときはいとも簡単にモーガンの嘘を信じてしまった。彼はジュリエットが聞きたい言葉を口にし、感じたい気持ちを感じさせてくれた。正直なところ、その気持ちは今も感じたいと思っている。もうあんなふうにあやふやで危険な感情に身を任せるほど愚かではないはずなのに。

「それに」テンプルモア卿は続けた。「もしモーガンが海軍にいたことを明かしていたら、あとから居所を突き止められやすくなるんじゃないか？」

「それでも、密輸団相手には本名を使っていたわ」ジュリエットは得意げに言い返した。

「居所を突き止められることはあまり気にしていなかったと思うの」

テンプルモア卿のあごの筋肉がぴくりと震えた。「そのへんは僕にはわからないな。君を誘拐してオセアナ号に関する偽情報を手に入れようとしたのも、船に乗ったのも、なぜなのかわからない。理にかなった答えがあるようなら、提案してもらえるとありがたい」

問題はそこだ。ジュリエットにも答えはわからない。グリフにもわからなかった。グリフがあれほど傲慢にジュリエットの懸念を退けたのも、答えがわからないせいなのだ。

「町の住民に自由に質問してもらって構わない」テンプルモア卿は促した。「弟が例の密輸団とかかわっている期間、僕はシュロップシャーにいたと証言してくれるだろう。少なくとも、拳銃のデザインに関する用事でロンドンに出た八月まで、こっちにいたのは確かだ。でも、僕が十一月にロンドンにいたことは、君たちも確認したと言っていたよね」

突然ジュリエットの頭にひらめくものがあった。「でも、それが本当にあなただったとどうやってわかるの？　モーガンがあなたの代わりに人前に出て、あなたがサセックスに行っている間の行動を隠していたのかもしれないわ。船の情報が手に入ると、モーガンはあなたからそれを聞いて船に乗ったのよ」

誰もかれもが愚かだと言わんばかりに、テンプルモア卿は大きくため息をついた。「ほとんど知らない弟に自分の地所を預けて、自分は……その、冒険に行くとはどういうつもりだ？　そもそも、なぜ僕が密輸団とかかわる？　もしかして、僕がそうやって財産を築いたと思っているのか？　それなら使用人にきいてみてくれ。実際に僕が何をしたのか喜んで教えてくれるだろうし、そこには断じて違法性はない」

テンプルモア卿の言い分は怖いくらい理路整然としていて、ジュリエットは困惑した。その落ち着いた口ぶりに確信が揺らぎそうなものだが、そうはならなかった。理屈を超えたレベルで、この男性が自分を誘拐したことはわかっていたからだ。とにかく、わかった。

「それで、ほかにも〝証拠〟はあるのかな？」

「あってもなくても同じだわ」ジュリエットは文句を言った。「あなたは自分に都合の悪い証拠は無視するんだもの」

テンプルモア卿は驚くほど心のこもった笑顔を見せた。「君も僕の説明を無視している」

ジュリエットの強情さが再び顔を出した。「じゃあ、これを説明して。私を誘拐した人はあなたと同じくらい銃に詳しかったわ。遠くから見るだけで、マントンの火打ち石銃だと当てていたもの」

「君をがっかりさせたくはないんだが、軍人なら誰でもわかるよ。すでに言ったとおり、モーガンは何年も海軍にいたんだから」

それを聞いて、ジュリエットは慌てた。「でも、あの人は拳銃の扱いにも長《た》けていたし、あなたはその分野も得意なはずよ」

「なるほど。では、君はモーガンが撃つところを見たのか？　人、あるいは標的を？」

ジュリエットは気が重くなった。モーガンが撃ったのは砂岩の天井だった。トンネル全体が崩れ落ちることなく、二人の目の前だけが砕けるように撃っていた。だが、高慢な男爵様はそれでは納得してくれないだろう。何しろ、偶然と言ってしまえばそれまでなのだ。

「〝証拠〟とやらはそれで終わりか？　それとも、まだあるのかな？」

励ますような口調にジュリエットはいらだったが、あとは最も説得力の弱い証拠が一つ残っているきりだった。「あるわ……あと一つ。あの人の匂いと、あなたの匂い。同じなの」

テンプルモア卿は噴き出した。「これは面白い。匂いが同じだと？　同じ匂いの男ならいくらでもいるよ。もしそれがいちばん強力な証拠だというなら、君は鼻が悪いんだ」

ジュリエットは地団駄を踏んだ。「よくも私を笑えるわね、この……この悪党！　あんなことをしておいて――」

「僕は何もしていないよ、レディ・ジュリエット」テンプルモア卿はテーブルを離れ、ジュリエットのまわりをうろついたので、凄《すご》みのあるその顔を見るには首を突き出さなければならなかった。「笑ったのは謝るが、君の言い分はむちゃくちゃだ。復讐したい気持ちはよくわかるが、相手を間違えている」テンプルモア卿の口調は、根気強く子供を諭すときのようだった。「攻撃するべきなのは、君の体面を傷つけようとしている悪党たちだ。そいつらの正体を暴くことに、全力で取り組んだほうがいい。死んだ誘拐犯の兄に腹いせをするんじゃなくてね」

「腹いせなんかしていないわ！　本当のことが知りたいだけよ。なぜあなたがあんなことをしたのか、それでどんな目的が果たせたのか。私には知る権利があるし、その後のなりゆきに迷惑しているとなればなおさらだわ」

テンプルモア卿は一瞬だけ顔にあからさまな悔恨の色を浮かべたあと、すぐに鉄の自制を取り戻した。「確かにその権利はあるよ。でも、君が何と思おうと、僕が教えてあげることはできない。弟がなぜそんな行動に出たのか、さっぱりわからないからね」

信じられないくらい腹の立つ男だ。よくも私の前で、自分の正体を否定できるわね！

一瞬、二人は立ったまま見つめ合い、互いに一歩も譲らなかった。だが、気分が落ち着くと、ジュリエットは正面から非難してもうまくいかないと思うようになった。テンプルモア卿は家系と財産という砦《とりで》の陰に隠れる術《すべ》を知っているのだから、ジュリエットがどんなに強力な証拠を突きつけようとも、白状しろという要求が通ることはない。

ただ、罠《わな》にかければ話は別だ。何しろジュリエットのほうは何度も罠にかけられている。

ジュリエットはうつむいて鼻をすすり始めた。「わかっているわ、あなたの言うとおりよ。私は藁《わら》にすがっているだけなの。でもそれは、モーガンが私の力の及ばないところに行ってしまったから。信じられないのよ、あの人に自分がしたことの償いをさせられなくなってしまったなんて」

「本当に、そこまでつらい思いをしたのか？」テンプルモア卿の声から、うわべだけの心配の色は消えていた。今は心のこもった、優しいと言ってもいい口調だ。「君の……体面は保たれたと言っていたが」

ジュリエットは大げさにため息をつき、架空の涙を拭った。「家族が聞いているところで、ほかに何て言えばいいの？　本当のことを言うのは恥ずかしいわ……あの獣に手荒な扱いをされて、誘惑されて、純潔を汚されただなんて」

テンプルモア卿は低い声で悪態をついた。「君が言っているのはまさか――」

「そうなの」ジュリエットは憔悴《しょうすい》しきった顔を上げた。「私が言いたいのはそれよ」

テンプルモア卿がかっとなって、大声でそれを否定し、正体をあらわにするのを待った。彼はジュリエットの顔を探った。やがて、ジュリエットが言わんとしたことを正確に察したらしく、なるほどという表情になった。「つまり、弟に無理やり奪われたと？」

ジュリエットはごくりと唾をのんでうなずいた。生まれてこのかた、これほどの大嘘をついたことはない。

「嘘だ」

ジュリエットの鼓動が速まった。ついに成功したのだ。「どうしてあなたにわかるの？」

「弟は紳士だったからだ。女性を手荒に扱ったりはしない」

巧みな逃げ口上に、ジュリエットはナイフを刺されたような失望を感じた。「モーガンのことはほとんど知らないと言っていたのに、どうして性格がわかるの？」

　テンプルモア卿は面食らったようだった。「とにかく、わかるんだ」近づいてきて、突然ぎらりと目を光らせたので、ジュリエットは後ずさりした。「でも、あいつが君を奪っていないことを証明する方法ならある」

　テンプルモア卿はさらに近づいてきて、ジュリエットの心臓は胃まで落ちそうになった。そんなことを証明する方法は一つしか思いつかない。「それって、まさか――」

「いや、そこまで大げさなことではない」テンプルモア卿はジュリエットのウエストに腕を巻きつけ、ほてった肌を引きしまった体に引き寄せた。「でも、もし弟が君に誘惑の手管を見せたのなら、君もキスのやり方くらいは知っているはずだ。試してみないか？」ジュリエットが抗議をする間もなく、唇が重ねられた。

　ジュリエットは凍りつき、記憶の沼にはまりこんだ。最後に彼の腕に抱かれたときの記憶。最後に彼にキスされたときの記憶。

　これはそれと同じようで、違っていた。唇はあのときより柔らかく、なだめるようで、その熱と懐かしさに刺激されて体が震えてきた。ジュリエットはどんなに図々《ずうずう》しい求愛者にも効く、腕の中で体をこわばらせる技を使おうとした。でも、この人を前に、どうやって火かき棒のようにじっとしていられるの？　それは無理な注文というものだった。

　しかも今、テンプルモア卿の手はジュリエットの肋骨《ろっこつ》をまさぐり、太ももはスカートに押しつけられ、唇は唇を愛撫《あいぶ》していた。その刺激で、ジュリエットがすでに葬り去ったと思っていた吸引力が、かつて苦しめられた彼の愛撫への渇望が呼び覚まされた。

突然唇に舌が這《は》わされ、ジュリエットはぎょっとして体を引いた。

テンプルモア卿は息を切らしていたが、その目は勝ち誇ったようにきらめいていた。

「君は親密なキスの仕方も知らない」その声はお香の煙のように、ジュリエットにまつわりついた。「それなのに、男女がベッドで行うもっと親密な行為を知っているというのか？」

悔しいことに、頬が真っ赤に染まり、本音があらわになった。「私……その……」

「いいんだよ」テンプルモア卿はささやいた。「もともと君の言い分は信じていなかった」

ジュリエットはむっとした。「親密なキスを避けたのは、あなたを好きじゃないからよ」

テンプルモア卿は面白がるように目をきらめかせた。「そうなのか？　では、レディ・ジュリエット、親密なキスというのはどういう意味なのか説明してくれるか？」

そんなの知らないわ。今までキスした男性は数人、みんな礼儀正しく唇を軽く触れ合わせただけだった。親密なキスというのは、唇をなめるというテンプルモア卿の突拍子もない行動に関係があるの？　私も唇をなめ返せばよかったの？

テンプルモア卿はくすくす笑いながら、親指でジュリエットのあごをなでたあと、強く押して唇をわずかに開かせた。「ほら、教えてあげるよ」

そして、再びキスをした。今回、舌は歯の間に押しつけられた。ジュリエットが好奇心に駆られて唇をさらに開くと、テンプルモア卿は喉で低くうなって舌を中に差し入れた。ああ、すごい、これはすてきだわ。ジュリエットは実に妙な部位がひくつき、炎が灯心を焼きつくすように体が焼かれるのを感じた。

テンプルモア卿は両手で顔を包み、ジュリエットがこれまでどんな男性にもされたことがないほど熱烈なキスをしてきた。舌を使い、ひどくみだらで、確かに親密と呼べる行為を仕掛けてくる。まるで、ジュリエットの口に押し入る権利があるかのように。

ジュリエットは息が止まりそうだったが、こんなにも甘美な気分にさせてくれるテンプルモア卿を止める気にもなれなかった。彼は巻き毛に指を絡みつけると、飲まずにいられないときに男性がブランデーグラスをつかむように、指を頭に食いこませてジュリエットを固定した。たっぷりとした深いキスでグラスが空けられ、ジュリエットの膝は震えた。

脚の間になじみのない、それでいてはしたないとわかるうずきが感じられた。ジュリエットは反応しないようにしたが、テンプルモア卿に寄りかからずにはいられなかった。彼はそれでますますかき立てられたらしく、ジュリエットのウエストを強くつかみ、腹を重ね合わせて、無鉄砲な遊び人のように唇を奪った。

よかった。彼が熱心で、自制を失っているのがよかった。二年前、こんなふうにモーガンに求められたいと願っていたが、それがついに……かなったのだ！

モーガンと出奔し、その後ともに密輪団から逃げ出したときのことが思い出された。熱と興奮の奔流が、少女じみた愚かな夢を嘲笑《あざわら》う。荒々しく激しい欲求が、純潔を焦がす。

私、いったいどうしたの？　二年前の過ちを繰り返すつもり？　今はこの男の正体を暴こうとしているだけで、彼に身を任せようとしているわけじゃない！

でも、これがあまりにしっくり来るから……。

それに、こんなことがあったあとでは、この人も二人の以前の関係を否定しにくいはず。そう思うと、不安より降伏のほうにバランスが傾き、ジュリエットはテンプルモア卿の首に腕を回して、うなじで波打つベルベットのような髪を押しつぶした。鉄と牛脚油の匂いに包まれ、頭がくらくらする。ヘーパイストスに鍛冶場に引きずりこまれ、自らも進んで火の中に飛びこもうとしていた。

テンプルモア卿は、ジュリエットの熱心な唇から口を引きはがしてささやいた。「ジュリエット……ああ、愛《いと》しの君……」

私を〝愛しの君〟と呼ぶのはあの人だけだ。「モーガン……」ジュリエットはささやき返した。

テンプルモア卿は凍りついた。ジュリエットから体を離し、呆然《ぼうぜん》と目を合わせる。熱い鉄が水に投げこまれたかのように、顔の熱がさっと引いた。ジュリエットにかけていた手が落ちる。「僕はいったい何をしているんだ？　頭がどうかして……」

テンプルモア卿はくるりと向きを変え、前のめりになってテーブルにこぶしをついた。鋭く激しい呼吸のせいで、肩が震えている。

「モーガン？」ジュリエットは歩み寄り、彼の背中に手をかけた。

ジュリエットに触れられ、テンプルモア卿はたじろいだ。「二度とその名前で呼ぶな。セバスチャンでもテンプルモア卿でもいいが、モーガンはやめろ。僕はモーガンではない！」すばやく振り向き、再びジュリエットと向き合う。何かに憑《つ》かれたような目が薄闇できらめき、顔は怒りにゆがんでいた。「そのことはきちんと証明できたと思うんだが」

彼の否定の言葉が短剣のように心に刺さり、ジュリエットは震え始めた。まさか、こんなことをしておいて、嘘をつき続けるわけじゃないでしょうね。どうしてそんなことができるの？「お願い、モーガン、やめて――」

「モーガンではない！」テンプルモア卿は顔をそむけた。「違うんだ」美しい豊かな髪を顔から押しのける手の震えだけが、彼が見かけほど冷静でないことを示していた。「それからもう一つ。男に汚された女性は、家族が復讐する気満々であれば、その男を捜し出すのを二年も待ったりしない。家族に真実を告げないはずがないし、犯人と思われる男を責めるのに一人でこっそり来ることもない」

ジュリエットに視線を戻し、声を落として言う。

「相手の男に親密なキスをさせることなど絶対にない。弟との間に〝いやらしい〟ことは何もなかったんじゃないか？　これだって君のテストにすぎなかった」

本気ですべてを否定するつもりなんだわ！　あの非道で、卑劣な行為のすべてを……。

「でも、これだけは言っておく」刺した短剣をひねるように、テンプルモア卿は続けた。「僕を悪者に仕立て上げようとしても無駄だ。僕は君が捜している男じゃない。僕がその男だと証明することは絶対にできない」

もしジュリエットが今この瞬間に、テンプルモア卿の恐ろしい武器のどれかを手にしていたら、間違いなく彼は死んでいただろう。この人は今ここであれほどの情熱をこめてキスをしておいて、あれには何の意味もなかったと否定し、ともに過ごした日々そのものを否定しているというのに、私は今も唇に彼の味を感じている……。

まあいいわ、駆け引きにつき合ってあげましょう。社交界で行われる駆け引きならいくつも見てきたのだから、私にもできるはず。それが、この男に真実を白状させるために必要なことであるなら。「そのとおりよ。今のはテスト。でも、あなたは合格したわ」

ジュリエットが急に戦術を変えたので、テンプルモア卿は疑わしげな目をした。「合格？」

「そうよ。まずは、私にモーガンと呼ばれたときの反応。次に、あの人とはキスの仕方がまるで違っていたこと」

「モーガンは君に親密なキスをしなかったということだな」

「いいえ。あの人のキスにはもっと感情がこもっていたわ。いかにも悪い男らしく、もっと奔放なキスをした」テンプルモア卿も同じだったと認めるくらいなら、死んだほうがましだ。私を欺くことにいっさい良心のとがめを感じないのなら、これくらい言ったっていい。「もちろん、無鉄砲な遊び人なら当然ね。ああいう類いの男性は、女性の情熱を燃え上がらせることに長けているもの。それに比べてあなたは……」この先は言わなくてもわかるでしょうと言わんばかりに、ジュリエットは言葉を切った。

テンプルモア卿は強情そうな目つきでジュリエットを見つめた。「僕は何なんだ？」

「紳士よ、もちろん。無謀なキスをするには礼儀をわきまえすぎているし、女性の情熱に火をつけようと思ったことなんてないんでしょうね」

「弟が僕以上の情熱をこめてキスをしたはずがない。あいつはそんな男じゃない。弟は一度キスしたが……」テンプルモア卿は今さら間違いに気づいたように口をつぐんだ。「モーガンは何度かキスしたが、おとなしいものだったと君も言っていたじゃないか」

やった！　憎き鎧《よろい》にようやく穴を空けることができた。一度きりのキスの話はそもそもしていない。テンプルモア卿はぼろを出した。このまま疑いは晴れたと思わせておけば、さらに油断させることができそうだ。テンプルモア卿の傲慢さを逆手にとってこちらの武器とし、ことあるごとに過去に関する〝どこまでも悪気のない〟発言をして彼のプライドを打ち砕くのだ。

ジュリエットは肩をすくめた。「おとなしい？　あら、それはまったく別の問題よ。あの人のキスは確かにおとなしかったけど、それでもぞくぞくしたわ」テンプルモア卿の反応があまりに思う壺《つぼ》だったので、ジュリエットは笑いを噛《か》み殺すのがやっとだった。彼は明らかにむっとしていた。「つまり、あなたのキスはどこまでも無難だったけど――」

「無難！」テンプルモア卿はどなった。

「でも、それは仕方がないわ」この新たな戦術に夢中になり、ジュリエットは早口で言った。「モーガンは世間を知っているけど、あなたは世間とはかかわらないようにしているものね。このお屋敷に引きこもっていたら、女性とのつき合いもあまりないはずよ。私が見る限り、女性が好きですらない――」

「いいかげんにしろ」テンプルモア卿は吠《ほ》えた。「僕はそういう人種ではない！」

ジュリエットは彼の言う意味が理解できず、目をしばたたいた。「どういう人種？」

テンプルモア卿の顔から怒りの色が少し引いた。「気にするな。とにかく、僕は普通に女性が好きだということだ」

ジュリエットは心配そうな声音を作った。「まあ、何か誤解しているのね。私はただ――」

「君が言いたいことはわかっている」テンプルモア卿は早口に言った。「〝無鉄砲な遊び人〟である弟は、ロマンティックなキスで君をうっとりさせた。だからこそ、君はあいつを見つけたい。誓いどおりに結婚してくれなかった男を罰するために」

テンプルモア卿は少しでもプライドを保つために、そう解釈したいだけだ。だが、ジュリエットは彼のプライドなど守るつもりはなかった。「まさか。あの人を見つけたいのは、本当のことを知りたいからよ。約束どおり結婚していたら、最悪なことになっていたわ」

テンプルモア卿は目を丸くした。「あいつと恋に落ちたつもりでいたんじゃないのか?」

「もちろんあのときはそう思っていたし、でないと駆け落ちなんてしないわ。私のことをどれだけふしだらな女だと思っているの?」ジュリエットは一蹴するように手を振った。「でも、これは誘拐なんだと知って、我に返ったの。モーガンみたいな男性と結婚したい女性はいないわ。いくらあの人といると鼓動が速まって、骨が溶けて……」言葉を切り、哀れむような笑みを浮かべる。「それに比べて、あなたはぞくぞくするようなキスはできなくても、やっぱりきちんとした――」

「紳士というわけか」テンプルモア卿は皮肉たっぷりの口調で続けた。「そうか、君が言っている違いは理解できた気がするよ」

「あなたを侮辱してしまったわね。本当にごめんなさい」もっと早くこれを始めればよかった。意地が悪いとは思うが、楽しくてたまらない。「褒めているつもりだったのよ。うぶな娘は悪い男に夢中になってしまうけど、分別のある大人の女性なら、あなたのようなきちんとした紳士のほうがスマートな色男よりずっといいってわかっているわ。たとえきちんとした紳士のキスでは……」ジュリエットはわざとそこで止めた。

「鼓動が速まったり、骨が溶けたりはしないとしても」テンプルモア卿の声はまるで、ふいごの細い端から言葉を絞り出しているかのようだった。

「それは何も悪いことじゃないわ。私は――」

「もういい」テンプルモア卿はどなった。「〝きちんとした紳士〟のキスについては、うんざりするくらい聞かせてもらったよ」

「私はただ、あなたはモーガンじゃないと結論づけた理由を説明したくて」

「その説明ならもうじゅうぶん聞いた」テンプルモア卿は卒中を起こしそうに見えた。

面白い。私の言葉で窒息するといいわ。これでテンプルモア卿も、次回は頭ごなしに自分の正体を否定したりしないはず。

彼を攻撃する方法が見つかった今、その〝次回〟がどうしても欲しかった。憎らしい傲慢さは少しなりをひそめていることだし、そこをうまく突けば、テンプルモア卿はプライドを傷つけられることに耐えきれず、モーガンは僕だ、情熱をこめて君にキスしたのは僕だと叫び始めるだろう。

そのためには、とにかく時間が必要だ。何とかグリフとロザリンドを説得し、あと一日か二日、ランブルックに滞在できるようにしなければならない。

「実に興味深い話し合いだったが」テンプルモア卿はぴしゃりと言った。「僕にはやらなければならないことがあるから、申し訳ないけど……」

「ええ、もちろんですわ、テンプルモア卿」ジュリエットは大げさなくらい礼儀正しく膝を曲げた。「貴重なお時間を長々と拝借してしまって申し訳ありません」

少しやりすぎたようだ。テンプルモア卿は怪しむような目をした。「あんなことをしておいて、礼儀にこだわる必要はないだろう。セバスチャンと呼んでくれたほうがありがたい」

「私はあなたが誘拐犯だと判明したほうがありがたかったわ。そのほうが心穏やかに暮らせるもの。でも、二人とも思いどおりにはいかないみたいね。だからおやすみなさい、テンプルモア卿。よい眠りを」

そう言うと、ジュリエットは久しぶりに晴れ晴れとした気分で部屋を出ていった。

5

〝悪魔はいつでも怠惰な者によからぬ仕事を見つけてくれる〟

ジュリエット・ラブリックが七歳のとき刺繍《ししゅう》見本に刺繍した

アイザック・ウォッツ作子供向け聖歌《怠惰といたずらの戒め》の一節

翌朝、激しい高ぶりとともに目覚めたセバスチャンは、厄介な状況に陥っていることを悟った。くそっ。〝よい眠りを〟と、あのおてんば娘はからかうように言った。はは！　僕が一晩中シーツの上で悶《もだ》え、ときおり訪れる魅惑的な夢に休息を妨げられることを予想していたのか？　いや、そんなはずがない。そのような情熱を抱くには、僕は〝きちんと〟しすぎているのだから。ジュリエットの男に対する認識はめちゃくちゃだ。

そもそも、僕のキスの何がいけなかったんだ？　〝無難〟だとジュリエットは言った。無難だと！　まるで女性の駆り立て方を知らないうすのろの年寄りのようではないか。一方、ジュリエットのほうはあの唇で僕に正気を失わせ、膝をつかせそうなほどだった。よりによって、あの天使のようなジュリエットが！

やはり、今のジュリエットはあのころとは違い、いかにも育ちのいい十八の娘らしく恋に焦がれるロマンティックな少女ではないのだ。二年前、ジュリエットを丸めこむのは簡単だった。彼女の魅力に抗《あらが》うには自制が必要だったが、この娘はつい最近まで勉強部屋にいたのだと自分に言い聞かせてきた。そうすることで、彼女に手を触れずにいられた。

最後の最後に、あのキスをするまでは……。

セバスチャンは声を殺して毒づいた。大人になったジュリエットは、本人のためにもならないほど賢くなっている。あの生意気なおてんば娘は僕を巧みに罠《わな》にかけ、真実を白状させようとした。最初はナポレオン気取りで持論を振りかざし、それがうまくいかないとわかると、次は〝弟〟が純潔を奪ったふりをしてきた。

ああ、でも僕も仕返しはできたんじゃないか？　ジュリエットが嘘《うそ》をついていることを暴いた……が、その駆け引きの中で事態を悪化させた。相手が思っている人間と自分が別人であることを証明するために女性にキスするとは、どれだけ愚かなんだ？　むしろ相手と距離を置くのが自然だろう？

あろうことか、ジュリエットはセバスチャンを挑発する方法を正確に知っていた。セバスチャンの過去を論理的に吟味し、女性に対する手腕を無邪気に批評するとは。そして言うまでもなく、大人の男に我を失わせるために作られたとしか思えないあの体と、夜の半分は味わっていられるあの官能的な唇……。セバスチャンは寝具にテントを張らせている部位をにらみつけた。「おまえのせいだぞ、この最低の助平野郎……」

まずい、ついに自分の股間に話しかけるようになってしまった。次は何だ？

セバスチャンは窓に目をやり、自分が珍しく寝坊し、日が高く昇っているのがわかって安心した。運がよければ、ジュリエットとうるさい家族はもうロンドンに向かっているだろう。もちろん、最近の自分の人生を考えれば、そんな幸運があるとは思えない。

まったく女というやつは、とぶつぶつ言いながらベッドを出て、冷たい水で顔を洗いに行く。だが、わがままな男の部分にこそ水をかけたかった。

ふくらんだ下着をにらみつける。「おまえはいったい何を考えているんだ？」頑固なその部位は、愚かにもひょいと揺れた。「美人を見るたびに気をつけをするようなやつじゃなかっただろう……どうしてよりによってジュリエットにそうなるんだ？」

理由はわかっていた。ジュリエットがすばらしい抱き心地の女性に成長したからだ。だが、股間と行動をともにする男は、破滅への道を突き進むと相場が決まっている。

まあいい。うぶでかわいらしいジュリエットは大人になったのだ。大人を演じていた子供は、妖婦を演じる女性になったのだ。だからといって、彼女が新たに身につけた女性の手管の餌食になるわけにはいかない。

昨夜はこちらの言い分を信じてくれたようだが、一言でも口をすべらせれば気が変わる可能性はあるから、気を引きしめて慎重にいかなければならない。忘れてはならないのは、かつてはこちらの言葉を一つ残らず額面どおりに受け取ってくれた無垢《むく》な天使は成長し、悪魔のような、計算高い……魅惑的な……誘うような……。

またも好色なあの部分が頭をもたげてきた。「やめろ！」セバスチャンはどなりつけた。「おまえのせいで面倒が増えるばかりだ」

「旦那様？」背後から声が聞こえた。

まずい、近侍が入ってきたことに気づいていなかった。「何でもないよ、ボッグズ。独り言を言っただけだ。それより、なぜ勝手にノックをやめたんだ？」

「申し訳ございません。入れと言われたように聞こえましたので」

〝いや、強情な股間と話していただけだ〟そんなことが言えるはずがないだろう？「まあいい。服を持ってきてくれないか？」体勢を立て直すには、少し時間が必要だ。

「今日は拳銃のデザイン用のお召し物ですか？　それともお客様のおもてなし用で？」

セバスチャンは近侍に背を向けたまま言った。「客は当然、もう出発したのだろうな」

「いいえ。夜に大雪が降りまして。三十センチ以上積もったので、馬車を出すことができないのです。溶けるまであと一日、二日かかるでしょう」

セバスチャンはうなった。「つまり、雪が溶けるまで客はここに滞在するのだな」

「選択の余地はないように思われます。この雪ではロンドンに向かうことはできません」

何という災難。二日間もジュリエットの無遠慮な言葉とナイトンの詮索を受ければ、二人から逃れたくて首を差し出すはめになるだろう。しかも、もし一家がいる間にモーガンが帰ってきたらどうする？　そんなことになれば大惨事だ。

面倒の種であるルー叔父にも、そのうち災難が降りかかってくるはずだ。モーガンのことが片づくころには、叔父も危険な他人を考えなしに家に泊めることはなくなるだろう。

ボッグズが咳払《せきばら》いをした。「旦那様？　お召し物はどうされます？」

「そうだな。おまえがやたら気に入っていたあの最高級のモーニングはまだあるか？　一度も着たことのない、柄の入ったベルベットのベストがついたやつだ」

「はい、旦那様、もちろんです！」

ボッグズは日ごろから主人に〝きちんとした服装〟とやらをさせようと躍起になっている。だが、気の毒なことに、近侍の才能を披露するチャンスにありつけたことはない。セバスチャンはたいてい綿と麻の服を着ている。高級素材と違って染みができにくいため、一時間に一着ずつ服を台なしにしなくてすむのだ。

「では、あの最高級の服を着よう」

「絹の靴下もはかれますか？」ボッグズは期待をこめて言った。

セバスチャンは笑いを噛《か》み殺した。「ああ、ボッグズ、絹の靴下もはこう」

「クラヴァットには少し手こずるかもしれません」ボッグズはぶつぶつ言いながら更衣室

に急いだ。「しばらく凝った結び方はしていませんので、何度かやり直さなければならないでしょう。でも、三葉結びかゴルディオス結びならできるはずです。最高級の服でも、それならじゅうぶん映えると思いますが……」

セバスチャンはボッグズのおしゃべりを無視し、今日の服装の算段のおかげで近侍の注意をそらすことができたうえ、無鉄砲な股間がおとなしくなったことに胸をなで下ろした。ボッグズが服一式を持って戻ってきたときには、再び人前に出られる状態になっていた。

ボッグズは長々と時間をかけて服を着せてくれたが、セバスチャンは珍しく我慢した。今日だけは、役にふさわしい外見でいたい。セバスチャンの財産にナイトンがどれだけ畏れを抱いているかはわからないが、何もないよりはましだ。

そして、ジュリエットに対しても。女性の喜ばせ方を知らない無粋な田舎者だと思われたのは、昨日のさえない服装のせいもあったはずだ。この格好を見れば、彼は地位と責任のある人間なのだと思い出し、以前ジュリエットが惹《ひ》かれたような〝無鉄砲な〟ふるまいができないのはそのせいだとわかってくれるだろう。

セバスチャンははっとした。思い出したのだ……家族と地所に対する自分の責任を。これで、次にジュリエットと接するときは、自制を失わずにいられるはずだ。

ボッグズの作業が終わると、セバスチャンは朝食室に向かったが、寝坊したため誰もいなかった。ありがたい。計画を練る時間が必要だ。ジュリエットは昨夜の会話を家族に伝えただろうか？　いや、それはない。男と二人きりになったことを認めたくはないだろうから。それに、あのキスのことを口にするとは考えにくい。どこまでも無分別で、信じられないくらいエロティックなあのキス……。

キスのことを考えるのはやめろ！　その後、ジュリエットに下された腹立たしい評価のことも。セバスチャンは顔をしかめた。確かにここ数年、社交界の女性と派手に遊び回っていないのは事実だが、だからといってキスがうまくできないわけでは決してない。

それに、前回ジュリエットにキスして〝鼓動を速め、骨を溶かした〟のはセバスチャンなのだ。ジュリエットは女性にありがちなことに、記憶を美化しているだけだ。心の中で〝モーガン〟はその情熱で自分を夢中にさせた無鉄砲な遊び人となり、きちんとした兄とは比べものにもならないと思っているのだ。次にジュリエットを腕に抱いたときは、きちんとした紳士もその気になればどれだけのことができるか見せてやる。

セバスチャンはいらだたしげにうなり声をあげた。いったい何を考えている？　再びジュリエットを腕に抱くことなどあるはずがない。彼女のことは避けなければならない、絶対に。もしナイトンにキスのことを知られたら……。

セバスチャンは歯ぎしりした。僕が何をしようと、あの家族がとんでもなく厄介な存在であることに変わりはない。

使用人たちがいつもどおり朝食のトーストとジャムを持ってくると、セバスチャンはがつがつと食べ、二、三口の紅茶で流しこんだ。そして、仕事に精を出すつもりで書斎に向かった。だが、そこでナイトンが待っているのを見ると、気分はいっそう落ちこんだ。この男は敵を待ち伏せする以外にやることがないのか？

セバスチャンは動揺を隠し、デスクに向かった。「おはよう、ミスター・ナイトン。あと数日はチャーンウッド館に滞在するはめになったと近侍に聞いたが」

少なくともナイトンはそのことを喜んではいないようだった。「厚意につけこむようなことをして申し訳ないが、町に出る道を進むのさえ当面は無理だと御者が言うんだ。あと少し君のもてなしに甘えることになりそうだ」

ナイトンがジュリエットの言葉で警戒を強めた様子はなかった。つまり、ジュリエットは何も言っていないということで、それはありがたかった。

セバスチャンはできるだけにこやかにほほえんだ。「それくらいのことはさせてもらうよ。ここを自宅だと思って、好きなだけ泊まっていってくれ」そのうち、追い出せるものなら追い出してやる。

これで会話が終わったことを願いながら、セバスチャンはデスクの前に座ったが、そんなにうまい話はなかった。ナイトンはその場に突っ立っていた。セバスチャンはため息をつき、手を振って椅子を示した。「お願いだ、言いたいことがあるなら言ってくれ」

ナイトンはぎこちなく椅子に座った。「実は、頼みがあるんだ。君が自宅で何をしようと僕が口を出す権利はないし、昨日は早とちりであんなことを……」悲しげにほほえむ。「昨日あんなことをしておいて、僕に君のことをとやかく言う筋合いはない。ただ、ジュリエットの現在の保護者として、僕たちがここにいる間、義妹《いもうと》には近づかないでいてくれるとありがたいんだが」

これ以上ないほど単刀直入な物言いだ。「もちろん。君の言うとおりにするよ」

ナイトンの顔に安堵《あんど》の色が浮かんだ。「君がジュリエットに言い寄るとは思っていない。ただ、ジュリエットにとってはこの状況自体が厄介なんだ。昨日君の説明を聞いたというのに、あの子はまだ昨夜の夕食前になっても、君がモーガン・プライスだと言い張っていた」

「仕方のないことだよ」セバスチャンは冷静に言ったが、迫りくる災難の重みが頭にちらついた。ジュリエットは昨夜の議論のことは家族に言っていないが、それ以前に自分の主張を通そうとしていたのだ。

ナイトンは気にするなというふうに手を振った。「感情的な若い義妹がどんな考えを持とうと、僕は君のように社会的地位のある人間が誘拐をする状況に陥るなんてばかなことは考えない。ただ、ジュリエットは……」肩をすくめる。「この状況にひどく動揺している。自分をだました男とそっくりな人を見たことで、当時の記憶がいっきによみがえってきたうえ、モーガンが正義の裁きを受けるところが見られなくなったものだから、代わりに君でその目的を果たしたいんだ。だから、君をモーガンだと思いこんでいるんだよ」

「当然の反応だよ」子供だったころのジュリエットなら。だが、新しいジュリエットは違う。自分が何をしようとしているのか、今のジュリエットは正確に把握している。少なくとも、昨夜作業場に来たときはそうだった。幸い、悔しいことに僕の〝無難な〟キスのおかげで確信が揺らぐことになったわけだが。

だが、それは一時的な解決にすぎない。モーガンが戻ってくれば、そのうち全員が真実を知ることになるだろう。その日に備えて準備しておくのが得策だ。ジュリエットはどれほど怒っていて、どこまで問題を大きくするつもりでいるのか。「でも、レディ・ジュリエットがなぜそこまで復讐《ふくしゅう》に燃えているのかわからないな。君たちの話だと、弟は痛い思いはさせなかったし、純潔も奪わなかったというのに」

ナイトンの顔いっぱいに暗い罪悪感の色が浮かんだ。「モーガンが何をしたのか、実際のところは僕たちにはわからない」

ナイトンは誘拐に責任を感じているのか？　何しろ、クラウチの目的はナイトンへの復讐だったのだ。

ナイトンは冷静に続けた。「いきさつに関してはジュリエットの説明を信じるしかないし、本人はモーガンには指一本触れられていないと言っているが、僕は怪しいと思っている」

ナイトンが疑うのはもっともだと思い、セバスチャンは身をこわばらせた。「弟は紳士だ」

「でも、誘拐をした。それは僕が知るどの社会でも、紳士的なふるまいとは言えない」

「確かに」セバスチャンは認めたが、喉から絞り出したようなその言葉はやたら大きく響いた。「ききたいことがある。もし、万が一、弟がイギリスに戻ってきたら――」

「モーガンはオセアナ号とともに沈んだと言っていたじゃないか」ナイトンが目を細めて言葉をはさんだ。

「そう信じないわけにはいかないということだ。あの手紙を見ただろう。でも、君も貿易業界の人間なら、何年も海外にいた人間が、家族が再会の望みを捨てたあとで、海から戻ってくるケースがあることは知っているはずだ。記録が間違っていたり、情報が失われていたり……だから、僕たちもまだ希望は捨てていない」ナイトンの表情がやわらぎ、同情の色が浮かぶのを見て、セバスチャンは罪悪感に苛《さいな》まれた。「だから、もしモーガンが戻ってきたら、君たちはどうする？」

ナイトンの同情は消えた。「なぜそれをきく？　僕たちから弟を隠すつもりか？　逃げろと警告するのか？」

「まさか。君たちには償いを求める権利がある。僕はただ、その償いがどんな形をとるのか知りたかっただけだ。僕も覚悟を決めなければならないから」

ナイトンの青い目が鋼のように鋭くなった。「僕の希望は、誘拐罪で裁判にかけることだ」

セバスチャンは首に掛けられた輪が締まっていく気分になった。ああ、この男は執念深い性質なのか。「そうなると、君の家族とレディ・ジュリエットを醜聞にさらすことになるが」

「言っただろう、今のはぼくの希望だ。でも、裁判ではジュリエットも証言することになるし、そうなれば体面が傷ついてしまう。ストラトフォードを出たのが自分の意志だと知られればなおさらだ」

セバスチャンは安堵した。「では、それ以外の案は？」

「いつでも決闘を申しこんでやるよ。そうすれば、さっさとけりをつけることができる」

冗談じゃない、決闘では何も解決しない。それはセバスチャンの父親が証明ずみだった。

「君はけんかっ早いんだな？」ナイトンがむっとした顔になったので、セバスチャンは慌ててつけ加えた。「でも、誰かの首を落とすことなく、モーガンが償いをすることはできないか？　レディ・ジュリエットと結婚させてもいい。それなら筋が通せる」モーガンの状況が落ち着けば、セバスチャン自身がジュリエットと結婚できない理由はない。

ナイトンは憤慨して勢いよく立ち上がった。「いいかげんにしろ、正気か？　あの恥知らずをジュリエットに触れさせるわけにはいかないし、結婚などもってのほかだ。それのどこが償いになるんだ？　裏切りと引き替えに、あのかわいらしい少女を妻に迎えさせてやるだと？　考えるだけで吐き気がする！」

吐き気がする、というのは言いすぎだ。それに、ジュリエットはもう〝少女〟ではないのだから、自分のことは自分で決められる。「本人は吐き気がするとまでは思っていないかもしれない。実際、駆け落ちしたくらいなんだから」確かに、ジュリエットは昨夜のキスには心を動かされなかったようだが、それはこれから変えていける。「僕は義妹さんにとって最善の策を考えていただけで、君のプライドを傷つけるつもりはなかった」

ナイトンは身をこわばらせた。「ジュリエットにとって最善の策は、悪党と結婚することではない」

セバスチャンはかっとなった。「では、別の償いを考えよう。損害賠償か？　その種の金なら、弟のために喜んで払わせてもらうよ。レディ・ジュリエットの持参金が大幅に増えれば、どんな噂《うわさ》がたとうとも夫を見つけることができるだろう」

ナイトンは誇らしげに背筋を伸ばした。「僕たちがここに来たのは、義妹の不運をだしにして男爵様から金をせびるためではない」

辛辣な言葉にどきりとし、セバスチャンは立ち上がった。「そういう意味では――」

「ジュリエットは君から金をもらう必要はない」ナイトンはセバスチャンをにらみつけた。

「モーガンに再会できたら、僕は自分のやり方で復讐する。海軍でも、社交界でも、実業界でも、何らかの形であいつの身を滅ぼしてやる。僕には確実にそれができる」

そのとおりだろう。この男に分別を期待するとは、ルー叔父もたいしたものだ。

「だが、モーガンは戻ってきそうにないし、僕はそのチャンスを断たれたわけだ」ナイトンは続けた。「あとはせいぜい、ジュリエットがこの惨事を乗り越えるのを手伝うことしかできない。つまり、君から遠ざけるということだ。最近は元気になっていたが、君の顔を見れば過去のことで思い悩んで落ちこんでしまうかもしれない」

セバスチャンは勢いよく言い返したいのをこらえた。昨夜の〝元気〟から判断するに、僕の顔を見れば勇ましさを増す一方のようだが。家族はジュリエットのことを、自分で思っている半分もわかっていないようだ。

それを言うなら、ジュリエットが最初あれほど簡単に〝モーガン〟の計画に乗ったのも、理由は同じだ。ジュリエットは大事に守られ、子供のように扱われることにうんざりしていた。羽を伸ばしたいと思っていたときに、無鉄砲な〝モーガン〟が協力してくれたのだ。

あいにく、今ジュリエットが伸ばしたいのは〝モーガン〟の首なのだが。いくら本人が復讐するつもりはないと言おうと、昨夜の怒りを見れば本心は違うことがわかる。

「で、紳士としての務めは果たしてくれるのかな?」ナイトンが高慢にたずねた。

セバスチャンはごくかすかにうなずいた。「君が言うとおり、レディ・ジュリエットのことは避けるようにするよ」あとはジュリエットのほうがこちらを避けてくれれば、一家が出ていくまでこの状況をやり過ごすことができる。

「ありがとう」ナイトンは多少落ち着いた様子になり、ドアまで歩いていくと、足を止めて言い添えた。「君には不便をかけるが、どうしようもないんだ。道が通れるようになったら、すぐに出発するよ」

そう言うとナイトンは部屋を出ていき、セバスチャンはほっとした。ジュリエットのおせっかいな義兄とは、一日にこれだけ話をすればもうじゅうぶんだ。

だが、苦難は終わらなかった。三十分後、書斎のドアがノックされ、レディ・ロザリンドの来訪が告げられたのだ。今日はいったい何人の人間に苦しめられるのだろう？　そのうちナイトンの使用人までもが駆けこんできて、非難の言葉をぶつけてきそうだ。

セバスチャンは何とかいらだちを抑え、羊の毛刈りに関する記事を脇に置いた。「おはようございます、レディ・ロザリンド」立ち上がり、さっきまで彼女の夫が座っていた椅子を手で示す。「何か僕でお役に立てることが？」

「そう思って来たのです」レディ・ロザリンドは腰を下ろすと、目もくらむような笑みでふっくらした顔を輝かせ、ナイトンは最初にこの笑顔に惹かれたのだろうとセバスチャンは思った。「実は……その……どう切り出せばいいのかわからないのだけど、あなたにお話ししたいことが……ええと……」

「レディ・ジュリエットのことですね」セバスチャンは言葉を継ぎ、椅子に腰を下ろした。

「そうです！　なぜおわかりになったの？」

「勘ですよ」セバスチャンはそっけなく言った。「あなた方がここにいらっしゃる間、レディ・ジュリエットに近寄らないようにとおっしゃりたいのでしょう」ナイトンに受けた警告を説明しさえすれば、この会話を終わらせることができそうだ。

「まさか！　ぜんぜん違います！　そんなことをしたら大変なことになるわ！」

セバスチャンは目をしばたたいた。「どういうことです？」

「まあ、驚かせてしまったわね。私の癖なの。最初から始めたほうがよさそうね」

「お願いします」この状況が終わるまで、ジュリエット・ラブリックに関する長ったらしい話し合いをあと何度繰り返せばいいのだ？

レディ・ロザリンドは肩に掛けたショールを直した。「実は、ジュリエットは二年前、モーガンの行動に大きな影響を受けたのです。あれ以来、すっかり変わってしまって」

気が強く頑固で、しゃくに障る女性になったということか？

「ナイトン邸に私たちと同居し、最上流の人々の輪に好きなだけ入れるようになったというのに、以前のように明るい娘ではなくなってしまったの。あまり笑わなくなって、考えこむ時間が増えたんです」レディ・ロザリンドは今すぐ家族の秩序を取り戻したいと言わんばかりに、深いため息をついた。「あの事件より前のジュリエットをお見せしたかったわ。明るい子で、少し素直すぎて世間知らずなところはあったけど、毎日が楽しくて仕方がない様子で。人のことを決して悪く思わない子だったの。でも、今は慎重になって、世の中を斜めに見ているところさえあるわ」

「自然な進歩ですよ。まさか、いつまでも子供でいてほしいわけではないでしょう」

「ええ。でも、誘拐というのは大人になるきっかけとしてはいいものではないわ」

セバスチャンは黙っていたが、良心の呵責《かしやく》に苛まれていた。くそっ、僕は最善を尽くしたし、別の男たちからジュリエットを守ったし、傷つけたのは彼女のプライドだけですませたんだ。だが、それは言い訳にすぎない。大人になる直前の女性のプライドを傷つければ、その後の人生を左右することもある。

実際、そうなったということだ。

「私たちの元に戻ってきた当初、ジュリエットがぼんやりしているのは、モーガンに恋い焦がれているせいだと思ったわ。あんなことをされても、まだ思いが捨てきれないのだと」

だが、そのことなら昨夜ジュリエット自身が、モーガンが悪党だとわかったとたん興味を失ったと否定していた。「それで?」セバスチャンは本当のことが知りたくてたまらず、思わず慎重さを欠いてレディ・ロザリンドをせっついた。

「家事、特に針仕事に熱中するようになったんです。突然刺繍やら編み物やら古いドレスのリメイクやらに時間を費やすようになって……。そのせいで視力が落ちたくらい」

セバスチャンは笑いを噛み殺した。「それが僕の弟の責任だというわけですね」

レディ・ロザリンドは丸みを帯びたあごを上げた。「もちろん、そうよ」

「つまり、以前は家事には興味がなかったと？」

「違う、問題はそこじゃないわ」セバスチャンがとぼけているとでも思っているのか、レディ・ロザリンドはいらだった口調で言った。「問題は、家事に没頭することで人生に向き合うのを避けていることよ。モーガンにあんなことをされて臆病になってしまったの」

本当に？　拳銃を頭に突きつけると言っていたときのジュリエットに、臆病さはかけらも見られなかった。

「それに、頑固にもなったわ」レディ・ロザリンドは続けた。「結婚の申しこみをいくつも受けているのに、すべて断り続けているのよ」

「ほう？」ははぁ、ジュリエットの高い期待にそうキスができない〝きちんとした紳士〟は、僕だけではなかったのか。それに、一家がここに来た理由である噂とやらのせいで、求婚者がいなくなったわけでもなさそうだ。「ただ目が肥えているだけかもしれない」

「最近、ロンドンでも有数の花婿候補であるモントフォード公爵の求婚を断ったの」

セバスチャンは顔をしかめた。「ほら、やっぱりそうだ。モントフォードはひどい道楽者です。夫にはまるで向いていない」モントフォードがジュリエットに近づくことを考えただけで何かを、できればモントフォードの高慢な顔を殴りつけたくなった。

レディ・ロザリンドは驚いた顔になった。「そんな話は聞いていないわ」

「もしかすると、ある夏、若かりしころに父親と僕の父と一緒にこっちに来て、ウェールズで遊び回ったときとは変わっているのかもしれない。まあ、それはないと思いますが」セバスチャンの記憶では、モントフォード公爵は自分たちの父親をそのまま若くしたような男で、ジュリエットにはまるでふさわしくないタイプだ。

「まあ、その件に関してはジュリエットが正しかったのかもしれないわ。でも、いい夫になりそうな非の打ちどころのない紳士はほかにもいたのに誰にも興味を示さないんです」

「それが、僕の弟のせいだとお考えなのですね」

レディ・ロザリンドは身を乗り出し、内緒話をするように声をひそめた。「あの子は心の中でモーガンを実物以上の存在に仕立て上げているんだと思うの……ほかの男性とは比べものにならない、格好いい英雄のように。シェイクスピアの言葉を借りれば〝失いしものを褒めれば、思い出はつらくなる〟というわけ。ジュリエットはモーガンを軽蔑しながらも、恋い焦がれているの。最後に自分を救ってくれたのだから英雄だと思ったり、最初に自分を誘拐したのだから悪魔だと思ったり。二つの考えの間で揺れているのよ」

「面白いお話ですが、昨日は少しも揺れていなかった。はっきりと弟を嫌っていましたよ」

「もう一方の状態のジュリエットをごらんになっていないからよ。ときどき何時間も針仕事をしながら、深く――」

「考えこんでいる、と。それはわかりました。レディ・ロザリンド、要点は何でしょう？」

「ごめんなさい。実は、あなたと接近せざるをえない今の状況が、ジュリエットのためになるのではないかと思って。あなたはモーガンと顔は似ているけど、人となりは違います」

おい、姉も妹と同じことを言うつもりか。「僕の人となりがなぜそんなにはっきりわかるのです？　まだ知り合ったばかりなのに」〝きちんとした〟だの〝まともな〟だのという言葉を口にするなら、この女性を書斎から放り出してやる。

レディ・ロザリンドは芝居がかったふうにぐるりと目を動かした。「立派な人となりの紳士は見ればそれとわかります。夫は出会ったとき助手のふりをしていましたが、私にはその仮面の奥が見抜けましたわ」

二年前にジュリエットから聞いた話とは違うが、レディ・ロザリンドの間違いを正したところでこちらの有利になるとは思えない。それに、少なくとも妹とは違って、責任と義務を財産としてとらえるだけの分別はあり、うすのろの飾りだとは思っていないようだ。

「わかりました。あなたは僕を人格者だと思ってくださっているわけだ。それが妹さんにどう役立つと？」

「もしジュリエットがあなたと一緒に過ごして、自分の記憶にある顔はほかの男性の顔と同じくただの顔にすぎないとわかれば、あの時期のことに対して過剰な反応をしなくなり、きれいさっぱり忘れてしまえるかもしれないと思うのです」

そんな奇妙な理屈は聞いたことがない。しかも、レディ・ロザリンドが横目で送ってくる視線から判断するに、それは彼女の真の動機ですらないように思えた。だが、ジュリエットが僕と過ごすことを望む理由が、いったいどこにある？

いや、一つだけ……。

セバスチャンの顔にゆっくりと笑みが広がった。なるほど、なるほど、レディ・ロザリンドは僕を妹の求婚者に選んだのだ。それ以外に説明のしようがない。モーガン・プライスのことは嫌っているようだが、チャーンウッドを一人で所有する男爵、兄のセバスチャンなら文句はないようだ。

ばかばかしくはあるが、面白い状況だ。レディ・ロザリンドは僕とジュリエットを結婚させたがっているが、ナイトンの望みはその逆で、ジュリエットに至っては大皿にのった僕の、いや、モーガンの首を所望している。何と凄《すさ》まじい状況に引きずりこまれたことか。違う、その表現は正確とは言えない。この状況には自ら飛びこんだのだ。叔父なら、今降りかかっている災難はすべて自業自得だと言うだろう。

「興味深いお話ですが」セバスチャンはどう答えようかと考えた。「さっき夫君がこの書斎に来られたときは、レディ・ジュリエットにできるだけ近づかないようにと釘《くぎ》を刺していかれましたよ」

レディ・ロザリンドはいらだったように長くため息をついた。「あの人の言うことは取り合わないでください。ジュリエットにとって最善の策が何なのか、ちっともわかっていないの。あの子のことなら、私のほうがよくわかっていますから」

ジュリエットのことは、家族の誰もわかっていないのではないだろうか？　とはいえ、セバスチャンもわかっていると断言はできなかった。「でも、夫君の考えには一つ正しい点があった。ジュリエットは私の顔など見るのもいやだということです」

「何を言っているの、そんなはずないでしょう？　あなたは教養も礼儀も備えた立派な紳士よ」レディ・ロザリンドはセバスチャンに向かってにっこりほほえんだ。「しかも、ハンサムだわ。あなたのそばにいることをいやがる女性がどこにいるの？」

「君みたいな女性もそうそういないけどね」ドア口から声が聞こえ、ナイトンが入ってきた。「ロザリンド、君が男性の容姿を伴侶選びの基準にしていると知っていたら、もっと早く君を捜したのに」ナイトンの口調は軽かったが、声音とは裏腹にその目はセバスチャンを斬りつけんばかりだった。

レディ・ロザリンドは笑いながら立ち上がった。「ばかなことを言わないで。それより、今までいったいどこにいたの？　あちこち捜し回ったわ」

「さほど捜し回っていたようには見えないが」ナイトンはセバスチャンをにらみつけたまま腕を差し出し、レディ・ロザリンドはその腕を取った。「失礼するよ、テンプルモア。夫婦で話し合わなければならないことがあるのでね」

「どうぞ、どうぞ」セバスチャンはつぶやいた。何ということだ。これでナイトンにいびられる材料がまた増えた。

夫と連れだってドアを出ようとしたところで、レディ・ロザリンドは足を止めた。セバスチャンのほうを振り返って言う。「それで、さっきの話は引き受けていただけるのかしら？」

「考えてみます」レディ・ロザリンドと嫉妬に駆られたその夫を書斎から追い出すには、どんな言葉でも口にしたい気分だった。

ナイトン夫妻は出ていった。廊下に足音を響かせながら、ナイトンが妻にたずねているのが聞こえる。「いったい何の話をしていたんだ？」だが、その返事は聞こえなかった。

セバスチャンは書斎中を行進しているような本の背を、百人隊長のごとく見つめた。残念ながら、たった今足を踏み入れた戦いに対する助言はどこにも書かれていない。

ジュリエットと結婚すれば万事解決。そんな考えが再び頭に浮かんだのは、レディ・ロザリンドの企《たくら》みが尾を引いているせいだろう。だがそれを一蹴することもできなかった。

結婚に興味はない。もちろん、いずれは結婚するつもりでいる。跡継ぎを作らなければならない人間というのは存在し、セバスチャンはそういう人間だった。

それなら、ジュリエットと結婚すればいいのではないか？　ジュリエットの人生を台なしにした償いとして、将来を保証してやる以上の方法があるか？　ジュリエットがよき妻になるのは間違いない。人の世話が好きで、出会ったときは父親の看病をしていた。レディ・ロザリンドの話と駆け落ちしていたときの記憶から判断するに、家庭的な性質もある。

それに、寝室でも何の問題もないだろう。そう考えたとたん、こめかみの……いや、体中の血液が狂ったように暴れだした。セバスチャンは悪態をついて立ち上がり、ブランデーを注《つ》ぎに行った。普段はこんなに早い時間から飲まないのだが、この状況では……。

セバスチャンは立ったままブランデーを飲みながら、この新しい考えを検討した。もちろん、特に僕が誘拐犯だと判明したあとは、ナイトンに厳しく責められるだろう。ナイトンがだめだと言えば、ジュリエットの父親も同調するはずだ。それでも、ジュリエットは大人で、もうすぐ自分で結婚を決められる年齢になるし、駆け落ち婚という手段もある。

セバスチャンはあきれた顔をした。ジュリエットが再び駆け落ちをするはずがないし、相手が〝モーガン〟の裕福で爵位のある兄となればなおさらだ。〝モーガン〟のきちんとした、退屈な兄。

この方法を成功させたければ、結婚式が終わるまでジュリエットに真実を悟られないようにするしかない。時間はあまりないということだ。しかも、彼女がかつて恋した〝無鉄砲な遊び人〟モーガンではなく、セバスチャン本人として彼女を口説かなければならない。だが、これはすばらしい解決策だ。ナイトンにじゃまされる前に、ジュリエットに結婚を承諾させてやろう。真実を告げるころには、この危険な状況にも片がついているはずだ。セバスチャンはブランデーを飲み干した。難しいだろうか？　すでに、レディ・ロザリンドが味方についている。モーガンとしてジュリエットの気を惹くことには成功したのだから、セバスチャンとしてもできないはずがないだろう？

まあ、ジュリエットは僕のことを刺激的だとは思っていないようだが。セバスチャンはむっとしながら思った。それでも、この状況自体を変えることはできる。自信はあった。

サテンの衣《きぬ》ずれの音がドア口で聞こえたので顔を上げると、ジュリエットが決然と書斎に入ってくるのが見えた。笑みを押し殺す。僕の企みを教えてやりたいものだ……。

「どうぞお入りください」すでに近くまで来ていたジュリエットに、セバスチャンは皮肉を言った。書斎が薄暗いため、金髪は輝いていないが、それでもジュリエットは開いたばかりの黄水仙のように美しくさわやかだった。ああ、確かにこの女性はよき妻になる。

セバスチャンは時期尚早の興奮を抑えつけてもう一杯ブランデーを注ぎ、グラスを持ってデスクの前に座った。「今度は何の用だ？」そう言ったあと、思わずつけ加える。「また見せてくれるのかな？　ある分野における君の経験不足を」

ジュリエットはセバスチャンをじろりと見た。「ばかな子供に話すような口調はやめて」

「そんなつもりはなかったんだが」

「モーガンと駆け落ちしたときと違って、私はもううぶでばかな小娘じゃないの」

ああ、確かに、とセバスチャンは思った。あのころの君とは違う。

「家族が私を浅はかな、自分の気持ちもわからない人間のような扱いをしたがるのは仕方がなくても、あなたがそんな態度をとるのは許せないわ」

「わかったよ」

セバスチャンの冷静な口調と重々しい相槌《あいづち》に、ジュリエットは不意を突かれたようだった。シェリーのような色の目がセバスチャンをじっと見つめる。「提案があるの」

セバスチャンは口元に笑みを浮かべた。「当ててみよう……ここに足止めされている間、そばに近寄らないでほしいというんだな」

「違うわ」

「ここに足止めされている間、口説いてほしいというのか」

「そんなはずないでしょう！」

そう言いながらもジュリエットは赤面し、セバスチャンはおや、と思った。つまり、僕のキスもそう退屈ではなかったということか。椅子にもたれ、ブランデーグラスの縁を指でなぞる。この最高に面白い状況を、セバスチャンは存分に楽しんでいた。「今のはただ、君のお義兄《にい》さんとお姉さんが今朝、それぞれ僕に提案したことを繰り返しただけだ」

紅潮していたジュリエットの顔が、怒りに赤黒さを帯びた。「グリフと姉が私のことをあなたに話したの？」

「ああ」

「まあ、あの二人らしいわ。おせっかいなのよ」

「まったく同感だ」セバスチャンは身を乗り出した。「教えてくれ、君はそばに近寄らないでほしいと思っているわけではないのに、近づいてほしくもないのか――」

「近づくなとは言っていないわ。口説いてほしくないと言っただけよ。その二つには大きな違いがあるわ。私の近くにいても口説かなければいいのよ」

セバスチャンはグラスを口元に運び、紳士とはかけ離れた気分でそれについて考えた。ジュリエットの薔薇色《ばらいろ》の唇に視線をさまよわせる。「確かにそうだな」

「でも、そうはしないつもりなんでしょう」ジュリエットは熱っぽく抗議した。

「僕がどうするつもりなのか、君にわかるはずがない」

「はっきりとわかるわ」

セバスチャンは意味がわからないふりすらしなかった。「その種のことを考えるには、僕は〝きちんと〟しすぎているんじゃなかったのかな」

ジュリエットは慌てた。「ええ……まあ……そうね。それでもあなたは男性だし、男性というのはどんなに紳士的な人でも、そういう面では似たような行動をとるものよ」

セバスチャンはくすくす笑った。自信がなく内気なジュリエットはいつの間に、こんなにも生意気なおてんば娘になったんだ？　「そうなのか？　では、僕をどっちつかずの状態にしておくのはよくないよ……」セバスチャンはジュリエットの美しい姿態にすばやく視線を這《は》わせた。「興味深い結論に飛びついてほしくなければね」

ジュリエットは目に見えて身をこわばらせたが、もはやかわいらしく頬を染めることはなかった。頭をぐいとそらして言う。「あなたに私の先生になってもらいたいの」

セバスチャンは言葉につまった。ジュリエットに教えたいことならいくらでも思いつくが、どう考えてもジュリエットが望まないことばかりだ。冷静にグラスを口元に運ぶ。

「ほう？　何の先生だ？」

「悪い男の見分け方よ」

セバスチャンはすすっていたブランデーに窒息しそうになった。咳《せ》きこみながら、デスクにしっかりとグラスを置く。「何だって？」

「おせっかいな家族が、私は夫選びに苦労していると言っていたでしょう」

「確かにそういう意味のことは言っていた」

「今朝気づいたんだけど、結局私がいけないのは、紳士と紳士のふりをした悪党の区別がつかないところじゃないかしら。モーガン・プライスを紳士だと勘違いしてから、男性を見る目に自信が持てなくなったのよ」

「なるほど」セバスチャンは堅い口調で言った。

「そのせいでなかなか結婚相手が選べなくて」ジュリエットは続けた。「特に社交の場ではみんな本性を隠しているわ。どんなに感じよく見える人でも疑わずにはいられないの」

レディ・ロザリンドの言い分もこの点は正しかったようだ。確かに、ジュリエットは臆病になっている。「つまり、いい男と悪い男の見分け方を教えてほしいということか？」

「そのとおりよ」

セバスチャンはブランデーをもう一口飲んだ。「いったいどうして僕のように〝きちんとした紳士〟にそんなことが教えられると思ったんだ？」

「あなたのお父様はそういう悪い人だったのでしょう？」

臆病な割に、ずけずけものを言う。「ああ、どうしようもない悪党で、特に女性に関してはひどいものだった。でも、僕は父と同じ趣味は持っていない」セバスチャンはグラスを置き、皮肉な口調でつけ加えた。「だって、僕はまともすぎるんだろう？」

「それでも、お父様の言動を観察する機会はあったはずよ。女性にしらじらしいお世辞を言ったり、もっともらしい嘘をついたり、その気もないのに愛しているふりをしたり」

まずい、痛いところを突かれた。二年前、最初にジュリエットを誘ったとき、口先だけでたぶらかしたことは今も後悔している。「ああ、ときにはね」歯ぎしりしながら言った。

「それなら、そういう手管を見抜く方法を教えるのはわけのないことだわ。私もモーガンとのことや社交界で経験は積んだけど、それでも悪い男の見分け方はどうしようもないくらい身についていないのよ。だから、安全のために、男性は皆同じだと思うようにしているの。でもそれを続けていたら、一生結婚はできないわ。私、オールドミスになりたくはないの。あなたが協力してくれれば、オールドミスにならずにすむわ」

確かにそうだ。だが、それはジュリエットが思っている形とは違う。「君は取引を持ちかけているわけだね。取引というのは普通、二つの側面がある。僕が君に便宜を図る代わりに、君も僕に便宜を図るわけだ。君は何をしてくれるのかな?」

はしばみ色の目が、緑灰色の鋼のようになった。「あなたが私と家族にしたことの報復として家名を辱めることはしないよう、グリフを説得するわ」

「なるほど」つまり、復讐は自分でするということか。

ジュリエットはざっくばらんな態度になり、そっと手袋を伸ばしながら続けた。「もちろん、私といるだけで一家の暗い秘密をさらすことになると思うなら、断ってくれて構わないのよ。あなたにいやな思いはさせたくないから」

セバスチャンは声をあげて笑いそうになった。この生意気な小娘は、あなたと一緒にいたい、と自分から言っているのだ。断る理由がない。〝一家の暗い秘密〟を守ることはできるし、それは昨夜で証明ずみだ。しかもこれは、ジュリエットを口説くために必要だった入口になりうる。

とはいえ、あまり乗り気な態度をとれば怪しまれるだろう。「そういうことなら喜んで話に乗りたいところだね。ただ、ご家族にどう思われるかが心配だ。君に近づかないよう、お義兄さんに釘を刺されてしまったから」

ジュリエットはいたずらっぽくほほえんだ。「じゃあ、私たちの授業は秘密にしない？どうせ一日か二日のことだし」

セバスチャンは息を吸いこんだ。一日か二日、ジュリエットと二人きりになるのだ。一日か二日、言葉に注意し、真実を知られることなくジュリエットを口説くのだ。一日か二日、ジュリエットの初々しくも強烈な戯れを聞くのだ。頭がどうにかなってしまいそうだ。それなのに、自分の口からこんな言葉が出てきたものだから驚いた。「君の好きにしてくれればいい。僕にできることなら何でもやらせてもらうよ」

「いつから始めましょうか？」

「コックが二時に軽い昼食を用意してくれる。そのあとにしないか？」美しく手強《てごわ》い敵との午後の〝授業〟に際しては、そのくらい時間をかけなければ心構えができそうにない。

「いいわね。私、一生懸命勉強するわ」ジュリエットはドアに向かったが、途中で足を止め、振り返らずに言った。「もう一つ。何があっても、この授業ではその……親密なことはしないから」

セバスチャンはこらえきれず噴き出した。「もっと具体的に言ってくれないと。〝親密〟

というのはどういう類いのことだ？　モーガンとしたようなことか？　それとも、僕たちが昨夜したようなことか？」

ジュリエットはむっとした顔でセバスチャンを見て、ぴしゃりと言った。「キスよ。キスはしないという意味」

何とも興味深い。「だめな理由がわからないな。僕のキスに何も感じないのなら、したところで困ることはないはずだ。それに、悪党ときちんとした紳士のキスの違いを説明するには、実践するしかないだろう？」

ジュリエットは上品な髪の生え際から、身頃の上に柔らかく盛り上がった胸元まで赤くなった。「その項目なら、もうじゅうぶん勉強させてもらったわ」

「本当に？」セバスチャンは物憂げにほほえんで椅子にもたれ、色っぽいピンクのドレスに包まれた美しい体に視線を漂わせた。「昨夜は〝無難な〟紳士らしいキスのすべてを披露するチャンスをくれなかったじゃないか。バリエーションは無限にあるから、ぜひともそれを一つ残らず見せてあげたいね」

ジュリエットの顔に警戒の色が広がった。「少しでもそんなそぶりを見せたら……」勢いよく言いかけ、途中で踏みとどまる。「あなたの魂胆がわかったわ。私をからかうつもりなのね。でも、私は真剣なの」

「僕も真剣だよ」セバスチャンが狼《おおかみ》のようにほほえむと、ジュリエットはごくりと唾をのんで目をそらした。やはり、この調子なら彼女をものにできるような気がしてくる。

探りを入れてみようと、セバスチャンは先ほどのジュリエット同様、挑むように言った。

「もちろん、僕のキスが実践を積むことで上達し、自分がはしたないふるまいをしてしまいそうだと思っているなら、いつでも取引を中止してくれて構わないよ」

「とんでもない」ジュリエットは突然ほほえみ、その笑顔はまるで鋼に滴る蜂蜜のようだった。「どうしても私にキスがしたいなら、どうぞご自由に。失礼なあなたに平手打ちをする理由ができて、こっちも大助かりよ」彼女はくるりと向きを変え、ドアに向かった。

「ジュリエット?」

ジュリエットは足を止めた。「何でしょう、テンプルモア卿《きょう》?」

「僕は欲しいものを手に入れるためなら、多少の痛みはいとわない」

ジュリエットは肩越しに、あざけるような視線を投げた。「どうして勝手に〝多少の〟痛みだって決めつけるの?」

そう言い残して出ていった。ジュリエットの姿が見えなくなってからもしばらく、セバスチャンは笑いが止まらなかった。

6

〝復讐《ふくしゅう》は冷めてから食べるのがいちばんおいしい〟
テンプルモア邸の勉強部屋の壁にかつて掛かっていたイギリスのことわざ一覧より

まずい、とんでもない戦略ミスを犯してしまった。ばかげた理由を挙げ、テンプルモア卿《きょう》と二人きりで過ごすことを提案したときは、これで彼の正体が暴けると思った。この種の駆け引きは苦手だが、テンプルモア卿が腹立たしいほど頑固なため、ほかに方法が見当たらなかったのだ。だが、この問題に対する彼の態度までは計算に入れていなかった。テンプルモア卿はそれを書斎で明らかにしてみせた。彼は腕利きの狩猟家としての態度をとった。今は狩猟期間。そして、獲物はジュリエットだ。

そういうわけで二時間後、ジュリエットは家族やテンプルモア卿と昼食をとりながら、今後のことを思い悩まずにはいられなかった。これは確実に、ジュリエットの男性との経験をはるかに超えた事態だった。ああ、どうしてテンプルモア卿のキスを下手呼ばわりすれば目的が果たせると思ったの？　どうして彼が心待ちにしていた挑戦状をたたきつけてしまったの？　もし本当に彼がこの挑戦を待っていたのなら、厄介なことになる。テンプルモア卿が今以上にキスのうまさを見せつけてくれれば、またも舞い上がってしまう。

圧倒されるほど立派な食堂で、食卓の主人役の位置に座っているテンプルモア卿を、ジュリエットはこっそり眺めた。あれこれ世話を焼き、礼儀正しくふるまっている今、放蕩《ほうとう》な性質はきれいに隠されている。ジュリエットを頭の先から爪の先まで愛撫《あいぶ》するような、あの官能的なほほえみは浮かんでいない。想像を絶する宝物が眠っている洞穴のように黒くひそやかな、あの挑戦的な視線も見られない。

ソーセージとパン、地元産チーズという軽食を囲みながら、テンプルモア卿はロザリンドとグリフに対するのと同じように、礼儀正しくもよそよそしい態度でジュリエットに接していた。だが、ほかの誰も気づかなくても、ジュリエットにはそれが芝居であることがわかった。書斎でのからかいの言葉や昨夜のキスとは、あまりにかけ離れていたからだ。

ジュリエットは内心うなった。彼の熱く激しい唇に不可解な反応をしてしまったことは考えたくなかった。絹の感触の横暴なキスと我が物顔で自分を支える手を思い出して、夜中まで眠れなかっただけでも大変だったのに……。やめなさい！　ジュリエットは鮮やかすぎる記憶をたしなめた。計画を忘れないで。あの人のことで注意をそらされてはだめ。

お茶目に見えるテンプルモア卿の戯れはこれが目的なのだ。ジュリエットの注意をそらし、油断させること。こんなふうに構ってもらうことを願っていた二年前、結局は体面を汚されそうになり、傲慢なキスをされただけだった。だから今回は、彼の態度に左右されるつもりはない。私があなたにめろめろになっていると思ったら、大間違いよ。

「テンプルモア卿、叔父様は今日はどちらに？」会話がとぎれたのを見計らい、ジュリエットはたずねた。高慢な男爵殿はきっと、率直な物言いをする叔父を警戒し、追い払ったのだろう。「ミスター・プライスはだいたいこちらにいらっしゃるのかと思っていたわ」

「ご心配なく、叔父も雪が降っていなければ来ていただろう。若者たちが歩道の雪かきをして道を作ってくれたら、しょっちゅう顔を出すはずだ。特に食事どきは。うちのコックを気に入っているからね」

「それは納得ですわ」ロザリンドが口をはさんだ。幸せそうな顔で好物のアップルタルトをかじっている。「グリフ、こちらのコックにこのタルトのレシピを書いてもらいましょうね。ナイトン邸のコックが作るタルトは、ちょっと酸っぱすぎるもの」

グリフはテーブルの先にいるテンプルモア卿を、この家のコックのほうがおいしいタルトを作るのはおまえのせいだと言わんばかりににらみつけた。「覚えておくよ」椅子にもたれ、欠点でも探すようにじろじろとライバルのアップルタルトを見つめる。

グリフが羨むのも無理はない。チャーンウッド館の快適さと、見るからに行き届いた管理は、どんな屋敷にも引けを取らない。密輸団とかかわるような無謀な人物が、一分の隙もない屋敷の運営手腕を備えているとは、不思議な話だ。何しろ、角に埃《ほこり》が積もった箇所一つ見当たらない。洗面器の水はいつも新しく、室内便器は見るたびに空にされている。その銀製の器は誰も見ない裏側まで磨かれていた。もちろん、ジュリエットは見たのだが。きっと使用人に給料をはずんでいるのだろう。あるいは、必死に働くよう脅しつけているか。ロザリンドの侍女ポリーが言うには、メイドたちはテンプルモア卿に話しかけられると、びくりと跳び上がるらしい。

でも、私も同じだと思っているなら、ショックを受けることになるわよ。

「テンプルモア、君の叔父上のことで気になっていることがある」グリフが言った。

「何だ?」グリフにたえず辛辣な視線を投げかけられていることを思うと、デザートを食べるテンプルモア卿の落ち着きぶりは感心するほどだった。

グリフはアップルタルトには手をつけていなかった。「ミスター・プライスは結婚しているのか?　ずいぶんこの屋敷に入り浸っているように見えるが」

「そのことか」テンプルモア卿はうんざりしたように、ちらりとグリフを見た。「叔父は男やもめだ。叔母は五年前に消耗性疾患で亡くなっていて、ときどき寂しくなるんだ。でも、シュロップシャーにはあまりいないから、ここにもしょっちゅう来るわけではない。

「バースのタウンハウスでゆっくりしていることが多いよ」

「バースに別荘をお持ちなの?」ロザリンドがたずねた。

テンプルモア卿は悲しげにほほえんだ。「いや、持っているのは僕だ」

ロザリンドは背筋を伸ばした。「叔父様に自分のお屋敷を使わせてあげるなんて、心が広くていらっしゃるのね」抜け目なくジュリエットに視線を投げ、典型的な気前のいい金持ちと妹を結びつけるのにかかる時間を計っているようだ。

ジュリエットは姉を無視し、アップルタルトを一口大に切ることに専念した。

「心が広いというより、無謀に聞こえる」グリフがぶつぶつ言った。「親戚の言いなりになっていると、そのうち一文なしになってしまうぞ」

「田舎を引きずり回されて無駄足を踏むことになるかもしれないわね」グリフの言葉にむっとし、ジュリエットはちくりと言った。

「ジュリエット、あなたのことじゃないわ」ロザリンドはたしなめるようにグリフを見た。

「もちろん違うさ」グリフは身をこわばらせた。「それに、これは無駄足なんかじゃない。必要な情報の一部は手に入ったじゃないか」

一部？　グリフも私と同じ疑いを持っているの？　いいえ、私の言い分をくだらないと一蹴したのだから、そうは思えない。グリフはただ、テンプルモア卿のように立派な人が、あのように凶悪なことをするはずがないと思っているだけだ。テンプルモア卿のことは好きではないにしても、愚かな父親という不運を覆した努力は認めている。そんな男性が裏切り行為に走ったなど、すんなりとは信じられないのだ。でも、少なくとも私は認めていない。この大敵に関しては、見かけどおりのことなど何もない。いくら屋敷を手際よく運営し、叔父に優しく接し、私の肌をうずかせても、その裏に悪党の顔を隠し持っていないことにはならない。あとはとにかく、その素顔を暴く方法を考えなければ。

「テンプルモア卿」ジュリエットは快活に言った。「まだ一つわからないことがあるの。もしモーガンが亡くなって、あなたはモーガンの行動を何も知らないのだとしたら、誰が誘拐の噂《うわさ》をたてたの？　どうしてそんなことをしたの？」

「前にも言ったが、間違いなく使用人だよ」

「うちの使用人ではない」グリフは言った。「噂話をしないよう、給料ははずんでいる」

「そうか」テンプルモア卿は言った。「でも、君の仕事を考えると――」

「〝貿易〟という意味か？」グリフはぴしゃりと言った。

「密輸品を扱っているという意味だ」テンプルモア卿はあっさり言った。

グリフはむっとした。「それはもうない。ここ何年も違法な商売はしていないよ」

テンプルモア卿は肩をすくめた。「それでも、そのつながりから敵ができたのは確実だ。誰かが使用人に給料以上の金を渡して、裏切らせたのかもしれない」

「何のために？」噂を自分のせいにされて、グリフは腹を立てたようだった。「義妹《いもうと》の体面を汚すことで、その敵は何の得をする？」

テンプルモア卿は引き下がった。「一つの推論だよ」

「しかも、悪い方向の」グリフは言い返した。

グリフがテンプルモア卿に噛《か》みつくのは、ジュリエットの利益に反することだった。テンプルモア卿が警戒を強めてしまう。「グリフの使用人ではないわ」ジュリエットは言った。「うちの使用人でもない。ヘレナお姉様が上手に隠してくれたもの。私の書き置きはお姉様が一人のときに見つけたから、使用人や町の人たちには、グリフとロザリンドが新婚旅行から早めに帰ることになって、私たちは二人と会うためにロンドンに呼ばれたと説明したの。私を追って家を出る前には、自分は屋敷のことでぎりぎりまでやらなくちゃいけないことがあったから、先に私を行かせたと言ったのよ」

「それでみんな納得したのか?」テンプルモア卿は疑わしげに言った。「君が急に出ていったことを、モーガンがいなくなったことと結びつけなかったのか?」

「もし結びつけていたとしても、私や家族には何も言ってこなかったわ。ストラトフォードの人はみんな、〝ウィル・モーガン大尉〟はそのうち連隊に戻ると聞いていたから。それに、ヘレナお姉様は昔からきちんとした人だと評判なの。お姉様が自分の家族に、礼節を欠いた行いを許すなんて誰も思わないわ」

「だが、若い娘は礼節に関して姉の言うことに耳を傾けるとは限らない。君がお姉さんの示す模範を無視したとは思われなかっただろうか?」ジュリエットがにらみつけると、テンプルモア卿はわずかに笑みを浮かべてつけ加えた。「すまない。だが、いくら育ちがよくても、若い女性というのは私の弟のような〝無鉄砲な遊び人〟と駆け落ちするくらい、衝動的なところがあるものだから」

よくも私の言葉を引用したわね？　「私は町の人に、衝動的だとも勇敢だとも思われていなかったわ」

「だけど、駆け落ちという危険な行為に走るような性質は、ある程度備えていたわけだ」

「私が駆け落ちしたのは、モーガンにだまされて、いい結婚相手だと思ったからよ」

「いい結婚相手だと思ったのなら」テンプルモア卿は冷ややかに言った。「あいつをお父上のもとに行かせて、結婚を申しこませればよかったじゃないか」

まったく、何てことなの。この人は私を挑発する術《すべ》を心得ている。計画を忘れないで、とジュリエットは自分に言い聞かせた。かっとなってはだめ。「私はそのつもりだったけど、モーガンがそれは無意味だって言うから。お父様が一介の陸軍大尉との結婚を許すはずがないって」テンプルモア卿も知ってのとおり、これはすべて事実だ。

「あなたを家から連れ出す言い訳にすぎなかったとしても、モーガンの言い分は正しいわ」ロザリンドが口をはさんだ。「お父様は大反対だったでしょうね。あなたにはもっといい相手を望んでいたし。今ならあなたが肉屋と結婚すると言っても喜ぶでしょうけど」

「それはないわ」ジュリエットは弱々しく反論したが、姉が話題を変えてくれたことがありがたかった。テンプルモア卿に彼自身の行動の責任を押しつけられているようで、不愉快だったのだ。自分が悪いことはわかっているのだから、それをテンプルモア卿に指摘してもらう必要はない。しかも、ジュリエットが間違った行動をとるよう説得したのが自分であることは、テンプルモア卿本人もよくわかっているはずだ。

「お父様はあなたの結婚を望んでいるわ」ロザリンドは言った。「みんな同じ気持ちよ」

「僕はジュリエットがこれまでの求婚者を断ってくれてよかったと思っているけどね」グリフが割って入った。「全員、悲惨な連中だった」

ぶっきらぼうな義兄が味方についてくれるのはありがたかった。グリフは普段、ジュリエットが自分ではものが考えられないと思っているような態度をとる。擁護発言のあと愛想よくウィンクしてきたので、ジュリエットはにっこりほほえんでみせた。

「お願いだから、この子を調子に乗らせないで」ロザリンドが言った。「中にはいい人もいたわ。ヘイヴァリング卿は感じがよかったわよね？　グリフ、あの方なら文句のつけどころがないはずよ。若いし、ハンサムだし、優しいし――」

「あいつはばかだ」グリフは言った。「僕が皇太子殿下をフォルスタッフにたとえたら、それは誰ですか、社交界で顔を合わせたことはありませんが、と言ってきた」

「シェイクスピアを知らないからってばかとは限らないわ」ロザリンドは反論した。

ジュリエットは笑った。「本当に？　お姉様はそのことでアンドリュー卿をけなしていなかった？　お姉様が大好きなシェイクスピア劇をマーロウの作品だと言ったたって」

「それは別」ロザリンドは鼻を鳴らした。「アンドリュー卿は本当におばかさんだもの」

「ヘイヴァリング卿は確かに感じのいい方だったわ」ジュリエットは続けた。実際、好感は持っていた。ただ、彼との結婚が想像できなかっただけだ。「でも、合わなかったの」

「ヘイヴァリング」テンプルモア卿は声に出してつぶやいた。「それは決闘で使う拳銃を友人に渡そうとして、誤って自分の足を撃った男のことか?」グリフが驚いた顔をすると、こう言い添えた。「ルー叔父に聞いたんだ。おかげでロンドン中の笑いものになったと」

グリフの目が笑いにきらめいた。「決闘にもけちがついたよ」

ロザリンドはため息をついた。「わかったわよ、ジュリエットはアンドリュー卿ともヘイヴァリング卿とも結婚せずにすんでよかったんでしょうけど、私はヘイヴァリングがそこまで愚かな人だとは知らなかったのよ。では、キンズリー侯爵はどう?」

「キンズリーは既婚者ではなかったかな?」テンプルモア卿は言った。

「奥方に先立たれたんだ」グリフが説明した。「子供が三人いる。どうやら妻はジュリエットは半分でき上がった家族を相続するチャンスに飛びつくべきだと思っているようだ」

「お子さんがいやだったわけじゃないの」ジュリエットはりんごにフォークを刺した。「とてもいい子たちだったわ。ただ、キンズリー卿が……その……感じが悪くて」

「感じが悪い?」ロザリンドがぴしゃりと言った。「どうして?」

「その話はしたくないわ」ジュリエットはぼそりと言い、細長いりんごの一片を食べながら、この恥ずかしい話題が終わってくれることを願った。

だが、姉の図々《ずうずう》しい性格を甘く見てはいけなかった。「待って、わかった気がする」ロザリンドは勝ち誇ったように言った。「煙草《たばこ》のせいね。あなた、煙草を吸う男性が嫌いだもの」

「それが理由じゃないわ」ジュリエットは抗議したが、喫煙をみっともない習慣だと思っているのは事実だった。リネンに臭いがつくとなかなか取れないのだ。

「否定はできないでしょう。よくそんなことを言っているもの。煙草を吸うのも、嗅ぎ煙草を歯茎にこすりつけるのも、爪がぼろぼろなのも――」

「お姉様、違うの！」どうしてお姉様はこうやって、私をキリスト教徒一つまらない人間に仕立て上げようとするの？

「じゃあ、何？」

ジュリエットはナプキンを投げ捨てて叫んだ。「ダンスをするとき、私の身頃から下しか見ていなかったの。私に顔があることも知らなかったと思うわ。ねえ、これでいい？」

気まずい沈黙が流れ、ロザリンドが顔を赤らめたのを見て、ジュリエットは勢い任せに口走ってしまったことを後悔した。

やがて、ロザリンドは蚊の鳴くような声で言った。「ああ、ジュリエット、ごめんなさい。私、知らなくて」

「言ってくれればよかったんだ」グリフがいかめしく言った。「僕が追い払ってやったのに」

テンプルモア卿の恐ろしい形相を見る限り、グリフと同じ感情に駆られているのだろう。さっきはあんな目で私の身頃を見ていたくせに、ひどい偽善者だわ。

「何と言えばよかったの？」ジュリエットはテンプルモア卿をじろりと見た。「そういう男性は別にキンズリー卿が初めてだったわけじゃないし」テンプルモア卿はひるむことなく眉を上げ、ジュリエットはグリフに視線を引き戻した。「ただ、キンズリー卿はすごく……あからさまだったの。一つのことしか頭にないのが見え見えだったわ」グリフがむっとして胸をそらしたのを見て、ジュリエットはぴしゃりと言った。「お義兄《にい》様がそのことをどうこう言うのもお門違いよ。お姉様が胸元の開いたドレスを着ているとき、どこを見ているか知ってるんだから」

ロザリンドが大笑いして咳《せ》きこむと、グリフは妻をにらみつけた。

テンプルモア卿はナプキンで笑みを隠した。「ナイトン、君は色ぼけ爺《じい》さんが義妹さんに言い寄るのを許しているのか？」

「許す？」グリフが言い返す前に、ジュリエットはささやき声で鋭く言った。「言っておきますけど、私は男性とのおつき合いはすべて自分で何とかしているわ」

「ほう？」おつにすましたテンプルモア卿の口調に、ジュリエットは自分が少し前にこの分野での勘の悪さを嘆いていたことを思い出した。昨夜、テンプルモア卿に恥知らずなキスを許してしまったことも。

テンプルモア卿はジュリエットにすばやく視線を走らせた。「キンズリーやモントフォードのような男に目をつけられている時点で、それは怪しい気がするけどね」

「モントフォード？」ジュリエットはおうむ返しに言った。「どうしてご存じなの？」

ロザリンドがもごもご言った。「それは、あの……私が前に少し話を――」

「まあ、すてき」ジュリエットは皮肉たっぷりに言った。「続けてちょうだい、お姉様。赤の他人に私の悲惨な求婚歴を話すのをやめることないわ。何なら子供時代のつまらない失敗も全部話すといいわね。バター攪拌器《かくはん》にはまった話とか――」

「お姉さんはただ、君がモントフォード公爵の求婚を断ったことを話してくれただけだよ」テンプルモア卿が口をはさんだが、その口調は妙に穏やかだった。「だから僕は、それは賢明だったと言ったんだ」

それを聞いて、きまり悪さは少し収まった。「モントフォードをご存じなのね」

テンプルモア卿は肩をすくめた。「少し。二人とも十四歳のころに、モントフォードが夏の間ここに滞在したことがあったし、父親同士が友達だったんだ。あいつは今も人前では礼節をわきまえ、私生活では礼節とはかけ離れているのかな？」

「まさにそのとおりの男だよ」グリフが言った。「でも、君の口からそれを聞くとは意外だな。やつを知っている人間でさえ、あいつの……その……趣味は知らないのに」

「趣味って何のこと？」ロザリンドが割って入った。

「若い女性の前で話すようなことではない」テンプルモア卿はきっぱり言い、ジュリエットをちらりと見た。

「これはあまり知られていないことなんだ」グリフは説明した。「モントフォードは社交界ではいかにも紳士らしくふるまう。経験豊富な女性はその魅力にうっとりし、若いお嬢さんは自分のほうに振り向かせようと頑張るが、中身は見かけとはぜんぜん違う」

「あの方のことをそんなに知っているなら、どうしてジュリエットから遠ざけてくれなかったの？」ロザリンドは興味深そうにたずねた。

「だから、求婚者を遠ざけるのにグリフの力は必要ないのよ」ジュリエットは抗議した。

誰もジュリエットの言葉に耳を貸さなかった。「あいつの正体を知ったのは、ジュリエットが求婚を断ったあとだったんだ」グリフは言った。「そのころダニエルから、あいつが定期的に……その……とある施設を訪れていると聞いた」

ロザリンドはぎょっとした顔ですばやくジュリエットを見た。「あなた、知ってたの？」

「私はただ、信用できないと思っただけ。嘘《うそ》をつかれたことがあって。ある晩、舞踏会に向かう途中、いかがわしい地区であの人の馬車を見かけたんだけど、本人は見間違いだと言い張ったの」ジュリエットは肩をすくめた。「でも、私にも目はついているわ」

ロザリンドは悲痛な表情になった。ジュリエットと公爵の結婚を大いに期待していたのだろう。「遊び人が改心するといい夫になるっていう話も――」

「そんなことを言うのは」グリフが口をはさんだ。「当の遊び人だけだ。最新の獲物を誘惑するためだよ。女性はその言葉を信じた時点で、厄介事に片足を突っこむことになる」

テンプルモア卿がうなずいた。「それは、泥棒が改心するといい銀行員になるというのと同じことだ。イングランド銀行がすりを雇う日が来れば、改心した遊び人にもいいところがあると信じられそうだがね」

「ちょっと待って」ロザリンドが抗議した。「義兄《あに》のダニエルも姉との結婚前は放蕩者だったけど、今はこのうえなく誠実な夫だわ。愛があれば男性は習慣を改められるの」

「ダニエルは例外よ」ジュリエットは言い返した。「グリフとテンプルモア卿の言い分が正しい気がする。汚れた生活を送ってきた男性が、愛のためだろうと本当に変われるかしら？」テンプルモア卿にあざけるような笑みを向ける。「もしモーガンがイギリスに戻ってきて、心を入れ替えた、僕と結婚してくれと言われても、簡単には信じられないわ」

「そう願いたいね」グリフががなり立てた。「あの野郎は君を誘拐したんだから」

テンプルモア卿は気分を害したようだった。「でも、モーガンの行動にもそれなりの理由があったことがわかったら？」

「例えば？　あれだけ私の家族に迷惑をかけて、私の体面に傷をつけそうになって、それを言うならあなたの家名にも傷をつけて、どんな言い訳ができるというの？」ジュリエットはテンプルモア卿と真っ向から視線を合わせ、答えを言ってちょうだい、真実をほのめかすだけでもいいから、と訴えかけた。

テンプルモア卿のあごの筋肉が動いた。「それでも僕は、弟は悪人ではないと思う」

弱虫。「それでも私は、あの人の行動がすべてを物語っていると思うわ」

ジュリエットがテンプルモア卿の不満げな様子を大いに楽しんでいると、従僕が部屋に入ってきて、グラスをのせたトレイを手にロザリンドに近づいてきた。「奥様、馬乳をお持ちしました。ようやくご用意することができましたと、コックが申しておりました」

ロザリンドは青ざめ、夫のほうをさっと見た。ジュリエットがその視線を追うと、グリフは眉をひそめて大きく顔をしかめ、テーブルから立ち上がるところだった。

ロザリンドが慌ててグラスに手を伸ばしたとき、グリフの大声が響き渡った。「やめろ！」ロザリンドは宙で手をさまよわせ、グリフは従僕に命じた。「この薄汚い代物を持っていけ。コックには、今後は妻からの特別な要求はいっさい聞くなと言っておくんだ」

従僕は途方に暮れて主人に目をやり、テンプルモア卿はぞんざいにうなずいた。テンプルモア卿が夫婦のことに口をはさまないのは当然だろう。ジュリエットにも、この騒ぎが何なのかさっぱりわからなかった。

ロザリンドはすばやく立ち上がり、ナプキンを投げ捨てた。「グリフ・ナイトン、今回ばかりはやりすぎよ！　どういうつもり？」

グリフも立ち上がった。「あのような毒物を君の体に入れたくないんだ！」

「でも、ミスター・アーバスノットが——」

「あのやぶ医者め！　羊の小便だの、うさぎの血だの、馬乳だの……ほかにもあいつが出す薬にはどんなげてものが入っているかわかったものじゃない！　いいかげんにしろ！」

「あなたって最低！　何の権利があって……」その声はとぎれて涙声になり、ロザリンドは部屋から飛び出していった。

ジュリエットはぎょっとして姉を見つめた。ロザリンドには芝居がかったところがあるが、これは芝居の域を超えている。ロザリンドが泣くなどよっぽどのことだ。しかも、他人の前で……。

ジュリエットは責めるようにグリフを見た。彼は険しくも途方に暮れた顔で、片手を椅子の背にかけ、もう片方の手はテーブルについたまま立っていた。ジュリエットと目が合い、ようやくジュリエットとテンプルモア卿に見られていることを思い出したようだった。

グリフは震える息を吐き出した。「その……君たちには悪いが、妻のところに行かないと」そう言うと、部屋から駆け出していった。

あのような感情の爆発を見せられたことで、部屋には重苦しい沈黙が流れた。テンプルモア卿に何と言えばいいのか、口論の理由をどう説明すればいいのかもわからない。馬乳？　どうしてお姉様はそんなものを？　しかも、うさぎの血とか……。

「失礼なことをきくようだが」テンプルモア卿の硬い声が聞こえた。「お姉さんはもしかして……その……」その言葉は尻すぼみとなり、気まずい沈黙になった。

ジュリエットが目をやると、テンプルモア卿は他人の押し入れをのぞいているところを見つかったかのような、いかにも落ち着かない表情を浮かべていた。「何？」ジュリエットは先を促した。

テンプルモア卿はジュリエットを見なかった。「馬乳、うさぎの血、羊の小便は、医者が勧めることがあるんだ……その……女性の受胎能力を高める効果があるからと」

ジュリエットは呆然《ぼうぜん》とテンプルモア卿を見つめた。

テンプルモア卿はさっきよりも穏やかな目を向けた。「お姉さんが妊娠を望んでいるということは考えられるか？」

ジュリエットは頬が赤らむと同時に、無数の細かい記憶が押し寄せてきた。目の前に迫ったヘレナの出産の話になると、ロザリンドがいつも妙な反応を見せていたこと。最近、薬のことばかり気にしていたこと。子供を見るといつも羨ましそうな顔をしていたこと。「お姉様たちは結婚してまだ二年半よ」とはいえ、ロザリンドに気が長いという長所は備わっていない。子供を授からない期間が二年半続けば、一生のように思えるのだろう。あとから結婚したヘレナのほうが先に妊娠したことで、家族がロザリンドを悪気なくからかっていたことを思い出し、ジュリエットはたじろいだ。普段、冗談の種にされるときとは様子が違い、ロザリンドが笑い飛ばさなかったことも。

そのとき、別のことが頭に浮かんだ。「馬乳のこと、どうして知っているの？」ジュリエットは勢いよく言った。テンプルモア卿がほのかに頬を赤らめると、心の中でうなった。このように品のない話を男性とするなんてどうかしている。それでも、好奇心のほうが勝った。「私は聞いたことがなくて。お父様が病気のとき付き添っていたから、医療にはなじみがあるはずなんだけど」

テンプルモア卿はそわそわと咳払《せきばら》いをした。「古代の治療法だよ。今は分別のある女性は使わないが、それでもやぶ医者や愚かな産婆が、昔ながらの解決策として勧めることがあるんだ。あるいは、どうしても妊娠したい女性が試みることもある」

「ええ、でもあなたはどこでそれを聞いたの？」ジュリエットはなおもたずねた。

テンプルモア卿は肩をすくめた。「母が試していたんだ」

ジュリエットはぎょっとした。「それは確かなの？」若い男性がどうやって、母親のそのような事情を知ることになったの？

テンプルモア卿はナプキンを握りしめ、小声で言った。「叔父に聞いた。母は子供が欲しくて、さまざまな治療法を試したようだ」

ナプキンをつかむ指がぴくりと震えたのを見て、ジュリエットは気の毒になった。どうしてお母様はそこまで頑張って妊娠したのに、子供の一人を置き去りにしたの？ テンプルモア卿が同じ思いを抱いているのは確かだ。それでも、彼の険しい表情からは、その点に関する質問はいっさい受けつけないことがうかがえた。

ジュリエットの心配そうな視線に気づくと、テンプルモア卿はあごをこわばらせた。何か考えこむような顔になり、やがて言った。「実際には、地元の賢女に相談しに行ったのがよかったようだ」

「賢女？」

テンプルモア卿はかすかにほほえんだ。「レディ・ジュリエット、ここはシュロップシャーではあるが、ウェールズの血が流れている住民が多くて、母もそうだったんだ。藁《わら》にもすがりたい気持ちだった母は、薬草で何でも治せると評判の父の借地人、ウィニフレッドに相談した。そこで処方されたものが効いた。双子を授かったんだ」

「運がよかっただけかもしれないわね」

「そうかもしれない。ただ、ルー叔父が言うには、母は五年も頑張っていたらしい。でも、ウィニフレッドのもとを初めて訪れてから三カ月後に妊娠した」テンプルモア卿はナプキンをもてあそんだ。「ウィニフレッドは今も薬草の調剤と相談をやっている。お姉さんもあの人のところに行くことを考えてもいいかもしれない。僕が喜んで連れていくよ」

家族の問題の最も繊細な部分にかかわることになるその提案に、ジュリエットは驚いた。

「ご親切にありがとう。どうしてそこまで？　グリフは反対するに決まってるのに」

テンプルモア卿は感情のうかがい知れない目でジュリエットを見た。「今朝、お姉さんが価値のありそうな提案をしてくれたんだ。だから、そのお返しがしたい。それに、その賢女は害のあることはしないと約束できる」

それを聞いて、ジュリエットは少し安心した。「私が口を出していいことなのかどうかわからなくて」この問題に限っては。この問題をテンプルモア卿と話し合ったなんて、どうやってお姉様に伝えればいいの？

「君がいいようにしてくれればいいが、もし気が変わったら、僕は普段は朝が早いので、朝食の席にいなければ書斎か作業場にいる。お姉さんにそう言ってくれれば、ナイトンに気づかれないよう出かける手はずは整えるよ」

「つまり、グリフには内緒にするということね」

「お姉さんがそうしたいなら」

ジュリエットはため息をついた。「考えてみる」実を言うと、口を出したくて仕方がなかった。姉夫婦が口論するのを見るのはつらかったし、最近は二人の間の空気が張りつめているのを感じていた。だが、普段は自分が姉夫婦に干渉されることに文句を言っているのに、自分が同じことをするのは卑怯《ひきょう》な気がしたのだ。「どっちにしても、お申し出には感謝します、テンプルモア卿」

りのときは」

「セバスチャンと呼んでくれ」テンプルモア卿は穏やかに言った。「少なくとも、二人き

その声音の親密さに、姉の問題に関する思いは吹き飛んだ。テンプルモア卿の視線を受けると、心の奥が暴かれたように感じ、この人のほうが私よりずっと私のことを知っているのではないかという気にさせられる。心がざわめく。ぞくぞくする。

そんなふうに親しみのこもった呼び方をするのはいけないとわかっていながら、ジュリエットは自分がこう言っているのを聞いた。「わかったわ、セバスチャン」

その名前はテンプルモア卿よりも、さらにはモーガンよりも、彼に似合っていた。テンプルモアは高慢な貴族の、モーガンは無鉄砲な遊び人の名前だ。セバスチャンは堅実なイギリス人らしい名前で、母親が誰かに同じことをしてもらったという理由で赤の他人に助けを申し出る男性によく似合っている。ジュリエットが理解でき、好意すら持てる男性。

あとはただ、どちらの男性が本物なのかさえ探り出せればいい。

セバスチャンは満足げにほほえみ、手を差し出した。「ではお嬢さん、時間ですよ」

「何の？」

「今朝、僕に頼んできたことをお忘れかな？」セバスチャンの笑みが広がった。「悪い男を見分けるための最初の授業だ」

7

〝お世辞を言うのは無料だが、その代償を支払わされる者は多い〟
十五歳のとき、口のうまい従僕と戯れているところをヘレナに見つかったジュリエット・ラブリックが、その償いとして刺繍《ししゅう》したドイツの刺繍見本のデザイン本より

自分は頭がどうかしていると思いながら、セバスチャンはジュリエットを応接間に連れていった。何を思ってレディ・ロザリンドに協力を申し出たのだ？　嫉妬深い夫はすでに網を張り、僕を窒息させる口実を探しているのに……これでは事態は悪化するばかりだ。

それでも、昼食の席で見たナイトンの妻を守ろうとする気づかいと、レディ・ロザリンドの愛情深いからかいの言葉に、深い感銘を受けていた。ルー叔父が妻に先立たれて以来、これほど似合いのカップルを見たことはない。完璧に調和のとれた拳銃のように、レディ・ロザリンドの熱心さがナイトンの皮肉屋ぶりを補い、ナイトンの常識がレディ・ロザリンドの衝動的な性格を補っていた。

そこへ、あの口論が起こったのだ。レディ・ロザリンドの傷ついた目つきと、ナイトンの暗い絶望を無視できる人間がどこにいる？　どんなに仲のいい夫婦も、子供ができないせいで関係が崩れることがある。それはよく知っていた。両親の不和も、元は母の不妊が原因だったのではないかという気がする。母の妊娠が発覚したころには、夫婦仲はもう修復できないところまで来ていたのかもしれない。

それは憶測にすぎないが、明らかにお互いを思い合っている夫婦が、同じ問題で苦しむのを見るのは耐えられなかった。

まだらに陽《ひ》を浴びたジュリエットの髪を見下ろしながら、セバスチャンは彼女とともに応接間に入った。この問題に干渉するには、実際的な理由もある。ジュリエットの好意を勝ち取ることができるかもしれないのだ。姉夫婦への協力が、その点で役に立つかどうかはわからない。ジュリエットはセバスチャンにも、そしてモーガンにも、優しくするつもりはこれっぽっちもないし、求婚者たちを見る目は明らかに厳しい。

仕方のないことだとは思う。だが、おかげでやりにくいのは確かだ。

セバスチャンはジュリエットに長椅子を勧め、隣の椅子に腰かけようとした。そのとき、尻に何かが刺さり、叫び声をあげて跳び上がった。「いったい――」背後に手を伸ばし、尻から針を抜いてテーブルに落とすと、それはとんと音をたてて落ちた。「次に僕が腰を下ろすときは、気をつけるよう声をかけてくれ」

「まあ、ごめんなさい！」ジュリエットは立ち上がり、椅子から木製の妙な道具をつかみ取ってサイドテーブルに置いた。「私の刺繍なの。昼食に向かうとき、置きっぱなしにしたんだわ。ふ、普段はもっと気をつけているの。痛かった？」

「平均的な針が人の尻に刺さった程度の痛みだよ」セバスチャンはうなるように言った。

ジュリエットは嘆きの言葉をつぶやき、すばやくセバスチャンの背後に回りこんで、上着の裾をめくり上げた。

セバスチャンはくるりと振り向き、ジュリエットを正面から見た。「何をしている？」

「血が出ていないか確かめようと――」

「大丈夫だ」ジュリエットに至近距離から尻を観察されるなどまっぴらだ。とはいえ、彼女が大騒ぎして世話を焼いてくれるのは嬉《うれ》しかった。もう何年も女性に世話を焼かれたことはない。セバスチャンは痛む部分をこすり、指を伸ばした。「ほらね？　血は出ていない」

「ああ、よかった」ジュリエットはひどくすまなそうにしていた。「本当に悪気は――」

「君のせいじゃない。僕が先に確かめればよかったんだ」セバスチャンは苦笑した。「ただ、チャーンウッド館に女性がいることに慣れていなくて……女性が使う妙な道具にも」

「わかってる」ジュリエットは横歩きでセバスチャンの背後から出て、長椅子に戻った。

セバスチャンは立ったままだった。椅子の布地にほかに何がひそんでいるかわかったものではない。女性は一度に針を何本使うのだ？　一本？　六本？　見当もつかない。針仕事に関するセバスチャンの知識は、拳銃の発射機構に収まる程度の量しかなかった。

次の瞬間、セバスチャンは目をぱちくりさせた。「どういう意味だ……〝わかってる〟というのは？　僕は女性客のもてなし方がそこまでお粗末なのか？　それとも、椅子に攻撃されたときの反応から推測したのか？」

ほのかな笑みがジュリエットの唇を彩った。「いいえ。こちらの使用人がロザリンドの侍女に言っていたことから推測したの。久しぶりに女性客を迎えられて大喜びだって」

「おしゃべりな使用人を叱っておかないと」

「やめて！　今でもあなたのことを怖がっているんだから」

その言葉に、セバスチャンは動きを止めた。「いったいどうして怖がる？　待遇はいいはずだ」

「ええ、もちろん、給料と労働条件に関してはね。それに、不満があるのは女性だけよ」

セバスチャンがむっとしたのを見て、ジュリエットは慌てて言い添えた。「勘違いしないで……みんなあなたをすごく尊敬しているんだと思うわ。ただ、恐れてもいるの」

「くだらない！　僕が何をしたというんだ？」

「何かをしたからじゃなくて、しないからよ。あなたは使用人にがみがみ命令するだけで、おしゃべりをしたり、お礼を言ったりしない。あなたが形式張った堅苦しい接し方をするから、使用人はあなたに認められていないと感じるのよ」

「〝使用人〟と〝おしゃべり〟するのは不適切だ」

「近侍とはおしゃべりするでしょう？　執事とも。従僕とも。あなたがそっけない態度をとるのは女性だけ。昨夜、私があなたは女性が好きですらないと言ったのは、根拠のない憶測ではないの。使用人だって話はするのよ」

問題の原因がようやくわかって、セバスチャンはため息をついた。椅子の後ろに回り、前屈みになって組んだ腕を椅子の背に置く。「具体的に言わなきゃいけないね。男性の主人が女性の使用人とおしゃべりするのが不適切なんだ」

「理由がわからない――」ジュリエットは言いかけた。

「変なふうに誤解される恐れがあるからだ。特に、先代の男爵があのような……」こんなことを話題にしているなんて信じられない。だが、使用人に過剰にがみがみ言っていると思われるのは心外だ。ただでさえ、ジュリエットには退屈で気取った男だと思われているのに。「この屋敷の管理を引き継いだとき、女性使用人の中には、父が長々と〝おしゃべり〟していた者も何人かいた。意味はわかると思うが。そういうメイドは当然ながら、父に与えられた苦痛を僕が金銭的に補償するものと思っていたようだった」

ジュリエットの目は丸くなり、顔は真っ赤に染まった。「まあ」

「ほとんどがもう辞めているけどね。僕が手を尽くして縁談をまとめた。新しく入ったメイドたちはそのことを知らないし、知らせるつもりもない」セバスチャンは悲しげにほほえんだ。「子供のころ、どうしてメイドたちが僕の動きを過剰に警戒しているのかわからなかった。ちょっかいを出せる雰囲気じゃなかったんだ。頬にキスもさせてくれなかったよ。その理由がわかってからは、自分はその点では女性使用人に不満を抱かせないようにしようと決めた。ただ、もしかすると……その……やりすぎたのかもしれないな」

「たぶん、少しだけ」ジュリエットは優しく言った。「たまに頑張りを褒めてあげるくらいなら害にはならないわ。みんな、今はあなたに嫌われていると思っているから」

セバスチャンは身をこわばらせた。使用人の扱い方を指図されることには慣れていない。

「好きすぎると思われるよりもましだ」

「その中間はないの？」

ジュリエットの声にひそむ穏やかな思いやりに、傷ついたプライドがなぐさめられた。

「もちろんあるだろうね。君が手伝ってくれれば、それを見つけられるかもしれない」

その言葉に動揺したのか、ジュリエットはうつむいてドレスをいじり始め、しわもない箇所を伸ばし、ないはずの糸くずをつまんだ。「私はそういうことをする立場にないわ」

そのうち変わるかもしれないよ、とセバスチャンは思ったが、口には出さなかった。まだ求婚もしていないうちに、警戒させてはいけない。

「それに」ジュリエットはつけ加えた。「私には方法がわからないわ」

「それはないだろう。まず、君は僕よりも女性のことを理解している」

「ときどきここに女性を招くようにすれば、あなたも少しは理解できるようになるわ。独身男性もハウスパーティはするでしょう。あなたがしないことが驚きよ」

「そのためにわざわざロンドンからシュロップシャーまで来る人はいない」

そもそも、来てほしくもないが。いわゆる社交界に属する女性が、父がハンカチを落としただけでベッドに飛び乗ってくる様子を見てきたせいで、貴族女性には興味がない。いや、貴族以外の女性にも。父のような恥知らずなふるまいはしないと決意したため、地元の女性を愛人に迎えることもなかった。ロンドンでは軽薄な女たちと控えめにつき合ったことはあるが、ここでは禁欲的な生活を送り、情熱は銃のデザインに注いでいる。

だが、社交界と縁を切ってしまったのは性急だったようだ。ジュリエットにそばをうろつかれ、悩まされ……興奮させられていると、自分の生活に上流階級の女性がいないことを痛感する。自分には妻が、チャーンウッド館には女主人がいれば助かるだろう。

しかも、それがジュリエットであれば。ジュリエットがいるだけで屋敷が明るくなり、角が取れたように感じる。それに、自分が彼女に作った借りのことを思うと、結婚くらいするのがせめてもの償いというものだ。

セバスチャンの心を読んだかのように、ジュリエットは突然顔を上げ、いたずらっぽい表情をした。「本題を外れすぎたわね。授業をしてくれるんでしょう」

「ああ、そうだよ」セバスチャンはにっこりした。「でも、君には必要ない気がするけどね。昼食での会話を聞いて、悪い男を見抜く術《すべ》に長《た》けているような気がした。これまでの求婚者には、断るだけの理由がちゃんとあったと思うよ」

「でも、それは五人だけの話だもの」ジュリエットは言った。

「全部で何人断ったんだ？」

　ジュリエットは考えこむように眉根を寄せた。「そうね、ミスター・ローランドというヨークの銀行家の息子がいたわ。それに、ファーガソン卿《きょう》とサー・パトリック・ウェルチ。二人とも持参金に興味があっただけのようだけど。あと、イタリアの伯爵……名前は……」

「もういいよ」いったいどれだけの数の男がジュリエットに求婚したのだ？　だが、それも無理はない。結婚願望のある男が、ジュリエットのような天使が食卓に華を添え、自分とベッドをともにしてくれることを望むのは、当然ではないか？「全員、ナイトンが言っていたほどひどい男だったのか？」

「みんなどこか気に入らないところはあったけど、本当に悪い人かどうかは誰にもわからないわ。ロザリンドはそんなことないって言うし、グリフはそうだって言う。私にはわからない。だから、あなたの協力が必要だって言っているんでしょう？」

　ジュリエットに必要とされるのはもっと別のことにしてほしかったが、まずはここからだ。「最初に、その男たちの口説き方のどんな部分がいやだったかを教えてもらおうかな」そうすれば、自分は先達の失敗を繰り返さずにすむ。

ジュリエットはあごをつんと上げ、以前は見られなかった、胸をざわつかせるあのまっすぐなまなざしをセバスチャンに向けた。「まず、お世辞ね。男の人はいつも私を褒めてくれるんだけど、本当にそう思っているのかどうかわからないの」

「それがどうした？　男が女性を褒めるとき事実に色をつけたとしても、好意に嘘《うそ》があるわけじゃない。ただその女性を勝ち取りたいから、その目的を達成するために必要なことを言っているだけだ。賞賛に値する行為だと言ってもいいね」

ジュリエットは繊細な眉を上げた。「あなたって皮肉屋ね」長椅子にもたれ、唇にいたずらな笑みを浮かべる。「それとも、あなたも女性を勝ち取りたいときはそうするの？　事実に色をつける？　ごまかすってこと？」

まったく、うぶなジュリエットはいつの間に、こんな思わせぶりなことを言うようになったんだ？　その質問には裏の意味がひそんでいたが、セバスチャンはそのかわいらしい、キスしたくなる唇のことしか考えられなかった。「今は僕の話をしているんじゃない」

「そうなの？」ジュリエットは長椅子のクッションに指を這《は》わせ、セバスチャンは自分の太ももをなぞられているかのようにはっきりとその感触を想像した。「そうね、これはただの好奇心だと思って。セバスチャン、あなたが女性を口説くとき何て言うのか教えて。

例えば、私を口説こうとするなら、どんなふうに〝事実に色をつける〟の？」

セバスチャンはジュリエットをまじまじと見つめた。僕の目的が求愛であることに気づいているのか？　それとも、単にからかっているのか？「君に対しては、事実に色をつけたりしないよ。その必要がないからね」

「どうもありがとう」ジュリエットは怒ったふりをして言った。「私のことをそんなに簡単に口説けると思っているなら、よっぽど自分に自信があるのね」

セバスチャンは笑みをこらえた。「とんでもない。君にうわべだけのお世辞を言うことはできないという意味だよ。君は男性が女性を測る基準をすべて上回っているから」

ジュリエットは笑った。「それこそ、どんな褒め言葉にも勝る褒め言葉だわ。それに、間違いなく事実に色をつけているわね」

ジュリエットが楽しそうなのが嬉しくて、セバスチャンも笑った。これも彼女のことで記憶に刻まれていた点の一つだ。ジュリエットの笑いには心がこもっている。何と柔らかく、女らしく、女性にありがちなわざとらしさがないことか。ジュリエットは笑うときに声を抑えることはあっても、忍び笑いはしない。

「ばれたか。君を試していたんだ。あからさまなお世辞を見抜けるかどうか」

ジュリエットは目をきらめかせた。「私は合格？」

「もちろん。だが、授業はまだ始まったばかりだ。次はもっとさりげない褒め言葉を試さないとね」セバスチャンは椅子の後ろを回り、長椅子のジュリエットの隣に腰かけた。

「例えば？」ジュリエットは用心深くセバスチャンを目で追った。

「女性には必ず魅力的な部分がいくつかあるものだ。父はそこを褒めるようにしていた」セバスチャンは手を伸ばし、つややかなブロンドの巻き毛を手袋の指に巻きつけた。「例えば、男は君の美しい髪の色を蜂蜜にたとえる。あるいは、その柔らかさを白鳥の羽毛に」

「それはさりげない褒め言葉ではないわ」ジュリエットは頭を動かし、セバスチャンの手から髪を振りほどいた。「それに、蜂蜜と白鳥の羽毛の組み合わせはいまいちよ。金糸と白鳥の羽毛のほうが相性がいいと思わない？」

「あるいは、蜂蜜とホイップクリームだな。男は半分の時間は腹でものを考えるから、食べ物のたとえは得意だ」

するとジュリエットはかすかにほほえんだ。「じゃあ、あとの半分は？」

〝股の間で考えているよ〟今こそ、事実に色をつけなければならない。「もちろん、理性を働かせているんだよ」

「あら、でも恋愛中の男性は理性をすっかり失ってしまうと思っていたわ」

「どうだろうね。僕は恋愛をしたことはないし、愛とは無縁でいたいと思っている」だが、ジュリエットが目を丸くして遠慮がちに見上げてきた瞬間、セバスチャンは危うく理性を失いそうになった。

「どうして愛とは無縁でいたいの？」ジュリエットの声はどこか失望したように聞こえた。

何か間違ったことを言ったのではないかという思いにとらわれながらも、セバスチャンはのろのろと言った。「愛というのはあまりに衝動的なものだからだ。君に何度も指摘されたとおり、僕はそういう荒々しいことに向いていない。それに、たいていの人が恋愛を言い訳にして好き勝手なことをし、責任から逃れようとする。〝愛しているから〟と言い張れば、何もかもが受け入れられると思っている。でも、実際はそうじゃない」

ジュリエットはいたずらっぽい視線を向けた。「私もそうやって責任逃れをする人間だと思っているんでしょうね」セバスチャンがいぶかしげな顔をすると、ジュリエットはつけ加えた。「後先考えずモーガンと駆け落ちしたから」

「ああ、そのことか。僕は別に君の話をしたわけではない。でも、その件に触れたからには、君の駆け落ちが僕の言い分を裏づけていることは認めなければいけないよ。二年前、君の判断力が〝モーガン〟への〝愛〟でくもっていなければ、あいつと駆け落ちするのが賢明なことなのか、よく考えていたはずだ。あいつが見かけどおりの男ではないことにも気づいていたかもしれない」

「そうかも」ジュリエットは興味深そうにセバスチャンを見た。「じゃあ、今のは誰の話？」

セバスチャンは話題を変えようとしたが、考え直した。自分はジュリエットを妻にと考えているのだから、彼女には家族のことを教えるのが筋というものだ。

セバスチャンはごくりと唾をのみ、そっぽを向いた。「僕の両親だ。我が家では、恋愛が幸せをもたらすことは稀《まれ》だった。ルー叔父によると、母は父を愛していたが、父の愛はまったく得られなかったらしい。しかも結局、母は〝愛〟を理由に夫と長男を捨て、妻と母親としての責任を放棄して――」

母が出ていった理由を説明することはできなかった。その後のなりゆきをジュリエットに知られているだけでも耐えがたい。最もつらい秘密まで明かす必要はないだろう。

「それから、あの遊び人の父」セバスチャンは続けた。「父は何百回と恋愛をしたと思う。一時間ごとに誰かを愛していた」遠い昔の苦々しさが声ににじんでくる。「新たに恋愛をするたび、新たな課題が生まれた」それらの課題はつねに、孤独な息子よりも優先された。

ジュリエットが気の毒そうに見ているのに気づき、セバスチャンは身をこわばらせた。「遊び人にとって、恋愛は膨大なエネルギーと計画を必要とするものなんだ。自分は何も犠牲にすることなく、勝負に勝って女性の貞操を奪うのが目的だからね」

ジュリエットはますます気の毒そうな顔になり、セバスチャンは心の中で毒づいた。その表情を消したい一心で彼女の手をつかみ、手袋の手首のボタンを二つ外す。ジュリエットが抵抗しないのをいいことに、手袋から指を一本ずつ抜いていった。

「遊び人の言動はすべてが計算しつくされている。細い指を褒めるのは、その指をあらわにして好色な目で見るためだ」手袋をジュリエットの膝に落とし、手を取って親指で指をなで、しわを一つずつなぞり、関節を一つずつ愛撫《あいぶ》する。「柔らかな肌を褒めるのは、愛撫できるほど近くに寄るためにほかならない」ジュリエットの口から震える息がもれると、とたんに欲求が爆発し、両親の不和のことは頭から吹き飛んだ。「それから、唇を褒めるのは……」ささやくように言い、ジュリエットに顔を近づけた。

とたんにジュリエットは狼狽《ろうばい》した表情になり、セバスチャンの手を振り払って手袋を拾い、するりと長椅子から立ち上がった。「今回の授業内容は理解できたと思うわ」

ジュリエットは大急ぎで手袋をつけ、部屋の反対側に急いだ。頬が真っ赤に染まり、動きがぎくしゃくしているのを見て、セバスチャンは大いに満足した。結局のところ、男に迫られることにさほど免疫があるわけではないのだろう。

だが、再び目が合ったとき、ジュリエットは態勢を立て直していた。「今まであなたが取り上げたのは、女性の外見を褒める言葉ばかりね。遊び人は女性の内面は褒めないの？」

「褒めるよ。それで得るものがあると思えば」セバスチャンは、部屋の反対側に飛んでいってジュリエットを抱きしめたいという衝動を抑えた。もし実行したら、彼女はどうするだろう？

おそらく、僕のふるまいに、また気が滅入《めい》るような評価を下すのだろう。

「じゃあ、そういうときのうわべだけのお世辞の例を教えて」ジュリエットは要求した。「私がそういうのを聞いたとき、これだってわかるように」

セバスチャンは考えるふりをして、ジュリエットが部屋を歩きながら、ところどころで磁器の箱を真ん中に寄せたり、大理石のチェステーブルの駒の位置を直したりするのを眺めた。ジュリエットはとてつもなく女らしく、上品さと美しさが見事に調和し、目を離すことができなかった。母もチャーンウッド館をこんなふうに動き回っていたのだろうか？いや、出ていったときの状況を思えば、きっと違う。聞いた話から判断するに、母は最終的にこの屋敷も、ここに住む誰のことも憎んでいたようだった。

だが、ジュリエットはそうはならない。ここの使用人に対する意見を聞いただけでも、セバスチャン同様にチャーンウッド館を大事にしてくれるような気がする。屋敷の管理に走り回り、世話を焼き、子供を産んでくれて、ホールに子供たちの笑い声が響くのだ。

いったいどういうわけで、前回はジュリエットを置き去りにした？　叔父の言うとおりだ。彼女のそばに留《とど》まってその後の展開に向き合い、結婚して償っていたら……。

セバスチャンはあきれ顔になった。何を言っている。ナイトンが誘拐犯との結婚を許すはずがない。一週間も経《た》たないうちに、近場の絞首台につるされていただろう。そうなれば、チャーンウッドはどうなる？　僕が死んだら、この地所を継げるのはモーガンだけになり、一緒に闘ってくれる人は誰もいない。

僕はやるべきことをやったのだ。だが結果的に、ジュリエットとの結婚を望んでいるロンドンの男たちに彼女を渡すことになってしまった。実際には何人いるのだろう？　あの魅惑的な歩き方と、ほかの部分と同じように美しく形作られた脚を想像させるスカートの繊細な引きずり方で、どれだけの男を虜《とりこ》にしたのだ？　どれだけの希望を打ち砕いた？

だが、僕の希望は打ち砕かれない。何とかして結婚する気にさせてやる。ジュリエットに対しては悪行を償う義務があるし、自分の家族と地所には妻を迎え、子供を作る義務がある。僕たちが結婚するのは、それが賢明で、責任ある行為だからだ。ジュリエットが愛らしくも上品に食卓を取り仕切り、家庭を手際よく切り盛りしてくれるから。冷えた孤独なベッドに迎えるのに、非の打ちどころのないパートナーだからだ。

刺激的な光景が頭に浮かび、セバスチャンは息をのんだ。ジュリエットが自分の下で吐息をもらし、あえぎながら、体を弓なりにして手と口と腰の動きを受け入れ……。

セバスチャンは心の中で悪態をつき、ジュリエットが一糸まとわぬ姿でほほえんでいる想像を頭から追い払うために、サイドテーブルから彼女の針仕事を手に取った。ずいぶん時間が経ってようやく、それが手のこんだ高度な手仕事であることに気づいた。

「セバスチャン？」ジュリエットがせっついた。「女性の内面への褒め言葉は？」

セバスチャンは何とか考えをまとめ、衝動を抑えつけてまじめな態度を装った。「君は針仕事が上手なんだな」かすれた声で言う。

　セバスチャンの葛藤には気づかず、ジュリエットは笑った。「それはいかにもお世辞って感じだわ。私の針仕事がうまいかどうか、どうして男性にわかるの？　それに、男性はそういうものに気を留めないわ」

「そんなことはない。ものを知った男は、拳銃のデザインだろうと針仕事だろうと出来のいい細工を見ればそれとわかるし、敬意も払う。それに、実は……」セバスチャンはほほえみをひねり出した。「今のは本物の賛辞だ。君の腕前に感心して、本音が出てしまった」

　ジュリエットは疑わしげにセバスチャンを見た。「じゃあ、あなたは私が思ったよりずっと、褒め言葉という分野に精通しているのね。でも、今日は男性の偽の賛辞を見抜く方法を教えてくれるはずでしょう」

　調子を取り戻したセバスチャンは、長椅子にもたれた。「よし、この問題を別の角度から攻めてみよう。過去に君が嘘だと思った褒め言葉の例を挙げてくれ」

　ジュリエットの唇にいたずらっぽい笑みが浮かんだ。「いいわね。これはどう？　〝君は内気なわけじゃない、用心深いだけだ。人を自分の領域に入れることに慎重になるのは、間違ったことじゃないよ〟」

　なじみのある理屈だが、よくある褒め言葉という感じではない。「なぜそれが――」

「こういうのもあるわ。〝君は優しすぎて、人のことを悪く思えないんだよ。お姉さんが何と言おうとも、それは長所であって欠点ではない〟」

セバスチャンの顔から笑みが消えた。

ジュリエットは近づいてきて、冷ややかな目でセバスチャンの顔をのぞきこんだ。「お気に入りはこれ。〝君は男の夢だ、女性として完璧だよ〟これは〝君は男性が女性を測る基準をすべて上回っている〟の変形ね」

セバスチャンは腹が締めつけられるのを感じた。ジュリエットが待っている、すでに答えがわかっている質問を無理やり口にする。「どうしてそれがうわべだけのお世辞だと思うんだ？」

ジュリエットは三十センチ手前で足を止め、セバスチャンをにらみつけた。「モーガンが、私を誘惑して家族のもとから連れ出そうとしているときに言った言葉だから」

やはりそうだった。ジュリエットほど記憶力がよくないのが悔やまれる。だが、どうしてジュリエットはわざわざ僕の言葉を選んだんだ？　どうして挑戦的な態度をとる？　短絡的に考えれば、僕に対する最初の疑惑がよみがえったということになる。

だが、それはありえない。僕は一度だって口をすべらせてはいない。それに昨夜、ジュリエットも僕の言い分には納得したと言っていたじゃないか。

それでも……。「弟が君をだますために使った言葉だからといって、嘘だったことにはならない。むしろ、君の性格を的確に言い表していると思うよ」

ジュリエットは繊細な眉を片方上げた。「あら、じゃあモーガンは私のことを心から〝女性として完璧〟だと思っていたのかしら？　それなのに、クラウチから逃げるのを手伝ったあと、いとも簡単に私を置き去りにしたのは変ね」

その言葉に、セバスチャンは仰天した。昨夜ジュリエットは、夫にふさわしくない男性から逃れられてよかったという意味のことを言っていたのに。セバスチャンは唐突に長椅子から立ち上がり、ジュリエットに近寄った。ジュリエットは驚いて一歩後ずさりした。

「君は本当にモーガンと一緒に行きたかったのか？　あんなことをされたのに？　君も家族も危ない目に遭わされたというのに？」

ジュリエットは顔を赤らめてうつむいた。「いいえ。ばかなことを言わないで」

だが、何ということか、実際にはそうなのだ。ジュリエットの顔を見ればわかる。結局、レディ・ロザリンドの言うとおりだった。若きジュリエットは、モーガンが見かけどおりの男ではないと知ったあとも、彼にロマンティックな思いを抱いていたのだ。

そう思うと、ますます罪悪感に腹が締めつけられた。「モーガンが君を置いていったとき、君を傷つけるつもりはなかったんだと思う。自分がそばにいないほうがいいと考えたんだろう。君も裏切られたとわかったときは、あいつを卑劣だと言ったんだろうから」

ジュリエットはすばやく顔を上げ、目をぎらりと輝かせた。「傷つけられてなんかいないわ。私はただ、どうしてあの人の褒め言葉が嘘だと思うのか、説明しようとしただけよ」

「あいつが君と結婚しなくても、君との時間がすべて嘘だったことにはならない」

「そうなの？」ジュリエットはしばらくセバスチャンを見たあと、普段は開けっぴろげな表情に影を落とした。「ああ、あなたにはわからないわよね。あなたみたいに正直な人には」

その声には確実に、皮肉が混じっていた。

ジュリエットは早口で続けた。「あなたはモーガンと違って、どこまでも自然な、わざとらしさのない褒め言葉を上手に口にできるタイプではないもの」

「さっきは上手に褒め言葉を口にしたつもりだが」セバスチャンはぴしゃりと言った。

「ええ、でもモーガンに比べるとたいしたことないわ。あなたは正直すぎるから、不誠実な男性がどれほどもっともらしく、女性が信じるしかないような口調でお世辞を言うのかわからないのよ。女性経験が限られた男性らしく、〝君の髪は金糸のようだ〟とか〝君の肌は白鳥の羽毛のように柔らかい〟というありふれた文句に頼っているんだもの」

まったく、この女性は男のプライドを傷つける方法をよく知っている。ありふれた文句、か。「いいか、それは僕の言葉じゃない。ほかの男が言いそうなお世辞の例だ。それに、〝女性経験が限られている〟といっても、この三十年間、禁欲生活をしてきたわけじゃない。ただ、ペチコートをつけた女性なら誰でも追い回してきたわけじゃないということだ」

「わかっているわ」ジュリエットは優雅に手を振って言った。「でも、このあたりで出会う女性は、あなたの褒め言葉がスマートじゃなくても、気が利いていなくても気にしない——」

「だから、僕はこんな大ばか者になったというわけか？」セバスチャンはうなった。

ジュリエットはくるりと向きを変えたが、間違いなくその直前に笑みをこぼしていた。

「私はただ、あなたはモーガンみたいにお世辞で女性をだますのが上手じゃないと言っているだけよ。それができる男性のタイプというのは限られていて——」

「気が利く男だろうな」セバスチャンは歯ぎしりしながら言った。

「世慣れた人よ。あなたもそういう意味で気が利く人になりたいわけじゃないでしょう？」

「知らないよ」セバスチャンはこめかみをさすった。この会話のせいで頭痛が始まっていた。どうしてジュリエットは僕の二つの姿を比べるとき、セバスチャンを退屈な田舎の愚か者に、〝モーガン〟を洗練された冷血な悪党に仕立てるんだ？　どちらの僕も傷つかずにはいられない。しかも、彼女はそれを何気ない調子で口にし、僕が自分の傷口をなめるはめになっていることはまるで気にしていないのだ。

わざと言っている気もするが、ジュリエットがそこまで狡猾《こうかつ》なことをするとも思えない。

いや、するのか?

ジュリエットが大理石のチェステーブルの前で足を止め、祖父のオニキスと銀の駒を動かし始めたのを見て、二年前彼女が小屋で見せた見事なチェスの腕前が思い出された。

セバスチャンは目を細めた。「ここではっきりさせておこう。君は僕をまともな、きちんとした大ばか者だと――」

「私は大ばか者だなんて言ってないわ。言ったのはあなたよ」

「すまない。僕はまともな、きちんとした紳士で、気が利かないために決まり文句を連呼するばかりで、女性経験が少ないせいでキスもぱっとしない――」

「私はキスがぱっとしないとも言っていないわ」セバスチャンの雰囲気が変わったことに気づき始めたらしく、ジュリエットは用心するように顔を見てきた。

セバスチャンはそっと近くに寄った。「君は〝無難〟だと言ったが、僕からすれば〝ぱっとしない〟と言われたのとそう変わらない」

ジュリエットは一歩下がった。「あなたを侮辱するつもりは――」

「だろうな」ジュリエットがチェステーブルにつまずきそうになると、セバスチャンは彼女を腕に抱き寄せた。「君が思っているほど僕は下手くそなまぬけじゃないことを証明するチャンスをくれるのが、筋というものだよ」

ジュリエットの頬は赤らみ、かわいらしい顔に警戒の色が広がった。「セバスチャン、証明してもらうことなんて何もないわ」

「そうか、でも僕はあると思ってる」

セバスチャンはジュリエットのあごをつかんだが、唇を彼女の唇に寄せると、ジュリエットは小さな手を胸に置いてきた。「キスはしないと言っていたはずよ」

「それは君が言っただけだ。僕は殴られても構わないと言った。だから、殴ってくれ。キスのあとに」そう言うと、ジュリエットが反論する前に唇を唇でふさいだ。

最初は優しくキスし、ジュリエットの味と香りを楽しんだ……が、やがて彼女が反応していないことに気づいた。こわばった体と食いしばった歯から抵抗の意志が感じられたが、それでもやめるつもりはなかった。女性との経験は〝限られている〟かもしれないが、実のある経験ばかりだし、ジュリエットに誤解されたままでいるのは耐えられない。

セバスチャンはキスを深めようとしたが、ジュリエットが許してくれなかった。広げた手のひらの下で華奢《きゃしゃ》な喉が震えていることだけが、この行為に対する唯一の反応だった。そこで、セバスチャンは喉をゆっくり愛撫し、ジュリエットがごくりと唾をのむと、一瞬だけ勝ち誇った気分になった。

だが、ジュリエットはそれ以上屈することを拒み、セバスチャンの腕の中で身を硬くするだけだった。セバスチャンは高ぶったものを太ももの間で激しく脈打たせ、体を押しつけて、柔らかな彼女の上でこわばりながら、何時間も自分をじらしてきた女性の真髄を探した。それでも、ジュリエットは動かない。セバスチャンは取り乱しそうになった。反応しないことにすると決めた理由から、ジュリエットの気をそらさなければならない。それがばかげた理由であり、簡単に覆せるものであることには確信があった。

体を引くと、ジュリエットは平静を装った表情でこちらを見ていた。装っているとわかったのは、あごが震え、息が切れていたからだ。だが、セバスチャンを殴ろうとはしない。

「気がすんだ？」ジュリエットは震える声でぼそりと言った。

それは殴られるよりも堪《こた》えた。くそっ、たとえ午後中かかっても、ジュリエットの防御を突き崩してやる。「まだだ」ジュリエットの背後のチェステーブルに手を伸ばし、ずっしりした銀の駒を三つつかんで、彼女の手に握らせた。「持っていてくれ。できるものならね」

「どうして？」ジュリエットはたずねながらも、反射的に駒を握った。

セバスチャンはにっこりし、オニキスの駒を三つ、反対側の手にも握らせた。「どうしてって、僕が君の鼓動を速め、骨を溶かすことができることを証明するつもりだからさ」

8

〝軽蔑よ、さようなら！　乙女の誇りにも別れを告げよう！　それらの裏に栄光はひそんでいない〟

ウィリアム・シェイクスピア作『空騒ぎ』の一節。ジュリエットが十七歳のころハンカチに刺繍《ししゅう》し、姉のロザリンドにクリスマスプレゼントとして贈ったところ、ロザリンドはハンカチは気に入ったがこの引用句には気を留めなかった

骨を溶かす？　セバスチャンに再び顔を近づけられ、ジュリエットは狼狽《ろうばい》した。神様、助けて。最初のキスですでにめまいを覚えていた。セバスチャンを意識から締め出そうと、複雑な刺繍のパターンとチェスの戦略について考える。だが、心が落ち着くことはなかった。だから、セバスチャンが身を引いたときは、うまくいったとほくそ笑んだ。

そこで終わりになるはずがなかったのだ。セバスチャンの唇はさらに誘惑を深め、ジュリエットの唇から離れてほかの部分にキスの雨を降らせた。脈打つこめかみ、上気した頬、

むき出しになった首筋。セバスチャンが肌の出ている部分に好き勝手にキスしている間、ジュリエットはチェスの駒を握りしめ、そのせいで何とも言えず魅惑的な状況になっていた。この駒を手から落とせばいい。落とせばいいのだ。

だが、そうはしなかった。まず、セバスチャンを喜ばせたくなかった。それこそが、この人が望んでいることでしょう？　私に反応させることが。だから、何の反応も示さずここに立っていれば、セバスチャンは恥じ入ってあきらめるはず。

残念ながら、容姿端麗な男らしい男性に喉元に羽根のようなキスをされて、何の反応も示さずにいるのはとても難しかった。開いた唇があごのラインから耳元に這《は》い上がり……実にみだらな動きで耳に舌が入りこみ……。

ああ、暑い。部屋がぐるぐる回っている。

「ジュリエット、君の耳たぶは最高においしいよ」歯で耳たぶを噛《か》まれ、ジュリエットの背筋に驚くほどの衝撃が走った。哀れな耳にかかる温かな息が、脈を一段階加速させる。

「また、お、おなかでものを考えているの？」ジュリエットはつっかえながら言い、セバスチャンのキスは耳から頬を通って下に向かった。

「少し違う」キスが唇の端をかすめた。「でも、君の唇もおいしいよ。ぽってりしていて柔らかくて、ものすごく腹が減ってきた」ゆっくりとした穏やかなキスで唇の輪郭をなぞるだけで、まともにキスはしてこない。気が変になりそうだ。

「拳銃の名手なのに、狙いを外すのね」ジュリエットはこの責め苦を止めるために、そっけなく気の利いた言葉で侮辱したつもりだった。ところが、その声はかすれ、官能的に、まるで誘うように響いた。

セバスチャンも同じ印象を受けたらしく、くすくす笑った。「では、軌道修正しないと」そう言うと、必要な幅だけ動き、ジュリエットの唇をふさいだ。

今回は優しくも、甘くもなかった。まさに〝腹が減っている〟という言葉のとおりで、あまりの飢餓感にジュリエットも飢えを感じてきた。敬意を払わずにはいられないキスだ。セバスチャンの唇が奪い、ジュリエットが与える、それだけのことだ。これまでの誘惑のキスですっかりその気になっていたジュリエットは、今回はばかみたいに簡単に屈してしまった。セバスチャンが再びキスを深めようとしたとき、これ以上彼を止めることはできなかったし、落ちていく自分も止められなかった。

そのとき、不思議なことが起こった。セバスチャンがジュリエットの唇を巧みに誘うと、ジュリエットは自分のものとは思えない声をもらし、今まで柔らかくなったことのない体の部分が柔らかくなるのを感じた。深く衝撃的なキスは意志を吹き飛ばし、長引くほどに渇望を高めた。セバスチャンはこの親密なキスというものを、完璧にやり遂げた。父親のような遊び人ではないにしても、やはりあの父親の息子なのだ。

突然セバスチャンの手が這い上がり、ジュリエットの首筋で暴れる脈を測った。「鼓動が速まっているみたいだね」唇の上でささやく。「確かめてみて」

ジュリエットがその妙なコメントについて考える間もなく、セバスチャンの手は再びさまよい始め、ウエストから腰をなで下ろし、肋骨《ろっこつ》の上を躍るように戻った。ゆっくり、なぞる範囲を徐々に広げながら、唇と舌でジュリエットの口を覚えるのと同じように、手で体の輪郭を覚えていく。やがてジュリエットはキスだけでなく、愛撫《あいぶ》をも焦がれるようになった。私も彼を愛撫したい、両手で腕と胸をなで回したい……。

足元で小さな物音が聞こえ、自分がチェスの駒を落としたのがわかった。だが、気に留めなかった。セバスチャンの首に両腕を巻きつけてしがみつく。

セバスチャンはジュリエットを見下ろし、勝ち誇った笑みを浮かべた。「骨が溶けてきたのか。これでチェックメイトだ」そう言うと、再びキスでジュリエットを恍惚《こうこつ》とさせた。

その傲慢な発言にも、ジュリエットの熱意は冷めなかった。手が空いたのが嬉《うれ》しくて、これ幸いとばかりにセバスチャンの上着に潜りこませ、最高級の素材と絹の間に手を差し入れる。そこは温かく、ベストは体にぴたりと張りついていたので、生地の下で、指が触れている下で筋肉が収縮するのが感じられた。肋骨に軽く触れると、セバスチャンはうめき、いっそう激しくジュリエットにキスをした。

ところが、セバスチャンの手が首筋を這い下りて胸のふくらみを包むと、事態は一変した。最初、ジュリエットはキスに夢中で気づいていなかった。やがて、その手がモスリン越しに胸を揉《も》み、なで始めると、はっと我に返った。

「セバスチャン、やめて！」ジュリエットは叫び、セバスチャンを押しのけた。「いったい何のつもり？」とっさに後ずさりすると、チェステーブルが傾いた。テーブルはくぐもった衝撃音をたててカーペットに倒れ、駒があちこちに飛び散った。

セバスチャンはそれを無視した。息は切れ、目は熱っぽく、奔放な女性でさえ背筋に震えが走りそうな捕食者の黒色をしている。「たしか僕は、君のうるさい好みにもかなうくらい上手にキスができることを証明しようとしていたはずだが」

それは否定できなかった。ジュリエットはそのキスに、みだらな売春婦の熱意で応えていたのだ。「だからってこんなことをする必要は……してもいいというわけじゃ――」

「きちんとした退屈な紳士でも、女性が自分の前で骨が溶けていくのを見ると、調子に乗ってしまうものなんだ」

ああ、恥ずかしい。ジュリエットはすでに頬が赤く染まっているのを感じた。

セバスチャンは再び彼女に触れてしまうのを恐れるかのように、フロックコートのポケットに手を突っこんだ。「あるいは、君が思っているほど僕は〝きちんとして〟はいないのかもしれない。それなら、今後の授業はもっと君の役に立つものになるだろうな」

「こういう授業はもういらないわ」ジュリエットはぴしゃりと言った。

「何かあったのか？」ドア口から大きな声が聞こえた。

ジュリエットがさっと振り向くと、グリフがドア口に立っていた。どうかキスをしているところを見られていませんように、とジュリエットは祈った。

セバスチャンにすばやく視線を送ると、彼はジュリエットが秘密をもらすとでも思っているのか、探るように顔を見ていた。だが、これは二人の問題であり、それは以前から変わらない。だからジュリエットは自分の方法で、自分のタイミングで処理すればいいのだ。

グリフは部屋に入ってくると、ジュリエットとセバスチャンを見比べ、セバスチャンは自分の行動の結果に向き合うことを決意した男性らしい、いかめしい表情を浮かべていた。

「あら、グリフ」ジュリエットは腹立たしく思った。ずっと前にそうしていればよかったのよ。遅いわ。ジュリエットは声にかすれた欲求が混じらないよう、努めて普通に言った。「今、チェスをしていたところよ」

セバスチャンが鋭い視線を送ってきたので、ジュリエットは警告するように見つめ返した。どうすると思ったの？　義兄の前で、あなたに体中を触らせていたことを認めると？

グリフはチェステーブルと散らばった駒を疑わしげに眺めた。「チェスを？」

「僕が勝ちかけていた」セバスチャンはジュリエットに熱っぽい視線を注いだ。「チェックメイトを宣言すると、レディ・ジュリエットは動揺して駒をいくつか落とした。それを拾おうとして、テーブルを倒してしまったんだ。勝負は最初からやり直しだ」

傲慢な男爵殿は、好きに勝利を吹聴《ふいちょう》すればいい。その説明のせいで、私がまぬけに見えようとも。「私の不器用さを考えて、もう勝負はやめておいたほうがいいんじゃない？」ああ、どうしてこんなに声が吐息混じりに……いやらしく聞こえるの？「あなたのテーブルを壊したくはないもの」

「あなたに我が家でくつろいでもらうためなら、テーブルが壊れるくらいどうってことありませんよ、レディ・ジュリエット」セバスチャンのくぐもった声は、東洋の香り高いお香のようにジュリエットのまわりに立ちこめ、誘惑を……忘我を……満足をもたらした。

ジュリエットは唾をのみ、書斎で言われた似たような言葉を思い出した。〝僕は欲しいものを手に入れるためなら、多少の痛みはいとわない〟

どうして？　セバスチャンは私を求めているようにふるまっているけど、それが真意でないことはわかっている。プライドが高いから、私を口説き落とせないことを認めたくないだけ？　それとも、私を油断させて正体を暴かれないようにしているの？

セバスチャンがそのような策略をめぐらせる人間なのかどうか、知る術《すべ》はない。

グリフはセバスチャンに向かって顔をしかめた。「御者が今日は暖かいから雪もある程度溶けそうだと言っていた。遅くともあさってにはここを出られるだろう。喜んでくれ」

「とんでもない」セバスチャンは答えたが、熱を帯びた視線がジュリエットの顔を離れることはなかった。「僕はたまの来客を楽しんでいるよ」

とりわけ、特定の客をね、とセバスチャンの視線は言っているようだった。どうしよう、また顔が赤くなってきた。この悪魔は、私を動揺させる術を正確に心得ている。

情熱的なキスをまたも許す気にさせる術も！　厄介なのは、ジュリエット自身もそれを楽しんでいることだった。もっと先を知りたい、キスされたい、愛撫されたい。欲望が全身を、マルドワインのように温かく、甘く、刺激的に駆け抜けるのを感じたい……。

こんなのずるい。私の鼓動を速め、骨を溶かすのが、どうしてイギリス中でよりによって、私の人生を台なしにしかけた信用ならない悪党と同じ男性なの？

「ジュリエット、君に話がある」グリフはセバスチャンに目をやった。「二人だけで」

狼狽が胸をせり上がってきた。グリフにセバスチャンとのことをきかれたら、いったい何て答えればいいの？

もちろん、悪魔の男爵殿は少しも心配そうではなかった。「どうぞどうぞ。どっちにしても、僕は書斎で仕事をしなくちゃいけない。二人とも、夕食の席で会おう」

セバスチャンは振り返りもせず部屋を出ていき、二人とも、あとには動揺したジュリエットだけが残された。恥知らずの悪魔！　出ていってくれてよかった。ええ、本当によかったわ。

ただ、あなたが消えた部屋がこんなにも狭く、色褪《あ》せて見えなければよかったのに。

「あの男は好きになれない」グリフはうなった。「女性の扱いがうますぎる。自分で認めているよりずっと父親の血を受け継いでいるように思える。信用できないんだ」

「私もよ」

グリフは考えこむようにジュリエットを見た。「そうか。それを忘れず、あいつには近寄らないようにしろ。身の安全のために」

セバスチャンに近寄らないようにする？　無理だわ。あの人にキスされると、意志が働かなくなる。だから、胸を手のひらで愛撫されるという事態に……。

だめ、あんないやらしい記憶に浸っている場合じゃない……。

「それはそうと」グリフは続けた。「話というのはそのことではないんだ」親指を立て天井を指す。「ロザリンドが寝室に閉じこもってしまった。僕を寄せつけようとしない。すごく怒っていて……その、いろいろと。僕のさっきの行動に」途方に暮れたように、手で髪をかきむしる。「君からロザリンドに、あのやぶ医者の処方には従わないよう話してくれないかなと思って。君には医療の知識がある。僕が何を言ってもロザリンドは怒るだけのようだが、君なら説得できるかもしれない」

グリフの頼みに、ジュリエットは驚いた。たいしたことはないもののジュリエットが医療の知識を持っていることを、グリフが知っていたのが意外だった。それに、自分の妹など、ロザリンドが最も耳を貸しそうにない相手だ。「私、自信がない――」

「お願いだ、それ以外にどうしていいかわからないんだ。ロザリンドが自分を傷つけるのが心配で……」グリフの声はひび割れた。「ジュリエット、僕は彼女を失いたくない」

グリフはかわいそうに、ひどく取り乱していた。「ああ、グリフ、大丈夫よ」力づけるように言う。「その手の治療法は確かに聞けばぞっとするけど、おなかが痛くなるくらいでたいした害はないと思うわ。命にかかわるようなことにはならないわよ」

「そういう意味では……」グリフは言葉を切り、深く息を吸った。「まあいい。ただ誰かがロザリンドに道理を説いてくれたら、僕も少しは気が休まるかと思って。頼めるか？」

ジュリエットは何とかほほえんだ。「もちろん。やれるだけのことはやるわ」

グリフはあからさまにほっとした顔になった。「まずはドアの鍵を開けさせないと」

何てこと、お姉様は本気で怒っているのね？　そして当然、グリフはプライドが高すぎて、屋敷の主人や家政婦に寝室の鍵を持ってきてもらうことができないのだ。

「わかったわ。ただ、時間はかかると思うけど」

グリフは短くうなずいた。

部屋を出て階段に向かう間も、グリフの心配そうな顔が頭を離れなかった。かわいそうな、見当違いのグリフ。いくらそれが本人のためを思ってのことでも、妻に何かを無理強いしていると感じれば、激しく葛藤するのだろう。あの種の処方薬を禁じることはいくらでもできるが、ロザリンドは自分がしたいようにするだけなのだ。

だからこそ、ロザリンドにはもっと害の少ない、ほかの手段を見つけてあげたほうがいい。先ほどのセバスチャンの申し出は役に立ちそうだった。どこかの賢女の薬草にどんな害があるというの？　たとえその治療法が実を結ばないとしても、成功への希望を持てるだけでロザリンドの気は静まるかもしれない。そもそも、グリフの頼みで干渉するなら、本当に干渉していることにはならないのでは？

とはいえ、セバスチャンの申し出を受ければ、彼と一緒に過ごす時間は長くなる。セバスチャンに真実を白状させるための時間も。彼への愚かな感情と戦う時間も。火の神と踊れば、火傷《やけど》は免れない。それでも、彼と踊ることだけが、秘密を暴く唯一の方法に思えた。

少なくともロザリンドがいれば、セバスチャンも巧みな策略を実行することはできまい。面倒なのは彼と二人きりになったときだけだから、それさえ避ければいい。万が一、全力を尽くしたにもかかわらずそういう事態になっても、自分がしっかりしていれば大丈夫。どんなに腹が甘美にひっくり返ろうとも、〝親密な〟キスも愛撫も許さなければいいのだ。

ロザリンドとグリフの寝室に着くころには、セバスチャンの申し出を伝える意志が固まっていた。決断はロザリンドに任せればいい。そして、自分にできることがあれば、セバスチャンと二人きりになることを避けながら協力するのだ。

ジュリエットはドアをノックした。

「いいかげんにしてよ、グリフ、来ないで！」部屋の中からくぐもった叫び声が聞こえた。

ジュリエットは肩をいからせた。取り乱したロザリンドは一筋縄ではいかない。「グリフじゃないわ、私よ」ドア越しに呼びかける。「使用人が走ってくる前にドアを開けて」

「神様が走ってきても知ったことじゃないわ」ロザリンドは勢いよく言った。「とにかく、来ないで。グリフに、あなたとも、あなたがよこした誰とも話したくないと伝えて」

ああ、どうすればいいの？　ここに立ったまま話し合うなど論外だ。ジュリエットは声をひそめて言った。「聞いて、お姉様、その……テンプルモア卿《きょう》のことで話があるの」

沈黙。その後、そっけなく疑わしげな声が、先刻より近くから聞こえた。「何の話？」

ジュリエットは廊下を見渡し、声が聞こえる範囲に誰もいないことを祈った。「キスされたの」だって、これは事実でしょう？

鍵を回す音が聞こえ、ドアが細く開いたので、ジュリエットはほっとした。ドアの隙間に体を押しこむ。「ありがとう。今すぐお姉様のアドバイスが欲しくて」幸い、ロザリンドはジュリエットの問題に干渉することにためらいはしない。

ロザリンドがドアから顔を突き出し、廊下の左右を見回している間、ジュリエットは部屋の中を観察した。きちんと片づいている。清潔だ。いやな予感しかしない。ロザリンドがわざわざ部屋の片づけをしたのなら、それはひどく狼狽しているということだ。

ロザリンドはドアを閉めて再び鍵を掛け、しかめっつらでジュリエットと向き合った。

「それで、テンプルモア卿にキスされたってどういうこと？」

想像どおり、ロザリンドの目は充血して腫れ上がり、鼻も赤くなっていた。

「泣いていたのね」ジュリエットは言い、ロザリンドのベッドに座った。

「いいえ、違うわ」ロザリンドはその言葉とは裏腹に洟《はな》をすすり、鏡台のほうに歩いていった。鏡台の前のスツールにどさりと腰を下ろし、鏡に映った自分の顔をにらみつける。

「まったく、なぜこんなにわかりやすいの？　こんな顔、あの人には見られたくない」

「グリフのことね。お姉様に伝えておきたいんだけど、旦那様はこのことですっかり取り乱して、一階をうろうろしているわ」

「ふん！」ロザリンドはスツールの上でくるりと回った。「やっぱりあの人の差し金で来たのね」ドアを指さす。「あなたには関係のないことよ、ジュリエット。出ていって！」

「お姉様とグリフの言い合いのことで来たわけじゃないわ。テンプルモア卿が協力を申し出てくれたことを伝えに来たの」

ロザリンドはまじまじとジュリエットを見つめた。「協力って何の？」

ここからが難しいところだ。「その……つまり……テンプルモア卿は、お姉様とグリフの間に何があるのか勘づいたのよ」

ロザリンドはジュリエットとは目を合わせず、よりによって刺繍枠を拾い上げ、針まで手にした。最悪だ。ロザリンドが誰に言われるでもなく刺繍をしている……今度こそ、ジュリエットの心に警報が鳴り響いた。

ロザリンドは布に針を突き刺した。「何を言っているのかわからないわ。私とグリフは口げんかをした、ただそれだけよ」

「ええ、女性の妊娠を促すのに使われる調合薬のことでね」

刺繍枠が床に落ちた。「どうして……ううん、ばかなことを言わないで」

喉がつまるのを感じ、ジュリエットはベッドから立ち上がって姉のそばに行った。「恥ずかしがることじゃないわ。妊娠まで時間がかかる女性は大勢いるもの」

ロザリンドの肩に手を置いたが、姉は焼き印でも押されたかのように跳び上がった。

「二年も？　私たちはちゃんと……熱心に取り組んで……ああ、もう、わかるでしょう」

ジュリエットは顔を赤らめた。「理屈はわかるわ」

「だから、考えられる理由はただ一つ……」ロザリンドは言いよどみ、悪態をついた。

「何？」

姉はジュリエットに向き合い、暗い目をした。「私に何か致命的な欠陥があるのよ」

「何言ってるの」ジュリエットは刺繍枠を拾い、鏡台に置いた。姉の腰に腕を回してベッドに連れていく。「時間がかかっているだけよ」

「知ったふうなことを言わないで」ロザリンドはぶつぶつ言ったが、ジュリエットに促されるままに腰かけ、ジュリエットが隣に座っても文句は言わなかった。「あなたにはわからないわ……永遠のように感じられるの。それに、私は子供が欲しくてたまらない、グリフの子供が……」その顔に浮かぶ苦悶《くもん》に、ジュリエットの胸は締めつけられた。

そのときロザリンドの声にとげが混じった。「なのに頑固な夫は気にもしてくれない」

「気にしているに決まってるでしょう」ジュリエットは言い、なぐさめるようにロザリンドの背中をさすった。「グリフもお姉様と同じくらい子供を欲しがっているわよ」

「じゃあ、どうして私の体に必要な治療法を試させてくれないの？」

「たぶん、お姉様の体に時間が解決してくれないような欠陥はないと思っているからよ」ロザリンドが顔をしかめたので、ジュリエットは言い添えた。「それに、お姉様が飲んでいる馬乳の調合薬は効果がないどころか、危険もはらんでいるの。その点はグリフの言うとおりだし、テンプルモア卿も同じ意見よ」

ロザリンドはぎょっとしたようだった。「私とグリフのことをあの人に話したの？」

「違うわ！　その、はっきりとは話してない。ほとんどテンプルモア卿のご両親の話をしていたの。あの人とモーガンができる前、お母様はやっぱり不妊に悩まれていたんですって。子供を授かるまでに五年もかかったの」

とたんにロザリンドが目をきらめかせたのを見て、ようやく興味を示してくれたことがわかった。「何があったの？」

ジュリエットはセバスチャンに聞いた話を語り、彼の申し出を説明した。

「賢女？　田舎にそういう人が住んでいるというのは聞いたことがあるけど」ロザリンドはしばらく考えこんだあと、背筋を伸ばした。「試してみたいわ。でも、グリフには言えない。いまだに私が大げさに騒いでいるだけだと思っているから。絶対に許してくれないでしょうね。あの人、ひどい石頭だもの」

〝目くそ鼻くそを笑う〟という言葉が即座に頭に浮かんだ。「この計画を実行するには」ジュリエットは言った。「お姉様の機嫌は直ったのだとグリフに思わせなきゃいけないわ。でないと、こっそりここを出ることはできないもの」

ロザリンドはうなずき、回転の速い頭はすでに何らかの計画を立て始めたようだった。

「そのためには、謝らないと」ジュリエットは促した。

ロザリンドはあきれたように目を動かし、立ち上がった。「そのようね」鋭い目でジュリエットを見る。「短絡的に考えれば、私とグリフを仲直りさせるために、あなたがこの賢女の話をでっち上げた可能性もあるわ」

ジュリエットはにっこりした。「でも私がそこまでの策士だとは思っていないわよね」

「さあ、どうかしら」ロザリンドは胸の上で腕組みをした。「ところで、テンプルモア卿にキスされたというのは嘘《うそ》?」

嘘だったらよかったんだけど。ジュリエットは顔をそむけて立ち上がった。「だって、とりあえず部屋に入れてもらわなきゃいけなかったでしょう?」ロザリンドがこれ以上追及してこないことを願いながら、ドアに向かう。「行きましょう。グリフが階下《した》で待っているわ」

ロザリンドは深いため息をつき、立ち上がってジュリエットについてきた。

ジュリエットはドアを開けた。「グリフは高飛車な言い方をするから、意地になるのもわかるけど、あの人がお姉様のためなら何でもしてくれることはわかっているでしょう？

彼はこの状況にひどく動揺しているわ。お姉様を失うのが怖いとまで言っていたもの」

「私を失う？　何てばかげたことを。大げさに騒いでいるのは誰よ？」ロザリンドはジュリエットを追い越し、ドアを出た。「ただの無害な治療法よ」

「羊のおしっこが？」ジュリエットはそっけなく言い、急いで姉のあとを追った。

ロザリンドは顔をしかめた。「まあ、確かにおしっこは……ちょっと怪しいと思うけど、ミスター・アーバスノットの話だと何世紀も使われているものらしいわ」

「おしっこは城の掃除にも何世紀も使われているけど、石鹸《せっけん》が使えるこの時代に、わざわざバケツに入ったおしっこで壁を磨きたいとは思わないわ。それを、飲む？　うわあ！」

ロザリンドの唇にほのかな笑みが浮かんだ。「確かにそうね」ジュリエットと並んで歩きながら、手を伸ばして妹の肩をたたく。「最近、ずいぶんしっかりした意見を持つようになったわね？　それどころか、意見を闘わせることもできるようになって」

ジュリエットは胸にこみ上げるものをこらえた。ジュリエットがもう愚かな少女ではないと認めるようなことを、ロザリンドが言ったのは初めてだった。「頑張ってるのよ」

ロザリンドはジュリエットの肩をつかんだ。「そう、あまり頑張りすぎないでね」冗談めかして言う。「でないと、いつの間にか私みたいに図々《ずうずう》しくなるし、そうなるといいことは何もないから。口の悪い癇癪《かんしやく》持ちの女は、一家に一人でじゅうぶんよ」

9

〝他人のスープで舌を火傷《やけど》するべからず〟
テンプルモア邸の勉強部屋の壁にかつて掛かっていたイギリスのことわざ一覧より

翌朝、太陽が地平線に鼻先を突き出したばかりのころ、セバスチャンはチャーンウッド館の中央階段を下りていた。玄関広間には誰もいなかったので、窓の外をのぞくと、馬丁たちが正面の私道で待っているのが見えた。女性の姿は見当たらない。

昨夜の夕食前、ジュリエットと二人きりで少しだけ言葉を交わすことができ、夜明けに三人でここで落ち合うことが決まった。早い時間のほうがレディ・ロザリンドは夫に気づかれず出てこられると、ジュリエットは言っていた。なのに、二人はどこにいるのだ？

セバスチャンは歩きながら、別の悩ましい問題について考えをめぐらせた。ナイトンに見つかりそうになったことを思うと、昨日のジュリエットとの逢瀬《おうせ》は軽率だったかもしれないが、おかげで重大な事実が一つ明らかになった。キスのことでどんなに文句を言おうとも彼女は僕に惹《ひ》かれている。この僕、セバスチャンに。もう一つの自分〝モーガン〟ではなく。もしそうでなければ、僕に口説かれたとナイトンに言いつけるだろうし、ナイトンが僕をつるし上げるのを大喜びで見物するだろう。つまり、僕に好意を持っているのだ。

ただ、僕に好意を持つことを快くは思っていないようだ。でないと、あんなにも頑《かたく》なに否定するはずがない。そこが理解できない。ジュリエットは結婚を望んでいるし、僕を結婚向きの男だとも言った。なのに、なぜキスに動じていないふりをする？

〝モーガン〟のせいだ。〝悪い〟弟とセバスチャンが、本質的には同じではないかと恐れているのだ。何とも思っていないふりをすれば、かかわらずにすむと思っているのだ。

ふん！　男のプライドを傷つければ、相手がしっぽを巻いて逃げ出すと思っているなら、ジュリエットは男を知らなすぎる。自尊心のある男はそんなことはしない。僕のような男は。むしろ挑戦されたと感じ、もっとうまくやろうと思うだけだ。

独り善がりの笑みが唇をかすめた。昨日はその挑戦を見事に処理したと言っていい。ジュリエットの小さな手が上着の中に潜りこみ、魅惑的な唇が春の薔薇《ばら》のように開いたときの感触が今も残っている……。

「おはようございます」背後から低い女性の声が聞こえ、セバスチャンはジュリエットかと思ってぎくりとし、すばやく振り向いた。

ところが、そこにいたのはキッチンメイドだったので、セバスチャンの笑顔はしかめっつらに変わった。「何だ？」強い口調でたずねる。

メイドは青くなってうつむいた。「コ、コックが、お客様は厨房《ちゅうぼう》でトーストを召し上がっているところで、すぐにこちらにいらっしゃいますと」

セバスチャンはほっとした。「そうか」

小さな謎が解けたところで、メイドのメアリーが震えていることに気づいた。ジュリエットの言葉がよみがえる。〝あなたは使用人にがみがみ命令するだけで、おしゃべりをしたり、お礼を言ったりしない〟

くそっ。セバスチャンは無理やり愛想のいい声を出した。「ありがとう、メアリー」

メアリーは驚いたように顔を上げ、ぴょこんと軽く膝を曲げた。「どういたしまして、旦那様。私はこれで……」おどおどとつぶやき、屋敷の奥に向かおうとする。

「メアリー……」セバスチャンは彼女を呼び止めた。

メアリーは凍りつき、どこか不安げな顔でセバスチャンのほうを向いた。「何でしょう？」

セバスチャンは途方に暮れた。何とかメアリーの不安を静めることはできないかと考え、ボッグズが今朝口にした噂話《うわさばなし》を思い出した。「妹さんが病気と聞いたが」

メアリーは目を丸くした。「仕事にはいっさい支障が出ないようにいたします！」

ああ、何てことだ、僕は怪物だと思われているのか？「ただ、具合はどうかとたずねたかっただけだよ。よくなっているのか？　医者を呼んだほうがいいか？」

　メアリーが困惑したようにぽかんとセバスチャンを見つめているので、道化師も呼ぼうか、と言いたくなった。

「メアリー？」セバスチャンは促した。「君の実家に医者を行かせようか？」

　朝日のように明るい笑みが、メアリーの顔に広がった。「ああ……ああ、そんな、旦那様、大丈夫です。妹はだいぶよくなっています。お心づかい、ありがとうございます」

「いいんだ」彼は返事をし、この子を喜ばせるのは何と簡単なことだったのかと思った。

　メアリーはもう一度すばやく膝を曲げたあと、笑顔のまま足早にその場をあとにし、セバスチャンが振り返ると、そこにはジュリエットとレディ・ロザリンドが立っていた。

　ジュリエットの温かな表情を目にし、認めてもらえたことは嬉《うれ》しかったが、のぼせ上がったどこかの愚か者のように彼女の指示に従ったところを見られたことには困惑した。

「おはよう。よく眠れているといいのだけど」

「よく眠れたわ」ジュリエットは答え、従僕がいそいそとジュリエットに簡素なウールの外套《がいとう》を、ロザリンドに深紅のベルベットのペリースを渡した。「遅くなってごめんなさい」

　レディ・ロザリンドにからかうような笑みを向ける。「つねに食欲旺盛な姉が、厨房に寄って朝食をとりたいと言うものだから」

「私が外出前に必ず朝食をとることは知っているでしょう」レディ・ロザリンドはぶつぶ

つ言った。

「それはいいんだ」セバスチャンは口をはさんだ。いつナイトンが二人を探しに来るかわからないというのに、ここで立ち話をしている暇はない。「行こう。ウィニフレッドの小屋は地所内にあるが、それでもかなり遠い。それに、この雪……」二人をドアの外に急《せ》かし、すべりやすい階段を下りるのに手を貸した。

　階段を下りきるころ、ジュリエットが叫んだ。「そり！　そりを持っているの？」

　金と黒の凝った塗装が施され、曲線状の刃とフラシ天の座席がついた乗り物に、セバスチャンは目をやった。「ああ。ルー叔父が以前、母とモーガンに会いにジュネーヴまで行ったときに買ったんだ」レディ・ロザリンドが乗りこむのに手を貸す。「イギリスに持ち帰るのはかなり苦労したようだが、どうしても持って帰りたかったらしい。あいにくこれが役に立つほどの雪はここではめったに降らない。それにもとは二人乗りだから窮屈だろうね。でも今は馬車は役に立たないし、そりを馬に引かせるほうがお気に召すと思って」

「ええ、もちろんよ！」ジュリエットは顔を輝かせ、手を借りてそりに乗りこみながらセバスチャンを見上げた。「そりに乗るのは初めてなの。天気もうってつけだし」

「まさにうってつけね」レディ・ロザリンドはぶつぶつ言い、ペリースを肩に巻きつけた。

「寒くてみじめだわ。何て楽しいんでしょう」

　セバスチャンは従僕から毛皮の膝掛けを二枚受け取り、女性たちに渡した。

「ロザリンドのことは気にしないで」ジュリエットは申し訳なさそうに言い、膝掛けを脚の上に広げた。「早起きが苦手なのよ」

「それは意外だったよ」セバスチャンはそりに乗りこみ、二人の間に体を押しこんで、手綱を握った。ナイトンが当世風の男なら、朝は遅くまで寝ているはずだ。

そりが走りだすと、ジュリエットは自分の膝掛けを引っぱってセバスチャンの脚も覆ってくれた。その気づかいに、セバスチャンは毛皮よりもずっと温かなものを感じた。ジュリエットとそりに乗れるなら、レディ・ロザリンドの文句も聞く価値があるというものだ。

しかも、ジュリエットは上機嫌だった。寒さをものともせず、そりが出発するとフードを脱いで、晴れ渡った青空に顔を向けて嬉しそうに叫んだ。「ああ、空気が気持ちいい！」喜びに頬が上気している。「朝早く外に出るのが大好きなの」

元気いっぱいのジュリエットに影響されずにいることはできなかった。レディ・ロザリンドまでもが、セバスチャンに向かって軽くほほえんだ。「妹は昔から田舎が好きなの。結婚する気がなければ、今ごろは喜んでロンドンのナイトン邸を出て、スワンパークにある実家の崩れた古屋敷で暮らしていると思うわ」

「そのとおりよ」ジュリエットは笑い、凍った空気に小さく息を吐いた。「ねえ、お姉様は強くて元気が出るものが好きなのに、どうしてそりに乗っても力が湧いてこないの？」

「もう少し遅い時間なら、目が覚めているから楽しめるわよ。今は強くもなければ元気も出ないわ……寒いだけ。温かいベッドに夫と一緒に入っているほうがいいわ」

「旦那さんもあなたにいてほしいと思いますよ」セバスチャンは言った。

「今朝は違うわ。私がいないことにも気づかないんじゃないかしら」レディ・ロザリンドの目が突然いたずらっぽくきらめいた。「昨夜はなかなか寝かさなかったの。そりとは別のものに乗っていたから、体力回復には時間がかかるでしょうね」

「お姉様！」ジュリエットは叫んだ。「そんなことを口にするなんて信じられない。しかもテンプルモア卿《きょう》の前で！」

「私はただ、昨日のあなたの指示に従ったと言いたかっただけよ」レディ・ロザリンドはすました顔で妹に言った。

「わたしの指示？　いったい何の話？」

「グリフにもっともらしく謝れって言ったでしょう？　私たちが何か計画していると勘づかれないために。それで、夫が好きなとある行為のことを思いついて――」

「もうやめて」ジュリエットは赤くなってさえぎった。姉のこともセバスチャンのことも見ようとしない。「お姉様の言いたいことはわかってるわ。不適切で、はしたない――」

「困らせてしまったかしら？」レディ・ロザリンドはからかうように言った。「そんなつもりは――」

「あったくせに」ジュリエットはぶつくさ言った。「お姉様お気に入りの遊びだものね。

まあ、普通ならこれだけ長い間やっていれば飽きるものだと思うけど。既婚女性ならある程度の礼儀は身につけているのが当然だし」

「世間は礼儀にこだわりすぎよ、特に既婚女性に関しては」レディ・ロザリンドはセバスチャンにいたずらっぽくウィンクした。「テンプルモア卿、そう思いません？」

「おっと、家族内の争いに僕を巻きこむのはやめてくれ」セバスチャンは抗議したが、気安く家族らしい二人のおふざけが羨ましかった。自分の家族と親しくなる機会には恵まれなかった。だが、この状況は終わらせるつもりだし、弟を取り戻すためには何でもする。

「お姉様は私をいじめたいだけなの」ジュリエットは不満げに言った。「私が赤くなるのを面白がっているのよ」

セバスチャンはそりを操って丘を下りながら、横目で彼女を見た。「それはお姉さんを責められないな。僕も君が赤くなるのが好きだから。特にかわいらしい顔になるときは」

そう言うと、ジュリエットはますます赤くなり、セバスチャンはにんまりした。つい、からかうようなことを言ってしまう。ジュリエットの赤面は魅力的だ。そして、ひどく刺激的だった。ロンドン社交界の荒波に揉《も》まれながら、よくもこのさわやかな無垢《むく》さを保っていられるものだ。その無垢さに加え、思わせぶりな態度まで身につけた今、ジュリエットは女性の魅力という武器を怖いくらい備えていた。セバスチャンの望みはただ一つ、ジュリエットと二人きりになって、自分を標的にその武器を使ってもらうことだ。

「ほら、仕方ないでしょう?」レディ・ロザリンドはいかにも興味深そうな目でセバスチャンを見た。「妹は――」

「ねえ、見て、あれは何?」ジュリエットが口をはさみ、遠くに見える質素なパラディオ様式の屋敷を指さした。

話題を変えたいのが見え見えだ。セバスチャンは頭を振ったが、ここらで勘弁してやろうと思った。今のところは。「フォックスグレンだ。ルー叔父の屋敷だよ。通り道だ」

「叔父様ご一家はずっとこんな近くに住んでいらっしゃるの?」ジュリエットがたずねた。

「僕たちが生まれる前からね」セバスチャンはそりで地所の外側を進んだ。「プライス家とブレイクリー家は一世紀以上近くに住んでいたが、不思議なことに、二家族が結婚したのは僕の両親が初めてだったんだ」ため息をつく。「残念ながら、プライス家はルー叔父で家系が絶えそうだ。結婚が遅かったし、数年後には叔母が病気になってしまった。だから、子供ができなかったんだ。叔父はもう結婚する年ではないと、五十にもなっていないのにばかげたことを言っている。とにかく、本人は結婚する気がないようだし、男の相続人もいないから、フォックスグレンは僕に遺《のこ》してくれるそうだ」

「だから、バースの別荘も快く使ってもらっているのね」レディ・ロザリンドが言った。

「快く?」セバスチャンは笑った。「僕がだめと言ったところで無駄です。叔父は使用人に取り入る方法を見つけて、いつの間にか自分が家主みたいな顔をしているでしょうね」

　実際には、レディ・ロザリンドの言うとおりだった。セバスチャンが叔父の居候と干渉を大目に見ているのは、彼の境遇を思ってのことだった。いずれは叔父の地所を相続するという大罪を犯すのだから、できるうちにルー叔父の損害をやわらげてあげたい。それに、あの不良親父《おやじ》が我が家のようにふるまうのを見るのが楽しくもあった。

「叔父が早起きしない人でよかったよ。もし起きていたらついてきただろうから」セバスチャンはそう言い、説明を加えた。「こんなに冷えこむ朝に、こっそりウィニフレッドのもとに向かっている理由を説明するには時間がかかりそうだ」

　そりはしばらく心地よい沈黙の中を進み、凍った小道の上できしむ刃と馬のひづめの音だけが、冬の静寂を破った。

　地所内の森をもう一つ抜けたあと、ジュリエットは畏れ入ったように言った。「テンプルモア卿、すばらしい土地をお持ちなのね。すごく広いし。こういう小さな森も公園も庭も、とってもすてきだわ」

　それはよかった、とセバスチャンは思いながら、むき出しになったかわいらしい頭を見下ろした。チャンスさえ与えてくれれば、そのすべてを君の足下に捧《ささ》げるよ。

　彫り模様の入った木製の橋とこぎれいな借地人の小屋を褒められると、誇らしさがこみ上げてきた。チャーンウッドに誰かを案内する機会はめったにない。数少ない訪問客は商談か拳銃に関する話し合いが目的で、地所にはほとんど気を留めない。このように心から感じ入ったような賛辞を聞くことはまずなかった。

となると、ジュリエットに結婚を望ませるのはさほど難しくないのかもしれない。この地所を気に入り、きちんとした信頼できる男性と結婚したいなら……僕でいいだろう？

今回は〝モーガン〟とは違うのだということを、ジュリエットに納得させなければならない。実際には、彼女が知っているモーガンと同一人物なのだが。それでも、ジュリエットの不安はいずれ静めることができるはずだ。褒め言葉を怪しまれたように、普通の口説き方が通用しなくても、ジュリエットが望む授業をし、姉に協力するという手がある。

それから、キス。本人が何と言って抗議しようとも、ジュリエットはキスが好きだ。ジュリエットをその気にさせてやる。いや、その気にさせる必要がある。ジュリエットを妻に迎えた人生は、一人きりの人生よりも生きる甲斐《かい》があるような気がしていた。

一同がウィニフレッドの小屋に着いたとき、ジュリエットは上機嫌だった。レディ・ロザリンドはそりに乗っている間静かだったが、賢女に会うことに緊張しているのだろう。

「ウィニフレッドはいい人ですよ」そりが藁葺《わらぶ》き小屋に近づくと、セバスチャンはレディ・ロザリンドを励まそうとした。「物言いが率直すぎるところはあるけど、薬草や古くから伝わる治療法については誰よりも詳しい。あなたを救える人がいるとしたら、それはウィニフレッドでしょうね」

昨夜ジュリエットと話したあと、ウィニフレッドのもとに馬屋番を送って今日の来訪を伝えておいた。そのため、そりが近づいただけで小屋のドアが開いたのも驚くことではなく、中から出てきたウィニフレッドは真っ白な髪と、たっぷりしたピンクのウールのショールに包まれた百二十キロの体で華々しく迎えてくれた。まるで、大きなマジパンの塊だ。「おはようございます、テンプルモア卿」ウィニフレッドは歌うように言った。「奥様方もようこそ」セバスチャンがそりを停《と》めている間、ジュリエットとレディ・ロザリンドを眺める。「これはこれは、美人さんだね？　こんなにも美しいお客さんがチャーンウッド館に足止めされているなんて、テンプルモア卿は大喜びだろうね」

「そのとおりだ」セバスチャンは正直に言った。そりから這《は》い出し、女性たちに手を貸すために後ろを向く。「ウィニフレッド、起こしてしまったのでなければいいんだけど」

「そんなことないって知ってるだろう。あたしは鶏と一緒に起きるんだ。それに……」

そりから降りるのを手伝おうと、セバスチャンがジュリエットのほっそりした手を取ると、ウィニフレッドの言葉は聞こえなくなった。その短い接触だけで、耳に血流がほとばしった。礼儀に反するほど強く手を握ると、すぐには放せなくなった。ジュリエットがセバスチャンの目を見たのはほんの一瞬だったが、それだけで息が止まりそうになる。そりで顔を上気させたジュリエットは、さわやかで、晴れやかで、幸せそうに見えた。この腕に抱きしめ、溶けてしまうまでキスをしたくてたまらない。

セバスチャンの心を読んだのか、ジュリエットは顔を真っ赤にした。手を引き抜いて、セバスチャンとそりの間からするりと降り、セバスチャンは失意のもとに取り残された。次はレディ・ロザリンドに手を貸そうと思ってそちらを向いたが、彼女はすでに反対側から降りていて、探るような目でセバスチャンを見ていた。

「テンプルモア卿？」背後からウィニフレッドの声が、天の声のようにふわりと聞こえた。振り返ると、ウィニフレッドは心得顔でほほえんでいた。「何だい？」

「煙突掃除にヘンリーをよこしてくれてありがとう、って言ってたんだよ」

そのときようやく、自分がウィニフレッドの話を聞いていなかったことに気づいた。

「あ、ああ。いいんだ。気にしないで」ばかみたいにまくし立てる。ジュリエットがそばにいると、こんなふうになってしまう。セバスチャンは集中力をかき集めた。「で、きれいになったかな？」

「ああ、とっても。ヘンリーはよくやってくれたよ」ウィニフレッドはでっぷりした腹にしわだらけの手を置き、セバスチャンにウィンクした。「でも、前によこしてくれた子ほどハンサムじゃなかったけどね。あの子はすごくいい筋肉をしていたよ！　しかも、すぐに頬が赤くなる！　大人の男にしてはかなりの恥ずかしがり屋だね」

何ということだ、また従僕を赤面させていたのか。かわいそうに、あの青年は〝いい筋肉〟について何を言われたのだろう。ウィニフレッドは何に関しても言葉を慎むということをしないが、体つきのいいハンサムな若者のことになるとなおさらだった。

「でも、テンプルモア卿が若者をよこしてくれるのはありがたいよ」ウィニフレッドはレディ・ロザリンドとジュリエットにほほえみかけた。「あたしのことをすごく気づかってくれてね。十三のときから面倒を見てくれているんだよ」

「十三？」ジュリエットは驚いてきき返した。

「ウィニフレッドは大げさに言う癖があるから」セバスチャンはぶつぶつ言った。

「ふん、この人の謙遜を真に受けちゃいけないよ」ウィニフレッドは言い返した。「十三だったよ、地所の管理を引き継いだのは。先代の男爵はイートン校にやろうとしたけど、この人にはそんな気はまったくなかった。〝お父様さえよければここにいます。家庭教師を雇ってください〟と言った。そのときから、チャーンウッドの復興が始まったんだ。繁殖や作物に関する難しい本を読んで、自分にできることをここらの農夫に習って、金をかすめていた家令を首にした。先代は地所のことはこれっぽっちも気にかけていなかったからね。もしこの人が継いでくれなかったら、あたしたちはどうなっていたかわかったものじゃない。そんなとき、あのモーガンというのが現れて――」

「ウィニフレッド！」セバスチャンは鋭く言った。彼女は何も知らないはずだが、念のため……。「この人たちはそんな話をしに来たんじゃない。話したいのはほかのことだ」

ウィニフレッドの薄い唇に、意味ありげな笑みが浮かんだ。「今から始めるつもりだったんだよ」二人の女性を探るように見る。「それで、赤ん坊が欲しいのはどっちの美人だい？」

ウィニフレッドに視線を向けられ、ジュリエットはすばやく言った。「私じゃありません。まだ結婚もしていないんです」

「でも、そのうちするよ、これは覚えておいで」ウィニフレッドはセバスチャンに謎めいた視線を送った。「あんたが思っているよりも早く。間違いない」

セバスチャンが眉を上げると、ウィニフレッドはいかにも楽しげな目をした。もしセバスチャンがその種のことを信じていたら、このウェールズ女性には予知能力があると思っていたところだ。だが、実際にはウィニフレッドはセバスチャンの結婚を望んでいて、ジュリエットを最有力候補と決めたということだろう。ウィニフレッドに関して一つ確かなのは、趣味がとてもいいということだ。

ウィニフレッドはしなびた唇をすぼめ、レディ・ロザリンドの詮索を始めた。「じゃあ、あんただ。見た感じ健康そうだから、妊娠はできそうだけどね。ご主人はどうなんだい？あんたに種をつけられるくらい若くて元気かい？　営みは定期的にあるのかい？」

セバスチャンは悪態をつきそうになった。「ウィニフレッド、この話をするなら二人で中に入ったらどうだい？　僕は終わるまでそりで待っているから」

「この寒い中？」ウィニフレッドは言った。「あんたも暖炉の前に来たらいいだろう？」

そして、レディ・ロザリンドの女性の悩みを詳しく聞くのか？　それは遠慮したい。

「ここで大丈夫だ」

セバスチャンの心を読んだかのように、ウィニフレッドは笑った。「あんたも妻を迎える気があるなら、こういう会話に慣れたほうがいいよ」

「そのときが来れば相談するけど、それまでは勘弁してくれ」

ウィニフレッドはセバスチャンを追い払うように手を振った。「ああ、じゃあ、好きにしな……男ってのは気難しいものだね。あんたも子供を六人授かればわかるよ。そのときこそ、勘弁してくれって言いたくなるから」小屋のドアを開け、ジュリエットとレディ・ロザリンドに手招きする。「お入り。話さなきゃいけないことはたくさんあるし、テンプルモア卿に気まずい思いはさせたくないからね」

「今さら遅い」セバスチャンは声を殺してつぶやいた。それに〝子供を六人授かる〟とはどういう意味だ？　まるで、すでに決まっているかのようだ。まったく、ウィニフレッドに本当に予知能力があったらどうしてくれる。確かに子供は欲しいが、六人だと？

それでも、ジュリエットが自分の子供を身ごもっている姿を想像すると、驚くほど心惹かれた。ジュリエットは優しくて愛情深い、セバスチャンにはいなかったすばらしい母親になるはずだ。六人の子供を授かるのが誰よりも似合うのは、ジュリエットだろう。

そのとき、ジュリエットが小柄で華奢《きゃしゃ》なこと、彼女の母親が出産で亡くなったことを思い出し、セバスチャンははっとした。

ジュリエットが出産に苦しむという心乱す考えは捨て、ウィニフレッドの小屋の周囲を歩いて、修理が必要な箇所を探していく。わけのわからないことを言ってくる女性だが、セバスチャンはウィニフレッドが好きだった。彼女がいなければ、自分は生まれてこなかったのだ。そこで、夫を亡くした今は特に、できるだけウィニフレッドの面倒を見ていた。

屋根の藁は春には補充する必要がありそうだし、鎧戸《よろいど》は前回来たときよりもゆるんでいる。あとでヘンリーを来させよう。いや、トムキンズにして、ウィニフレッドに〝いい筋肉〟を観賞させてやってもいい。あの年になると、娯楽はそう多くはないだろうから。

点検を終え、小屋の周囲をあと六回回り、いつになったら話が終わるのだろうと思い始めたとき、小屋のドアが開いてジュリエットが出てきた。すぐあとにレディ・ロザリンドが続き、キャンバス地の大きなかばんを両手に抱えてウィニフレッドと会話を続けている。

「ちゃんと覚えられたかどうか確かめたいから、もう一度言っておくれ」ウィニフレッドに手を握られ、レディ・ロザリンドはそりの脇で立ち止まった。

「一週間、赤キイチゴの葉のお茶を毎日飲む。赤クローバーの花は、ミントと一緒に煎じるのがいい。それは好きなときに飲めばいいし、カモミール茶と一緒に飲んでもいい」

「そのとおりだよ。でも、薬草は自分がリラックスしていないと効果がないってことを忘れるんじゃないよ」ウィニフレッドはレディ・ロザリンドの手をぽんとたたいた。「自分を蜂に向かって開くイチゴの花だと想像するんだ。花は蜂をたたかないし、針を恐れて花びらを閉じることもない。蜂を中に入れて、蜜を吸わせるんだ。そうするしか、春に甘いイチゴの実をつける方法はないだろう？　だから、不安だからって運命に抗《あらが》ってはいけない。受け入れて、温かく迎えるんだ。そうすれば、いつか実を結ぶよ」

戯言《たわごと》に聞こえるが、僕にその分野の知識がどれだけある？

レディ・ロザリンドはウィニフレッドの首に腕を回し、薄い頬にキスをした。「本当にありがとうございました！」

「どういたしまして。もしうまくいったら、教えてくれるかい？　ロンドンから手紙を送っておくれ。テンプルモア卿が喜んで持ってきてくれるだろうから」

セバスチャンは笑みを押し殺した。ウィニフレッドに従僕の役をさせられるのは構わない。地所内にも、僕を怖がらない女性が一人はいるということだ。

セバスチャンは女性を二人ともそりに乗せた。自分も乗りこんだとき、ウィニフレッドが叫んだ。「待った！　もう一つ言わせておくれ。ご主人は毎日風呂に入るかい？」

レディ・ロザリンドは困惑した顔でウィニフレッドを見つめた。「ええ、入りますわ。お願いだから、お風呂に入るのをやめなければ子供が授からないなんて言わないでくださいね。お風呂に入っていない夫には、三メートル以上近づきたくないもの」

セバスチャンとジュリエットは笑った。

「いや、風呂はいいんだよ」ウィニフレッドは言った。「気をつけなきゃいけないのは、湯の温度だ。あんまり熱くしちゃいけない」

「でも、グリフは熱いお風呂が好きなんです！」レディ・ロザリンドは嘆いた。

「好みは関係ないよ」ウィニフレッドは恐ろしい形相で言った。「熱い湯は男の種の力を弱めてしまう。とてもまずいことなんだ。熱い風呂にはこれ以上入れちゃいけない」

レディ・ロザリンドは座席に寄りかかった。「どうすれば阻止できるかしら？」

ウィニフレッドは心得顔でセバスチャンを見た。「今は自宅に帰らないほうがいい。テンプルモア卿なら簡単にできるからね。使用人に熱い湯を運ばせなければいいんだ」

ジュリエットとレディ・ロザリンドにすがるような目で見られ、セバスチャンはうなった。「おいおい、勘弁してくれよ。僕がナイトンに隠れて君たちとこそこそしているだけでもどうかと思うのに。肉体的な楽しみまで奪うなんて気の毒――」

「その〝気の毒〟な人は、私の言うことは聞いてくれないもの」レディ・ロザリンドはセバスチャンに向かってまつげをぱちぱちさせた。「それに、熱い風呂に入ってはいけない理由をきかれたら、どこでその知識を仕入れたか説明しなきゃならないわ。そうなると、誰にウィニフレッドのところに連れていってもらったか……そもそも、誰にウィニフレッドのことを聞いたか言わなきゃいけなくなるでしょう」

何と、この女性は僕を脅す気か。「使用人が熱い湯を運んでこない理由をきかれたら、僕はどう説明すればいいいんだ？」

「何も説明しなくていいわ」ジュリエットは自分とセバスチャンの脚の上にいそいそと膝掛けを広げた。「使用人にぬるいお風呂を用意させればいいの。グリフは気の利かない使用人だと思うだけよ」

セバスチャンはジュリエットをにらみつけた。「昨日は使用人の扱い方で説教したくせに、今度はこれから数日間、客に文句を言われるようなことをさせろと――」

「いや、数日じゃぜんぜん足りない」ウィニフレッドが口をはさんだ。「もっと時間をかけないと……レディ・ロザリンドが妊娠できる状態になるにはあと一週間はかかる。もしそのとき実を結ばなければ、そうなるまで何カ月でも続けなきゃいけない」

「何カ月！」セバスチャンは叫んだ。

「まさか、そこまではしないわ」レディ・ロザリンドが慌てて口をはさんだ。「グリフがそんなに長くここにいるはずがないし、私もヘレナのお産には立ち会いたいもの。ここを出てからはなりゆきに任せてみるけど、最低でも一週間あればウィニフレッドに提案してもらったことを全部試せる……」またもセバスチャンにすがるようなまなざしを向ける。「ここを出たら、グリフは宿でもロンドンでも熱いお風呂に入りたがるでしょうし、それを止めることはできないわ。だから、試すならここしかないの。もちろん、テンプルモア卿がもう少し長く、私たちをもてなしてくだされればの話だけど」

何ということだ、レディ・ロザリンドに協力を申し出たときは、大量の口実を作るはめになるとは思ってもいなかった。これでは、淑女を誘拐するのとほとんど変わらない。

とはいえ、一行の滞在が延びれば、ジュリエットを口説く時間ができる。「道が通れるようになってもすぐにロンドンに戻らないよう、どうやって旦那さんを説得するんだ?」

レディ・ロザリンドは顔をしかめた。「どうしましょう……体調が悪くなったことにしようかしら。旅の疲れが出ておなかの具合が悪くなったとか」

「それはまずいよ」ウィニフレッドが口をはさんだ。「ご主人に体調の悪い女をベッドに連れこむ趣味があるなら別だけどね。ここにいる間に頻繁に営みをしないなら、わざわざ滞在を延ばす意味はない」

姉妹は揃《そろ》って真っ赤になり、セバスチャンは歯ぎしりした。ウィニフレッドはときどき誰が聞いても戸惑うようなことを言う。だが、言っていることは正しかった。

「じゃあ、私が体調を崩したことにするわ」ジュリエットが名乗りを上げた。「お姉様が病気のふりをするよりも簡単でしょうし。お姉様の侍女のポリーに、気分が悪くて誰にも会えないと言ってもらえれば、病気の証拠を見せる必要もないわ」

「まあ、ありがとう、ジュリエット!」レディ・ロザリンドは叫んだ。「うまくいきそうね」

レディ・ロザリンドから見ればうまくいっても、僕の求愛には迷惑なだけだ。くそっ。

「話がついたところで」セバスチャンはうなった。「そろそろ戻らないと、君たちの企《たくら》みの標的となる人が起きてしまう。それどころか、熱い風呂に入っているかもしれない」

姉妹が笑い、ウィニフレッドに別れを告げている間、セバスチャンはそりを引く馬に歩くよう促した。馬が歩きだすと、何気ない口調を装って先ほどの話題に戻った。「レディ・ジュリエット、仮病を使うなら、ずっと寝室に閉じこもっていなければいけなくなるよ」

「そんなことしないわよ。グリフが部屋に近づかないようポリーに見張ってもらって、私がどんなに具合が悪そうにしているか、ロザリンドが定期的にグリフに伝えるの」ジュリエットは茶目っけたっぷりにほほえんだ。「それなら、私は部屋を抜け出して好きなことができるわ。チャーンウッド館は広いから、口うるさい義兄《あに》も簡単に避けられる。しかも、グリフはロザリンドの相手をしているわけだし」

「じゃあ、君の相手は僕がしよう」セバスチャンは言い、ジュリエットに目をやった。膝掛けの下でふくらはぎをすりつける。「チェスをすればいい。君も楽しそうだったし」

ジュリエットは赤くなって脚を離したが、狭い空間では至難の業だった。

レディ・ロザリンドがじろりとセバスチャンを見た。「ジュリエットがチェス好きだったなんて忘れていたわ。どうやって知ったの？」

「まったくの偶然だよ。でも、妹さんは実にチェスがうまい。ただ、負けっぷりがよくないし、挑戦を受けるのを避ける傾向がある」

ジュリエットは氷のように冷ややかな目をした。「あなたの挑戦はどんなことでも、どんなときも受けて立つわ。特に、チェスでは」

セバスチャンはにっこりした。思う壺《つぼ》だ。「よかった。では、チェスをしよう」

「グリフに気づかれないようにして、お目付役になる人に同席してもらうのよ」レディ・ロザリンドは警告した。「それなら問題ないと思うわ」

「ええ、もちろん」ジュリエットはかわいらしく言った。「ポリーにお目付役をしてもらいましょうね、テンプルモア卿？」

「好きにしてくれ」ナイトンにじゃまされることなく、いつまでもジュリエットと一緒にいられることを思うと、血の流れが速くなった。「君をチェスで打ち負かすことができるなら、お目付役をつけることくらいおやすいご用だ」

「どうして私を打ち負かせると思うの？」ジュリエットはぴしゃりと言った。

「前回のときは打ち負かしただろう？」ジュリエットのほうは見ず、太ももを押しつけると、彼女が息をのんだのがわかった。「あっというまにチェックメイトだったと思うが」

「今度はそうはさせないわ」ジュリエットは言ったが、その言葉とは裏腹に顔は上気し、声は震えていた。

すっかり機嫌がよくなったセバスチャンは、走りにくい小道でそりを操ることに集中した。レディ・ロザリンドが家族や親戚について図々《ずうずう》しい質問を始め、あからさまにジュリエットの夫としての適性を測り始めても、いやな気はしなかった。レディ・ロザリンドとは目的が一致しているのだから、喜んで答えを提供してやる。

だが、ジュリエットは不満そうだった。しょっちゅう話題を変えようとしては、失敗していた。チャーンウッドまでの道のりを半分進んだところで、ようやく話をそらせる材料が見つかった。「見て、お姉様」ジュリエットは叫んだ。「何て古風な小屋なの。行くときにここを通ったときは気づかなかったわ」

「逆からだと岩壁の陰になるんだ」セバスチャンは言った。「振り返らないと見えない」

「これもあなたの借地人の家？」レディ・ロザリンドがたずねた。「テンプルモア卿、ずいぶん大勢の借地人をお持ちなのね。正確には何人いるの？」

ジュリエットはあきれたように目を動かし、セバスチャンは笑った。「実は、あの小屋と離れには今は誰も住んでいないんだ。鍛冶屋がいたんだが、父の代で亡くなってね。弟子は町の鍛冶屋で働くことを希望したから、この鍛冶場は僕が買った。ここでは鉄砲鍛冶をしていて、主に薬包の真鍮《しんちゅう》や銀の外装などの細かく精巧な部分を作っている」

「鍛冶をするの？」ジュリエットは言った。「まあ、本当にヘーパイストスみたい！」

「ヘーパイストス？」

「ギリシャの火の神で、ほかの神々のために武器を作っている不死の鍛冶屋よ。やっぱり鍛冶場を持っているの」

　セバスチャンはギリシャ神話の知識を掘り起こした。「醜くて足が悪い神じゃなかったか?」

「そうだったかしら?」ジュリエットはすました顔でセバスチャンにほほえみかけた。

「とにかく、金属細工の腕はとてもいいのよ」

「そのたとえはあんまり嬉しくないな」セバスチャンはぶつくさ言った。これまでさまざまな形容をされてきたが、醜いと言われたことはない。

「真に受けることはありませんよ、ジュリエットはあなたをからかっているだけなんだから」レディ・ロザリンドが割って入った。「それに、ヘーパイストスはアフロディーテと結婚したんだから、そこまで醜かったはずはないわ」

　その発言で、衝撃はだいぶやわらいだ。女神との結婚は、セバスチャンがめざすところでもある。今もすました笑みを浮かべているジュリエットに目をやり、一人ほくそ笑んだ。好きなだけ笑えばいい、我がアフロディーテよ。だが、僕は何としてでも君を妻にする。そうなった暁には、前言を撤回してもらおう。ベッドの中で。僕はそこで、鍛冶に精を出すから。

　そんなことを考えたせいで、セバスチャンは興奮し、落ち着かない気分になった。幸い、チャーンウッド館まではあと少しの道のりだ。ところが、フォックスグレンを通りかかるころには、ルー叔父が起きていた。そりが屋敷に近づくと、叔父は屋敷から出てきて一同にあいさつの言葉をかけてきた。セバスチャンはため息をつき、そりを停めた。

ルー叔父は一同を迎えるために近づいてきて、女性二人を意味ありげに見たあと、セバスチャンにいぶかしげな視線を送った。そうか、ルー叔父は状況が変わったことを知らないのだ。前回叔父と話したとき、僕はジュリエットを追い出してやると言い張っていた。それが、今は彼女を連れ回している。あとで事情を説明しなければならない。

「朝のドライブというわけかい？　天気もいいしね」ルー叔父は皮肉めかした口調で言った。「チャーンウッド館に行こうとしていたんだが、三人とも体の芯まで冷えきっているように見える。うちに寄って、お茶を飲んで温まらないか？　慎《つつ》ましい我が住まいを案内したあと、馬で君たちについていくよ」

「申し訳ないが、ゆっくりしている暇はないんです」セバスチャンはすらすらと言った。

「ナイトンが奥様の心配をしているはずですから。予定より時間がかかってしまって」

「では、おまえはレディ・ロザリンドを連れて帰ればいい。でも、レディ・ジュリエットはしばらくうちにいてもらってもいいと思うがね。おまえのすてきな連れを一人だけ貸してくれれば、私は満足だ」

　セバスチャンはうなった。大ばか者の叔父はようやく、ジュリエットを遠ざけてほしいという二日前の晩のセバスチャンの頼みを聞くことにしたのだ。だが残念ながら、ほんの少しだけ遅かった。

「お目付役をつけずにレディ・ジュリエットを置いていくのはまずい気がしますけどね」セバスチャンは言った。「ご家族はそういうことを気にしていらっしゃる」

「構いませんよ」レディ・ロザリンドは座席の上でもぞもぞと身動きした。「あなたの叔父様がきちんとした方なのはわかっているし、まわりに使用人もいるでしょう。私が一人で帰ってもいいけど、そりを操縦する自信がないの」

「私もこちらにおじゃましたいわ」ジュリエットも同意した。「フォックスグレンを案内していただきたいし、叔父様にあなたとモーガンの話も聞きたいもの」

まずい、そのことは考えてもいなかった。叔父がうっかり口をすべらせれば、ジュリエットの疑惑が再燃しかねない。「ジュリエット、それは――」

「ナイトンを待たせちゃいけない」叔父が割って入った。「私はレディ・ジュリエットと二人でおしゃべりしているから。我が家のゆがんだ秘密を楽しんでもらうよ」

セバスチャンはルー叔父を目でたしなめた。いいかげんにしろ、これは遊びじゃない！　だが、叔父は黙ってウィンクし、ジュリエットに手を差し出した。彼女は肩越しに振り返り、セバスチャンにあざけるような笑みを向けたあと、立ち上がってそりを降りた。

セバスチャンがためらっていると、ルー叔父は手で追い払うような仕草をした。「ほら、行った行った！　こっちは大丈夫だから」

まったく、僕に選択権はないのか。セバスチャンは歯ぎしりしながらそりを走らせた。

レディ・ロザリンドをチャーンウッド館に送ったら、すぐにフォックスグレンに引き返そう。ジュリエットとルー叔父が話す時間はできるだけ短いほうがいい。

ところが、チャーンウッド館に近づいたとき、正面階段が凍ってすべりやすくなっていることなど気にも留めず、見慣れた人影が駆け下りてきた。セバスチャンは声を殺して悪態をついた。ナイトンだ。

「いったいどこに行っていたんだ?」そりが目の前に停まると、ナイトンはレディ・ロザリンドにたずねた。そのあと、セバスチャンをにらみつけた。「テンプルモア、この天候で妻を連れ出すとはどういうつもりだ?」

「ねえ、グリフ、テンプルモア卿を責めないで」レディ・ロザリンドは言い、ナイトンは妻が降りるのに急いで手を貸した。「私、屋内に閉じこもっているのにうんざりしてしまって。ミスター・プライスのお宅におじゃまして、おとといの夕食で話に出た『ハムレット』を見せていただいていたの。あなたは寝ていたから、起こしたくなかったのよ」

その説明を聞いても、ナイトンは気が収まらないようだった。「ジュリエットはどこだ? 使用人はあの子も君たちと一緒だったと言っていた」

「出発したときは一緒だったわ」レディ・ロザリンドは嘘《うそ》をついた。「でも、体調が悪くなって、帰って寝ることにしたの。その使用人はあの子が戻ってきたところを見なかったのね」

レディ・ロザリンドの発想力に感心しそうになったが、おかげでセバスチャンが彼女と二人きりでそりに乗っていたことになってしまった。ナイトンは誰かを絞め殺したいような顔をし、その誰かというのが誰なのか、セバスチャンにはいやというほどわかった。

ああ、もう、最悪だ！　この一家は面倒の種以外の何ものでもない。それにここでぐずぐずしている間にも、ルー叔父があの軽い口で何を言っているかわかったものではない。

「ナイトン」セバスチャンは早口に言った。「君も起きたことだし、二人でゆっくり朝食をとってくれ。僕は叔父のところに戻って……その……借地人のことで家令と話があるんだ。わかるだろう……地所の運営とか、いろいろ」

レディ・ロザリンドは眉を上げたが、夫にこれだけ言った。「そうね、朝食をいただきましょう。おなかがぺこぺこよ。私はそのあとジュリエットの様子を見てくるわ」

夫婦が階段を上ると、セバスチャンはそりでフォックスグレンに向かい、この雪の中で馬たちを働かせすぎていないことを祈った。だが、ジュリエットとルー叔父を必要以上に長い間、二人きりにしておくわけにはいかない。

「あとで袋いっぱいのおいしいオート麦をやるよ」小声で馬に話しかける。「もう少し進んでくれれば、ゆっくり休めるからな」

自分には同じ言葉をかけてやれないのが残念だ。どこかでゆっくり休めるようになるまでには、少し時間がかかりそうな気がしていた。

10

〝努力はするほどに報われる〟

ジュリエット・ラブリックがタオルに刺繍《ししゅう》した
エウリピデス作『救いを求める女たち』の一節

「ルシンダのお気に入りだった居間をぜひ見てほしい」一時間後、ミスター・プライスはジュリエットを連れてあまり広くないホールを抜け、開いたドアに向かった。「君の好みにも合うと思うよ」

ジュリエットは笑顔を作った。セバスチャンが去ったあと、彼とモーガンのことに話を向けようとしてきたが、そのたびにミスター・プライスが巧みに当たり障りのない話題に変えた。亡き妻の居間のこともそうだ。失礼な態度はとりたくなかったが、ミスター・プライスに甥《おい》の話をしてもらわなければ、セバスチャンの正体を暴く手がかりは得られない。

「家族の秘密を話すと約束してくださいましたよね」ジュリエットは軽い口調で言った。

「でも、まだ一つも聞いていませんわ」

「そのうち話すよ」ミスター・プライスは腕にかけられたジュリエットの手をぽんとたたいた。「そう焦らないでくれ」

意味不明なそのコメントについてなおも考えながら、ジュリエットは居間に足を踏み入れた。とたんに、セバスチャンたちのことは頭から吹き飛んだ。「わあ、すごい……」ささやき声で言い、畏れ入ってあたりを見回す。

壁には息をのむほど美しいタペストリーが掛けられ、椅子にはすべて複雑な模様入りのクッションが置かれたその部屋は、針仕事の宝庫だった。掛け布、暖炉前の衝立《ついたて》、テーブルクロスに至るまで、リネンやサテン、さらにはレースにも、繊細な絹糸で刺繍が施されていた。ジュリエットはぼうっとしたまま、ミスター・プライスの脇を離れて一つずつ作品を見て歩き、色の選択とステッチの細やかさ、デザインの一貫性に見とれた。

「妻のルシンダの趣味だったんだ」ミスター・プライスが背後で言った。「君と同じように、刺繍枠と針を手放さなかった」

「全部奥様が作られたんですか?」ジュリエットはすっかり感心し、つぶやくようにたずねた。

「全部ではない。そのタペストリーは何代も我が家に受け継がれてきたものだし、ほかにも私が買ってきたものもある。でも、ほとんどは……」ミスター・プライスは手を優雅に振ってアーチを作り、部屋全体を示した。「妻の手仕事だ」

その言葉には穏やかな誇らしさがにじんでいて、ジュリエットは胸にこみ上げるものを感じた。「立ち入ったことをきいて申し訳ないのだけど、結婚して何年で……その……」

「十年だ」部屋を見回すミスター・プライスの色の薄い髪が、灰色の朝日に銀色がかって見えた。「最後の二年間、末期状態になってからは、妻はほとんどこの部屋にいた。この部屋で自分の手仕事に囲まれていると、気分が安らいだようだ」唇にほのかな笑みが浮かんだ。「私も安らいだよ」

ルシンダへの確かな愛情に、ジュリエットは泣きたくなった。さっきはロザリンドが最愛の夫との子供を身ごもりたくて捨て身の手段を試すのを見て、今度はミスター・プライスが亡くなった妻のことをこんなにも愛《いと》おしげに語るのを聞き、羨ましくなった。自分にはそれほどの欲求や願いを抱く相手も、自分にそんなものを抱いてくれる人もいない。姉たちに何と主張しようとも、本当はそういう相手が欲しくてたまらず、心がうずいた。

涙がこみ上げるのを感じ、ジュリエットは顔をそむけた。ミスター・プライスの手が、まるで父親がするように肩に置かれるのを感じると、涙はいっそう熱く目を刺した。

ミスター・プライスは声を落とし、なぐさめるように言った。「ルシンダが針仕事を好んだのは、それ以外に自分の思いどおりになるものがなかったからだ。病気を患ったことも含めてね。ほかにそういうものがないとき、自分の思いどおりになる趣味にエネルギーを注ぎこむ必要があることは、君ならわかってくれるはずだ」

ジュリエットにはうなずくことしかできなかった。針仕事への傾倒度合いが、そのとき自分が襲われている無力感に左右されることには、とっくの昔に気づいていた。父やヘレナに叱られたり、ロザリンドがおせっかいを始めたりするたびに、刺繍枠を取りに行く。

これまでの人生で針仕事にとらわれなかったのは、駆け落ちもどきをしている間、モーガンと一緒なら自由になれると思っていたあの期間だけだった。

それは結局、また別の罠《わな》であったことが判明したのだが。

ミスター・プライスはジュリエットを長椅子に連れていった。ジュリエットが腰を下ろすと、彼は隣に座った。「君はセバスチャンに似ている気がする。対象が拳銃というだけで、あの子も自分の欲求不満を趣味にぶつけているのは同じだ。人生は思いどおりにならなくても、拳銃は思いどおりになってくれるからね」

今、誰よりも似ていると言われたくないのが、セバスチャンだった。ジュリエットは苦々しげにミスター・プライスを見た。「セバスチャンの人生が思いどおりにならないって、どういうところが？　抵当に入っていない広大な地所を持っていて、絶対的な権力を行使している方よ。ときには、あなたやあなたの地所までも好きにしているように見えるくらい」

「ただの幻想だよ、何もかも」ミスター・プライスはしばらく黙りこみ、部屋の奥を見つめた。再び口を開いたとき、その声にはとげがあった。「今のチャーンウッドは精巧に作られた時計のように動いているが、その効率がどれほど簡単に損なわれるか、セバスチャンは誰よりもよく知っている。それを目の当たりにしたことがあるからね」

「信じられません」

ミスター・プライスはジュリエットに視線を戻した。「君はずいぶんセバスチャンを嫌っているようだね。あの子の弟がやったことのせいか?」

〝弟〟? ふん! ジュリエットはミスター・プライスをにらんだ。この人は真実を知っているの? もし知っているなら、セバスチャンと口裏を合わせているわけで、見かけとは裏腹に、セバスチャン同様の悪人ということになる。「そういう言い方もできますね」

「批判する前に、モーガンとセバスチャンのことで知っておいてもらいたいことがある」

ミスター・プライスは探るようにジュリエットの顔を見た。「それから、私の義兄《あに》であるセバスチャンの父親のことも」

「おっしゃっていた家族の秘密というのはそのこと? 先代の男爵が有名な遊び人だったというお話なら、私もよく知っていますわ」

「ああ、でも君は、それが甥たちにどんな影響を与えたかはわかっていない。姉が結婚生活から逃げたのはエドワードの女遊びが原因で、だからこそモーガンは流浪の生活を送り、セバスチャンは母親も友人もなく育つことになったんだ。それが二人にとってどういう意味を持っていたのか、君はわかっていないはずだ」

ジュリエットはあごを上げた。「母親がいない環境で育つのがどんなことかは、よくわかっていますわ。私の母も私を産んだときに亡くなったから」ミスター・プライスの目にたちまち浮かんだ同情の色は、明らかに心からのもので、ジュリエットは直視することができなかった。唾をのみ、視線をそらす。

「でも、君には母親代わりになってくれるお姉さんたちがいた。それに、お父さんも君の生活にかかわってくれた。セバスチャンには誰もいなかった」

ついに問題の核心に迫ったわけだ。セバスチャン。モーガンではなく、セバスチャン。ジュリエットはミスター・プライスを険しい目で見た。「お父様がいたわ。あなたも」

「誰もいなかった」ミスター・プライスは頑として繰り返した。「妻が出ていったあと、エドワードはセバスチャンを子守と家政婦とともにチャーンウッドに置き去りにし、自分はロンドンに戻って遊んだ。セバスチャンはほとんど父親に会っていない」顔に悔恨の色が広がる。「両親は亡くなっていたから私もロンドンで暮らしていた。街で遊ぶ若造は幼い甥のことなど気にもかけず、田舎で誰かが世話をしているからいいのだと思っていた」

使用人が世話を？　家族の誰にも気にかけてもらえず、だだっ広くがらんとした屋敷に一人で放り出された幼い少年がかわいそうでたまらず、ジュリエットは同情を抑えようとしても抑えきれなかった。

「あの子が十四歳のとき、私は結婚した」ミスター・プライスは続けた。「だが、妻と私はフォックスグレンには寄りつかなかった。都会暮らしを満喫していたんだ」深いため息がもれた。「妻が病気になってからは、治してくれる医者はいないかと、あちこち渡り歩いた。この家を修繕し、ルシンダが死の床についたころには、セバスチャンは二十二歳になっていた。だが、私は妻につきっきりだった。たとえ私の助けを必要としていたとしても、セバスチャンに割いてやれる時間はなかった」

ミスター・プライスの告白は胸に刺さり、ジュリエットは怒りがこみ上げてきた。「どうして私にそんな話をするの？」席を立って暖炉の前に移動し、胸を締めつける告白と距離を置こうとする。

「あの子の人生のどこが思いどおりにならないのかときかれたから、説明しているだけだ」はきはきした声が、ジュリエットの背中を突き通した。「セバスチャンは一人きりで、友達もなく育ち、父親が招いた醜聞に毒されずにいることはできなかった。このあたりにも新聞は売っているし、そこにはエドワードの武勇伝があふれていたからね。セバスチャンは町に出るたびに、近所の人たちが軽蔑と非難をこめて父親の噂《うわさ》をしているのを聞いた。母親は自分を産んだときに死んだと聞かされていたから、父親があんな行動をとるのはそのせいだと思い、子供だったから自分を責めた。たとえ根拠はなくても、そうした状況下の子供が罪悪感を覚えることは、君もよく知っているはずだ」

ジュリエットは黙って炎を見つめた。ああ、そのとおり、とてもよく知っている。家族にどれだけおまえのせいじゃないと言われようとも、母が自分のお産で亡くなったという事実は、今もジュリエットを悩ませていた。

「エドワードのふるまいを非難されると、セバスチャンは反論した。町の人に批判されればされるほど、父親をかばったんだ。町の人は哀れに思い、セバスチャンはますます腹を立てた。自分が相続するはずの財産が、エドワードがロンドンで愛人やほかの娯楽に浪費する金のために売り払われても、黙って見ているしかなかった。雇った家令は誰も彼もがエドワードの金を横領し、セバスチャンはそのたびに父親に家令の適性のなさを訴えた。エドワードの本性はどこからどう見ても明らかだったというのに、セバスチャンは意地を張った。ことあるごとに、父親をかばってきたんだ」

「子供というのはそういうものよ」ジュリエットは長年、自分が父親のふるまいをかばってきたことを思い出していた。

「ところが、あの子が十三になったとき、すべてが変わった」

その瞬間、これまで聞いてきた事柄がつながり、ぴんとくるものがあった。胸が締めつけられるのを感じながら、ミスター・プライスのほうを向く。「お母様の真実を知ったのね」

ミスター・プライスはうなずいた。「母親が自分の意志で父親から逃げたのだと知ってからは、父親の行動をかばうのをやめた。父親が品性と責任感を欠いているせいで、自分自身も家族も地所も破壊されていくのを黙って見ていることもできなくなった」

「それで、自分の手でチャーンウッドを運営することにしたんだわ」ジュリエットは声に出して言っていた。

ミスター・プライスは興味深そうな顔をした。「君も聞いたんだね？　そう、セバスチャンはエドワードにその権利を要求し、幸いエドワードも同意した。そのころにはエドワードは堕落しきっていて、チャーンウッドがどうなろうと知ったことではなかったんだ」

「それでも、十三歳の少年に自分の仕事を任せるなんて――」

「それはエドワードが唯一とった賢明な行動だったよ」紅を差した唇に、薄く笑みが浮かんだ。「十三歳のセバスチャンは、平均的な二十歳の男よりも有能だった。十七になるころには、父親のせいで始まった危険な急降下を覆していた。二十六になってエドワードが決闘で死んだときには、チャーンウッドは以前の栄光を取り戻していた。セバスチャンはそれをたった一人でやり遂げたんだ。あの子はそういう男なんだよ」

ジュリエットは胸がきつく締めつけられるのを感じた。そんな人が密輸団の依頼で若い女性を誘拐するとは思えない。それほど責任感の強い人が、そこまで必死になって守ってきた家族の名前を、どうして汚せるだろう？

それでも、自分を誘拐したのがセバスチャンであるという確信は、かつてないほどに強まっていた。ミスター・プライスがセバスチャンへの同情を煽《あお》ってくるのもそのせいだ。

「セバスチャンの事情を、どうして私に説明するの？」ジュリエットは腕組みをして身構えた。「それが、モーガンが私を誘拐したことと何の関係があるのかしら？」

狙いどおり、ミスター・プライスはその質問に動揺したようだった。目をそらして言う。「この話はそもそも、セバスチャンの人生のどこが思いどおりにならないのかという君の質問から始まったんだよ。私はただ、あの子は思いどおりにならない半生を送ってきた反動で、今はあらゆることを思いどおりにしようとしていると言いたかっただけだ」

ジュリエットは手の内を見せた。「つまり、何か……説明できない理由で淑女を誘拐したのも、そのためだったということ？」

ミスター・プライスははっとし、すばやくジュリエットに視線を戻した。「その件に関しては、セバスチャンに責任はない」

何なの、この人は本当のことを知らないの？ それとも、セバスチャンをかばっているだけ？ どちらにしても、このまま言い張ったところで収穫はないだろう。セバスチャンと同じく、ミスター・プライスも自分の立場を譲りそうにない。

そこで、別の角度から攻めることにした。「実行したのはモーガンだとしても、セバスチャンが計画に加担していなかったとどうしてわかるの？」

ミスター・プライスはその質問には答えず、逆に質問してきた。「君がここに来たのはそれが目的か？　セバスチャンに何らかの形で弟の行動を償わせるため？」

「いいえ、私がここに来たのは真実を知るため、それだけよ」ジュリエットは強い口調で言った。「なぜそんなことをしたのか知りたいの。目的は何だったのか。どうしてクラウチに、私と家族に手を出すなと言わなかったのか。どうしてすべてが終わったあと、私を置いて――」余計なことを言いそうになる前に、口を閉じた。荒々しく息を吸いこんで言う。「私はただ、本当のことが知りたいのよ」

ジュリエットの言葉に、ミスター・プライスは目に見えて動揺した。「気持ちはよくわかるよ。君には知る権利があるとも思う。だが、真実というのはときにこみ入っていて、知ったところで状況は何も変わらないこともある」

「私の状況は変わるの。この二年間、モーガンの罠に掛かったことで、自分は何て愚かだったんだろうと思ってきたわ。でも、気まぐれや金銭目的とは別の動機があったのだと思えたら……」ジュリエットは顔を輝かせた。「チャーンウッドのためにお金が必要だったとか？　それが理由だったの？」

「モーガンが？」ミスター・プライスは冷ややかにたずねた。「どうしてあの子がチャーンウッドの心配をする？」

ジュリエットは歯ぎしりした。ミスター・プライスが真実を知っていることは間違いなさそうだが、それを認めるつもりはないのだ。

「それに」ミスター・プライスは続けた。「モーガンは金を受け取らなかったと言っていたじゃないか。求めていたのは情報だけだと」

「ええ、でもお金が目的で、オセアナ号に乗るための情報を求めていたのかもしれないわ。クラウチは七月十七日に何か……よくわからないけど……高価な貨物が積みこまれることを知っていて、それはモーガンが船に乗る価値があるほどのものだったとか」それなら筋が通る。むしろ、証拠に照らし合わせて考えれば、それ以外に筋の通った説明はない。

ミスター・プライスは顔から表情を消した。「モーガンは金のために誘拐したわけじゃない。私にはわかる。あの子はそういう人間じゃないんだ」

「ええ、でも、もしセバスチャンに頼まれて――」

「セバスチャンもそういう人間じゃない。私の話を聞いていなかったのか？」

とんでもない、一言一句聞きもらさなかった。ミスター・プライスの話は隅々まで、ジュリエットがセバスチャンを許し、彼にだまされ、裏切られたことを忘れたくなるよう計算されていた。だが、ミスター・プライスにもセバスチャンにも、感じやすい心を自分の不利になるよう利用されるのはまっぴらだった。

「セバスチャンもモーガンも確かに苦労してきたと思うわ。でも、今聞いた話のおかげで私が二人の行動を大目に見ると思っているなら、見当違いもいいところよ。私の父も遊び人だったの。子供たちに大恥をかかせた時期もあったけど、私もお姉様たちもそれを言い訳にして見苦しいふるまいをしたことはないわ」

「レディ・ジュリエット、君は難しい人だな」ミスター・プライスはしみ一つない上着から埃《ほこり》を払った。「だけど、家族を捨てるよう甥に誘惑されたとはいえ、体面も分別も無視して従ったのは君だ。二年前のその〝見苦しいふるまい〟には、何を言い訳に使う？」

ジュリエットはたじろいだが、それはもっともな質問だった。「何も。私と甥御さんたちとの違いは、言い訳をしないところよ。私は自分の愚かさが招いた結果から逃げようとは思わない。自業自得だってことはわかっているから。でも、私が代償を支払わされるなら、向こうも支払うべきだわ」

「それで、当人が死んで代償を支払えなくなったから、セバスチャンに復讐《ふくしゅう》するのか？」

「復讐なんかじゃない！」ジュリエットは長椅子まで歩いていき、腰を下ろしてミスター・プライスの手を取った。「これは正義の問題なの。お願い、ミスター・プライス、わかってちょうだい。もうすぐ私はロンドンに戻って、この噂話の顚末《てんまつ》に向き合わないといけない。噂を誰が始めたとか、誰が広めたとかは関係ない……いずれ誰かが詳しく調べて、事実だと確認すれば同じことだから。誰も私が誘拐されたなんて思わない。家族が起訴してないんだもの。だから、社交界では私は男性と駆け落ちして、結婚せずに戻ってきたということになる。そうなれば、誰も私とは結婚してくれないわ」

「そんなことになるとは思えないな」ミスター・プライスに、まるで父親のように気づかわしげに手をぽんぽんとたたかれ、ジュリエットは叫びそうになった。「君みたいにすてきで、求婚が殺到している女性が？　大丈夫、ご家族が状況を説明すれば——」

「説明するだけで事態が片づくと思っていたら、家族はここには来ていないわ」ジュリエットは懇願するように、ミスター・プライスのほうに身を乗り出した。「体面が汚された女性がどうなるかはおわかりでしょう。女性には軽蔑され、きちんとした男性には避けられ、そういう女性はいいカモになると思っている素行の悪い男たちに狙われるの」

「そういう場合もあるかもしれないが——」

「私を誘惑した男性は大手を振って社交界を歩き回っているのに、私は自分をいいようにしようと企《たくら》む悪い男たちの注目の的になるなんて、筋が通っていると思う？」

「思うはずがないだろう！」ミスター・プライスの額に汗の粒が浮き出た。不安げな様子で、手を震わせながらハンカチを取り出し、眉を拭う。「だが、私にどうしろというんだ。モーガンは……死んだ。私にいったい何ができ——」

「本当のことを話してほしいの！　それくらいしてくれたっていいでしょう！　噂のせいで、残酷な悪党の手で探られ、下劣な求愛を受けるなら——」

「冗談じゃない！」ドア口から大声が聞こえた。顔を上げると、セバスチャンが怒りに顔を上気させて立っていた。「二度と君をそんな目には遭わせない。約束する」

11

〝我が心よ、賢くあれ。心は神からの最大の贈り物である〟
ジュリエット・ラブリックがハンカチに刺繍《ししゅう》したエウリピデス作『メディア』の一節

部屋に入ったセバスチャンの耳に、ジュリエットの言葉がわんわん響いていた。〝残酷な悪党の手で探られ、下劣な求愛を受ける〟何ということだ。ジュリエットは男たちからそんな野蛮な扱いを受けているのか？　僕のせいで？　不慣れなキスとうぶな態度から、身を汚されたことはないと思っていたが、それは間違いだったようだ。

なぜこんなにも長い間、ナイトンは手をこまねいていたんだ？　なぜもっと早くここに来なかった？　僕が少しでもロンドンの状況を知っていれば……。

だが、もちろん知らなかった。新聞で見かけるジュリエットはていねいに扱われていた。〝レディ・ジュリエット・ラブリックがオペラハウスにご来場〟〝そのパーティにはレディ・ジュリエットも出席されていた〟など。悪口は一言も書かれていなかった。

それでも……。「誰にも君を傷つけさせない、わかったか？」セバスチャンはもう一度言った。「噂話《うわさばなし》は僕が必ず止める」

ジュリエットは顔に怒りをたぎらせて立ち上がった。「そうなの？　どうやって？」

〝君と結婚し、僕のものだと宣言すれば、男は誰一人君に触れることも、君を悪く言うこともできなくなる〟そう口に出しては言わなかった。今は、まだ。「方法は気にしなくていい。何とかすると約束するよ。ロンドンに戻ったときは、誰も君の名を醜聞に結びつけなくなっているはずだ」ルー叔父が立ち上がり、何か言いたそうな顔をしたので、セバスチャンは目で制した。「僕が自力で何とかする。信じてくれていい」

視線が合うと、叔父がセバスチャンの意図を測ろうとしているのがよくわかった。状況が変わったことを説明するのは、あとでいい。

ルー叔父の前であのような衝撃発言をしているのを耳にした今、ジュリエットと二人きりで話したいことはたくさんあった。二人きりになるには、ジュリエットを連れてここを出るしかない。セバスチャンはすばやくジュリエットに視線を戻した。「帰ろう」

ジュリエットはためらい、ルー叔父に視線を送って無言で何かを訴えた。彼女がルー叔父を味方に引き入れようとしたことに、セバスチャンはいらだちを感じた。くそっ、僕が来る前はいったい何の話をしていたんだ？

「そりで戻ると、チャーンウッド館の前にナイトンが立っていた」セバスチャンは言い添えた。「激怒していたよ」

ジュリエットのためらいは即座に警戒に変わった。「お姉様は私たちがどこに行っていたか言わなかったでしょうね？」

「ああ」セバスチャンは答えた。

「どこに行っていたんだ？」ルー叔父がたずねた。「ただ――」

ここはジュリエットに答えさせたほうがいいとセバスチャンは判断した。

「その……いろいろあって」ジュリエットはルー叔父に向かってすまなそうにほほえんだ。

「帰ります。有益なお話ができてよかったわ。いつか続きが聞けるといいのだけど」

ルー叔父は気まずそうにしていた。「送るよ」ぼそぼそ言い、歩き始める。

セバスチャンは顔をしかめ、ジュリエットの腕を取った。「叔父様、ここでけっこうです」

利口なルー叔父は、この恐ろしい状況でセバスチャンの意志に逆らうことはしなかった。

「そうか」そっけなく言い、長椅子に腰を下ろす。

セバスチャンはジュリエットをホールに案内しながら、二人きりで話をするならどの部屋がいいか考えた。簡単には逃げられない、このフォックスグレンで話をするつもりだ。

ルー叔父に声が聞こえないところまで来たとたん、ジュリエットは腕をつかむ手を振り払おうとしたが、セバスチャンは放さなかった。「それで、グリフに何て言われたの？」

ぴしゃりと言う。「私たちがどこに行っていたかきいてきた？　お姉様は何て答えたの？　その答えの裏づけを取るために、グリフが私を待ち伏せしているってこと？」

セバスチャンはホールの奥から温室に出るドアを見つけ、歩調を速めた。「ナイトンは君が一緒だったことも知らないよ。お姉さんが君は体調を崩していると言ったんだ」

二人は温室の前まで来た。セバスチャンがドアを開けると、肥沃な生暖かい風が吹きこんできた。「僕が最後に二人を見たときは今から朝食をとるところで、ナイトンは皆で叔父のところに遊びに行ったというレディ・ロザリンドの説明に納得しているようだった」

ジュリエットは困惑した顔になり、円形のガラス天井の部屋に咲き誇るハイビスカスや羊歯《しだ》、椰子《やし》の鉢植えを見回した。セバスチャンが背後でドアを閉めると、すばやく振り返った。「さっきはグリフが激怒していたって――」

「最初はね。でも、今は怒っていない。僕はただ、君と話がしたかったんだ」

ジュリエットは一瞬遅れてその言葉の意味を理解し、さらに一瞬遅れて、昨日以来初めてセバスチャンと二人きりになったことに気づいた。狼狽《ろうばい》し、目が丸くなる。立ち止まって非難する手間も惜しんで、セバスチャンを避けてすたすたと歩いていき、ドアノブに手を伸ばした。セバスチャンは手でドアを押さえ、ジュリエットに開ける隙を与えなかった。

「ここから出して！」ジュリエットは強い口調で言い、ドアノブをがたがた揺すった。

「話をするのが先だ」

ジュリエットはドアに背を押しつけ、セバスチャンと向き合った。ジュリエットから繊細で上質なライラックの香りが立ちこめる。その体をつかんで抱き寄せたかったが、そんなそぶりを見せたら絞め殺されかねない。だが、セバスチャンはジュリエットの肩の上に手をついているため、二人を隔てるのは吐息だけという近さだった。ジュリエットの顔を見下ろすと、全身の筋肉が張りつめた。

ああ、彼女は美しい、この場所にいるとその美しさがいっそう際立つ。春と美の女神、アフロディーテのようにキプロスの森に住み、手から花をまき散らしながら月明かりの下で踊るのだ。ジュリエットの居場所は、間違ってもロンドン社交界という裏切りの森ではない。もう二度とあんな場所を一人きりで歩かせたりしない。

急に息を荒らげたことから、ジュリエットもセバスチャンを意識しているのがわかった。その視線が落ち、クラヴァットを見つめる。「今あなたと話すことは何もないわ」

セバスチャンはジュリエットに体を近づけた。「君が〝手で探られた〟ロンドンの悪党の話をしてくれ。悪い男を避ける方法を知りたいと言われたとき、まさか連中に〝下劣な求愛〟をされたからだとは思いもしなかったよ」

形のいい眉が、困惑したように軽くひそめられた。「いったい何の話をしているの？ロンドンの男性たちは私に求婚はしたけど、誰も――」ジュリエットは唐突に言葉を切り、なるほどという顔をした。「立ち聞きしたのね。いやな言葉が聞こえたんでしょう？」

「とにかく、そいつらが何者なのか教えてくれ！」

「まあ、あきれた。私が叔父様に言ったことを誤解しているのね。あれは実際にあったことではなくて、もし噂が続いたらそうなるかもしれないという話よ」

安堵感《あんどかん》が押し寄せ、セバスチャンは膝から崩れ落ちそうになった。いったい何を考えていたんだ？　ジュリエットは最初から、年相応の純真さを見せていたではないか。嫉妬と怒りに惑わされて、自分が知っているジュリエット像に立ち戻ることを怠った。彼女に手を触れた男などいるはずがなかったのだ。

噂話に関しては、思ったとおりだった。噂があったとしても、微々たるものなのだろう。ジュリエットは誰か、例えばルー叔父などの同情を引きたいときに、その話をしているだけだ。「そんなつまらないことは心配しなくていい。僕が一言言えば、噂は止まるよ」

ジュリエットはセバスチャンに刃向かうような目をした。「どうしてあなたに止められるわけ？　私がはしたない女だとわかったとたん、遊び人がどんな行動に出るかはわかるでしょう？　誘拐のことを知ったあとのあなた自身の行動を見てごらんなさい。私にキスしたり触ったりしても構わないんだって――」

「それは関係ない。僕が君にキスしたのは、君を求めていたからだ。まったく別の、きちんとした場で出会っていたとしても、僕はキスしていただろう」ロンドンの悪党どもと一緒くたにされたことで、セバスチャンはかっとなった。ジュリエットにどちらの印象を抱かれるのがましなのかはわからない。不器用なまぬけ男か、残酷な誘惑者か。

いずれにせよ、セバスチャンが何者であろうと、ジュリエットは構われることをいやがってはいない。「それに、キスするのも触るのも、僕の独り善がりではない」セバスチャンはぴしゃりと言った。「君も喜んで受け入れていたじゃないか」

ジュリエットは高飛車に鼻を鳴らし、くるりと振り返った。「ばかなことを」

怒りが湧き上がってきた。昨日あんなことがあったのに、まだとぼけた顔ができるとは……。「僕の意見は違うから、今回も僕のキスが〝無難〟だったと言えば逃げられると思わないでくれ。君は夢中で唇を重ねてきた。喜びの吐息をもらしていた。あの反応は退屈してもいなければ、腹を立ててもいなかった。僕にキスを返してきたのを忘れたのか？　僕の上着の中に手を入れてきたことは？　これ以上否定することはできない、君は僕を求めているんだ。昨日、僕がそれを証明してみせただろう」

「証明なんてしていないわ」ジュリエットはドアから離れた。「私は一言も――」

「言葉は必要ない」そばを通り過ぎようとしたジュリエットの腕を、セバスチャンはつかんだ。「行動を見ればわかるから」

「私は、雰囲気にのまれただけよ」ジュリエットは小声で言ったが、セバスチャンの目は見ようとしなかった。「でも、あなたがそれを意味のあることだと思うなら――」

「当たり前だ、意味は大いにあるし、君もわかっているはずだ。意味というのは、君は僕に気があるということだ。僕の目を見て否定してみろ」

ジュリエットはすでに足元がぐらついているのを感じていたが、セバスチャンの言うとおりにするという間違いを犯した瞬間、ぐらつきは増した。ああ、何てこと、この人は一瞥《いちべつ》するだけで、私の足元の床を揺さぶることができるのね。磁石のような視線、何かを秘めたようなまなざし……その目を見ると、腕の中に飛びこみたくなる。あるいは、逃げ出したくなる。昨日、応接間でジュリエットを見るセバスチャンは、そんな目をしていた。腹を空《す》かせた海蛇が、岩に縛りつけられた乙女に飛びかかり、貪り食う直前の目。

セバスチャンの灼熱《しゃくねつ》の欲求が、すでに混乱しているジュリエットの思考をかき乱したが、それはこの秘密の冬のエデンでは何よりも受け入れがたいものだった。

ジュリエットは何も答えず、腕を振りほどいて三段の大理石の階段を下り、温室の中心部に足を踏み入れた。外に出るドアを探すため、迫力あるベゴニアの鉢植えが君臨する巨大な大理石の台座に沿って、円形の小道を歩く。

無駄だった。温室の麝香《じゃこう》と湿気の中、セバスチャンがついてくる気配と体温がちらちらと背後に感じられた。「否定できないんだろう?」かすれた声でセバスチャンはたずねた。

「自分を誘拐した男の兄に惹《ひ》かれたくはないかもしれないが、現に惹かれているんだ」

ジュリエットは歯を食いしばり、あなたがその〝誘拐した男〟でしょう、と言いたくなるのをこらえた。セバスチャンと対峙《たいじ》するのは、逃げ場がないところまで追いつめてからにしたい。「惹かれているわけじゃないわ。あなたは勘違いしている——」

「君が僕を求めていることが？　それが勘違いだと？」何の前触れもなく、セバスチャンはジュリエットのウエストに腕を巻きつけ、岩のように硬い体に背中を引き寄せた。「だから、こんなふうに抱かれるのはいやか？」髪の上でささやく。「ぞっとするか？」

ああ、本当にぞっとしていたらいいのに。「セバスチャン、だめ——」

「抱かれるのも？　キスされるのも？　求められるのも？」セバスチャンはアップにしたジュリエットの髪に鼻をこすりつけ、あらわな首筋に甘美なキスをした。「どうして？」

ジュリエットは話すことも、考えることも……何一つできなかった。何しろ、彼の唇が肌の上で踊るようにキスをし、官能の世界の入口に誘おうとしているのだ。

「私を放っておいて、って言ってみろよ」セバスチャンは促した。「そう言えば、聞いてやる。その言葉を言えば、二度と君に触れないと誓うよ」

セバスチャンにとっては簡単かもしれない。ジュリエットにとっては難しい要求だった。セバスチャンの腕に抱かれているうちに、抱擁から離れがたくなっていた。背中と尻に刻まれた不屈の上半身の、硬く男らしい感触。全身を包みこむ体のぬくもり。ジュリエットの片腕を押さえつけてはいるが、それ以外の力はほとんど入れていない。やめてと言えば、本当に放してくれるだろうと思えた。だが、ジュリエットはそうは言わなかった。

「それが君の望みだ……僕に触ってほしいんだろう？」開いた唇が耳をかすめると、肌にうっとりするような震えが走った。「楽にしてやるよ」手袋をはめた手をぞんざいに上げ、ジュリエットの胸をすっぽりと、いやらしく包む。「ほら、これが〝下劣な求愛〟だ。僕を好きに叱ってくれ」

ジュリエットはその言葉どおりにしようと口を開いた。そのとき、セバスチャンがゆっくりとした絶妙な動きで誘うように円を描き始め、ジュリエットはこのそそられる動きを続けてほしいという以外、どんな言葉も考えも紡げなくなってしまった。

「好きなんだろう?」耳元で熱くささやかれた言葉には、勝ち誇ったような響きがあった。「君は僕に触られるのが好きなんだ。そう言ってごらん」

「む、無理……」そんなことを言えば、セバスチャンの勝ちが決まる。こんな大嘘《おおうそ》つきに勝たせるなんて耐えられない。

それでも、次にセバスチャンがどんな途方もない行為を仕掛けてくるのか、自分を揺さぶるためにどんなにみだらな触り方をしてくるのか、知りたくて仕方なかった。じゃあ、確かめればいいじゃない? そうすれば、少なくとも知ることはできる。二年前、目の前にぶら下げられたのちに奪い去られた禁断の果実を味わえる。そのあとなら、セバスチャンの横面を張って、突き飛ばしてもおかしくない。突き飛ばせばいいのだ。そのあとで。

ジュリエットの心を読んだかのように、セバスチャンは手袋を外し、服に覆われた胸を素手で触って、ひどく大胆な愛撫《あいぶ》を始めた。手のひらで巧みに包みこまれ、揉《も》んだり、親指を這《は》わせたり、こすったりされると、ジュリエットは衝撃のあまり死にたくなった。セバスチャンのせいで、信じられないほどみだらな行為を求めてしまう。服を破り捨て、慣れた手を素肌に感じたいと思ってしまう。胸の先端に、おなかに、そして……。

ああ、どうしよう、どうしよう。セバスチャンを止めなければ。本当に。今すぐに……。

「僕に触られるのが好きなんだね、はしたない天使さん。認めるんだ」

「セバスチャン……」ジュリエットは反論しようとしたが、そのささやき声はせがんでいるようにしか聞こえなかった。

セバスチャンはくすくす笑った。「どうして君が言葉で認められないのかはわかっている。なぜずっと僕をもてあそぶばかりで、僕を求めていると認められないのか」

ジュリエットは凍りついた。この人は私の狙いを見抜いているの？「な、なぜ?」

「愚かな弟が、愛情を勝ち取ったあと君を捨てるという仕打ちをしたからだ」セバスチャンはジュリエットの耳たぶに歯を立てた。「でも、僕はモーガンみたいに君を捨てたりしない。あいつだって少しでも分別があれば、そんなことはしなかったはずだ。チャンスがあれば君を連れて逃げて、そのままグレトナ・グリーンで駆け落ち結婚をしていただろう。でも、あいつは愚かだからそうしなかった」

セバスチャンの言葉が意識にぽつぽつと入りこみ、愛撫が紡いだ官能のもやを追い散らした。どうして今さら、手遅れになってからそんなことを言うの？別人のふりをして、少々キスをして甘い言葉をかければ万事うまくいくなんて、よくも思えるわね？

ジュリエットは身をよじり、魅惑的すぎる腕から抜け出して、燃えるような目でセバスチャンと向き合った。「そうね、〝モーガン〟は愚かだったわ。あなたの言うとおりよ。あんなことをしたせいで、あの人が私と結ばれるチャンスはなくなったわ」

セバスチャンの漆黒の目が、いかにも強情そうにきらめいた。「でも、ぼ、ぼくのチャンスはなくなっていない」ジュリエットに手を伸ばす。「そんなの許さないよ」

「ふざけないで、セバスチャン——」

セバスチャンは荒々しく貪欲なキスでジュリエットを黙らせ、両手で腕をつかんで動けなくした。ジュリエットは激しい怒りに全身を脈打たせながら、こぶしにした両手を胸に置いてセバスチャンを押しのけようとしたが、放してもらえなかった。巧みな唇でひたすら唇を奪われているうちに、抵抗には勢いがなくなり、怒りはもっと熱く、もっと危険な何かへと変わっていった。大理石の台座に背中を押しつけられ、さらに深く口づけされているころには、なぜセバスチャンに抗《あらが》う必要があるのかすっかり忘れていた。

当然悪魔はその機会を最大限に活用した。セバスチャンはうなり声をもらし、舌を差し入れてジュリエットの反応を要求した。反応は得られた。危険な川で溺れた女性のように、ジュリエットはセバスチャンの下襟にしがみついた。大理石の台座の角が背中に食いこんだが、感じられるのは自分の唇を貪るセバスチャンの飢えた唇だけだった。

膝の力が抜けてジュリエットがよろけそうになると、セバスチャンは体を離した。ガラス張りの天井から薄い陽光が差しこみ、焦がれるような表情が浮かび上がる。ドレスの身頃からフィシューを引っぱり出し、ジュリエットがつかもうとすると、手の届かないところに放った。「僕が欲しいと認めろよ。認めないと、過激な手段をとることになる」

戦慄が全身を駆け抜けた。「例えば?」

セバスチャンの目が陰を帯びた。「例えば」指のつけ根で胸のふくらみをかすめたあと、大胆にも指を一本身頃に差し入れて先端に軽く触れ、硬く張りつめるまでこすった。

「やめて!」

「君が白状したらね。選択肢は二つ……僕を嫌いになるか、僕が欲しいと認めるか。どちらを選んでも、君は自由になれる。どちらも選ばなければ……」

「え、選ばなければ?」ジュリエットは思わず興味を引かれ、口ごもりながら言った。

「もちろん、さらに過激な手段に出る」セバスチャンはみだらにほほえみ、ジュリエットの背後に手を伸ばして、広い大理石の台座からベゴニアの鉢植えを取った。ジュリエットはぽかんとしたまぬけな顔で、セバスチャンが鉢植えを床に置くのを見ていた。それが終わると、セバスチャンはすぐさま体を起こし、ジュリエットを大理石の上に持ち上げた。

「いったい何のつもり?」ジュリエットは驚愕《きょうがく》し、鋭くささやいた。こんなところには泥がついているだろうし、虫も……。

セバスチャンは開かせたジュリエットの脚の間に入り、ジュリエットに覆いかぶさってスカートを大理石の上で踏んだ。数秒も経《た》つと、ジュリエットは囚《とら》われていた。「君を台座に奉ったんだよ、アフロディーテ。女神は台座にいるものだ」

「やめて、私は女神じゃないわ！」ジュリエットはセバスチャンの胸を突いたが、それはびくともせず、腹立たしいほどに広かった。「もし私が女神なら、手下に命じてとっくにあなたをあの世に追放しているわ。あなたにふさわしい場所に！」

セバスチャンは不埒《ふらち》な笑みを浮かべて、ジュリエットの背中に手をやり、ドレスのいちばん上のボタンを外した。「無理だ。僕はヘーパイストスなんだろう？　女神が神をあの世に追放することはできないよ」

「セバスチャン、今すぐやめて！」ジュリエットはセバスチャンの腕をつかみ、抵抗した。けれど、セバスチャンとあの忌ま忌ましい鍛冶屋の神との数ある共通点の中には、力強さと手先の器用さも含まれている。ジュリエットがたくましい腕を押しのけようとしている間にも、ドレスが少し脱げるのがわかった。

セバスチャンはドレスのボタンを外す手を止め、いたずらっぽくほほえんだ。「あなたが欲しいと言うんだ」

ジュリエットはあごをつんと上げた。「いやよ」そんなことを言えば、セバスチャンにつけこまれるだけだ。それに、彼が言っているのははったりにすぎない。セバスチャンは本質的には紳士だ。本当にひどいことをするはずがない。

ボタンがもう一つ外れた。

いや、やはりひどいことをするのかもしれない。

「ほら、言ってごらん」セバスチャンは催促した。「短い文だよ。〝あなたが欲しいの、セバスチャン〟簡単だろう。君もわかっているとおり、本心だしね」

「違うわ！」ジュリエットは反論した。

「強情なおてんばさんだ」セバスチャンはジュリエットの肩からドレスを外した。

作戦を変えたほうがいい。「あなたは双子のしっかりしているほうだと思っていたわ。自力でチャーンウッドを再生させて、老婦人と素行の悪い弟の面倒を見るほう――」

セバスチャンの唇は、今度は荒々しく怒り猛《たけ》ってジュリエットの唇をふさいだ。キスが続くうちにジュリエットは頭がくらくらし、セバスチャンが体を引くと、とろんとした目で見つめた。頭の中にかかった蜘蛛《くも》の巣を払うのには少し時間がかかり、我に返ると、セバスチャンがシュミーズのひもをほどいているのがわかった。

セバスチャンは荒々しい目つきでジュリエットの顔を眺めた。「双子のしっかりしているほうでいることにはうんざりなんだ。それでいったい何が得られた？　自分を恐れる使用人だらけの屋敷で、修道士のような生活を送るだけ。求めている女は、僕がモーガンと同じくらい悪い男だと証明するまで、僕を求めていると認めてくれない。まあいい、君が無鉄砲な遊び人がいいと言うのなら、悔しいけれど望みどおりにしてあげよう」

セバスチャンは突然ジュリエットのドレスとシュミーズの端を引き下ろし、片方の胸があらわになると、先端を舌でちろちろとなめた。

ジュリエットはすっかり仰天し、ぽかんとセバスチャンを見つめた。「こんなの……はしたないわ」むせながら言う。

セバスチャンは笑った。「ああ。これもだ」そう言うと、胸のふくらみを口に含んだ。

「あ……ちょっと……何……」ジュリエットはささやき声をもらし、セバスチャンは吸ったりいたぶったり、舌を使って胸の頂に驚くべきことをやってのけた。「いいかげんにして……。そんなこと……だめよ……頭がおかしくなったの？」

セバスチャンはつかのま口を引きはがし、ジュリエットを見上げてにやりとした。「そのとおりだ。今は本能だけで動いている。君もそうするといい」

本能がこれほど強烈な快感を生み出している今、そんなことは絶対にできなかった。息を整えて反論しようとしたときには、すでに手遅れだった。セバスチャンの唇はむき出しの胸に戻り、実に快いやり方で愛撫をしていた。

ジュリエットは動くことができず、自分の胸にセバスチャンが覆いかぶさっている非現実的な光景を見下ろした。力なく抗議しようとするたびに、その声は喉元で消えた。目を閉じてジュリエットの肌を吸ったりなめたりするセバスチャンは、とても幸せそうに見えた。何と親密な光景。二年前、彼に求めていたのはこの親密さだった。だが、ぼんやりした形のない夢の中で想像していたよりも、現実はずっと刺激的だった。

ジュリエットがうっとりと見とれている間に、セバスチャンはシュミーズに手を差し入れ、反対側の胸もあらわにして、大胆に揉みしだきながら突起を指でつまんでそっと転がし、同時に元の側の胸に歯を立てた。期待の戦慄が腹部を直撃し、脚の間にぎょっとするようなうずきが走る。

セバスチャンは体を起こしてジュリエットを見つめ、胸から唇を離した代わりに、空いていた手を置いた。「モーガンは無鉄砲なほうだったかもしれないが、こんなことはしていない。こんなふうに君を触ったことはないと断言できるよ」

「していないって知ってるのね」ジュリエットは吐息混じりに言った。

「あいつは愚か者だ。女神を自分のものにしながら、放り出した。どこまでも愚かだ」

ジュリエットは先ほどの怒りを呼び起こそうとしたが、セバスチャンの言葉にはあまりにはっきりと、心からの後悔がこもっていたので、怒りは湧いてこなかった。

「あのとき起こったことは僕が忘れさせてやる」セバスチャンはささやいた。「君が欲しいのは僕だって、セバスチャンだって認めさせてやるよ」

かわいそうな人。私が二人とも求めているのがわからないの？　何てことかしら、私はそれほどまでに欲深い女なの。頼もしいテンプルモア卿《きょう》と、私を連れ去った無鉄砲なモーガン、その二人ともが欲しい。

モーガンにあんなことをされても。セバスチャンに嘘をつかれても。

「だって、僕は間違いなく君が欲しいから」セバスチャンはそう言い添えた。

それも全部嘘なの？　「どうして？　どうして私が欲しいの？」

「どうしてって、君は柔らかいから。それに、甘いから」セバスチャンは体を屈《かが》め、開いた唇をジュリエットのあごに這わせた。「僕がしっかりしてきちんとした男だってことを、忘れさせてくれるから」片方の手が胸から離れ、スカートとペチコートを脚から引き上げた。「あたり一面が冬になっても、君と一緒ならいつだって春だから」その手が太ももをなで上げると、触れられた箇所すべてに震えが走った。

「もう、あなた……うますぎる」ジュリエットはつぶやき、セバスチャンの唇が頬に軽いキスを浴びせるのを感じた。

「何が？　褒めるのが？　それとも、触ったりキスしたりするのが？」

「全部よ」

「モーガンよりも？」セバスチャンはジュリエットの耳に鼻をすりつけた。

「そこまでは言わないわ」ジュリエットはセバスチャンを怒らせようとして言った。

だが、間違いだった。セバスチャンはそれを挑戦だと受け取った。太ももにかけられた手はドロワーズまで這い上がり、やがてスリットの中に入りこんだ。「そうか。でも僕はまだ途中だからね」親指がひそやかな茂みに入りこみ、秘密の場所を探り当ててこすると、ジュリエットは台座の上でびくりと背筋を伸ばした。

「いいかげんにして、セバスチャン！」今まで生きてきて、こんなにも衝撃的な出来事は初めてだ。腕をつかんで愛撫をやめさせようとしたが、無駄だった。「私は世間知らずかもしれないけど、あなたがこれをやってはいけないことはわかるわ」

狡猾《こうかつ》な悪党が図々《ずうずう》しくもにっこりし、再び親指でこすったので、ジュリエットは吐息をもらした。「どうしてほしいのか教えてくれ。言葉にしてくれれば、僕はやめるよ」

やめてほしくはなかった。実際、ジュリエットの手はセバスチャンの腕に、その場に押しとどめるように食いこんでいた。ああ、私はいやらしい、何ていやらしい女なの。

セバスチャンの笑みが広がった。「気持ちいいんだな。否定しても無駄だ」

否定できるものならしたい。片手で胸をいたぶられ、ドロワーズに入りこんだもう片方の手で正気を乱され……何を否定すればいいの？　セバスチャンはジュリエットを見下ろし、筋肉をこわばらせて、ジュリエットの顔を探っていた。「やっぱり、いいんだな。君が感じてるのがわかる。すごく熱くて濡《ぬ》れてるよ、はしたない僕の女神さん」

濡れてる？　どうしてそんなこと……ああ、もちろんわかるわよね。セバスチャンの親指はぬるりと熱くほてった、ごくひそやかな部分に押し当てられているのだ。そのとき突然、親指だけでなくほかの指も動き始め、内側にすべりこんでいった……。

「ちょっと……」ジュリエットはうめいた。「自分が何をしているかわかっているの？」

「いやなのか？」セバスチャンに深くまさぐられ、ジュリエットは体をぶるぶる震わせた。

もちろん、いやなはずがない。「いやなのが普通よ」

「どうしてだかわからないね」セバスチャンはうなった。「僕はまったくいやじゃない」

そう言うと、ジュリエットにキスした……長く、何も考えられなくなるようなキスを。

ジュリエットの中に入った指は驚くような動きで抜き差しされ、親指は存在すら知らなかった硬い突起をもてあそんでいる。知らなかったと言えば、自分の体がこんなふうに感じることがあるなど、まるで知らなかった。

セバスチャンは唇を引きはがしてささやいた。「僕もこれくらい無鉄砲なら満足か？」

「ええ、もちろんよ……」

胸に置かれた手は、無駄のない巧みな動きでジュリエットを愛撫した。慎重な手つきでこねられ、かたどられ、形が整えられていくうち、ジュリエットは時間の感覚と自意識をすっかり失っていた。現実として感じられるのは、中に入っているセバスチャンの指と、肌を未知の喜びに目覚めさせようとする手だけだ。

「モーガンのことを考えているのか？」セバスチャンは問いただした。

ジュリエットは言葉を発することができず、黙ってかぶりを振った。

「誰を求めている？　言うんだ！」

ジュリエットがセバスチャンの名前をむせび泣くように、低くせっぱつまった声で何度も繰り返すと、その口は勝ち誇ったキスでふさがれた。

やがてセバスチャンはジュリエットの体を本格的にこね回し、ジュリエットが自分にも隠していたひそかな野蛮さを引き出していった。神がするように体に生命を吹きこむ。その創造の行為はあまりに甘美で、ジュリエットは一瞬で彼の手にこねられる粘土になった。

やがて、ジュリエットの手もセバスチャンの袖を這い上がって肩をつかみ、腰は彼の手の下で、徐々に高まりつつある名もなき欲求にうねり始め……。

「そうだ」セバスチャンはかすれ声で言った。「そこに行けばいい、僕のアフロディーテ……行くんだ……」

そのときジュリエットは粉々に砕け、その感覚はあまりに強烈で喜びに満ちていたため、頭上のガラス天井と周囲の煉瓦《れんが》の壁に叫び声がこだました。

「ああ、セバスチャン……」ジュリエットはあえぎ、体はこれまで知りもしなかった贅沢《ぜいたく》な快感に脈打った。

やがて意識は心地よい麻痺《まひ》状態に陥り、今も自分に触れているセバスチャンの手が残した喜びのことしか考えられなくなった。この人は何をしたの？　どうやってこんなことを？　次はいつこれをしてくれるの？　それは実に危険な思考だった。

セバスチャンはジュリエットの脚の間から手を引き抜いてスカートを下ろしたが、胸を愛撫する手は動き続けた。ジュリエットの呼吸は落ち着いてきたが、セバスチャンのほうは、頬骨に軽いキスをしながら呼吸を荒らげているようだった。

「よかっただろう?」

「ええ、そうね」否定はできなかった。セバスチャンが目をつぶって耳をふさいでいない限り、ごまかしようがなかった。

「二度とそのことで嘘をつかれたくないから、言葉にしてくれ。僕に気持ちよくしてもらった、モーガンじゃなくて僕に、と認めるんだ。僕にはその言葉を聞く権利がある」

それはいかにも傲慢な発言で、セバスチャンにしか言えないことだった。「そうすれば、自分が支配している人たちと同じように、私のことも思いどおりにできるから?」

セバスチャンは体を引き、苦笑いを浮かべた。「そう願いたいところだがね。でも、君がそばにいると、自分のことも思いどおりにならない。なのに、どうやって君を思いどおりにするというんだ?」ジュリエットの手をつかみ、ズボンの垂れ布に押しつける。

手の下で硬いこわばりが跳ね、ジュリエットは目を丸くしてセバスチャンを見つめた。

「わかったか?」セバスチャンはしゃがれた声で言った。「僕のかわいそうなジョン・トーマスは、君がここに現れて以来、少しも思いどおりになってくれないんだ」

「あなたの……ジョン・トーマス?」

「ほら、これだ」セバスチャンはジュリエットの手に硬いこわばりを握らせた。「男が君を求めているという証《あかし》だ」

　セバスチャンの手は離れたが、ジュリエットは興味を引かれて握ったままでいた。つまり、これが男性の〝あれ〟なのだ。ただの肉体がここまで硬くなるとは、想像もしていなかった。それに、男性の脚の間に収まるべきものとしては、あまりに大きすぎる気がする。

　それに沿って指をすべらせ、セバスチャンが自分にしたようにまさぐると、彼はうめいてその手に自分自身を押しつけた。「ああ、そうだ……そう。触ってくれ。君に触られることを、もう何年も想像していた」

「そうなの？」ジュリエットははにかんだように言い、再び彼をさすった。たまには自分が主導権を握るのもいい。

　やがて、セバスチャンの言ったことが徐々に意識に浸透してきた。心臓が早鐘を打つ。

「何年も？」ジュリエットは問いかけたが、さする動作はやめなかった。「何年も、なの？」

　セバスチャンは目を閉じ、うっとりした表情をしていた。「君を初めて……あの劇場で見かけた日から」

　二人が出会ったのは、ストラトフォードの劇場だった。

　全身に勝利の喜びがこみ上げるのを感じながら、ジュリエットはにっこり笑った。「セバスチャン、もう逃げられないわよ」

12

〝罪の意識は告発者を必要としない〟

テンプルモア邸の勉強部屋の壁にかつて掛かっていたイギリスのことわざ一覧より

ジュリエットの声に勝ち誇ったような妙な響きを聞きつけ、セバスチャンは目をぱちりと開けた。あの部分はまだジュリエットの手の中にあり、最初はそのことを言っているのかと思った。

やがて血中の熱が引いて、ジュリエットの歓喜の表情を見たとたん、自分の発言を思い出した。劇場のことだ。

「もう否定できないわ」ジュリエットは言った。手を引っこめて女っぽくほくそ笑む。

「絶対に」

冷たい現実が押し寄せ、雪の中に突っこまれたかのように熱情が凍りついた。ジュリエットは知っている。本当に知っているのだ。

ジュリエットの能力に気づいていないと彼女の家族を非難しておいて、自分はこのざまか！　ジュリエットは思っていたよりずっと狡猾《こうかつ》で、相手を油断させるのがうまいのだ。この駆け引きも授業も……ジュリエットにしてみれば、僕に惹《ひ》かれたからではない。この小悪魔は罠《わな》を仕掛け、僕が足を踏み入れて自分の首を絞めるのを待っていたのだ。

そして、僕はまんまと罠に引っかかった。どうして今までジュリエットの狙いを見抜けなかったんだ？　何がじゃまをした？

そう、うぬぼれだ。そして、この忌ま忌ましい欲求。すなわち、父を堕落させたのとまったく同じものだ。父と同じ轍《てつ》を踏むわけにはいかない。

「何の話だ？」セバスチャンは時間稼ぎをして、この大失点を取り戻す方法を探した。

「否定って何を？」

ジュリエットの目がきらめいた。「今回ばかりはとぼけたって無駄よ。わかってるでしょう。あなたが劇場で私に会ったのは、一度きりだもの」

劇場という言葉を聞いて、失態から抜け出す方法が思い浮かんだ。安堵《あんど》のあまり、台座に寄りかかりそうになる。「ああ、そうだ。でも、君に見られていたとは知らなかったな」

ジュリエットの顔から浮ついた笑みが消えた。「何ですって？　もちろん私も見たわよ。あのとき初めて出会って、演目について話して――」

「演目について話した？」ジュリエットを怒らせるとわかっている言葉を、セバスチャンは無理やり口にした。「話してはいないよ。僕は二年前、二人ともロンドンにいるときに、遠くから君を見たんだ。顔は合わせず、自分のボックス席から見ただけだ。もちろん君は覚えていないだろうし、実を言うと僕も今日まで忘れていたんだが――」

「あなた……よくも……」ジュリエットは早口で言った。「よくもそんなことが言えるわね」ジュリエットに強く押しのけられ、セバスチャンがとっさに身を引くと、彼女はそのまま台座から飛び下りた。怖いくらいの勢いでシュミーズのひもを結び、ドレスのボタンと格闘を始める。「まだ言い張るなんて……こんなことまでしておいて――」セバスチャンを見上げた目は傷つき、打ちひしがれていた。「よくもそんなことができるわね？　私にキスして触ったあと、手のひらを返したように目の前で嘘《うそ》をついて……」

その言葉はとぎれ、ジュリエットの息づかいは涙混じりのあえぎ声となり、セバスチャンの怒りはすべて吹き飛んだ。ジュリエットが目的をじゃまされたことに憤っているなら、それはあしらうことができる。

だが、傷ついた姿を目の当たりにすると……ああ、心の奥まで切り裂かれるようだ。

それでも、前言を撤回することはできない。以前の自分たちがどんな関係にあったかという現実を、明るみに出すつもりはない。いったん認めてしまえばすべてが変わるが、どんなふうに変わるかはわからないからだ。

真実を知ったことでジュリエットが復讐《ふくしゅう》に出る可能性は、ついさっきまで思っていたよりずっと高いような気がする。さっきまでは、ジュリエットに好意を持たれつつあると思っていた。今は、それが自分を油断させ、正体をあらわにするための策略だとわかった。ジュリエットがそんな手段をとる理由はただ一つ、復讐だ。

以前はジュリエットのことを見くびっていた。同じ間違いは二度と犯さない。「いったい……何の話をしているのかわからないよ」一語一語を、腹のどこかからひねり出した。

何よりもつらい皮肉は、劇場に関する発言は事実だということだった。二年前、あの誘拐のあと、実際にロンドンの劇場でジュリエットの姿を見た。彼女の無事を確かめるためだったが、それはむしろ自分に言い聞かせていた理由だった。本当はただジュリエットの姿を、どんな形でも、一目だけでもいいから見たかった。

ありえた未来への悔恨で胸をいっぱいにして、奥まったボックス席に身をひそめ、愚かな若者たちが紹介目当てで次々とジュリエットに近づくのを見ながら、彼女に話しかけたり戯れを言ったりするという、自分にはできないことをやる彼らを絞め殺したくなった。

「本当だよ、ジュリエット、僕が君を劇場で見かけたのはたった一度――」

「やめて」ジュリエットは心を引き裂くような小声で言い、ボタンとの格闘に戻った。

「手伝うよ」ジュリエットの顔に浮かぶ痛みから意識をそらす何かがしたかった。とんでもない間違いを犯しているのだという不安な気持ちを忘れたかった。セバスチャンはジュリエットを後ろに向かせ、ボタンに手をかけた。「君をロンドンで見かけた。本当だ」

「やめて！　本当のことを知っているのに、嘘を聞くのは耐えられない。二人とも知っているのに。今までもつらかったけど、こうなったからにはもう我慢できないわ」

ジュリエットは歩きだしたが、彼女の言葉で、セバスチャンの裏切られた気分も再び燃え上がった。ジュリエットの腕をつかんで引き留める。「つまり、君がかわいらしく駆け引きをしたり、戯れを言ったり、キスに応えたりしたのは、僕がモーガンだと証明するための手段にすぎなかったんだな？」

「違うわ！」

「君はただ、自分の主張を裏づけるようなことを、僕がうっかり口にするのを待っていたんだ。それが狙いで、僕に……」セバスチャンは心を浸食していく苦みをこらえた。「ジュリエット、君は僕が思っていたより冷酷なんだな」

ジュリエットは顔を上げ、傷ついた表情をセバスチャンに向けた。「あなたよりはましよ。あなたが誘惑を仕掛けてきた理由を、私が知らないとでも思っているの？」

セバスチャンは目をしばたたいた。ジュリエットは僕が求婚するつもりだと気づいているのか？「どういう意味だ？」

「私はばかじゃないわ。私が目的を見失うように……またあなたの魔力に絡め取られて、ここに来た理由を忘れるように仕向けるつもりだってことは、最初からわかっていた。でも、そんなことはどうでもよかったの。あなたにキスされている間は」ジュリエットは声を落とし、ささやくように言った。「セバスチャン、あなたは利口な悪党よ。前からそうだった。女性に自分を求めさせる方法を知りつくしている。私はすっかりその気になっていたから、あなたがこの場で事実を認めていたら、すべてを許していたかもしれないわ」ジュリエットはしゃにむに頭を振った。「でも、もう絶対にあなたを許さない。絶対に」向きを変え、ドアに続く階段を勢いよく上っていった。

セバスチャンはその場に立ちつくし、こぶしを握りしめて、ホールに飛び出すジュリエットを見ていた。

〝そんなことはどうでもよかったの。あなたにキスされている間は〟ふざけるな。自分も誘惑していたくせに、僕に罪悪感を抱かせるつもりか？　少なくとも、僕は結婚を意識していた。君は復讐のことしか考えていなかったじゃないか。

だが、ジュリエットを責めるわけにはいかない。彼女には復讐するだけの理由があるのだ。それに、結婚したいと本人に伝えたわけではない。ジュリエットを怯《おび》えさせてはいけないという思いで頭がいっぱいで、この求愛がどう受け取られているのか考える余裕がなかった。しかも、ジュリエットは僕が誘拐犯であることをずっと疑っていたのだ。

最悪なのは、もし最初からやり直せと言われたら、ジュリエットの顔が快楽に輝くのを見るため、指に肌を熱く柔らかく感じるため、腕の中で彼女を震わせるために、喜んで同じことをするであろうことだった。

何ということだ、完全に虜《とりこ》になってしまった。セバスチャンは両手で髪をかきむしりながら、台座のまわりをぐるぐる回った。これからどうすればいい？

温室のドアがばたんと閉まり、はっとして顔を上げると、叔父が入ってくるのが見えた。

「セバスチャン、どうしたんだ？」ルー叔父は問いただした。「レディ・ジュリエットが勢いよく出ていこうとしていて、ホールで突き飛ばされるところだったよ。ひどく震えていたから、チャーンウッド館に一人でそりで帰らせるのは怖かったが、本人がどうしても帰りたいと言ってね。おまえたちはずっと前に出ていったと思っていたが、どうやらおまえの性格を見誤っていたようだな。あの娘にいったい何をしたんだ？」

「何も」ジュリエットのことをルー叔父と話したくはなかった。

「何もないのに、女性が泣きながら私の家を出ていくはずがない」

セバスチャンはすばやく顔を上げた。「泣いていたのですか？」

「頬を水滴が伝い、鼻が真っ赤になっていることを、普通はそう表現すると思うがね」ルー叔父はぴしゃりと言い、大理石の階段を下りてきた。

「実に面白い言い方ですね」セバスチャンはうなった。〝もう絶対にあなたを許さない。絶対に〟良心を締めつける罪悪感を無視しようとしたが、失敗した。

「甥《おい》っ子が女性を泣かすところを見る日が来るとは思わなかった」

「何にでも初めてのときはあります」

叔父は近づいてくると、セバスチャンの肩をつかんで揺さぶった。「あきれたな、おまえには感情というものがないのか？」

セバスチャンは叔父を押しのけた。「冗談じゃない、彼女は僕を絞首刑にするつもりなんだ！　僕にいったいどうしろと言うんです？」

ルー叔父は目をしばたたき、後ずさりした。「どういう意味だ？」

「ジュリエットは僕が誘拐犯であることを知っているという意味です。疑っているだけじゃない。知っているんだ」

「本当に？」

「はい。この二日間、僕がそのことを白状するよう仕向けていたんです」

「じゃあ、どうしておまえはレディ・ジュリエットと一緒にいるんだ？　彼女を遠ざけてほしいと私に言っていたくせに、今度は一緒にここに来て――」

「一家が到着した日の晩、叔父様がチャーンウッド館を出たあと、ジュリエットが僕の作業場に来たんです。ジュリエットに責められて、僕は……」彼女に惹かれる気持ちのままに行動した。「それは違うと説得しました。いや、説得できたと思ったんです。もう大丈夫だと」セバスチャンは震える息を吸いこんだ。「どうやら僕は自分で思っていたよりずっと簡単に、かわいらしい顔の女性に取りこまれてしまうようです」

「おまえが、判断を誤ったのか？　ありえない！」

セバスチャンは叔父の皮肉屋ぶりにひどくうんざりした。「叔父様は僕が絞首刑に処されるかもしれないことを、面白がっているようですね」

叔父は鼻を鳴らした。「レディ・ジュリエットはおまえを絞首刑にしたがってなどいない。すでに半分おまえを愛しているよ」

〝愛〟という言葉を聞いた瞬間、脈が跳ね、セバスチャンは叔父と自分の見当違いに顔をしかめた。「その言葉を僕の墓石に刻むのをお忘れなく」

「生意気な小僧め……レディ・ジュリエットがここに来た理由を考えなかったのか？」

「わかっていますよ。理由は復讐で、そのためには彼女は何だってするつもりです」

ルー叔父は腕組みをした。「それは違うと思うね。レディ・ジュリエットはただ真実が知りたいだけだ。おまえに捨てられたとき、悲しみに暮れたんだから。私は少し言葉を交わしただけでわかったよ。おまえがそんなことをした理由が知りたいんだ。それに、知る権利もある。話したほうがいい。それが筋というものだ」

「僕がそれに気づいていないとお思いですか？」セバスチャンはくるりと叔父に背を向けた。「ジュリエットに言いたくてたまらなくて、口にその味を感じるくらいだ」両手を台座に置き、棚に大量に絡みつく薔薇《ばら》のつるをぼんやりと眺める。この場所がある種のエデンのような気がしてきていた。「でも、ジュリエットの意図がはっきりしない以上、そんなリスクは冒せない。僕にとってもモーガンにとっても、危険が大きすぎる」

「じゃあ、私の温室で若い娘を誘惑するのはやめたほうがいい。それとも、誘惑すれば、レディ・ジュリエットはおまえに受けた仕打ちを忘れると思ったのか？」

セバスチャンは身をこわばらせた。叔父を見ることができなかった。顔に浮かんだ罪悪感の色を、叔父は見抜くだろう。「どうして僕が彼女を誘惑していたと思うんです？」

「私のお気に入りのベゴニアが床に置いてあるし、レディ・ジュリエットのフィシューが羊歯《しだ》の上に広がっているし、おまえの手袋は台座の上にあって、レディ・ジュリエットは出ていくとき明らかに着衣が乱れていた」

セバスチャンはたじろいだ。「あの……それは……叔父様が思っているのとは違うんです」

「私はおまえが父親の跡を継ぐことにしたんだと思っているよ」

目がくらむほどの怒りが押し寄せたが、くるりと振り向くと、叔父がすました顔でこちらを見ているのが目に入り、自分が見くびっていた相手はここにもいたのだと気づいた。

怒りを抑えつけるには、鉄の意志が必要だった。「ジュリエットに求婚するつもりだったんです」セバスチャンはそっけなく言った。「彼女と結婚すれば、万事解決すると思って」

「誘惑すれば、求婚がうまくいくと思ったのか？」

「違う……」セバスチャンは手で顔をこすった。「話をしていたんです。ロンドンでの噂《うわさ》についていて。そこからいろいろあって……二人とも雰囲気にのまれてしまって」

ルー叔父は眉を上げた。「まさか。私の甥っ子が判断を誤ったうえ、同じ日に雰囲気にものまれてしまうなんて。これは驚いた」

「叔父様はちっとも協力してくれないんですね」セバスチャンはぴしゃりと言った。

「協力するつもりなどないよ」ルー叔父は円形の場所の外周に置かれたベンチに向かい、腰を下ろした。「後見人の夫婦はおまえたちが何をしているのかわかっていないようだから、私がレディ・ジュリエットのために口を出して、おまえの狙いを見極めようとしているんだ。若い女性が大好きだからね。それに、レディ・ジュリエットの人生をおまえが二度も壊すのは見たくない」

「ジュリエットの人生を壊すつもりはない。今日までは結婚しようと思っていたんだ」

「結婚すれば、レディ・ジュリエットの復讐心は収まり、おまえの罪悪感はやわらぐからな。何とずる賢いやつだ」

そんなふうに表現されると、セバスチャンの意図はひどく下劣なもののように聞こえた。

「それだけが理由じゃない」セバスチャンは乾いた唇をなめた。こんなことを叔父の前で認めるのはいやだったが、父親と同じような女たらしだと思われたくはなかった。「ジュリエットがどんなに感じのいい人だったか忘れていたんですよ。叔父様は以前の彼女を知らないけど、僕にはときどき若いころのジュリエットが……誰にでも笑いかけ、自分に近づいてくる誰をも歓迎し、どんな要望も先回りして汲《く》み取る姿が見えるんです」

「それが若いころのジュリエットだとしたら、今もさほど変わっていないと思うがね。おまえのことで質問攻めにしてきたのは困惑したが、それ以外は最高に魅力的な女性だ」

「魅力的かもしれませんが、信用はできません。以前は開けっぴろげで無邪気で、人を疑うということがなかった。駆け落ちをそそのかすのがどんなに簡単だったことか」セバスチャンは顔をそむけた。「今は誰も信じていません。特に僕のことを。そのせいで、つかみどころがなく、危険な存在になった。僕の正体を暴くためなら、どんな手でも使うでしょう」

「それはおまえが悪いんじゃないか。おまえが男とは裏切るものだと教えたのだから、真実を知るためには相手を欺くしかないだろう？」

叔父の言うとおりだった。「だから僕は愚かにも、求婚すればいいと思ったんです」不穏なエネルギーに苛《さいな》まれ、セバスチャンはその場を行ったり来たりした。「ジュリエットは僕を信じてくれないし、僕も彼女が信じられない。もし結婚を承諾してくれたとしても、それもジュリエットの新たな策略にすぎないんです。最初の直感は正しかった。ナイトン夫妻が帰るまで、ジュリエットには近づかないほうがいい。ナイトンはすでにジュリエットの疑惑は信じていないと言っているから、僕が彼女の近くをうろついて自分が誘拐犯であることを認めない限り、ジュリエットにできることは何もありません」

叔父はくすくす笑った。「レディ・ジュリエットに近づかずにいることには一度失敗しているんだ。今回も同じ結果になると思うけどね」

セバスチャンはかっとなった。「どうしてです？」

「おまえがあの子を求めているからだよ。その気持ちはすべてを変える。男はこの女が欲しいと思ったが最後、自分のものにするために山ほど愚かなことをするものだ」

例えば、自分から絞首台に首を差し出すようなことを。セバスチャンはその考えを追い払った。「僕は父とは違う。肉体的な衝動は自制できる」

ルー叔父はベンチの片側から垂れている蔦《つた》をぼんやりとなでた。「私には何とも言えないけどね。ただ、もしそうだとしても、おまえが囚《とら》われているのは肉体的な衝動ではない。おまえを堕落させるのは、それとは別の衝動だ」

「別の衝動というのは？」

「心から信頼できる優しい女性に惹かれる気持ち。自分を理解してくれる伴侶が欲しいと思うことだ。愛を求める気持ちだよ」

セバスチャンはかぶりを振った。「それなら心配はいりません。愛のせいで母の人生があれほどめちゃくちゃになったことを知ったとき、愛を求める気持ちは克服したんです。僕の行動は愛情に左右されたりしません」

「人は愛を求める気持ちを克服することはできないものだよ。それは形をゆがめて場所を変え、二次的な情熱にすり替わるだけだ」ルー叔父は手袋をはめた指に、緑の蔦を巻きつけた。「だが、この蔦のように、少しでも愛情を期待すれば心に忍び寄ってくるから、油断していると強い力で絡め取られ、その欲求を満足させることでしか逃れる術《すべ》はなくなる」

それこそがまさに、セバスチャンが恐れている事態だった。「年を取ってずいぶん長々と哲学を披露するようになったんですね。ありがたいことに、そんな感情とは無縁の人間もいるおかげで、皆で道に迷って疲れきってしまわずにすんでいるんですよ」

そう言うと、セバスチャンは向きを変え、温室から出ていった。

おかげで、叔父の最後のつぶやきを聞くことはなかった。「自分がまだ道に迷ってもいないし、疲れきってもいないと、どうして思いこんでいるんだ？」

13

〝人はそれぞれ違うから、相手に合わせた方法で機嫌をとれ〟
ジュリエット・ラブリックが十七歳のとき、自分の洗面用タオルに刺繍《ししゅう》した
テレンティウス作『兄弟』の一節

一週間後、ジュリエットは針を動かすことにも、わずかな汚れを探し出すことにも飽き、寝室をうろうろしていた。拭くものも、磨くものも、整頓するものも、もう残っていない。もともとよく磨かれていた銀器は、今では驚くほどくっきりとジュリエットの顔を映し出している。ベッドの天蓋の上の埃《ほこり》もすべて払い終えた。

ロザリンドの計画のせいで、部屋から抜け出すことはほぼ不可能だった。ホールにはいつも誰かがいるし、使用人はジュリエットは病気だと聞いている。事情を知っているのは、ジュリエットの世話もするロザリンドの侍女ポリーだけだった。一週間も経《た》つと、姉とポリーしか話し相手がいないせいで、ジュリエットは少しずつ落ち着きを失いつつあった。

ジュリエットにも非はあった。最後に会ったときに感情を爆発させたせいで、セバスチャンが寄りつかなくなってしまったのだ。彼はこの一週間、ジュリエットを避けている。だが、セバスチャンを見つけ出したところで、もう本当のことは言ってくれないだろう。

それ以前に、見つけ出すことができなかった。ジュリエットはメモを送り、話がしたいと伝えた。セバスチャンはそれを無視した。夜に部屋を抜け出しても、セバスチャンの姿はどこにも見当たらなかった。寝室まで行ってみたこともあったが、そこにもいなかった。

その事実に、不本意なほど心をかき乱されていた。ロザリンドの話だと、セバスチャンは食事の席に現れることはあるが、それ以外はどこか別の場所にいるようだった。フォックスグレン？　それとも、友達のところ？

これまで考えたこともなかったが、町に愛人がいてもおかしくないのだ。今この瞬間も別の女の寝室にいて、その女性を愛撫《あいぶ》し、キスをして……。

目に涙が溜《た》まり、ジュリエットはそれを乱暴に拭った。女がいたから何なの？　私には関係ない！　二日間、セバスチャンのいいようにされたあと、一週間も離れて過ごすのは妙な感じがしたが、そんなことはどうでもよかった。最近食欲が落ち、よく眠れないことも、どうでもいい。やっと眠れたときも幻想じみた強烈な夢を見たが、それもどうでもいい。温室の床に散った薔薇《ばら》の花びらの中を裸で転がる夢も見た。蔦《つた》が太ももを這《は》い上がり、おなかを通り過ぎて胸に絡みついたと思ったとたん、それは蔦ではなく、まさぐる手と愛撫する熱い唇であることに気づき、はっとして目が覚めると体は熱っぽく、枕を押しつぶさんばかりに抱きしめていたこともあった。

忌ま忌ましい男！　夢から追い払うのに二年もかかったのに、私が背を向けたとたん、またも忍び寄ろうとしている。そんな権利はないのに！

寝室のドアがばたんと開き、ジュリエットはぎょっとした。今さらベッドに飛び乗ろうとしたが、手足を広げて着地したところで、姉が入ってきた。

「病人のふりをしているつもりなら、ずいぶん下手ね」ロザリンドはぴしゃりと言った。「グリフが紳士で、ノックせずに部屋に押し入る人じゃなくてよかったわ」

ジュリエットは起き上がって顔をしかめた。「グリフの奥様のほうにはそういう育ちのよさがなくて残念ね」

「確かに」ロザリンドは少しも悪びれることなく、ベッドの端にどさりと座った。「もう、あの人のせいで頭がおかしくなりそう」

「そうなの？」それなら、少なくともみじめな気分を共有できる相手がいるということだ。

「グリフと、熱いお湯のせいよ。お風呂のことで文句を言うの。あなたの〝病気〟のことも。テンプルモア卿《きょう》が食事の席にほとんどいないことについても、男が客と一緒に食事をとらないのは何か面倒を起こそうとしているからだって、不満そうに言うのよ」

グリフの予想は半分だけ間違っている。セバスチャンがどこかに行っているのは、むしろ面倒を避けるためだ。

「ミスター・プライスのことも、あんなに感じのいい人なのに、〝信用ならない〟テンプルモア卿の親戚というだけで気に入らないらしくて、文句を言っているわ。私、この計画は大間違いなんじゃないかという気がしてきたんだけど」

「よかった。もしあと一日でも寝室にいろと言われたら、頭がおかしくなるところだったわ。そろそろ奇跡的な回復をするときね」

「だめよ！　本当なら来週に月のものが来るし、この方法が効いたかどうか確かめるまで、シュロップシャーを離れるつもりはないわ。またウィニフレッドに相談しに行かなきゃいけないかもしれないし」

ジュリエットはうなり声をあげ、枕にもたれた。「それなら、お願いだから少しの間、私をこの部屋から出す方法を考えて」セバスチャンに会う方法を考えて。

ロザリンドはにっこりした。「実は、そのことで来たの。私、グリフを説得して、今日は町に出ることにしたのよ。買い物がしたいと言ってね。ランブルックにたいしたものはないでしょうけど、とにかく外に出たいと言って賛成してもらったの。だから、気の毒な病気の妹のお見舞いが終わったら、すぐにでも出発するわ」

「お姉様が町に行ったところで、私に何の得があるの？　使用人があちこちにいて、私は囚人みたいなものなのよ」

ロザリンドの目がいたずらっぽくきらめいた。「ポリーのために、馬丁に馬に鞍《くら》をつけさせたの。ウィニフレッドの小屋に行ってもらうからって。でも、あなたが乗ればいいわ。ウィニフレッドのところには行かなくていいから、好きなところに行ってちょうだい。ポリーが馬を連れて、オレンジ温室の通用口の前で待っているわ。どこかわかる？」

「たぶん」ジュリエットの血液がふつふつと沸き始めた。外に出られる！

「今くらいの時間帯なら、この翼棟の裏階段には誰もいないわ。使用人の動きを注意深く観察していたの。だから、誰にも気づかれずに出ていくことができるわ」

さすがロザリンド、囚《とら》われの身から解放してくれるのだ。「ありがとう」ジュリエットは言った。「あと一日、天蓋の房の埃を払う日が続いていたら、お姉様は私を精神病院に運んでいくところだったわ」

「気をつけるのよ。雪は溶けたけど、このあたりは土地勘がないわけだし……」

「いいから行って。グリフとの時間を楽しんできてちょうだい。私は大丈夫」

「そうよね」ロザリンドは立ち上がり、ドアのほうに向かった。「あと一つ。話し相手が欲しいなら、この前見たあの古風な小屋に行ってごらんなさい。テンプルモア卿がグリフの不機嫌から逃れるために身をひそめているのは、あそこだと思うわ」

ジュリエットは息をのんだ。なるほど！　もっと早く思いつくべきだった。ヘーパイストスが敵に包囲されたとき、逃げこむ場所が鍛冶場以外にある？

　そのとき、いぶかしむようなロザリンドの視線に気づき、頬に血が上った。「どうして私がテンプルモア卿を話し相手にしたがると思うの？　それに、あの人のところに押しかけるほど図々《ずうずう》しくもないわ」

「ばかね、一人で行けとは言ってないでしょう。ポリーを連れていきなさい。でも、テンプルモア卿はあなたが引きこもっている間、相手をしてくれると約束したのに、私が見る限りその約束は完全に破られたみたいね。あなたたち、けんかでもしたの？」

　どこまで言えばいいのかしら？　もしロザリンドが、私とセバスチャンが何をしているのか気づいたら、寝室のドアに鍵をかけて外に出してくれなくなるはずだ。

「ええ、けんかしたわ。フォックスグレンで。その……それ以来、避けられているの」

　ロザリンドはジュリエットをじろじろ見た。「じゃあ、仲直りしたほうがよさそうね」

「どうして？」

「だってあの人のことが好きなんでしょう、認めなさいよ。それに、向こうも間違いなくあなたに好意を持っているわ」

　千々に乱れたこの感情を洗いざらい姉に話してしまいたくなり、ジュリエットはぐっと唾をのんだ。だが、ロザリンドはわかってくれないだろう。セバスチャンがモーガンであることも信じていないのだ。

　それでも、セバスチャンのことで、ばかげた思いこみをされるのはいやだった。「テンプルモア卿は私に、お姉様が思っているような好意は持っていないわ。モーガンが私にしたことの埋め合わせとして、親切にしてくれているだけよ」

ロザリンドは首を横に振り、戻ってきてジュリエットの隣に座った。「ただ親切にしているだけの男性は、女性の一挙手一投足を目で追わないし、その人の姉のために使用人全員を巻きこむこともないわ。その人と一緒にいるためだけに夜明けに雪の中へ出ていくこともないし、チェックメイトの話をして相手の顔を赤らめさせることもない」

ジュリエットはぎょっとして顔を上げた。

「グリフに、あなたたちが応接間に二人きりでいたと聞いたの。グリフが言っていたことと、次の日にテンプルモア卿がしていたチェスの話から考えて、あなたたちがただ盤の上で駒を動かしていただけだとはとても思えないわ」

都合の悪いことに、ジュリエットは髪の生え際まで赤くなった。

ロザリンドはくすくす笑った。「ばかね、テンプルモア卿はあなたとの結婚を考えているのよ。もちろんあなたも気づいているでしょうけど」

ジュリエットは唖然《あぜん》としてロザリンドを見た。「まさか、違うわ」

「絶対にそうよ。それ以外に、こんなことをする理由がある?」

私を動揺させて、真実を突き止めることから気をそらすためよ。

だが、それならジュリエットを避けるのがいちばん確実だろう。けれど、セバスチャンは授業をしてほしいというジュリエットの頼みを快諾した。一週間前は、ことあるごとにジュリエットと一緒にいた。セバスチャンとしては、できるだけジュリエットから離れていたほうがいいだろうし、彼も最初はそうしていた。ところが、その後はジュリエットにキスをし、進んで罠《わな》に足を踏み入れたのだ。

「求婚されるのはあなたもいやじゃないんでしょう?」ロザリンドはたずねた。

「わ……わからないわ。ついさっきまで、その可能性は考えていなかったもの」

「私はあなたもテンプルモア卿に惹《ひ》かれているんだと思っていたわ。あんなふうに男性に接しているあなたを見るのは初めてだったから。これまで出会った男性の前では、退屈しているか少し困っているように見えたけど、あの人といるあなたは……何て言うのかしら、きらきらしているの。テンプルモア卿のことが好きなんでしょう?」

ジュリエットはセバスチャンの性的な吸引力に抗《あらが》うのに必死で、彼のことを好きかどうかまでは考えたことがなかった。「嫌いではないわ」はぐらかすように言う。「でも、腹の立つことが多いの」

「要するに、好きってことね」ロザリンドはいたずらっぽくほほえんだ。「最初はそんなものよ」

お姉様はわかっていない、とジュリエットは言いたかった。あの人は私たちの過去を完全に否定しているの。

だが、そうは思っても、やはりセバスチャンが恋しかった。今も彼に会いたかった。

「もう行くわ」ロザリンドはジュリエットの膝をぽんとたたいた。「ポリーが待っているから、早く行ってあげてね」

ロザリンドが出ていくと、ジュリエットは金のひもがついた緑のベルベットの乗馬用ドレスと、揃《そろ》いの金の房飾りつきの小さな帽子を選び、ていねいに身につけた。ばかなことをしているのかもしれない。そもそもセバスチャンがそこにいるのかどうかもわからない。ロザリンドが勘違いしているだけかもしれないのだ。

でも、もしお姉様の言うとおりだったら？

ジュリエットはドレスに合う緑の房飾りがついたハーフブーツを履く手を止めた。もし、何もかもお姉様の言うとおりだったら？　セバスチャンが本当に私との結婚を望んでいるのだとしたら？　温かなその可能性は狡猾《こうかつ》に、誘惑するように体に染みこんでいった。

だが、ジュリエットは断固として首を横に振った。無駄な想像をして目的を見失ってはだめ。もしセバスチャンが結婚を望んでいるのだとしたら、何か不誠実な目的があるに決まっている。例えば、私があの人の正体をばらさないようにするため。あの人が私を好きなはずがない。もちろん情欲は別で、セバスチャンは私を求めていることは認めた。でも、それも私があの人の誘惑の技術に文句をつけたから、プライドを傷つけられただけかもしれない。

〝ジュリエット、君は僕が思っていたより冷酷なんだな〟

セバスチャンの言葉が記憶の中に轟《とどろ》き、ジュリエットの心を引き裂いた。理不尽な言われようだと思っていたが、ロザリンドが言っていたことを踏まえると、もっともだという気がした。あれは自分の技術を証明したいだけの男性の言葉ではない。

不安に腹が締めつけられるのを感じながら、ジュリエットは監獄のような寝室を抜け出した。私は本当にあの人を傷つけたのかしら？　温室でジュリエットの非難の意味を理解したとき、セバスチャンの顔に一瞬だけ痛みの色が走った。そのときは自分の痛みが大きすぎて彼の気持ちにまで気が回らなかったが、今になって思うと……。

そう考えると居ても立ってもいられず、ジュリエットは階段を駆け下り、誰もいないホールを忍び足で抜けて、ロザリンドが言っていた通用口に出た。そこには、ロザリンドが約束したとおりポリーが待っていたので、ジュリエットはすぐに馬に乗り、ポリーを残してその場を離れた。今回の対面だけは、使用人に見られるわけにはいかない。

さあ、どうしよう？　ついにセバスチャンと二人きりで会うチャンスを得たものの、どうすればいいのかはわからなかった。ロザリンドの言葉で調子が狂っていた。もしセバスチャンが本当に思いを寄せてくれているなら、状況はがらりと変わる。

何を考えているの？　あの人が私を好きなはずがないでしょう？　自分の素性を否定し続けているのよ。結婚相手の正体も知らされずに、私が結婚を承諾すると思う？

とはいえ、ジュリエットもセバスチャンが告白しやすい場を作ったとは言えない。最初の晩は、銃を頭に突きつけると言って脅した。その次は、何があろうとも〝モーガン〟と結婚するつもりはないと言った。そして先週は、絶対にあなたを許さないと言ったのだ。

すべて、セバスチャンの行動の意図がわからずにしたことだ。ここに来たばかりのころは正当な怒りに満ち、二年間も放置されたことと答えの出ない疑問に傷ついていたため、ジュリエットの行動も理にかなっていたといえる。だが、そのうちセバスチャンがプライドが高く、責任感の強い性格で、醜聞によって一族が破滅することを極度に恐れていることがわかってからは、自分の間違いに気づくべきだった。だが、怒りのままにセバスチャンに噛《か》みつくだけで、彼がこの状況をどう見ているかなどお構いなしに壁を積み上げ、何も告白ができないようにしてしまったのだ。セバスチャンが沈黙を貫いたのも無理はない。

セバスチャンが復讐《ふくしゅう》を恐れることなく話ができるチャンスを作ってもいいのでは？

ジュリエットは鞍の上で身をこわばらせた。そうだ、そのチャンスを作ればいいのよ。策略も怒りも忘れて、最初からやり直すの。これまでは駆け引きばかりしてきたけど、今こそ型紙を替え、古い縫い目をほどくのだ。二人とも、正直に話すということをしてこなかった。私はセバスチャンを罠にかけようとし、セバスチャンは私の疑惑を静めようとしていただけだ。

でも、誰かがまず正直になる必要があるなら、それは私の役目だ。もしセバスチャンが私を好きだというなら、今もその気持ちは変わっていないはず。あなたの話が聞きたい、私もあなたのことが好きなのだと打ち明けよう。そうすれば、お互いに素直になれる気がする。

だけど、そもそもセバスチャンが私のことを好きでも何でもなかったら？　想像どおり、私の気をそらすための策略だったとしたら？

そのときはそのときだ。今そのことで悩めば、決意が鈍るだけだ。

考えがまとまると、ジュリエットは馬を急《せ》かし、小屋に続く小道を駆けた。もう雪にはじゃまされないため、目的地にはすぐに着いた。小屋よりも先に、もうもうと立ち上る煙が前方に見え、ジュリエットは手袋をはめた手で手綱を引いた。やはりセバスチャンはここにいたのだ。二人きりになれるこの機会を、うまく利用しなければならない。

しばらくして、小屋と離れが立つ敷地に馬を停《と》めた。馬から降りてあたりを見回す。片方の端に、塗装された標的が取りつけられていた。セバスチャンの馬は反対端にある差し掛け小屋の下につながれ、満足げに干し草を食《は》んでいる。また、さっきの煙は母屋ではなく、離れから出ていることがわかった。あれがセバスチャンの鍛冶場なのだ。

ドアと窓は開けっぱなしになっているが、もちろん炎の熱を逃がすためだろう。ジュリエットは近くの木に馬をつなぎ、ここまで来てしまったことに緊張しながら、ゆっくりと近づいた。金属がぶつかり合う耳障りな音も、動揺を煽《あお》るばかりだ。

最後にセバスチャンと会ったときは、二人とも怒っていた。ジュリエットを避けているところを見ると、セバスチャンはまだ怒っているのだろう。孤立した場所で、ハンマーを持った怒れる男に声をかけるというのは、とても賢明な行為とはいえない。だが、それ以外の選択肢としては、二度とセバスチャンに会わずロンドンに帰ることしかなく、そんな選択肢はそもそも論外だった。

不安を押し殺して中に入る。外の寒さとは正反対の心地よいぬくもりが体を包んだ。セバスチャンはこちらに背を向けてかまどの前に立ち、ぎらりと赤く光る物体を鉄の火箸で取り出していた。ウエストから上が裸であることに気づき、ジュリエットは戸口を入ったところで凍りついた。まあ、何てこと。

火がごうごうと燃えているせいで、セバスチャンにはジュリエットが入ってきた音が聞こえなかったようだが、目の前に見事な眺めが広がっている今、急いで彼の注意を引く気にはなれなかった。セバスチャンの裸の上半身は、駆け落ちしたときも、当然ここに来てからも見ていない。未婚女性は見てはいけないとされているものだが、目をそらすことができなかった。

湿った漆黒の縮れ毛が、首に張りついている。何ともなめらかで立派なその首も、つややした汗の下で収縮するたくましい肩も、くっきりと浮かび上がる背中の筋肉も美しかった。尻のきれいな丸みと、太もものたくましさと力強さが、ぴったりした膝丈ズボン《ブリーチズ》越しにはっきりとわかる。ああ、どうしよう、どうしよう。

ジュリエットはごくりと唾をのんだ。男性は上着とベストの下に、このような体を隠しているのだ。なぜかはわからなかったが、その姿を見ただけで、腹の最下部になじみのない震えが走った。

ひどくはしたないことをしていると知りながら、ジュリエットは息をつめ、セバスチャンがこちらを向いて立派な男性の肉体の全貌を見せてくれることを願った。嬉《うれ》しいことにセバスチャンは振り向き、火箸を振って、彼とジュリエットの間に置かれたバケツに光る物体を突っこんだ。じゅうっと熱そうな音が聞こえ、立ち上る蒸気がセバスチャンを隠したが、蒸気が晴れたとき、ジュリエットは黒い縮れ毛がまばらに生えた彫刻のような胸を凝視していた。あのぴんとした肌を手で触ったらどんな感じかしら？　唇をつけたら？

そんなことを思って顔を赤らめると、その瞬間、セバスチャンが顔を上げてこちらを見た。鋭く息を吸ったため、すばらしい胸が盛り上がる。「ここで何をしている？」

ぶっきらぼうな声音にジュリエットは不意を突かれ、そわそわと唇をなめた。「私……あの……あなたを捜していたの」

「ほう？」冷えたワインのように冷たい目が、ジュリエットに視線を走らせた。セバスチャンはバケツから火箸を出して、例の物体を高い木製のテーブルに運び、そこに置いた。小さなハンマーを持って熟練した手つきでリズミカルにたたき、内部のデザインに合わせて金属を成形していく。「つまり、我に返って自分が間違っていたことに気づいたのか。それとも、僕にモーガンの罪を告白させるための新たな策略に取りかかったのかな」一週間前なら、〝モーガン〟と三人称を使われただけでかっとなっていただろう。だが、最初からそこが問題だったのだ。怒りに身を任せたせいで、論理的に真実を追求できなかった。「間違ってはいないわ。ただ、小細工はやめたの。あなたは勘がよすぎるから」セバスチャンはハンマーを打ちつける手を止めた。「じゃあ、何をしに来たんだ？」

敵意をむき出しにした今のセバスチャンに、自分の望みを率直に伝えることはできなかった。それでも、セバスチャンが渡らないと決めているらしき溝に橋を架ける必要はある。女性が男性にもう一度口説いてほしいとき、直接そう言う以外にどんな方法がある？

そこで、セバスチャンの趣味を話題にした。「撃ち方を教えてもらいたいの」

セバスチャンは興味を引かれたようだった。ゆっくりとジュリエットのほうを向く。腕で眉の汗を拭くと、すでに汚れていた肌にすすの筋がつき、毛で黒くなったわきの下が見えた。「撃つって何を？」

「何だと思う？　拳銃よ」

「いったいどうしてそんなことをしたいんだ？」

ジュリエットはすばやく頭を働かせた。「ロンドンの悪党から身を守る手段が欲しいの」

セバスチャンはあごをこわばらせた。「身を守る手段などいらない。家族がいるだろう？」

「それでも撃てるようになりたいのよ。それも、あなたに教えてもらいたいの」

「だめだ」

「どうして？　何か困ることがある？」

セバスチャンのしゃがれた笑い声が室内に響いた。「僕は君に誘拐犯だと思われているのに、その君に拳銃を握らせる？　僕はそこまで頭がいかれてるように見えるか？」

「まあ、とんでもない、あなたを撃つつもりはないわ」

「僕の頭に拳銃を突きつけ、ひざまずかせて懇願させたいとか言っていた気がするが」

ああ、軽率な発言の数々が頭によみがえってきた。「それは、まあ……ちょっと大げさに言いすぎたのかもしれないわ」

セバスチャンは眉を上げた。

「そもそも、あなたを撃って何の得があるの？」ジュリエットは言い張った。「死なれたら、あなたが誘拐犯だと証明できなくなるわ」あごをつんと上げる。「それに、あなたが教えるのをいやがっているのは、またうっかり口をすべらせてしまうことを恐れているからよ」

「僕は一度も口をすべらせてなどいない。言っただろう――」

「ええ、そうね、ロンドンで私を見たのよね。ばかばかしい」ジュリエットは歯ぎしりした。「何か白状することを恐れているのでなければ、どうして教えてくれないの？」

セバスチャンは肩をすくめた。「気が進まないからだ」

ジュリエットはセバスチャンに近づき、低い声で言った。「弱虫」

一瞬、セバスチャンの目が燃え上がり、ジュリエットは期待した。だが、彼はすぐに目から炎を消し、作業に戻った。「レディ・ジュリエット、もう挑発には乗らないよ。君の手管は知りつくしているからね。この鍛冶場から放り出される前に、さっさとチャーンウッド館に帰ったほうがいい」

ジュリエットの心は沈んだ。これではどうしようもない。近寄らせてもくれないなら、二人の間の壁をどうやって壊せばいい？

肩をいからせる。このまま終わらせるわけにはいかない。絶対に。

室内を見回すと、まさに今必要としているものが目に入った。テーブルに置かれた拳銃だ。テーブルに近寄り、拳銃を手に取る。「自分で練習しようかしら。仕組みはわかっていると思うわ。これが撃鉄でしょう？　これを起こせばいいのよね。でも装塡《そうてん》は――」

「よこせ！」セバスチャンが歩いてきて、ジュリエットの手から拳銃を奪い取った。「これはおもちゃじゃない」

「わかってるわよ。一人でよたよた練習しなくてすむなら私も助かるけど、あなたが手伝ってくれない以上、一人でやるしかないじゃない。あなたのことだから、あっちの小屋にはあらゆる種類の拳銃が揃っているはずよ」

セバスチャンは警戒するようにジュリエットを見た。「やめろ」

「じゃましない、約束する」ジュリエットは明るく言った。「自分で拳銃を見つけて、一人で的を撃つ練習を始めるわ。ところで、火薬は撃鉄の近くの何かに入れるの？　それとも銃身の中に少しずつ入れるの？」

セバスチャンはひどく凶暴な目でにらみつけ、ジュリエットは自分こそ撃たれるのではないかと思った。やがて彼はテーブルに拳銃を置き、ぴしゃりと言った。「外で待っていろ。銃の撃ち方を習いたいなら、いいだろう、教えてやる。顔を洗って着替える時間をくれ」

「ありがとう」ジュリエットはすまして言い、唇の内側を噛んで笑いをこらえながら、ドアのほうを向いた。

それで、私の手管を知りつくしているつもり？　かわいそうに、あなたはまだ何もわかっていないのよ。

14

〝知恵はときに愚かさの中に見出《みいだ》される〟

ジュリエット・ラブリックが使用人の子供のために人形の服に刺繍《ししゅう》した

ホラティウス作『頌歌《しょうか》』の一節

ジュリエットが外に出ていくのを、セバスチャンは複雑な気持ちで見ていた。今回はあのおてんばの手にまんまと乗ってしまった。どうせはったりだろう、どれでも好きな拳銃を持っていって頭を吹っ飛ばせばいい、と言ってやればよかったのに。

だが、言えなかった。なぜだ？　それは、この一週間ジュリエットに会えなかったせいで、再び彼女のそばにいられるなら、どんなに愚かで無謀なチャンスにも飛びつきたくなってしまったからだ。昼間はジュリエットを頭の中から追い出すという困難な作業を続け、その間もチャーンウッド館のどこかで彼女が自分に対する憎悪を深めていることが気になっていた。夜は高ぶったまま眠れず、ジュリエットのかわいらしい笑顔と艶《なま》めかしい唇、喜びに小さくあえぐ声を思い出した。

永遠とも思える苦悶《くもん》の夜を過ごしたあと、夜明けにはジュリエットの寝室の外をうろつき、どうしてこのまま中に入ってキスで彼女を起こし、すべてを打ち明けて、僕と結婚してくれと言えないのだろうと思った。

ルー叔父が言ったことは正しかった。チャーンウッドを見放すことができないのと同じように、もうジュリエットと離れることはできない。だからこそ、誘惑から距離を置くために、ここで過ごすようになったのだ。

ジュリエットの言ったことも正しかった。セバスチャンはうっかり何かを言ってしまうことを恐れていた。すべてを白状してしまうことを。それもこれも、ジュリエットが欲しいせいせい、愚かな父親がのみこまれた深淵《しんえん》に自分も急速にすべり落ちているせいだった。

ああ、ジュリエットも僕の弱みを知っていて、僕を苦しめるために輝かんばかりの姿でここに現れたのではないか？　敷地に立つジュリエットときたら、青りんご色で装った光り輝くギリシャの女神が、太陽のごとき笑顔で春をまき散らしているかのようだ。残念ながら、ギリシャの女神には暗黒面がつきもので、セバスチャンはその面も知っている。

今回は金で飾られたその袖の中に、どんな策略を隠しているんだ？　頭の中では〝逃げろ！〟という叫び声が響いているのに、なぜ僕はここに突っ立って答えを待っている？

それは、答えが知りたいからだ。挑戦は受けて立たずにはいられないからだ。

ジュリエットが欲しくてたまらず、彼女とともに午後を過ごせるなら、どんな危険も冒すつもりだからだ。

セバスチャンは開いたドアから視線を引きはがし、かまどの火を水で消してから、急いで洗面器の前に行ってすすと埃《ほこり》を洗い落とした。すばやくシャツを着て、ブリーチズに裾をたくしこむ。ドアに向かう途中、銃の陳列棚の前で足を止め、鍵を外して決闘用拳銃のケースを取り出した。

セバスチャンがそばに行くと、ジュリエットは一人で調子外れの鼻歌を歌っていて、淑女にとって半裸のならず者の手ほどきを受けるのは日常茶飯事なのだと、二人の間には何もなかったのだと言わんばかりだった。

まあいい。このままお互い礼儀正しくふるまうことができれば、ジュリエットの首を絞めたくなる……あるいは、彼女を抱き寄せ、その心地よい体の隅々までキスしたくなる衝動に駆られずにすむかもしれない。

セバスチャンが近づくと、ジュリエットは振り向いて、シャツの開いた襟元をじっと見つめた。「きちんとした格好をしてくるのかと思っていたわ」

「これが作業用の服装だ。もし正装がお望みなら、君はここに来るべきじゃなかった」

「構わないわよ」ジュリエットはセバスチャンの体の前面に視線をさまよわせ、どういうわけか顔を赤らめた。「ぜんぜん構わない」

セバスチャンは拳銃のケースを開け、ジュリエットに差し出した。「お嬢様、あなた様の拳銃でございますよ」

ケースの中をのぞきこんだジュリエットの顔に、不安げな表情が広がった。「もっと小さいのはないの？」

「今日はいやに気難しいんだな。ぱちんこならお気に召すかもしれないね」

ジュリエットはじろりとセバスチャンの目を見た。「私はただ、この大きさの拳銃が入るハンドバッグを持っていないと思っただけよ」

セバスチャンは唇に苦笑いを浮かべた。「ああ、だろうね。でも、ポケット拳銃というのもある。僕は大きめの拳銃のほうが好きだから、手元にはないけど」

「まったく意外に聞こえないのはどうしてかしら？」ジュリエットはかわいらしいキッド革の手袋を外してスカートのポケットに入れ、ケースから拳銃を取り出した。

「気をつけるんだ。弾が入っているかもしれないし、火打ち石銃は暴発しやすいことで知られている。準備ができる前にぶっ放すのは都合が悪いだろう」

ジュリエットは眉をひそめ、重々しい表情でうなずいた。真剣に取り組んでいることが感じられ、セバスチャンはロンドンに戻ったジュリエットを怒らせる紳士を哀れに思った。

火薬入れとこ矢、革のパッチ、鉛の弾丸を取り出して、ケースを置く。火打ち石の点検と、パッチと弾丸の準備の仕方を実演したが、どの動きにも性的な意味合いがひそんでいるように思えた。パッチの準備というのは、四角形の薄い革をなめて濡《ぬ》らすことだ。その動作についてはあまり深く考えたくないと思いながら、〝やってごらん〟と言うと、ジュリエットはそのとおりにした。革をなめるジュリエットを見ていると、妄想で頭がいっぱいになった。この繊細で小さな唇が、僕の……。

セバスチャンは悪態をつき、ジュリエットから拳銃を取って黒色火薬を銃口に注いで、弾丸を押しこむ方法を実演した。このあと、これを深く突っこんで……。

セバスチャンはうなった。ばかばかしい。よりによって、銃に弾丸をこめる動作で体をほてらせ、硬くなっているなんて！

少なくとも、撃つ動作のほうは心配いらない。セバスチャンは拳銃を掲げ、楽々と的の中心を撃ち抜いた。ジュリエットの馬がいななき、ジュリエットは小さくきゃっと叫んだ。ちらりと見ると、青い顔をしている。セバスチャンは笑みを押し殺した。銃を撃つことを漠然と想像するのと実践するのとでは、雲泥の差なのだ。「今度は君が撃ってごらん。でも、気をつけて……銃身はまだ熱い。少し冷めるまで待つんだ」

ジュリエットはさっきまでのはりきりようはどこへやら、おそるおそる銃を受け取った。

「もし撃ち方を間違えたらどうなるの？」

「自分の頭を吹き飛ばすことになる」セバスチャンは物憂げに言った。ジュリエットがぎょっとした顔でこちらを見たので、彼は笑った。「僕がついているから大丈夫」

ジュリエットは納得したようだった。下唇を噛《か》み、セバスチャンがしていたように床尾を腰につけて、セバスチャンが実演した手順を念入りにこなしていく。セバスチャンはその動きが官能的であることは深く考えないようにした。目の前の課題に集中しないと、ジュリエットがけがをするかもしれない。

驚いたことに、ジュリエットは針の扱いと同じく、器用に銃を操った。これまでセバスチャンの頭に弾丸を撃ちこもうとしなかったのが幸いだ。

準備が終わると、ジュリエットは両手にぎこちなく床尾をのせた。「弾をこめたわ」

「そうだな。撃ってみたいか？」

「た、たぶん」

セバスチャンは笑いだしたくなるのをこらえ、ジュリエットに近寄って、両手でしっかり床尾を握らせた。「自分はこれを操れるんだという気構えで持たないと、誰も君が本気で撃つつもりだとは思ってくれない。拳銃の威力の半分は、誇示することにあるからね」

ジュリエットはうなずいたが、手は震え、指を掛ける位置はめちゃくちゃだった。

「ほら」セバスチャンはじれったそうに言い、ジュリエットの背後に回った。両側から手を伸ばし、ジュリエットの指を正しい位置に動かす。

ジュリエットがこれほど近くにいて、腕の中でこれほど柔らかいことが、痛いくらいに意識された。日光に温められた髪のライラックの香りと、大きな銃に巻きつく華奢《きゃしゃ》な指に唾をのむ。その指を別のものに絡め、握って、こすってほしい……。

「どうやって撃つの?」ジュリエットはたずねた。

ああ、まずはそこに掛けた指に力を入れて……。

セバスチャンは声を殺して悪態をつき、ジュリエットの手を放して後ろに下がった。何を握らせても彼女は危険なのだ。忘れてはいけない。「人差し指を引き金の穴に掛けて」

「こう?」

ジュリエットの肩越しにのぞきこむと、簡単に手元が見えた。ああ、何て小柄なんだ。

「それでいい。銃身の先に出っ張りが見えるか? それが照準器だ。銃身を見通せる位置まで拳銃を上げて、的の中心の円がその出っ張りの真上に来るようにするんだ」

ジュリエットは言われたとおりにした。今は銃を握る手つきもしっかりしている。「セバスチャン、教えてほしいことがあるの」

「何だ?」

「私のそばにいるのが危険なことはわかっているわよね。いつモーガンだと見破られるかわからないのに、それでもあなたは私につき合ってくれる。どうして?」

セバスチャンは銃に関する質問をされるのだと思っていた。唐突に話題を変えられ、身構える。「これは取り調べの続きではなくて、銃の手ほどきだと思っていたんだが」

「世間話をしようとしただけよ」

「相手がやってもいないことを非難するのは、世間話ではないよ」

ジュリエットは挑発には乗らなかった。手を震わせているのは見えたが、言葉でセバスチャンをずたずたにすることはなかった。黙って引き金を引くと、弾丸は的を越え、木立のどこかに飛んでいった。

「外したわ」ジュリエットはいかにも残念そうに言った。

「最初から命中させられる人はいないよ。練習しないと」

ジュリエットは銃を下ろした。「私の質問に答えてくれていないわ」

「答えれば自動的に自分の不利になるような質問だからね。〝あなたはいつ奥さんを殴るのをやめたのですか？〟というのと同じだ」

ジュリエットは噴き出した。「そんな質問をする人はいないわ」

「今、君がしたじゃないか」セバスチャンはジュリエットの手を取り、火薬入れと次の弾丸、パッチ、こ矢を押しつけた。「もう一度弾をこめてごらん」

セバスチャンの行動が唐突だったことは気にならないらしく、ジュリエットは言われたとおりにした。「じゃあ、質問の仕方を変えるわ。どうして私と一緒にいたの？〝先生〟になってほしいというばかげた頼みを、どうして聞いてくれたの？」

それに関しては、嘘《うそ》をつく必要はなさそうだった。「一般的に、男が魅力的な女性と一緒にいる理由と同じだよ。その女性に惹《ひ》かれているからだ。その人といるのが楽しいからだ」

「それだけ?」

ジュリエットが何を探ろうとしているのかわからない。「それだけだ」セバスチャンはジュリエットの言葉を繰り返した。

ジュリエットは銃を掲げて照準器を見据えたが、緊張しているのか、銃身の先を見て照準を合わせる仕組みがわかっていないのか、狙いは完全に外れていた。

セバスチャンは手を伸ばし、ジュリエットの腕を固定した。「ほら、照準のことは忘れて。銃を自分の人差し指の延長だと思って、撃ちたいものを指さすんだ」

ジュリエットは発射した。今回、弾丸は的の縁をかすった。

「よし」セバスチャンはジュリエットから拳銃を取った。「練習すればうまくなるよ」

ジュリエットは震える手をスカートで拭った。「あなたが私と一緒にいたのはそれが目的? 練習して、女性に対する技術を磨くため? ちょうど私がここにいたものだから、私で気晴らしをしていただけなんじゃないかしら」

ジュリエットの声には明らかに傷ついた響きがあり、とたんにセバスチャンは彼女が何を知りたがっているのかぴんときた。「それは違う」ジュリエットに手を伸ばしてしまわないよう、今度は自分が拳銃に弾をこめる。「実を言うと、僕の目的はもっと高潔なものだった。結婚だ」ジュリエットがどう答えるか想像がつかず、セバスチャンは息をつめた。

「お姉様にもそう言われたんだけど、信じられなくて」

セバスチャンは息を吐き出した。「どうして？」

「私が自分の目的を見失うよう仕向けているんだと思っていたから」

「それは君がしていたことだ。僕を逆上させて、失言するのを待ち構えていた」

「そうね」

ジュリエットの素直さに、セバスチャンは驚いた。「〝そうね〟？」

「だってほら、最初の晩は正攻法で攻めてみたけど、収穫がなかったんだもの」

確かにそのとおりだった。セバスチャンは後ろを向き、小屋の向こうに広がる平原を眺めながら、この一週間悩まされていた疑問を口にした。「つまり、僕のキスが〝無難〟だとか、褒め言葉がありきたりだとか言っていたのは――」

「正攻法とは違う攻め方よ」ジュリエットは声を落とした。「二年前あなたにキスされたとき、私の骨は溶けたし、それからもキスされるたびに同じことが起こったわ」

セバスチャンは胸を高ぶらせ、くるりと振り向いてジュリエットをじっと見つめた。

「ざっくばらんに言うのが、君の新しい作戦か？」

ジュリエットは首を横に振り、その目は懇願するように陰を帯びた。「言ったでしょう、もう小細工はしない。どこまでも正直になるつもりよ。私もあなたに惹かれているわ。あなたと一緒にいると楽しい」頬が赤く染まった。「あなたにされた……あなたとしたこともよかった……」ジュリエットは身をこわばらせた。「でも、あなたが私を誘拐した理由を知らないまま続けることはできない。私はそんなに難しいことを頼んでるかしら？」

セバスチャンの血管を熱い血が駆けめぐった。そんなふうに見られると……。深みに引きずりこまれる前に、ジュリエットから逃げなければならない。「君にはわからない」セバスチャンは歯ぎしりしながら言った。向きを変え、小屋に向かって歩きだす。

ジュリエットは一瞬凍りついたが、急いでセバスチャンを追いかけ、彼がドアを開ける直前で追いついた。腕をつかむ。「セバスチャン、話を聞いてちょうだい。あなたは私が復讐《ふくしゅう》したり、真実を利用してあなたを傷つけたりするつもりだと思っているようだけど、そんなことはしないと誓うわ。わからない？　つらいのは、どうしてあなたがそんなことをしたのか理解できないことなの。私はただ理由が知りたいのよ」

セバスチャンはドアノブに手をかけて立ちつくし、真実を打ち明けたいという欲求に震えた。でも、これがかつてないほど邪悪な罠《わな》だったらどうする？

腕にかけられたジュリエットの手に力が入った。「復讐するつもりはないんだって証明する方法はない？　あなたが安心して私に打ち明けられるようになる方法は？」

一つだけある。セバスチャンはジュリエットの不安げな顔を見下ろし、腹がねじれるのを感じた。「僕と結婚するんだ」

ジュリエットは青ざめ、セバスチャンの腕から手を離した。「どういう意味？」

「文字どおりの意味だ。もし君が結婚してくれたら、たとえ僕に秘密があったとしても、君が口外する心配はなくなる。君を信用してもいいんだと思える。夫に不利になることはしないはずだからね。君はそんな人ではない」

ジュリエットは顔をしかめて目をそらした。「でも、もし結婚したあとに、あなたが私が思っているのとは違って、凶悪な、犯罪者の素質を持った人だとわかったら、私は頼れる人のいない不幸な結婚に囚われることになるわ」さっとセバスチャンに視線を戻す。「だめ、あなたが先に本当のことを言って。そのあとで、あなたと結婚するかどうか考えるから。それが公平というものだわ。そもそも、被害者はあなたじゃない。私よ」

ジュリエットが正しいことはわかっていた。彼女が欲しくてたまらず、もう少しで同意してしまいそうになる。だが、そこまで大きなリスクを冒す準備はできていないし、ジュリエットが誘拐の件でどれほど傷ついたかを知った今となってはなおさらだ。もちろん、自分とモーガンの命も危険にさらすわけにはいかない。

セバスチャンは突然、二人のジレンマを解消する方法を思いついた。「わかった。囚われの身にはならないが、秘密を守れるくらい僕に好意を持ってくれていることを証明する方法が一つだけある」

「何？」

「僕のベッドに来るんだ」

15

〝情熱に流され、自由意思が許さない判断を下すことのなきよう注意せよ〟

ロザリンドが女優になると言っていたとき、ジュリエット・ラブリックが

スケッチだけして刺繍《ししゅう》はしなかったミルトン作『失楽園』の一節

聞き違いだと思い、ジュリエットはぽかんとセバスチャンを見つめた。「つまり――」

「君を抱きたい」セバスチャンの熱を帯びたまなざしに、ジュリエットは背筋に官能の震えが駆け下りるのを感じた。「ジュリエット、君のことはわかっている。あの無分別な駆け落ちをして以来、たとえ真実を知るためであっても、軽い気持ちで男に身を任せることはしない。そんな君が僕とベッドをともにすれば、それは君がこれからも偏見を持たず、僕を糾弾するつもりがないことの証明になるんだ」

「でも、もしあなたの話を聞いて、あなたに対する私の気持ちが崩れたら？」

「それはない。誓うよ」セバスチャンは拳銃ケースをドアのすぐ内側に置いて、ジュリエ

ットの両手を取って自分の唇に導き、喉がうずくほど優しいキスをした。「でも、もしそうなっても、君は好きにすればいいし、結婚もしたい相手とすればいい」

「どうやって？　私の体面は傷つくのよ！」

「そうだ。もし君が泣きながらナイトンや当局のもとに走ったら、僕の体面も、弟の体面も傷つく。だから、何らかのリスクを背負うのは、君も僕も同じだ」セバスチャンは声を落とし、かすれ気味に淡々と続けた。「でも、僕の話を聞いても君が逃げ出さなければ、僕たちは結婚して、二人のしたことは誰にも知られない」にっこりほほえむ。「ただ、普通より結婚を急がなくちゃいけないかもしれないけどね」

何と巧妙な手だろうか。セバスチャンは当然、二人の将来、子供、幸福、現実の結婚を匂わせるこうした言葉に、ジュリエットが心を揺さぶられることをよく知っている。突然目の前に、昼間は子供たちに囲まれ、夜は互いの腕に抱かれている二人の姿が浮かび上がった。その光景は、どんな財産や爵位よりも魅力的に感じられた。

冗談じゃない、こんな狂った取引をしようとしているなんて信じられない。「いつ？」震える声でジュリエットはたずねた。

セバスチャンの目にむき出しの情欲が燃え上がった。「君の好きなときに。今、ここでもいい」首をひねり、開いたドアのほうを示す。「この小屋にはベッドがあるし」

ジュリエットは反射的に唾をのんだ。どぎまぎしながら、皮肉めかして言う。「そうね。

でも、台座はある？」

セバスチャンは息を吸いこんだ。「君が欲しいものはすべて揃《そろ》っている」彼はジュリエットを抱き上げ、部屋の中に運びこんだ。ジュリエットはただしがみつき、頭がおかしくなったわけではありませんように、と祈ることしかできなかった。やがて、激しく貪るようなキスをされ、頭が真っ白になった。鍛冶場の熱が残ったセバスチャンの体は熱く、抱きしめられると、邪悪な温泉に落ちた気分になった。何とも甘美な邪悪さだ。

階段に着くと、セバスチャンはジュリエットから唇を引きはがした。ジュリエットは居心地のよさそうな室内を一瞥《いちべつ》したとたん、上へ上へと、確実に二階の寝室に向かって運ばれていった。抑えきれない興奮に心臓を高鳴らせ、ほてった頬をセバスチャンの胸に押し当てる。セバスチャンからは火と鉄の力強い匂いがして、息が止まりそうになった。

「君がここにいることは誰か知っているのか？」セバスチャンは低く響く声でたずねた。

「どうして僕がここにいるとわかった？」

「お姉様が教えてくれたの」

セバスチャンの顔に警戒の色が走った。「お姉さんは僕たちの何を知っている？」

「ほとんど知らないわ。あなたと二人きりで会っていることを姉に言うほど、私は愚かじゃないもの。でも、私たちの間に何かあるっていうのは勘づいているわ」

「そうなのか？」そう言ったあと、セバスチャンはドアを蹴り開け、二人どころか一人寝るのがやっとという大きさの乱れたベッドが鎮座する小部屋に入った。ジュリエットをベッドのそばに下ろし、反対側を向かせて、じれったそうにドレスのボタンを外していく。

「お姉さんとナイトンが連れだってここにじゃまをしに来る可能性は？」

「三、四時間は町に行っているはずよ」ジュリエットはピンを外して帽子を取り、脇に置いた。

「ああ、よかった」セバスチャンはかすれた声で言った。ジュリエットに自分のほうを向かせ、目に炎を浮かべてドレスを引き下ろし、薄いシュミーズ姿にする。「君にふさわしい愛し方をするには、その時間をぎりぎりまで使わないと」ジュリエットの腕と腰を、真っ暗闇を手探りで進むときのように丹念になで回した。「ああ、ジュリエット、僕がどれだけこのときを待ち焦がれていたか、君には想像もつかないだろう」

「二年間？」ジュリエットはどうしても我慢できず、からかうように言った。

セバスチャンは眉間にしわを寄せた。唐突に向きを変え、暖炉の前に行ってしゃがんで、消えかけていた火を煽《あお》る。「知りたがりのお嬢さん、質問にはそのうち答えるから、今はやめてくれ。取引が成立してからだ」

〝今はやめてくれ〟その言葉が耳に残った。誘拐中も彼はちょうどこんなふうに、完全に主導権を握っている男性らしい傲慢な態度で、ジュリエットに接していた。

「何でもあなたの思いどおりなのね？」急に心細い気分になり、ジュリエットは髪からピンを抜きながらたずねた。「あなたが指を鳴らせば、誰もが注目する。つねに手綱を握って、いつどこで何をしろと命じる役にならないと気がすまないのよ」

セバスチャンは目をぎらつかせた危険な表情で、ジュリエットの前に戻ってきた。「どういう意味だ?」

「チャーンウッドも。誘拐も。私に真実を話すことも」ジュリエットは頭を振って髪を広げた。「何もかも。すべて、あなたの予定表に沿っているの。あなたが条件を決めると、みんなそれに従わなきゃいけない。私が今こうしているのも、愛の営みをしないと真実を教えないとあなたに言われたからだもの」

セバスチャンはうっとりと、ジュリエットの肩に広がるブロンドの髪をすいた。「僕を捜せとは言わなかったよ。君がチャーンウッドに来た日も、今日も。この議論も僕じゃなくて、君が始めた。君は僕と距離を置いたままでいることもできた。今だって、僕の提案を断ってロンドンに帰ってもいい。無理強いはしていないんだから」

「それはわかってる。でも私には真実を知らずに帰るという選択肢はないの」セバスチャンの顔に不安の色が広がるのを見て、ジュリエットは慌ててつけ加えた。「誤解しないで、私もこの取引に乗り気よ。真実が知りたいからだけじゃなくて」ばつが悪くなり、唾をのむ。けれどセバスチャンの前では正直になると決めたのだ。「それだけじゃなくて、私もあなたとベッドをともにしたいからよ。たとえそれが、イギリス一みだらな女がすることだとしても。そのあと、あなたがどんな話をしようと構わない。そのくらい、私はこれを望んでいるわ」弱々しくほほえむ。「形だけの抵抗はもう終わりにしたかったんだと思う。あなたがキスを始めたら、私がふにゃりとしてしまうことはお互いわかっているもの」

「そうなのか？」セバスチャンはかすれた声で言い、近くに寄った。

その顔にはっきりと浮かんだ満足の色を見て、ジュリエットは少しいらだった。「もちろんよ。すごく腹立たしいことだわ。誘拐のときも、チェスの勝負も、あの台座から私を動けなくしたときも、いつもあなたが勝って優位に立つのがいやで仕方がない。あなたが自分の優位を知っていることも我慢ならないわ」

セバスチャンは顔にためらいの色を浮かべ、目をそらして髪をかき上げた。「君がそんなふうに思っているなんて知らなかったよ」

「気にしないで」ジュリエットはそっけなく言った。「そのうち、私も気にならなくなるだろうから」

「でも、そんなふうに思われたくないんだ。無理強いされたと思ってほしくない」

「無理強いされたとは思っていないわ」

「もし、君に手綱を渡したらどうだろう？」

「どういうこと？」

「行為の主導権を、君が握るのはどうだ？　とりあえず、自分がいいと思うところまで」

何ともおかしな提案だ。それなのに、体中に戦慄が走ったのはなぜ？　「どうやって始めればいいのかわからないもの。あなた以外の男性とこうなったことがないから」

ジュリエットを見下ろすセバスチャンの目が満足げにきらめいた。「僕にはわかる」

「それに、経験も豊富――」

「結局、僕は不器用でもまぬけでもないんだな？」

ジュリエットは鼻を鳴らした。「あなたが不器用なことなんて何もないって、自分でもよくわかっているでしょう、いやな人ね」

すると、セバスチャンはにっこりほほえんだ。「それでも、君がペースを決めて、ある程度主導権を握れば、そのほうがやりやすいかもしれない」両手を上げて手のひらを前に向け、完全降伏の身振りをする。「お嬢様のお望みどおりに。僕をどうしたい？」

一瞬、ジュリエットは途方に暮れてしまった。自分がセバスチャンに進行を指示するなど実にばかげているし、少々気恥ずかしくもある。とはいえ温室で過ごした午後のおかげで、男と女の行為が少しはわかっていた。何をすれば気持ちいいのか、自分はどうされるのがいいのか。姉たちに聞いた話も参考にすれば、下手なりに何とかなるかもしれない。しかも、今この瞬間は自分が何を求めているのかよくわかっている。「キスして」彼がにやりとして近づいてくると、こう言った。「だめ、待って。先にシャツを脱いで」

セバスチャンは立ち止まり、面白がるような顔をした。「仰せのままに」

セバスチャンがカフスを外すと、ジュリエットは口がからからになった。私は本当にこれをするんだわ。だが、ただ突っ立って彼が脱ぐのを見ているのは妙な感じがした。そわそわとあたりを見回すと、シーツが乱れているのが見えた。「ここに泊まってるの？」

「昨夜だけだよ」

「でも、あなたの寝室に行った晩……」妙なふうに受け取られると気づき、口をつぐむ。

セバスチャンは手を止め、燃えるような目でジュリエットを見た。「来たのか？」

ジュリエットは開き直って軽くうなずき、つぶやいた。「ええ、あなたはいなかったけど」

「時刻が早すぎたんだな。最近あまり寝ていないから」頭からシャツを抜く間、声がくぐもった。「鍛冶場で疲れきるまで作業をして、深夜にベッドに倒れこみ、夜明けに起きている」

「どうして？」

セバスチャンはシャツを脇に放り、近寄ってきてジュリエットを腕に抱いた。「本当にわからないのか？」

その顔にくっきりと浮かぶ欲望が、答えを雄弁に物語っていた。「いいえ」ジュリエットはささやいた。「私も今週はあまり眠れなかったわ」

セバスチャンは嬉《うれ》しそうにほほえみ、キスしようと顔を近づけたが、ジュリエットはその唇に指を当てた。「まだよ。まずはあなたを見たいの」セバスチャンの目にかすかにいらだちの色が浮かび、いたずら心が満たされる。「主導権を手放したくないみたいね?」

「君がこんなに上手だとは思わなかったんだよ、悪い女だ」

ジュリエットはセバスチャンから体を離し、その胸を両手でなで下ろして、さっき鍛冶場でしたかったことを実行した。セバスチャンの胸は彼の拳銃同様、実に精巧な作りをしていて、ジュリエットの心を乱すという点では拳銃よりもはるかに危険だった。両の親指で男性らしい平らな乳首をこすると、セバスチャンは息をのみ、喉仏が盛大に跳ねた。

私に触られることに弱いのだと気づき、心臓がどきりと音をたてる。これなら手綱も握れるようになりそうだ。セバスチャンは何かを手放すことをいやがる人だから、このチャンスを最大限に利用しないと、二度とこんな機会はないかもしれない。

ジュリエットはセバスチャンの肋骨《ろっこつ》と引きしまった腹部、影になったへそまで両手をさまよわせた。「立派な体をしているのね」

「経験豊富な女性のような口ぶりだな」セバスチャンは喉から絞り出すように言った。

ジュリエットは彼の胸を軽く突いた。「私の未熟さをばかにするなんてひどいわ」

「君の経験不足は積極性で補われているよ、間違いない」

「今のも何だか侮辱されている気がする」ジュリエットはブリーチズの垂れ布に向かって手を這《は》い下ろしていった。「まあ、別にいいけど」

「侮辱するつもりなんてまったくないよ」ジュリエットがブリーチズのボタンを二つ外すと、セバスチャンは鋭く息を吸った。再び口を開くと、首を絞められているかのような声が出た。「積極的なのはいい。積極的な人は大好きだ。消極的な人よりずっといいよ」

「たとえ上品な、きちんとした若い淑女はそんなことをするべきではないとしても――」

「ああ、そのとおりだ」さらに二つボタンを外され、セバスチャンは身を震わせた。「僕はいつだって、すました女性よりも積極的な女性のほうが好きだ。きちんとした若い淑女は、ひどく退屈な場合があるから」

ジュリエットは笑った。「でしょうね」今まできちんとした若い淑女として生きてきて、得られたものは孤独だけだった。上品さというのは、時に過大評価されているようだ。

セバスチャンのブリーチズを見下ろし、温室でのあの日と同じくらいはっきりと盛り上がっているのを見て満足する。「私のことも退屈だと思う？」からかうように言う。

セバスチャンは燃えるような目でジュリエットを見た。「答えは知っているだろう」

「キスして」ジュリエットはささやいた。

その一言が合図だったかのように、セバスチャンはジュリエットに腕を回し、唇を重ねた。ジュリエットはみだらな女のように積極的に応えたが、不思議なことに罪悪感は少しもなかった。これまで教えられてきたことをかなぐり捨てても、ためらいは感じなかった。

なぜなら、ほかの誰も自分を満足させてはくれないと知っていたからだ。だからこそ、彼に出会ったその日から、ほかの男性のことが考えられなくなったのだ。だからこそ今、告白が受け入れられるものでありますようにと祈っているのだ。セバスチャンのいない人生なんて、想像するだけでも耐えられない。

セバスチャンの手が這い上がり、シュミーズ越しに胸を揉《も》みしだいたので、ジュリエットはしばらく身を任せ、巧みな愛撫《あいぶ》に酔いしれた。だが、夫のような我が物顔でモスリンの中に手がすべりこんでくると、セバスチャンを押しのけた。

セバスチャンは激しく息を乱し、その目は悪魔の魂を宿したように黒かった。「触らせてくれ」ささやくように言う。「君に触りたいんだ」

ジュリエットは黙って首を振った。本当はセバスチャンに触られることを何よりも望んでいるのだから、あまのじゃくになっているのだろう。それでも、セバスチャンが望むものを、ほかの何もかもと同じようにその手でつかみ取られるのはしゃくだった。今回だけは、自分から与えたい。

「私が手綱を握っていいって言ったでしょう」

セバスチャンは手をこぶしにし、両脇に下ろした。「確かに言った。ただ、それを後悔し始めているけどね」

ジュリエットはくすくす笑いながら、次はどうしようかと考えた。触れと命じるのは、セバスチャンの望みにそうことになるからだめだ。そこで、手をさっと動かしてブリーチズを示した。「脱いで」命令口調で言う。「ブリーチズと靴と靴下を」

セバスチャンは眉を額につきそうなくらい上げた。それでも言われたとおりにし、その間警戒と不安の混じった目でジュリエットを見ていた。「君はシュミーズを脱がないのか?」いつもジュリエットをとろけさせてしまう、あのせっぱつまった声でたずねる。

「まだよ」ジュリエットは答えたが、顔が赤くなった。「まずは私が思う存分見るの」

「じゃあ、下着も脱ごうか? 君には刺激が強すぎるかな?」

セバスチャンの笑顔ににじむからかいの色から、それが図星であることをよく知っているのがわかった。こうなったら、脱がせるしかない。「え、ええ、脱いでちょうだい」

自分がこんな衝撃的なことをしているなど、セバスチャンに一糸まとわぬ姿になるよう命じているなど、信じられなかった。セバスチャンがそれを促していることも信じられない。

信じられないのはセバスチャンも同じだったようだ。彼はかすかに驚いた表情を浮かべ、手袋のようにぴったりした下着を脱いで、それを解き放った。ジュリエットは呆然《ぼうぜん》と立ちつくし、黒っぽい茂みと、すべすべして長く大きなそれに見とれた。

以前、セバスチャンはこれを何と呼んでいたかしら? 〝ジョン・トーマス〟だ。男性というのは、物に人間のような名前をつけたがる。しかも、恐ろしくみだらで、大胆で無謀で、けんか腰とも言えるほど男性的なものに、こんなにもきちんとした名前をつけるのだ。男性のブリーチズにおとなしく収まることもできるのに、一瞬でこれほど驚異に満ちた塊になるとは、恐ろしいくらい予測不可能な性質だ。

見ている間にもそれが硬さを増していったので、ジュリエットは責め苦を長引かせ、セバスチャンの周囲を回って、体をあらゆる角度から観察した。ああ、すごい、これがブリーチズを脱いだ姿なのね。全身を覆う筋肉、張りのある肌、信じられないほど硬い部分。

セバスチャンの前に戻ったジュリエットは、それの驚異的な硬さに再び感嘆した。「さ、触ってもいい？」温室でしたことを思い出しながらささやく。

「ああ、もちろん！」セバスチャンはうなった。

ジュリエットはおずおずと、熱くて長いものに指を一本這わせた。それが指の下でびくりと動いたので、手を引っこめて小声で謝る。だが、セバスチャンはその手をつかんで自分を握らせ、ぎゅっとつかむよう促した。

「気持ちいいの？」ジュリエットは不安げにたずねた。

「君には想像もつかないくらいだ」

セバスチャンはこすり方を教え、ジュリエットがその動きをまねると、低く、心底気持ちよさそうな声を返した。「ああ、ジュリエット、君はこの拳銃の扱いもうまいんだね」

拳銃。確かに、これは拳銃に似ている。つややかで硬く、危険なもの。セバスチャンが目に見えて愛撫を楽しんでいるさまに高揚し、新たに得たこの力が嬉しくて、ジュリエットは手にいっそう力をこめ、すばやく動かした。セバスチャンはしゃがれ声をもらし、ジユリエットの手にぐいぐいと体を押しつけてきた。

しばらくすると、彼は手首をつかんでジュリエットを制した。「もういいよ、かわいい女神さん」

ジュリエットは動きを止めたが、手は離さなかった。「どうして？」

「これ以上やると、我を失ってしまいそうなんだ」

「あなたが我を失う？」ジュリエットは笑みを浮かべ、動きを再開した。「ぜひ見てみたいわ」

セバスチャンはジュリエットをにらみつけた。「いや、だめだ」

「いいえ、見るわ」ジュリエットは頑として言い張った。

セバスチャンはジュリエットの手首をつかむ力を強め、うなった。「今はだめだ」

「私がペースを決めていいって言ったじゃない」

「ああ、でもそれは――」

「約束を破るつもり？」

「いや、でも――」

「じゃあ、手を放して」

セバスチャンはジュリエットの手首を放したが、不満そうだった。「君はわかっていない。だめなんだ……今はまだ」

「我を失いたくないのね。わかってるわ」実は、その本当の意味はわかっていなかった。ただ、これまでにないほど自分が優位に立っていると感じ、その力を手放したくなかった。しかも、自分が手を動かすたびにセバスチャンが呼吸を荒らげ、体をぐらつかせるのだ。「本当にわかってないんだ」セバスチャンはむせながら言った。「いいかげんにしろ、ジュリエット……こら……ああ、どうしよう、やめろ……やめるんだ！」

セバスチャンは唐突にジュリエットの手からそこを引き抜き、苦痛に近いしゃがれた叫び声をあげてベッドのほうを向いた。背中を痙攣《けいれん》させながらシーツをつかみ、体の前に押しつけている。

いっきに罪悪感が押し寄せ、ジュリエットはセバスチャンのそばに駆け寄った。「ごめんなさい、セバスチャン。痛かった？　大丈夫？」

セバスチャンはあの部分をシーツで覆っていたが、顔にはジュリエットが見たことのない表情を浮かべていた。至福と怒りが奇妙に混じり合った表情だ。

「けがをしたのね！」ジュリエットはぞっとして叫んだ。

「違う、けがをしたわけじゃない」セバスチャンは簡潔に言った。「ただ、そのときは君の中にいたかった」言葉を切り、怒りを抑えようと葛藤している顔になる。「こう言えばわかるかな？　君に触られたせいで予定よりずっと早く拳銃が発射されてしまった」

ジュリエットは困惑してセバスチャンを見つめ、ロザリンドから受けた愛の営みの説明を思い出そうとした。男性が女性の中に入り、精を放つ……。セバスチャンは今〝中にいたかった〟と言った。〝我を失う〟というのはそういう意味だったのだ。

「ああ……」ジュリエットはつぶやき、髪の生え際が赤くなるのを感じた。「これで、あなたの……その……拳銃はもう発射できなくなったのね」

「発射はできるし、するから大丈夫」セバスチャンは目をぎらつかせ、汚れたシーツを床に投げ捨てて、ジュリエットをベッドにのせた。「君がもうやめたいと言うなら――」

「何もやめたくなんてないわ」ジュリエットはベッドに膝をついて抗議した。

セバスチャンは一瞬でジュリエットの前にひざまずき、シュミーズの結び目を引きちぎった。まだ怒っているように見える。

「し、知らなかったの……」ジュリエットはささやいた。「それに、私が主導権を握っていいって言うから」

「ああ、僕はひどい大ばか者だよ。今後、君に拳銃を預けようとしたら注意してくれ」

ジュリエットの目に涙があふれた。「台なしにするつもりはなかったの」

セバスチャンの手つきが優しくなった。「ジュリエット、短気な僕を許してくれ。君は何も台なしになんかしていない」ジュリエットの長い髪を脇によけ、鎖骨にキスをする。

「弾をこめ直すのに少し時間がかかるだけのことだ」いそいそとジュリエットのシュミーズを脱がしていく。「でも、おかげで君に我を失わせる時間がたっぷりできたよ、わがままなアフロディーテさん」

彼にどんなふうに我を失わされるのかと思うと、脈がびくりと跳ねた。温室でしたように、あのひそやかな手つきで触るの？　あれはいい。すごくよかった。セバスチャンは突然ジュリエットの顔を上に向かせ、延々と探るようなキスをした。興奮の波に襲われた彼女がそれに応えると、ベッドに押し倒された。キスはいつまでも続き、ジュリエットは息継ぎをしたときに、セバスチャンがジュリエットの脇に膝をついて体を起こし、ハーフブーツを脱がせようとしているのに気づいた。

やがて、ハーフブーツに続いてドロワーズが床に落とされ、セバスチャンはストッキングに包まれたふくらはぎの間に膝をついて、両手で膝をなでながら、貪欲な喜びに満ちた視線でジュリエットの体を隅々まで眺めた。どこもかしこも、セバスチャンに触られると反応した。胸の先端は硬く張りつめ、腹部は震え、脚の間では謎の液体が秘密の場所を覆う縮れ毛を湿らせた。その部分さえも、セバスチャンはじろじろと眺め回した。

「ああ、思ったとおり、君の体はどこを取っても完璧だ」その声は崇拝するようでもあり、みだらにも聞こえた。「君に出会った瞬間からわかっていたよ」

「ストラトフォードで？」ジュリエットはささやいた。

セバスチャンは視線を上げ、ためらいがちに、探るようにジュリエットの目を見た。そして、繰り返した。「ストラトフォードで」

信頼の証《あかし》であるその一言に、ジュリエットは胸を高鳴らせ、強烈な喜びに顔を輝かせて、セバスチャンに手を伸ばした。「私は我を失わされるんじゃなかったかしら？」

セバスチャンも喜びに目を輝かせ、満足げなうなり声をあげて、ジュリエットに覆いかぶさった。唇は愛撫し、いたぶりながら胸を這い回り、指は尻と、脚の間の柔らかな割れ目を探り当てた。そこから二人は熱に浮かされたように触り、探り、愛撫し合った。

一度か二度、モーガンとの行為を想像したことはあったが、男性とこんなことができるとは夢にも思っていなかった。いや、セバスチャンと。わたしのセバスチャン。今では彼のことをそんなふうに思っていたが、それはセバスチャンが本物の犯罪行為ができる人ではないと心から信じられるからだった。知るうちに尊敬するようになった人、頼めば自分の体の主導権を明け渡してくれる人が、そんなことをするはずがない。

快い触り方、器用な舌の巧みな動き、腹に腕に胸に降る甘美で罪深いキス、その一つ一つを覚えておけたらいいのにと思う。やがてセバスチャンの指は中に潜りこみ、ジュリエットが焦がれていたあの大胆な愛撫を、すばらしい刺激を始め、ジュリエットは彼の下で身をよじり、懇願の声をあげた。

「我を失いそうか？」手で魅惑の魔法をかけながら、セバスチャンはうなり声で言った。

「いいえ……ぜん……ぜん」ジュリエットはあえぎ、それが嘘《うそ》であることを白状するように、こう言い添えた。「お願い、セバスチャン……そう……いいわ」

「お嬢様の仰せのままに」親指で秘密の箇所に触れられ、ジュリエットは取り乱しそうになった。「君が僕に完全に身を任せてくれるのも、君が体を震わせるのも大好きだ。君が首をそらして、きれいな胸を僕に突き出してくれるのも……」

そんなみだらな言葉と、それ以上にみだらな愛撫によって、ジュリエットは快感が体内で熱に変わっていくのを感じ、やがてセバスチャンの下で身悶《みもだ》えしながら砕け散り、大量の幸福な破片となって、恥知らずの奔放な女のように喜びの叫び声をあげた。

ところが、まだ地上に舞い降りて我に返る前に、内側にもっと大きなものが押しつけられ、中が押し広げられた。見下ろすと、こわばった彼のものが太ももの間に半分埋もれていた。どうやら、弾をこめ直すのにさほど時間はかからなかったようだ。

セバスチャンはジュリエットの肩の両側に手をついて覆いかぶさり、顔を汗で光らせ、目をぎらつかせた。「わかっているだろうけど、痛みがあるよ」声を出すのも一苦労らしく、しゃがれた声で警告する。

さっきの満足感に今も圧倒されたまま、ジュリエットはセバスチャンに満ち足りた笑みを向け、腕を上げて彼の首に巻きつけた。「望みがかなうなら多少の痛みは我慢するわ」

セバスチャンの顔に炎が躍った。身を屈《かが》め、ジュリエットの唇に軽くキスをしてささやく。「できるだけ痛くしないようにする」

そして始まった。最初にそうっと突かれたときの痛みは、平然と受け止められた。だが、不可能に思えるほど中が大きく広げられたときの衝撃は、簡単にはやり過ごせなかった。セバスチャンが少しずつ分け入り、オークが根を張るように完全に埋もれると、もうここから彼を引き抜くことはできないのではないかと、現実離れした考えが頭をよぎる。

しかも、セバスチャンはその状態で実に嬉しそうな顔をしていた。「君の中に入るのがどれだけ気持ちいいか、想像もつかないだろうね」かすれた声で言う。「愛《いと》しの天使よ、君にはわからないだろう」

「わかるわけないでしょう」ジュリエットは少しいらだち、文句を言った。セバスチャンがそんなにもいい思いをしているのに、自分には攻めこまれる圧迫感しかないというのは、ひどく不公平な気がする。どうしてお姉様たちは、愛の営みをあんなに絶賛するの？　前段階のことだけを言っているの？　確かにあれはすばらしかったけど、これは……。

ジュリエットのいらだちに気づいたのか、セバスチャンはにっこりした。「我慢してくれたら、もっとよくなるよ。僕にチャンスをくれ」

チャンスって何の？　私を二つに裂くチャンス？

セバスチャンが動き始めた。最初は不快な摩擦しか感じられなかった。ところが、やがてそれは楽な摩擦となり、快い摩擦となったあと、最高に気持ちのいい摩擦となった。山火事のように、快感が太ももから腹へと燃え移り、火が落ちたところはどこもかしこもくすぶって、さらなる喜びが、すばらしい衝撃が火花を上げる。

やがて熱い口に胸の頂が含まれ、舌の刺激で熱が肌の表面に引き出されると、セバスチャンに組み敷かれたまま懇願の声がもれ、体が張りつめ、姉たちがほのめかしていたことの意味がわかるようになってきた。下のほうは、指でされたときの感触に似ていたが、もっとよかった。内側はしだいにゆるんでセバスチャンを受け入れ、肌は生命を吹きこまれたように脈打ち、血液は調子よく血管を駆けめぐった。セバスチャンの腕をつかんで、唇が届く箇所にはどこでもキスをする。肩に、ひげで黒ずんだあごに、たくましい首に。

「今はそう悪くないだろう?」セバスチャンは絞り出すように言い、ペースを速めて勢いよく、打ちつけるようにジュリエットに突き立て、その様子はまるでヘーパイストスが溶解した金属をハンマーで何度も、何度もたたいているかのようだった。

「セバスチャン……ああ、すごい。体に火がついたみたい……」

「じゃあ、一緒に燃え上がろう」ジュリエットを見下ろしたセバスチャンは、全能の存在となって、強烈な一突きごとにジュリエットを熱し、沸点へと近づけていった。「さあ、いつまでも……二人きりで……」

二人の間に手を伸ばし、感じやすい秘密の箇所を親指でつつくと、とたんにジュリエットは爆発し、セバスチャンの名前を叫びながら上りつめて噴火した。

「ああ、いい……いい!」セバスチャンはうなり、奥深くまで突いてきて、ジュリエットは命がけで彼にしがみついた。熱い精が中に注ぎこまれ、少し前と同じように体が痙攣する。だが、今回ジュリエットはその意味を知っていて、自分が一度ならず二度もセバスチャンに我を失わせたことに、大きな満足感を覚えた。

二人はしばらく身をこわばらせ、固く抱き合っていた。やがて体が少しずつ元に戻っていくと、ベッドに身を沈めた。セバスチャンはゆったりと寝返りを打ち、ジュリエットの隣に横たわった。ジュリエットを引き寄せ、腕を絡めたまま、顔が向き合うようにする。目にかかる髪を払いのけ、濡《ぬ》れた唇を親指でさする。「愛しのジュリエット、我を失うのはどのくらい気持ちがよかったかな？」

ジュリエットは眉を上げた。「あなたと同じくらいだと思うわ」

セバスチャンは笑った。「そんなにも？　じゃあ、夫婦としての相性はぴったりだな」

「それは結婚したらの話よ。取引のあなたのほうの条件はまだ満たしてくれていないわ」

セバスチャンの顔から、面白がるような表情がいっきに消えた。「思い出させてくれてありがとう」ため息をつき、寝返りを打ってジュリエットから離れ、仰向けになって天井を見上げる。「男の快楽をぶつりと断ちきる方法をよく知っているね」

「ごめんなさい」ジュリエットは心からそう言った。「今のは私が悪かったわね。これを聞くのに二年待ったんだもの。あと二、三分待ったところで何も困りはしないわ」

セバスチャンは首を横に振った。「いや、先延ばしにすれば話しにくくなるだけだ」

ジュリエットはシーツを引き上げて体を覆い、彼はベッドから下りて下着をつけた。

16

〝心を開いて正直になることのできない者を、私は友人にしない〟
ジュリエット・ラブリックが七歳のとき、刺繍《ししゅう》見本として刺繍した
エウリピデス作『メディア』の一節

ジュリエットが起き上がって官能的なくびれにシーツを巻きつけている間、セバスチャンはこの取引の自分の側の条件を守ろうと心に決め、床の上を歩き回った。そもそも義理堅い人間であるし、ジュリエットにすべて話すと約束したのも本気だった。「一八一五年の春、クラウチの密輸団とつき合っていたのは弟のモーガンだった」ジュリエットのがっかりした顔を見て、セバスチャンは穏やかにつけ加えた。「でも、君を誘拐したのは僕だ」

ジュリエットの顔に困惑の色が広がった。「どうしてそんなことになったの？　あなたとモーガンはぜんぜん違うわ。前にも理由を挙げたけど――」

「ああ、そうだ。君の家族、特にナイトンが今も真相に気づかないのは、モーガンも僕も

別々の時期に密輸団とかかわっていて、それをクラウチが知っているせいだと思う」

ぴんとくるものがあり、ジュリエットは背筋を伸ばした。「つまり、私の考えが正しかったということね。自信がなかったわけじゃないけど、でも――」

「君は正しかった」セバスチャンは言葉を切った。「つまり、その……モーガンがクリスマスに帰ってくると約束したという話のとき、僕は少し嘘《うそ》をついた。確かに、七月の終わりの収穫期に帰ってくるという約束はした。その時期に地所内で大きな宴《うたげ》を開くから、それに合わせて帰ってこないかと僕が誘ったんだ。モーガンは帰ると答えた」

「でも、帰ってこなかったのね」

「ああ。だが、あいつは行き先を告げず、南に行くとしか言っていなかったから、僕は最初のうちは何もせずに待っていた。でも、帰ってこないことが心配だった。行き先がさっぱりわからなかったんだ。そこで八月の半ばごろ、ロンドンに行って捕り手を雇い、モーガンがサセックスのヘイスティングスに行ったことを突き止めた」

ジュリエットは唇をすぼめ、続きを待った。

「弟がそこで何をしているかも知らず、僕はヘイスティングスに飛んでいった。でも、町でクラウチが僕を見かけ、モーガンだと思いこんだんだ。あいつは僕の目の前で騎兵用の拳銃を振った。上等な品だったよ……フランス製だろうな……三、四年前の――」

「セバスチャン、拳銃のことはどうでもいいわ」ジュリエットはじれったくなって言った。

セバスチャンは悲しげにほほえんだ。「ああ、そうだな。とにかく、クラウチは僕の前で拳銃を振って宿屋まで追いつめたんだが、そこには僕以外は密輸業者しかいなくて、おまえはどうやって逃げたんだと問いつめられた」

「逃げたってどこから？」

セバスチャンはベッドの前をうろついた。「言っただろう、クラウチは僕をモーガンだと思っていた。僕はやつにわめかせて、弟に何をしたのか言うのを待った。だが、そんな話は出なかったので、僕は何とか答えを引き出そうとしてへまをした。ろくでなしの弟は見た目こそ僕に似ているが、君の想像どおり、話し方や物腰はまったく違う。クラウチは怪しみ始め、おまえは何者だと問いただした」こぶしを握りしめる。「ああ、クラウチにでくわした瞬間から、モーガンのまねをすることを思いついていればよかったよ」

「前もって状況がわからなかったのは、あなたのせいじゃないわ」ジュリエットは言った。

セバスチャンが目をやると、ジュリエットは穏やかな、感情のうかがい知れない表情を浮かべていた。それでも、思いやりは感じられたので、話を続ける気になった。

「そこで、クラウチに本当のことを言った。僕はモーガンの兄で、弟を捜しに来たのだと。そのとき、クラウチは僕を言いなりにできれば都合がいいと気づいたんだ」暖炉の前に歩いていき、石炭をつつく。「クラウチは実にばかげた例の計画を立てていて、紳士として通用する人間が必要だった。君の誘拐を駆け落ちとして実行できたら、よりうまくいくと考えたんだ。僕が協力すればモーガンを釈放するとクラウチは言った。いかにも自分がモーガンの身柄を拘束しているかのような口ぶりだった」

「最低な人ね！」

「同感だ」セバスチャンはジュリエットと向かい合った。「クラウチを治安判事の前に引きずり出して、真実を吐かせたかった。でも、モーガンの命を危険にさらすわけにはいかないから、クラウチの言いなりになったんだ」

「それで、言われたとおり私を誘拐したのね」ジュリエットはつらそうにささやいた。

セバスチャンはすばやくジュリエットを見た。その目には傷ついた色が浮かんでいたが、それはセバスチャンがジュリエットの体面を犠牲にしても弟を守ることを選んだせいだった。その表情に、セバスチャンは胸を突かれた。「それだけじゃなかったんだ」慌てて言う。「僕が協力しなくても、クラウチは君を誘拐することは決めていた。当局に訴えることができない以上、ほかに行くところもない。クラウチの仲間を一目見たとたん、無防備な若い女性をこいつらの手に渡してはならないと思った。誘拐する役を僕がやれば、君を守れるし、取引によってモーガンも釈放してもらえると考えたんだ」

「ヘレナお姉様とダニエルは？」ジュリエットは憤然として言った。「あの二人はどうなの？　自分の計画が、ほかの人を巻きこむかもしれないとは思わなかった？」

その非難はもっともだった。「君の家族に関しては、僕の計算違いだったと認めるよ。

レディ・ヘレナはウォリックシャーで結婚の知らせを待つと思いこんでいたんだ。醜聞をものともせず行動したり、家族のあとを追いかけたりするような人ではないのは、君も認めるところだろう。南に向かう道中、君は何度もそう請け合っていた」セバスチャンはもぞもぞと背筋を伸ばした。「それに、僕は二人のことも無事に逃がしただろう？」

「二人が自力で逃げ出したのよ」ジュリエットはセバスチャンの言葉を訂正した。「まあ、あなたが私の面倒を見ていなかったら、逃げられなかったとは思うけど」

こんなにもじっと動かず、華奢《きゃしゃ》なこぶしでシーツの端を握って座っていては、ジュリエットの胸の内を推し量るのは難しい。感情がどこにも表れていないのだ。

それが気がかりだった。「僕は自分がするべきだと思ったことをした」何とかジュリエットに理解してもらいたい、無言の非難という盾を突き通したい。「そのときはクラウチがモーガンの身柄を拘束しているのだと信じて疑わなかった。クラウチは証拠としてモーガンの拳銃を見せてくれて、それは弟がここにいる間に僕が特別にデザインしたものだった。だから、クラウチの望みどおりにしなければ、モーガンは殺されると思ったんだ。何しろ、密輸王と呼ばれる男だし、たいてい完全武装していたから」

ジュリエットの視線が自分を素通りして暖炉に向けられると、セバスチャンは焦りから必死になった。「モーガンはもうクラウチの力が及ぶ範囲にいないと知ったのは、君をサセックスに連れていってからだった」両手で顔をこする。「そのとき、モーガンが内務省の命令で密輸団にスパイとして潜入していることを知っていたら、状況は違っていただろう」

その言葉に、ようやくジュリエットは反応した。「えっ？　モーガンは密輸もしていなかったということ？」驚いたように言う。

セバスチャンはうなずいた。「モーガンがそんなふうに家族や国を裏切るはずがないと気づくべきだった。もし気づいていたら、内務省か海軍に直行して、クラウチの件で協力を申し出ていただろう。でも、僕はモーガンが密輸団とつき合っていると思いこんでいた。弟が逮捕されて絞首刑にされないよう、そのことを隠さなければならなかった」

「そのとき、手元には私という取引材料があった」ジュリエットは冷ややかに言った。

セバスチャンはたじろいだ。「ああ、結果的にこんなことになってしまったけど。クラウチが金を払ってモーガンを商船に監禁し、どこかに送り出したことまではわかったが、出航日と船の名前は教えてもらえなかった。クラウチはまず身代金を欲しがり、僕はクラウチから情報を引き出して、モーガンの足取りをたどる必要があった。そこで、最後までなりゆきを見守るしかなかったんだ」

「あなたがモーガンの身代金を払うと言えばよかったんじゃない？」ジュリエットはなおもセバスチャンのほうは見ようとしなかった。「あなたなら払えるでしょう」

「それも提案したが、僕が裕福だという話は、クラウチから逃れるためのでっち上げだと思われたんだ。最初に町に行ったとき、我こそがテンプルモア卿《きょう》だというきらびやかな格好もせず、お供も引き連れていなかったからね。それに、クラウチは金が欲しかっただけじゃない。君のお義兄《にい》さんに復讐《ふくしゅう》がしたかったんだ。もし僕が間に立たなければ、あいつは君の純潔を犠牲にするかもしれないと思ったし」

ジュリエットはセバスチャンを見たが、その視線はかすかにやわらいでいた。「あの日洞窟でも、そもそもの始まりからあなたはそうだったわね。私とクラウチの間、私とあの人たち全員の間に立ってくれていた」

セバスチャンは全身に安堵《あんど》が押し寄せるのを感じた。ジュリエットはわかってくれたのだ。「弟を取り戻すのと引き替えに、無実の若い女性の体面を傷つけることがあってはならない。僕はとにかく、君とモーガンの両方を守るための行動をとったんだ」

「そこまでしたのに、結局あなたはモーガンを失ったのね？」ジュリエットの目に、哀れみの炎が燃え上がった。「セバスチャン、お気の毒だわ」

しまった、ジュリエットは今もモーガンが死んだと思っているのだ。この嘘についても説明しなければならない。「しばらくは僕も……その……そう思っていた。問い合わせの回答として、ナイトンに見せた手紙が来たときは、死ぬほどつらかった」セバスチャンは重く冷たい空気を吸いこみ、この話の結末を、ジュリエットに軽蔑されるであろう部分を伝えるために気を引きしめた。「だが結局、モーガンは死んで……はいないことがわかった」

ジュリエットは目を丸くしてセバスチャンを見上げ、胸元のシーツを固く握った。

「え？」

「そうなんだ」セバスチャンはそわそわと歩き回った。「数カ月前、海軍委員会の人間がやってきて、モーガンは内務省の命令でサセックスに行っていたが、最近サテュロス号という海賊船に乗っているのが目撃されたと教えてくれた。オセアナ号が沈没する前にどうやって逃げ出したのか、どういういきさつで海賊王の船に乗ることになったのかは誰にもわからない。困ったことに、モーガンの姿が確認されたのは、サテュロス号の乗組員たちがウィンスロップ卿とかいう人物から金《きん》を奪ったときだった」

「ウィンスロップ卿は黙っていないでしょうね」ジュリエットはそっけなく言った。「金が大好きな人だもの」

セバスチャンはため息をついた。「そうなんだ。ウィンスロップ卿は海軍委員会にモーガンの首を要求した。海軍委員会は僕に取引を持ちかけてきた。海賊王が捕まれば、モーガンの命は助ける。モーガンの海賊行為を免罪してほしかったら、海賊王の逮捕に協力しろと言うんだ。僕は情報提供に同意した。モーガンから連絡があったらすぐに伝えると」

「それで、モーガンの居場所はまだわからないの？」

セバスチャンはかぶりを振った。「モーガンは手紙をよこして、うちに帰れるようになったら帰ると言ってきた。僕は弟の帰りを待った。そんなとき、君が現れたんだ」

ジュリエットはかすかにほほえんだ。「血に飢えた家族を引き連れてね」

「そのとおりだ」

「だから、本当のことを言わなかったのね。私に何をされるかわからなかったから」

「それに、ナイトンに何をさせるかもわからなかった。モーガンの免罪を成立させるには、僕は自由の身でいる必要があった」

ジュリエットはしばらくそのことについて考えていた。「つまり、ただそれだけのことだったのね。誘拐して、嘘をついて、駆け引きをした」

セバスチャンはうなずき、固唾をのんで、次の斧《おの》が落ちてくるのを待った。

「そんな感じだろうと思っていたわ」

ジュリエットの意図を誤解していたことに気づき、セバスチャンはベッドに近づいた。

「どういうことだ?」

ジュリエットは肩をすくめた。「あなたはクラウチが要求した身代金を欲しがりはしなかったけど、それでも最初はお金が動機だと思っていた。でも、この地所の広さを見たとき、その考えは捨てるしかなかったわ。この富は密輸業で築いたのかもしれないとも思ったけど、二年前も密輸団とつき合いがあるようにはとても見えなかった。グリフの調査員も、あなたが何らかの犯罪集団に属していた形跡はないと報告していた」

セバスチャンはジュリエットの隣に座り、慎重に言葉を選んだ。「もう怒ってないんだね」

ジュリエットは澄んだ目でセバスチャンの目を見つめた。「それは答えしだいよ」

「何の？」

「これからする質問の」

セバスチャンの心は沈んだ。そんなに簡単に逃げられるはずがなかったのだ。「どうぞ」

セバスチャンが説明を始めてから初めて、ジュリエットの顔に不安の色がよぎった。

「最初にストラトフォードに来たとき、あなたは……ヘレナお姉様に言い寄っていたわ。なぜ？　もしお姉様が男性に不信感を持っていなかったら、駆け落ちの相手はお姉様になって、私とあなたが今ここに座ってこんな話をすることもなかったのかしら」

ジュリエットの表情はあまりに心許《こころもと》なく、セバスチャンは胸がどきりとした。「それはどうかな。お姉さんは駆け落ちするような性格じゃない。そのことにはすぐに気づいたよ」

ジュリエットはため息をついた。「でも、私はそういう性格だってわかったのね」

それは説明しにくい点で、ジュリエットが何を考えているのかもわかった。だが、もうごまかすわけにはいかない。「あのころの君は夢見がちで、お姉さんよりもだましやすいと思ったことは認める」ジュリエットが顔をしかめて下唇を噛《か》んだので、セバスチャンは慌ててつけ加えた。「でも、レディ・ヘレナが僕の求愛をはねつけてくれたときはほっとしたよ、本当だ。ほっとしたし、緊張もした」

「緊張?」

セバスチャンは手を伸ばし、丸みを帯びた頬から艶《なま》めかしくかわいらしい唇までをなぞった。「怖くなった、と言ったほうがいい。君たちの生活を必要以上にかき乱したくなかった。紳士的にふるまうことは決めていて、ヘレナとの長旅では道を踏み外さずにいられると思った。それと同じくらい、君との長旅では道を踏み外すことがわかっていた」

ジュリエットはセバスチャンをじろりと見た。「でも、旅の間ずっと私を無視して、子供扱いしていたじゃない。一度キスしてと言ったときも、冷たく断られたわ」

「そうだ。そうしなければ、君を馬車の中で押し倒して、みだらな行為に及んでいただろう」ジュリエットがなおも疑わしげな顔をしているので、セバスチャンはその頬を両手ではさみ、突き出した下唇を親指で愛撫《あいぶ》した。「あの旅の間はほぼずっと、君に焦がれていた。キスしてほしいと言われたあの日……君の髪に両手をうずめ、顔を自分のほうに向けて、頭が真っ白になるようなキスをしたらどんな感じだろうと思うと、苦しくてたまらなかった。最初から君が欲しかった。すごく、すごく欲しかった。これでお別れだと思って初めて、安心してキスをすることができた。これが正直な気持ちだ」

セバスチャンの欲求を視界から締め出すかのように、ジュリエットは目を閉じた。「じゃあ、私を連れていけばよかったのに、どうして置いていったの？　どうして私と結婚すると言わなかったの？　本当のことを言ってくれていたら、許していたわ。あのときもあなたを許したかった。裏切られたと知ってからも、あなたを信じたかったの」

「モーガンを捜しに行かなきゃいけなかったって言っただろう？」

「最初はそうだったかもしれないわ。でも、モーガンが亡くなったと聞いたあとは、私に会いにロンドンに来て、結婚を申しこむことはできたでしょう？」

「命を顧みず？　真相を知った君に、裁判所に連れていかれたらどうすればいい？」

ジュリエットは目をぱっと開け、激昂《げっこう》した。「私はそんなことしないわ！」

「それがどうして僕にわかる？　君にそのつもりがなくても、ナイトンはあらゆる手を尽くして僕を絞首刑にしただろう。少なくとも、僕を破滅させようとしていたはずだ」セバスチャンはベッドを離れて暖炉の前に行き、炉棚の奥に手をついて炎を見つめた。「それに、君がロンドンで平和に暮らしていることは知っていた。あんなことをした僕が、これ以上君を動揺させる権利はないと思ったんだ。君が僕を受け入れてくれるとも思えなかった。それなのに、ただ君の生活をかき乱して何になる？」

「あなたの生活もね」ジュリエットはそっけなく言った。

セバスチャンは肩越しに振り返り、穏やかに言った。「ジュリエット、ここの人たちは僕を頼りにしているんだよ。僕には義務と責任がある。かわいい娘さんにのぼせ上がったくらいで、チャーンウッドの将来を犠牲にすることはできない」

ジュリエットの顔が青ざめたのを見て、セバスチャンは露骨な言い方をしたことを後悔した。だが、口ごもりながらも続けた。

「だから、放っておくのがいちばんだと思った。再びモーガンのことが心配な状況になってからは……やっぱり、一《いち》か八《ばち》かで君の反応に賭けることはできなかった。リスクが大きすぎる……弟、地所、自分の命」

ジュリエットは不安げにセバスチャンを見つめた。「あなたは今、そのすべてのリスクを冒しているわ。いきなりかわいい娘さんにのぼせ上がってもいいことになったの？」

自分がうっかり言った言葉を繰り返され、セバスチャンはたじろいだ。「取引のおかげで、そのリスクはだいぶ軽減された」暖炉の炎に視線を戻す。「君は条件を守ってくれると信じられる。君は僕に愛の行為を許してくれた。僕は君に真実を話した。このあとは、結婚することで話がついている。君のことはわかっているよ。僕の行動にもっともな理由があったことを信じる気もないのに、ベッドをともにするような人じゃない」

ジュリエットも内心、セバスチャンの言うとおりであるとわかっていた。彼が真実を隠していたのは復讐を恐れていたせいだというのも、予想はついていた。弟と地所を守るのが目的だったと聞いても、驚きはしなかった。すでに、セバスチャンを完全に許すつもりにもなりかけている。家族を守るための行動なら、誰よりも理解できるつもりだ。

だが、二年前、自分は熱烈に恋していたのに、セバスチャンのほうはただ〝かわいい娘さんにのぼせ上がった〟だけだというのは堪《こた》えた。「あなたが結婚を決めたのは取引のためだと言うけど、それは違うわ。私たちがここに来てすぐに、私を口説き始めたじゃない。私を無視して、急いでここから追い出すほうが理にかなっているのに。今までいろいろあったし、リスクも大きいのに、どうして私と結婚する気になったの？」

セバスチャンは肩をすくめた。「君に惹《ひ》かれているからだ」

ジュリエットの胃はきりきりと痛んだ。「そんな答えは通用しないわ。あなたも認めていたように、二年前も私たちは惹かれ合っていたけど、あなたは家族と地所のために私を捨てた」心にねじこんでくる痛みをやり過ごそうとあがく。あなたには私よりも責任のほうが大事だったのね。それは傷つくところではないが、それでも傷ついた。

セバスチャンのあごがぴくりと動いた。「今は状況が違う。君の体面は危機に瀕《ひん》している。僕にはそれを立て直す義務があるんだ」

何て気取った、厚かましい人。思ったとおり、それはどこまでも高尚で、愛とは無関係のものだったのだ。ジュリエットはつらい気持ちを抑え、努めて軽い口調で言った。「つまり、誘拐の埋め合わせとして私と結婚したいのね。償いみたいなものかしら」

セバスチャンは暖炉を離れ、目をぎらつかせてベッドの前に戻ってきた。「それは違う」

「違うの？」こみ上げた涙が喉につまり、生々しい痛みを感じる。「あなたにとって、単なる面倒な義務のようにはなりたくないわ」

「そんなのじゃない！　君はよき妻となって、結婚生活の務めを果たしてくれるはずだ」

「まあ、すてき。あなたは拳銃を選ぶみたいに、妻を選ぶのね。何て光栄なんでしょう」

「いや、そういう意味では……おい、どうしてひねくれた解釈をして、卑しい商取引のようにしてしまうんだ！　君に筋を通したいと思うことの何がいけない？」

ジュリエットはつんと顔を上げた。「言っておくけど、私はもう、あなたや家族に救ってもらわないといけない、お行儀の悪い子供じゃないの。自分の過ちを償う義務感だけで動くようなつまらない男じゃなくて、私を思ってくれる人と人生を歩みたいのよ」

セバスチャンはため息をついてジュリエットの隣に座り、こわばって抵抗する体を胸に抱き寄せた。「説明が不十分だったね？」ジュリエットの眉にかかる髪をかき上げ、優しく目を見つめる。「僕は長年一人でここに住んでいたが、なぜだか自分に嫌気が差していた。そんなとき、君が現れてすべてが変わり、僕に足りないのは君だったと気づいた」

ジュリエットは痛みが少しひいたのを感じながら、息をつめた。

セバスチャンはジュリエットの髪を一筋、ぼんやりと自分の手に巻きつけた。「誤解しないでくれ、僕はチャーンウッドを愛している。人ばかり多くてくだらないロンドンよりもずっと性に合う」ジュリエットの髪にキスをする。「でも、ここはがらんとしていて、静かすぎて、寂しい。女主人が必要だ。子供たちが必要だ」

希望を抱くことをためらい、ジュリエットはセバスチャンの顔を見た。「あなたはどうなの？　あなたには何が必要？」

「君だ」セバスチャンは簡潔に答えた。次の瞬間、唇が重なり、セバスチャンは欲望を見せつけてジュリエットを誘惑し、ひそやかで親密なあの場所に、セバスチャンのこと以外何も考えられなくなるあの場所に引きずりこんだ。

セバスチャンが体を引いたときには、二人とも息が切れていた。

セバスチャンはジュリエットを、心臓の音が聞こえるくらい近くに引き寄せた。「君がそこにいるとわかっていながら、話すことも触ることもキスすることもできなくて、この一週間は拷問だった。毎朝君の部屋の外に立って、真実を話そうかどうか迷った」

「どうして話してくれなかったの？」

「真実を話したとたん、拒絶されるかもしれないと思うと怖かったんだ」

ジュリエットはセバスチャンに身をすり寄せた。「拒絶はしないわ」

「ああ、よかった」セバスチャンはジュリエットの腕を上下にさすり、シーツをはがしていった。「拒絶されたら耐えられない」

「じゃあ、少しは私のことを愛してくれないとね」ジュリエットは広く、とても男性的な胸に向かってささやいた。

セバスチャンは凍りついた。やがて、ジュリエットの腕の中からそっと抜け出し、体を離した。明らかに困惑した様子で、眉間にしわを寄せる。「ジュリエット、僕は……君のことをとても大事に思っている。でも、それ以上は期待しないでくれ。もともとあまり情熱的なほうではないんだ。君のせいじゃない。ただ、そういう人間なんだよ」ジュリエットに向かってかすかにほほえむ。「退屈できちんとしていて、情熱とは無縁だという君の意見は、あながち的外れではなかったんだ」

「あなたが退屈だなんてまったく思わないし、情熱が足りないなんてこともないわ。でも、今は情熱じゃなくて愛の話をしているんだし、その二つはまったくの別物よ」ジュリエットは自分たちがしてきたことで、セバスチャンの妙な考え方が変わることを願っていた。動揺も失望も必要ないのだとわかっていた。「あなたがその気になれば、愛は感じられるわ」

セバスチャンはあごをこわばらせた。「なぜその必要がある？　災難を引き起こすだけのむこうみずな感情だ。〝恋に落ちる〟と表現されるのも理由があって、恋愛というのはどこかに落ちるときのように不可避で、予測不能なことなんだ。嵐に巻きこまれるのをおとなしく待つなど、愚かなことだよ」

「でも、嵐は胸躍るものでもあるわ。結婚は夫婦が愛し合っていたほうがずっと快適だし」

セバスチャンは横目でジュリエットを見た。「どうしてわかる？　人がそう言うからか。

それとも、汚れなき詩人たちがそう書いてきたから？」

ジュリエットはうつむき、シーツを見つめた。「二人の姉と旦那さんたちが、愛し合っている者同士のふるまいを見せてくれるわ。両親の結婚生活の話も聞いてきたし」

セバスチャンはあざけるように短く笑った。「僕の両親にも愛はあった。でも、結婚生活はうまくいかなかった。愛は自分の責任を捨てる口実になっただけだった」

「でも、もし心から愛し合っていたら……」

「僕は両親が〝愛し合っていた〟とは言っていない」セバスチャンは腕組みをし、赤の他人のようによそよそしい目で遠くを見つめた。「それはきれいに言いすぎだと思ってね」

その声はかすれていて低く、超然とした表情の裏に、隠そうとしても隠しきれない痛みがちらついていた。「前にも言ったが、僕の父はいつも違う女性を愛していた。母は……」

セバスチャンは喉をひくりとさせて唾をのみこみ、ジュリエットは手を伸ばして彼を抱き寄せ、キスでその痛みをすべて取り去ってあげたいと心から思った。だが、今のセバスチャンはとても近寄れる雰囲気ではなかった。

「母は愛人のために父のもとを去った。愛人のために僕を置き去りにした。家族を捨て、僕をたった一人の弟と引き離して、義務も責任も分別もいっさい無視し、愛に身を捧《ささ》げた。そこまでしたのに、叔父の話によると、相手の男には一年も経《た》たないうちに捨てられたそうだ」

セバスチャンは苦悶《くもん》がこぼれ落ちそうな目をジュリエットに向けた。

「だから、僕に愛を求めないでくれ。そんな気まぐれな感情を向けるほど、僕は君への敬意を欠いているわけじゃない。両親とは違って、ロマンティックな感情の嵐が来るたびに、あちこちに吹き飛ばされたりはしない。僕が差し出すものはそれとは比べものにならない。将来を保証し、君と子供たちに一生尽くし、つねに君のことを第一に考えて行動すると約束する。堅実で信頼できるものを与えるよ」

「そして、とてもきちんとしたものをね」ジュリエットは皮肉を言った。

「ああ。別にそれが悪口だとは思わない」

セバスチャンの憮然《ぶぜん》とした顔を見て、ジュリエットは口調をやわらげた。「セバスチャン、どうして二つともあってはいけないの？　愛と責任。両立できないものじゃないわ」

「それは君の豊富な経験から導き出した結論か？」

ジュリエットは顔を赤らめ、そっぽを向いた。「私は人を愛したことがあるもの」

「おかげで厄介なことになったけどね」

会話の重さとは裏腹に、ジュリエットはにやりとしてしまった。「そのことであなたが私を責めるなんて。しかも、あのときは私に愛させるよう手を尽くしたくせに」

「それは違う。僕はただ君が一緒に逃げてくれるよう、誘いかけただけだ。君は勝手に僕を愛しただけで、その結果、心が傷ついた以外に何の収穫があった？」

その点はセバスチャンの言うとおりかもしれなかったが、それを認めるのは耐えられなかったので、ジュリエットは何も言わなかった。

「君もその教訓は得ている」セバスチャンは続けた。「でなければ、自分の求婚者のことをもっと違うふうに言っているはずだ。君は結婚を断ったのは相手を愛していないからだとは言わなかった。ただ、誰々のこういう性格がいやだ、ああいう性格がいやだと言うだけで、愛には触れなかった。それは、すでに真理を知っているからだ。よき夫というのは、いかがわしい感情をかき立てる男ではなく、性格に欠点のない男の中にいると」

求婚者に対するその指摘は、怖いくらい的を射ていた。確かに私はあの人たちに愛を求めてはいなかった。でも、それは教訓を得たから？　それとも、まだセバスチャンを愛していたから？

それどころか、今もセバスチャンを愛している。ジュリエットは内心うなった。まったく、私はどうしてしまったの？　これだけいろいろあったのに、いまだにその危険な魅力から抜け出せずにいる。セバスチャンは愛してもくれていないのに！　見たところ、彼は本当に人を愛することができないようだ。

セバスチャンの顔を見上げると、空虚で寒々とした視線にぶつかってはっとした。違う、愛することはできる。ただ、怖いのだ。愛に身を任せれば、いずれ疲れきって一人ぼっちで取り残されると思っている。愛情も友達もなく、両親に置き去りにされたときのように。

だから、今こうして義務と義理と責任を強調しながらも、それ以上の何かに対する切望を隠すことができずにいるのだ。

「じゃあ、あなたが今申し出ているのは何？　政略結婚？」

「違う！」セバスチャンの否定はあまりに力強く、ジュリエットの心に希望がきらめいた。「政略結婚なんかじゃない。そんなに堅苦しく考えるようなものじゃないよ。ジュリエット、僕は君を大事に思っているんだ」その視線のとろけそうな柔らかさに、胸がうずくのを感じる。「君を求めてもいる。結婚したら、二人で楽しいときを過ごして、いつも一緒にいたい。ベッドをともにしたい。心からそれを望んでいるよ」

ジュリエットは息をのんだ。私も同じ気持ちで、そのうえで愛が欲しいけど、それを怖がる必要はないのだとセバスチャンが納得するまで待つしかない。まずはセバスチャンの言う結婚で我慢しよう。いずれそれ以上のものになると、心から信じられるから。

「わかった」ジュリエットはささやいた。「あなたの望みを否定する気はまったくないわ」

セバスチャンはほっとした顔になり、その表情はとても少年っぽく見えた。「じゃあ、僕と結婚してくれるか？」

セバスチャンの喜びが伝染し、ジュリエットは笑った。「ええ、結婚するわ、悪魔さん」

セバスチャンは満足げにうなると、ジュリエットに飛びかかり、キスをしてシーツに押し倒し、〝みだらな行為〟をもう一度した。今回、ジュリエットは次に何が起こるか、どう反応すればいいかわかっていたので、前回よりも楽しむことができた。

それは、ただただすてきだった。セバスチャンは愛を言葉にしなかったし、崇拝の表現も口にしなかったが、触られるたびに崇《あが》められている、キスされるたびに愛されていると感じた。今はそれでじゅうぶんだ。

ことが終わり、シーツに絡まったまま互いの腕に抱かれながら寝そべっていると、セバスチャンがジュリエットの耳元でささやいた。「こうしているのは幸せだけど、これ以上ぐずぐずしてはいられない。君の家族に二人でいるところを見つかってしまうよ」

「それはまずいわ」ジュリエットは少し残念な気持ちになった。「あなたがグリフに私と結婚すると言うだけでも、大変なことになるでしょうね」

セバスチャンはうなり、寝返りを打ってジュリエットから離れた。「その話はやめてくれ。君のお義兄さんは僕を毛嫌いしているんだから」

ジュリエットはくすくす笑った。「気づかなかったわ」

「生意気なおてんばめ」セバスチャンはジュリエットに枕を投げつけてから、ベッドを下りて下着を探しに行った。「どうせ君は、ナイトンが僕をいびって文句を言って、遠回しに僕を殺すと脅している様子を、面白がって見ていたんだろう」

「少しね。だって、あなたはそれだけのことをしたんだもの」

セバスチャンは眉を上げて下着をはき、ひもを締めた。「出会ったころに比べたら、君はずいぶん残酷な人になったな」

「責めるなら自分を責めて」ジュリエットは茶化した。

ブリーチズをはいたセバスチャンは、悲しげにほほえんだ。「それはよくわかっているよ」

「でも、もうすぐきれいに片がつくわ、あなたとグリフの仲違《なかたが》いは。私たちが結婚したら、グリフもあなたに意地悪できなくなるもの。難しいのは、あんなことをしたあなたとの結婚を許してくれるよう、グリフと父を説得することよ」

「君と寝たことかい？　世の中には秘密にしておいたほうがいいこともある、そうだろう？」

ジュリエットは赤面した。そんなことをお父様やグリフに言うはずがないでしょう！

「誘拐のことよ。あなたが理由を説明したら、グリフは騒ぎ立てるでしょうけど――」

「〝騒ぎ立てる〟どころじゃない」セバスチャンはシャツを着て、裾をブリーチズにたくしこんだ。「だから、ナイトンにはいっさいその話はしない。とりあえず、今のところは」

胸がどきりとして、ジュリエットはセバスチャンを見つめた。「ど、どういう意味？」

「言ったとおりの意味だ。僕たちが結婚して、モーガンが無事にイギリスに戻ってくるまで、ナイトンには何一つ話さないということだ」突然顔を上げ、ジュリエットの表情に目を留める。眉間に小さなしわが寄った。「まさか、話せとは言わないよな」

セバスチャンの前にいることが急に無防備に、心細く感じられ、ジュリエットは体を起こして胸の前で膝を抱えた。「もちろん話してほしいわよ！」

「なぜだ？」セバスチャンは襟元のボタン、そしてカフスを留めた。「面倒なことになるだけだよ。どういう理由で話すんだ？」

「理由は、私たちが結婚するからよ。理由は、あなたが私の家族になるからよ。いきなり真剣な関係になる前に、本当はどんなふうに私と出会ったか、どうしてあんな行動をとったか、あなたは私の家族に説明する義務があると思うわ！」

セバスチャンの口元が険しくなった。「だからその話はすると言っているだろう。モーガンが戻ってきて、あいつの無事を確信できたら」

ジュリエットは気を引きしめ、戦闘態勢に入った。「どうやら壁に突き当たったみたいね」

17

〝汝《なんじ》、宮殿となれ。さもなくば、世界は牢獄《ろうごく》となる〟

ロザリンド・ラブリックが十三歳のとき、掛け布に下手な刺繡《ししゅう》をした

ジョン・ダン作『サー・ヘンリー・ウォットンへ』の一節

その言葉を聞いて、セバスチャンの血は凍りついた。「壁ってどういうことだ？」

「家族に本当のことを言わずに、あなたと結婚するわけにはいかないの。モーガンが帰ってくるまで待つしかないわ」

「冗談じゃない！」セバスチャンは仰天し、ジュリエットを見つめた。「あと何週間も、何カ月も帰ってこないかもしれないんだぞ！　手紙にはいつになるかわからないとあった。あいつが今どこにいるのか、どうやって戻ってこようとしているのかもわからないんだ！」

ジュリエットはセバスチャンを冷ややかに、値踏みするような目で見た。「つまり、い

つになるかわからないその日まで、私は嘘《うそ》をつかないといけないということね。あなたと結婚しても、あなたの行動が私の家族を傷つけ、私の体面を汚しかけたことは隠しておかなきゃいけないのね」

くそっ、ジュリエットは僕に良心の呵責《かしゃく》を感じさせる物言いを心得ている。「今の時点で本当のことを言うよりはましだ」

「あなたにとってはそうかもしれないけど、私は違うわ」ジュリエットはベッドから下り、シュミーズを着た。「この二年間、あなたの本性が見抜けなかった、悪党に恋をしてしまったという思いに苦しめられた。自分にも不信感を持ったけど、それ以上につらかったのは、家族に不信感を持たれたことよ。だから、あなたにできるせめてものことは、家族を安心させて、私があなたを信じたのは間違いじゃなかったと証明すること。あなたにその覚悟ができたら、私はあなたと結婚するけど、それまでは無理よ」

セバスチャンは胃が重くなるのを感じた。今さらながら、ジュリエットがすぐに結婚してくれると思いこんでいたことに気づく。くそっ、ジュリエットは勘違いしているんだ。わかってもらえるよう説明しないと。

シュミーズの前を開けたまま立っているジュリエットのもとに行く。美しい胸がちらりと見え、一瞬気が散った。だが、何とか視線を上げてジュリエットの顔を見る。「聞いてくれ、ジュリエット。黙っていてほしいと言っているのは、君にみじめな思いをさせたいというゆがんだ欲望からじゃない。僕が警戒するにはそれなりの理由があるんだ」

ジュリエットは片方の眉を上げた。「ふうん？　理由って何？」

「まず、僕は弟の免罪に関して、海軍委員会と厄介な交渉をしているところだ。それを今、危険にさらすわけにはいかない」

ジュリエットは胸の前で腕組みをし、セバスチャンをにらみつけた。「私の家族に本当のことを言ったら、どうして交渉が危険にさらされるの？」

「決まってるじゃないか。ナイトンはすでに、チャンスがあれば君を誘拐した犯人を破滅させてやると宣言している」

「そもそも、私を誘拐したのはモーガンじゃなくてあなただから、モーガンは何の害も受けないわ。それを言うなら、あなたもよ。あなたの説明を聞けば、グリフの復讐心《ふくしゅうしん》も収まるわ。理屈は通じる人だもの」

セバスチャンはざらついた笑い声をあげた。「ナイトンが初めて僕を見て、君にモーガンだと聞いたとき、どんな反応をしたか忘れたか？」

「それは事情を知らなかったから――」

「事情など知りたくもなかっただろう。今も知りたくないんだと、僕でもわかる。ナイトンが書斎に来た日、持てる力をすべて使って誘拐犯の身を滅ぼしてやると言われた。それはつまり、僕を懲らしめるためなら、軽率な弟の居場所も突き止めるってことだ。どれだけ説得しても、ナイトンの気を変えることはできないと思うよ」

「なのに、私たちの結婚後に真相を知ったときのグリフの反応は気にしないのね」

セバスチャンは肩をすくめた。「そのときならもう心配はない。モーガンが無事帰ってきたら、ナイトンは好きにしてくれればいい」

ジュリエットの顔から表情が消え、とたんにセバスチャンは失敗したと気づいた。「わかったわ。そのときは、心配するのは妻だけでいいものね。あと、モーガンが戻ってくる時期によっては、そこに子供が一人か二人加わるだけだし」体をくねらせてドロワーズをはく。「あなたは気にしていないみたいだけど、打ち明ける時期を先延ばしにすれば、それまでずっと嘘をつかれていることになるから、グリフの怒りは二倍になるのよ」

確かに、そのことは気にしていなかった。なぜナイトンの意見に人生を左右されなければならない？　ジュリエットは許してくれた。それ以外の誰に何と思われようと、どうでもいいだろう？「ナイトンは怒らせておけばいい。モーガンが無事なら、あの人に何をされようと構わないよ」

「あなたを裁判にかけることだってできるのよ！」

「それなら今もできる」

「でも、今はしないわ。私がまともな男性と結婚できるチャンスが残っている限り、私を醜聞まみれにするリスクは冒さない。でも、私があなたと結婚すれば、そのチャンスはなくなる。だから、醜聞になるリスクと、私が一生、誘拐犯の〝奴隷〟になるリスクを天秤《てんびん》にかけた結果、私をあなたから〝救う〟ほうを選ぶはずよ。ダニエルとお姉様たちもグリフの味方について、けしかけるでしょうね」

「君は僕に、そんな相手に告白しろと言うんだな」セバスチャンはその声に皮肉をにじませずにはいられなかった。

「結婚したあとでは話が変わってくるのがわからない？」ジュリエットはシュミーズのボタンをすばやく留めていった。「家族はあなたが私をだまして結婚したと思うわ。あるいは、私を黙らせるために結婚したとか、そういうばかげたことを。何を言っても、私が結婚前からあなたの正体を知っていたとは信じてくれないでしょうね」強情そうに肩をいからせる。「今説得しておかないと、私と引き離すためだけにでも、あなたに鎖をつけて引きずっていくわ。あの人たちは私を〝守る〟ためには、そういうばかげたことをやりかねないの。いまだに私のことを頭が悪くて、まぬけの――」

「いや、それは違う」ジュリエットの家族は確かに過保護なところがあるが、ジュリエットがそれを自分が見くびられているからだと思っているのを見ると、胸が痛んだ。「ご家族は君のためを思ってくれているだけだよ」セバスチャンは言い、再びジュリエットに手を伸ばした。「僕も同じだ」

ジュリエットはセバスチャンを押しのけた。「本当に？　あなたは私に、家族に嘘をつけと言っているわ。まずいときにうっかり本当のことを言ってしまう恐怖の中で生きろと。しかも、モーガンが戻ってきたら家族は大騒ぎするに決まっているのに、何も心配はないと説得しろだなんて。嘘から結婚生活を始めろと言っているのよ！」

「君が家族に嘘をつかずにすむという目的のためだけに、弟の将来を危険にさらすことはできない！」セバスチャンはぴしゃりと言った。「その頼みは聞けないからな」

ジュリエットの声が懇願の調子を帯びた。「グリフはあなたもモーガンも苦しめないわ、絶対に。モーガンが戻るための交渉をじゃましたりしない。それは私が許さないから」

「そんなことは約束できないと、お互いにわかっているじゃないか」

ジュリエットは身をこわばらせた。「グリフは確かに気性は荒いけど、潔い人よ。事実を伝えて、あなたを訴えないよう私が真剣に頼めば、わかってくれる。あなたがグリフにいい印象を持っていないのはわかるけど、グリフもほかの家族も私と同じように、あなたが気高く立派な人で、自分の行動を悔いていることを知ったら共感してくれるわ。協力を申し出てくれるかもしれない」

「僕のろくでなしの弟を守るのに協力するのか？　いったいどうして君の家族がそんなことを気にかけなければいけない？」

「わ、た、し、が気にかけているから。それがあなたにとって大事なことで、私がそのあなたと結婚したがっているから。それは私にとっても重要なことなんだって、家族を説得するわ。

でも、あなたが嘘をついている期間が長引けば、家族は聞く耳を持たなくなる。だから、今のうちにすべて話さなきゃいけないと言っているの。家族がどんな反応をするか、私の考えを信じてちょうだい。もし、信じられないのなら――」

「君を信じるかどうかは関係ない。君のことは信じている。君の家族が信じられないというだけだ」

「それは同じことよ！」

「いや、違う！　君は愛情に惑わされて、家族の欠点が見えなくなっているんだ。でも、僕には見える。自分が法外な要求をしていることもわからない君に、結婚の条件を決めさせるわけにはいかない。僕の選択こそ、お互いにとって最善なんだと認めてくれ」

「あなたが私を誘拐したときみたいに？」ジュリエットはそっけなく言った。

その一言で、セバスチャンは逆上した。「この議論はばかげている。僕はモーガンが帰ってくるまで、君の家族には何も話さない、以上だ。結婚はできるだけ早くする。子供っぽい最後通牒《つうちょう》を突きつけて、僕の決意を揺さぶろうとするのはやめてくれ」

ジュリエットはすばやく、そのまま飛んでいかないのが不思議なくらいの勢いで顔を上げた。その目に炎が燃えているのを見て、セバスチャンは自分の過ちに気づいた。まずい。

「子供っぽい最後通牒？　子供っぽい、ですって？」ジュリエットはドレスを引きずりながら歩いてきて、セバスチャンの胸を突いた。「筋を通そうとしていないのはあなたのほうなのに、よくも私を子供っぽいなんて言えるわね！」

「ジュリエット、だからそういう意味じゃ――」

「いいえ、そういう意味だわ！　私が二年前と少しも変わっていないと思っているのよ。その見下すような言い方で命令すれば、あなたの言うとおりにすると思ってる。私が反対したり、ほかの方法をとりたがったりしたら、子供っぽい、で片づけるのよ」

「君を子供っぽいと言ったわけじゃない！」だが、セバスチャンはジュリエットが手からすり抜けていくのを感じていた。


ジュリエットはセバスチャンの抗議を無視し、なおも指で胸を突いた。「もし私のことをそう思っているなら、この……この傲慢な、拳銃撃ちの乱暴者、あなたは悲しい勘違いをしているんだわ。最初のときはものを知らなかったから、あなたの言いなりになった。あなたに説得されるままに、駆け落ちしてこそこそ動くほうが、まっすぐ父のところに行ってすべてを話すよりもいいんだと思った。でも、今回も同じことをするよう説得できると思ったら、大間違いよ！」


またも胸を突かれたので、セバスチャンはジュリエットの指をつかんだ。「ジュリエット、落ち着いてくれ。君も不必要に家族を動揺させたくはないはず――」

「前回もあなたは同じことを言ったわ」ジュリエットは手を振りほどき、ドレスをつかんで体を揺すりながらねじこんだ。

くそっ、何て記憶力がいいんだ。「同じじゃないし、それは君もわかっているはずだ」

「確かに、今回は何もかもを自分の思いどおりにできるという間違った思いこみのもとで、私を誘拐しているわけじゃない——」

「〝間違った〟？」セバスチャンは爆発した。「前回は成功しただろう？」

「私の家族が危険な目に遭ったことと、私の評判が傷ついたこと以外はね。おしゃべりな人たちに私が汚名を着せられるのを眺めながら、自分は大事な弟の帰りを待つことができれば、さぞかしご満足でしょうね！」

「僕と結婚すれば」セバスチャンは言った。「多少噂《うわさ》がたってもどうということはないだろう？　ずっとロンドン暮らしをして、社交界の花になるつもりじゃない限り」

ジュリエットの冷たい表情を見て、セバスチャンはうつろな気分になった。「私と同じように、私の家族も噂に傷つくことを忘れているみたいね。自分たちがいやな思いをする理由くらい、教えてあげてもいいでしょう」

ジュリエットはボタンを留めようともがいた。セバスチャンは声を殺して悪態をつき、彼女の背後に回りこんでドレスの端をつかんだ。ジュリエットは立ったまま柱のように動かなかったが、両手を下ろし、セバスチャンにボタンを留められるままになった。

ジュリエットが服を着るのを手伝うのは、とても心地よく自然なことに思えた。ジュリエットさえ道理をわきまえてくれれば、好きなときにこれができるようになるのだ。ジュリエットがそばにいたら触れずにはいられないから、その機会はしょっちゅうあるだろう。

セバスチャンは体を近づけ、声を落とした。「なぜそんなに家族のことを気にするんだ？　君が結婚するのは僕じゃないか」ジュリエットは頭を倒し、セバスチャンがいちばん上のボタンを留めやすいようにした。細く柔らかな髪を払いのけると、結婚を延期されるかもしれないという思いに胸が締めつけられた。しかも、こんなことで！「僕は君の夫になるんだから、家族の幸福より僕の望みを優先してくれてもいいだろう？」

そう言葉にした瞬間、ジュリエットの人生に対する家族の影響力に、自分がどれだけ憤慨しているかに気づいた。ジュリエットにとって、誰よりも大事な存在になりたくてたまらないのだと。だが、そのことを本人に知られてはならない。懇願など絶対にしたくない。

「あなたがまったく同じことをしているのに、どうして私だけあなたを優先しなきゃいけないの？　あなたも私の望みより、モーガンの幸福を優先しているでしょう？」

セバスチャンは歯ぎしりし、よりによってこの瞬間に、そんなにも論理的にならなくてもいいじゃないかと思った。「それで、君の解決策としては、結婚を先送りにすると」

ジュリエットは肩をすくめた。「あなたが家族に何も話さないつもりなら――」

「そのつもりだ」事態が落ち着くまで、モーガンのことを打ち明けるわけにはいかない。

「じゃあ、ほかに解決策はないわね」

ジュリエットはセバスチャンから離れて早足で歩き、ベッドに腰かけて華奢《きやしや》な脚にストッキングを引き上げたので、セバスチャンは口がからからになった。まさか、本気で結婚を延期するつもりではないだろう。いや、本気なのか？

「いつまで家族をシュロップシャーに引き留めておける？」危険なぬかるみにずり落ちていくのを感じながら、努めて何気ない調子でたずねる。

ジュリエットはセバスチャンのほうは見ずにガーターを結び、ハーフブーツを履いた。

「実は、私も家族もロンドンに戻ったほうがいいと考えているの。留守にしている期間が長くなれば、噂も広まりやすくなるから。噂を流したのがあなたじゃないとわかった以上、真犯人を突き止めないといけないし、状況がひどくなる前に手を打たないと」

ぬかるみは深まり、セバスチャンは膝まで沈んだ。「ここにいてくれないのか？」

「モーガンが戻ってくるまでいることはできないわ。〝何週間も、何カ月も〟戻ってこないかもしれないって、あなたも言っていたでしょう」

ジュリエットは間違いなく、セバスチャン自身の言葉を引き合いに出して責めることに快感を覚えている。「僕はモーガンが戻ってくるまでここを離れることはできない」

「それはそうでしょう」ジュリエットはそっけなく言った。「あなたはここでモーガンの世話をして、全部片づいて私の家族に話ができる状態になったら、ロンドンに来てちょうだい」小声でつけ足す。「まあ、その時点でまだ私と結婚する気があればの話だけど」

「僕は心変わりなんてしない」今やセバスチャンは胸までぬかるみに浸《つ》かり、そろそろ首も浸かりそうだった。ジュリエットが本当にここを出ていくと考えると、息が苦しくなってくる。「家族には、婚約をしたことだけは伝えてくれ」

ジュリエットはベッドから立ち上がり、肩をいからせてセバスチャンと向かい合った。

「でも、まだ婚約はしていないわ。あなたが家族に真実を話すまで、するつもりもないし」

そう言うと、向きを変え、ドアに向かってすたすたと歩いていった。

セバスチャンは狼狽《ろうばい》し、部屋を横切ってジュリエットの腕をつかんだ。「君に本当のことを話したら結婚してくれるという約束だったから、僕はそうした。この取引に君の家族のことは含まれていない」

ジュリエットは視線を上げ、澄んだ目でセバスチャンを見つめた。「私の記憶では、あなたが言ったことが気に入らなかったら、私の好きにしていいという話だったわ」

「いいかげんにしろ、僕は君を汚したんだ！　自分がしたことの責任は取る」

「自分の家族に対する義務と両立できる限り、でしょう」

「僕には弟に対する責任もあるんだ」

「私も自分の家族に対する責任があるわ」

ばかげた言い分だ。ジュリエットの家族は危機に瀕《ひん》していない。僕が何かをしてやる筋合いはない。ジュリエットが何と言おうと、これは責任の問題ではない。またもジュリエットが小細工をして、自分の要求を僕にのませようとしているのだ。まあいい、細工なら僕もいくつか隠し持っている。

「もし僕がナイトンに、君の純潔を奪ったと言ったらどうする？　ナイトンは君に今すぐ僕と結婚しろと言うだろう」

ジュリエットのかわいらしい顔に、怒りと苦痛が混じり合った。「本当にそんなことをするつもり？　グリフの前で私に恥をかかせるの？」

セバスチャンは罪悪感のうずきを容赦なく押しつぶした。「今、少し恥をかくほうが、あとで妊娠がわかって大恥をかくよりはましだ。だから、必要とあればナイトンに言う」

ほっそりした強情なあごが、ぴくりと上がった。「どうぞ。じゃあ、私はグリフにあなたの正体を教えるから、すべてが明るみに出ることになるわよ？」

「どっちにしても君は言うつもりなんだろう」セバスチャンはうなるように言った。

ジュリエットはたじろいだ。「まさか、違うわよ。それはあなたの口から話すべきだわ。私が話しても、あなたをかばっていると思われるだけよ。もっともな理由があったとは思わず、あなたの首を要求するわ。だから、あなたが自分で家族に話をしてくれるまで、それがいつになろうと私からは何も話さないわ」

セバスチャンは唖然《あぜん》としてジュリエットを見つめた。「君が家族に本当のことを言ってもぜんぜんおかしくないのに、僕に秘密を守るという言葉を信じろと言うのか？」

「信じるかどうかはあなたの勝手よ」ジュリエットはささやくように言い、セバスチャンの手を振りほどいた。かわいらしい目が涙で揺らめいている。「私はあなたが大事だから守りたいと思っているのに、それがわからないあなたがおかしいのよ」

ジュリエットはドアに向かい、セバスチャンはその場に立ちつくした。ジュリエットも、今までセバスチャンを捨てた人々と同じ程度の気持ちしか持っていないのだ。皆、自分ではもっともだと思う理由があって離れていったのだから。

母の理由は愛という、あやふやな感情だった。父の理由は自由だった。叔父の理由はロンドンとバースの華やかさと刺激だ。モーガンでさえ当初、家族の絆《きずな》を完全に無視する、理にかなった理由を持っていた……祖国への忠誠だ。

少なくとも、モーガンの理由は高尚だ。それ以外はジュリエットと同じく、薄っぺらく利己的だ。そして、全員同じ結果を招いている。セバスチャンが責任とともに取り残され、何もかもを、永久に一人きりで処理しなければならなくなるのだ。

まあいい。今までも何とかやってきたし、今回も同じことをすればいい。さもなくば、ジュリエットの言いなりになるか懇願するかで、どちらもまっぴらだった。子供のときから、誰かに行かないでほしいと泣きついたことはなかった。大人は懇願などしない。しかも、よりによってジュリエットには絶対に懇願したくなかった。

ジュリエットはドア口で足を止め、突然不安げな顔になってセバスチャンを振り返った。

「私が帰っても大丈夫？」

「ジュリエット、僕は人生の大半を君なしで生きてきたんだ」セバスチャンは言った。「あと数週間くらい何とかなると思う」

ジュリエットは青ざめた。「ええ、もちろんそうよね。あなたが寂しがると思うなんて、私がばかだったわ」前を向き、ドアを出ていった。

ああ、寂しいに決まっているだろう。どうしてそれがわからない？

「ジュリエット？」セバスチャンはその思いを言葉にしようとして、彼女を呼び止めた。振り返ったジュリエットの顔には希望の色があり、セバスチャンが弟のことも義務のこととも忘れたと言ってくれるのではないかと、どこかで期待しているように見えた。とたんに、喉元まで出かかっていた懇願に近すぎる言葉はひいていった。セバスチャンはため息をついた。「もし子供ができたとわかったら、知らせてくれるな？」

ジュリエットの顔から希望の色が消えた。「もちろんよ」

「知らせが来たら、ロンドンに飛んでいくから」

「ええ、わかっているわ」ジュリエットの声には皮肉が混じっていた。「その責任は、たとえモーガンのためでも無視することはできないでしょうからね」

セバスチャンは何と言っていいかわからず、うなずいた。

「じゃあ、行くわ」ジュリエットははきはきと言ったが、その目はうるんでいるように見えた。「モーガンが帰ってきてその〝厄介な交渉〟が片づいたら、ロンドンに会いに来てね。さようなら、セバスチャン」

ジュリエットは勢いよくドアから出ていき、セバスチャンは突然十三歳に戻って、母が父に愛されなかったせいで自分を捨てたこと、長男を思う気持ちよりもほかの男への〝愛〟を取ったことを聞かされたときの記憶がよみがえった。

強烈な怒りに駆られ、階段の下り口に急ぐ。つい数時間前にセバスチャンに運ばれてきた階段を、ジュリエットは下りていた。意地っ張りめ！　この階段を駆け下り、ジュリエットを腕に抱いて、今すぐ結婚してもいいと言うまでキスしたかった。だが、ジュリエットの策略に乗せられるわけにはいかない。

忌ま忌ましい家族とともに、忌ま忌ましいロンドンに帰ればいい。自分の望みどおりの形でないと結婚したくないと言うなら、僕の都合がつくまで待てばいいのだ。僕を意のままに操れると思ったら大間違いだ！　僕には大事な責任があるし、ジュリエットがそれを思い知るのは早いに越したことはない。

それなのに、ついに全身がぬかるみにのみこまれた気がするのは、どうしてなんだ。

18

〝空気のように軽い些末事《さまつ》も、嫉妬する者には聖書の文言ほど強力な証拠となる〟

グリフ・ナイトン所有のシェイクスピア作『オセロ』に下線が引かれた部分

あと半分でチャーンウッドに着くというとき、はるか後方で銃声が聞こえた。一瞬、ジュリエットは狼狽《ろうばい》した。まさか、セバスチャンが自分で……

 そのとき次の銃声が聞こえ、それがばかげた考えであることに気づいた。頼みも聞いてくれないくらい、セバスチャンは私のことなんてどうでもいいんだもの。自殺なんかするはずがない。私のことがどうでもよすぎて、すぐに射撃の練習に戻ったのよ。

何てお似合いなのかしら。拳銃なら自分の思いどおりに動いてくれるから、セバスチャンの希望にはぴったりだ。拳銃は誠実さも協力も、愛情さえ求めない。

目に熱い涙がこみ上げ、またも肩がひくつき始めた。涙を止めようとはしなかった。止められなかった。ばか、ひどい人！　何もかも思いどおりにしようとするなんて、いかにもあの人らしい。真実を打ち明けたのも、自分の望みどおりの場所で私を抱けると確信できたからだ。そして、家族に話すことは拒否した……。

まあいいわ、あの人も、忌ま忌ましい拳銃も、大事な弟も、この世が終わるまであそこで朽ち果てればいい。でも、私の家族に心配はいらないと請け合うことなく結婚できると思っているなら、考え直してもらわないと。正しいのは私だし、それはセバスチャンもわかってる！　私にしたことを考えれば、家族に正直に話すのがあの人の義務だ。

前方にチャーンウッドが見えてくると、ジュリエットは勢いよく涙を拭った。このことは誰にも気づかれてはいけない。皆、今すぐ私たちを結婚させようとするだろう。それどころか、セバスチャンを懲らしめようとするかもしれない。放っておけばいい、あの人はそれだけのことをしたのだから。でも、そんな形でセバスチャンを裏切るのはいやだ。

そのせいで、再び家族に頭の悪いまぬけだと思われるようになっても。何しろそれは事実なのだ。まぬけでもない限り、一度ならず二度も、これほど自分を大事にしてくれない男性に恋をするはずがないでしょう？

しかも今回は、この身を汚すことまでしてしまった。

でも、それがどうしたの？　もし噂《うわさ》がひどくなれば、どちらにしても体面は汚されるのだ。それに、ほかに結婚したい相手がいるわけでもない。もしセバスチャンと結婚できなければ、誰とも結婚しないだろう。そして今、セバスチャンと結婚する可能性は、きわめて低かった。彼がシュロップシャーに閉じこもる期間が長引くほど、結婚する気も失《う》せていくだろう。そもそも、強い感情があって私と結婚したがっているわけではないのだ。

またも涙がこみ上げ、ジュリエットはまばたきで押し戻した。セバスチャンに君が必要だなどと言われたときは、心から必要とされているのだと希望を抱いてしまった。でも、実際には罪悪感を薄めるために私を求めているだけだ。まあいいわ、罪悪感を薄めたいなら、ロンドンまで私を追ってくればいいのよ。セバスチャン・ブレイクリーに行動を指図されるのは、もうまっぴらだ。

夕日が枝の間から差しこみ、まぶしさに目がくらんだとたん、ずいぶん遅い時刻になっていることに気づいた。どうしよう、まずい。グリフとロザリンドはもう帰ってきているだろう。ジュリエットはポリーが待っているはずのオレンジ温室に急いだが、そこにメイドの姿はなかった。すばやく馬を降り、近くの木にくくりつけて、屋敷に忍びこむ。無事寝室に戻れたら、ポリーに馬を馬屋に連れていくよう指示をしなければならない。

誰にも見られていないことを祈りつつ、声をかけられることなく寝室のドアまでたどり着いたときは、安堵《あんど》のあまり泣きそうになった。ところが、ドアを開けて中に忍びこんだ瞬間、地獄が口を開けていた。

「いったいどこに行っていた?」暖炉のそばの椅子から、グリフが勢いよく立ち上がった。

「心配でどうにかなりそうだったよ」

ジュリエットはドア口で凍りつき、心臓が二倍の速さで打ち始めた。ああ、どうしよう、まずいことになったわ。部屋の片隅には、ポリーが不安そうに立っていた。ジュリエットに逃げろと警告できないよう、ここに留め置かれていたようだ。ベッドには、真っ青な顔をしたロザリンドが身をこわばらせて座っていた。

狼狽したジュリエットが姉を見ると、ロザリンドは小さく頭を振った。グリフには何も言っていないのだ。ジュリエットが自分のために嘘《うそ》をつくことを期待しているのだろう。

さすがのジュリエットもその思惑には逆らおうと、全身の力を振り絞った。ここで逆らわなければ、ロザリンドとグリフは再び衝突するだろうし、そんな姿は見たくない。自分が幸せになるチャンスが消えつつあるからといって、姉夫婦まで同じ目に遭う必要はない。

ジュリエットは冷静にグリフと向き合った。「馬に乗っていたの。何か問題でも?」

グリフは近づいてきた。「君は安静にしていたはずだろう、大問題だ！　移動ができないくらい体調が悪いと思っていたのに、田舎をぶらついているとは。しかも一人きりで」

「今日は起きたら体調がよかったの、それだけよ」

グリフは目を細めた。「ロザリンドの話だと、今朝の君はとても気分が悪くて、頭も起こせないくらいだったと」

ジュリエットはたじろぎ、ロザリンドはうめいた。事前に打ち合わせをしておけばよかったのだ。「それは、その……あの……」

「ポリー、下がっていい」グリフはそっけなく言い、ポリーはほっとした顔で出ていった。

ポリーがいなくなったとたん、グリフは腕組みをした。「いったい何がどうなってる？　二人で何を企《たくら》んでいるんだ？」

「何も！」ジュリエットとロザリンドは声を揃《そろ》えた。

グリフはロザリンドに標的を移した。「僕はばかじゃない。今まで病気をしたことのないジュリエットが、突然一週間も寝こむか？　しかも、医者には診てもらいたくないだと？　何か怪しい点があるなら君が教えてくれると信じていたが、それは間違いだったようだな。君たちはぐるになって何かを企んでいたんだ。どういうことだ！」

ロザリンドは言葉を選びあぐねて座っているだけなので、ジュリエットが前に出た。

「まだシュロップシャーを離れるわけにいかなかったの。だから病気のふりをしたのよ」

「もしかして、テンプルモアの野郎に関係したことか？」グリフの顔は赤黒くなり、ジュリエットもロザリンドもいやな予感に駆られた。「隠れてあいつと会っていたんだな？　どうしていつも姿が見えないのかと不思議に思っていたが、これで謎が解けた」

「それは違うわ！」ジュリエットは抗議した。どうしよう。純潔を失ったことが、誰が見てもわかるくらいはっきりと顔に出ているのかしら？　それとも、単なる当てずっぽう？

「この一週間、君は病気のふりをして、こっそりあいつに会いに行っていたんだろう。くそっ、見損なったよ。でも弟と同じように、あいつに君をいいようにはさせない。こんなにどうしようもない兄弟は見たことがないよ。あいつを捕まえたら、何をするか考えると怖くなる……」

「やめて、グリフ……」グリフがセバスチャンに何を言うか、何をするか考えると怖くなり、ジュリエットは言いかけた。

「これはテンプルモア卿《きょう》とはいっさい関係ないわ」うんざりした口調で、ロザリンドが割って入った。「ジュリエットは全部私のためにしてくれたのよ」

ジュリエットは安堵が押し寄せるのを感じた。「お姉様、それは言わなくて――」

「いいのよ」ロザリンドは言った。「私の戦いにあなたを巻きこんだのが間違いだった」

グリフは身をこわばらせた。妻の顔を探るように見て、表情を硬くする。ジュリエットに向き直って言った。「テンプルモア卿とは関係ないのか?」

「まったく関係ないわ」ジュリエットは嘘をついた。今のグリフがセバスチャンに対峙《たいじ》するのは、何よりも避けたい事態だ。セバスチャンはジュリエットの純潔を奪ったことを話して火に油を注ぐだろうし、二人はそのうち、どこかの平原で決闘の準備をすることになるだろう。

「じゃあ、ロンドンに帰っても構わないのか?」グリフはたずねた。

「実は」ジュリエットは言った。「そろそろ帰りましょうって言おうと思っていたの。私が馬で出かけたのも、部屋に閉じこもっているのがいやになってきたからだし。二人さえよければ、私はいつロンドンに帰っても構わないわよ」

グリフはその答えに満足したようにうなずいた。「そうか」ロザリンドに腕を差し出す。「行こう、ロザリンド、ジュリエットも荷造りしたいだろうから。僕たちは二人きりで話さなきゃいけないことがありそうだ」

二人が出ていったとたん、ジュリエットはベッドに倒れこんだ。これで終わりだ。選択の余地はなくなった。ロンドンに帰るのだ。決断は下され、今さらほかの道は選べない。

喉にせり上がってきたものをぐっとのみこむ。セバスチャンとはここでお別れだ。もし、いつになっても会いに来てくれなかったらどうしよう？　弟のために一度は私を捨てたのだから、また同じことをしない理由がある？

一瞬、セバスチャンのもとに飛んでいこうかと思った。私は意固地になりすぎているのかもしれない。

でも、その状態でモーガンが戻ってくるまで真実を隠すのは、本当にそんなに困ること？　モーガンが戻ってきたらどうなるの？　大惨事だ。家族との間に永遠に溝ができるかもしれないというのに、それで何が得られる？　私のことを〝よき妻になってくれる〟としか思っていない男性が一人、ただそれだけ。私のことを、保護が必要な浮浪児のようにしか思っていない男性が。

ジュリエットはまたもこみ上げてきた涙を、まばたきで押し戻した。だめ、一度将来の約束だけを頼りにあの人と駆け落ちし、しかもその約束は果たされなかったのだから。また同じことをするわけにはいかない。

今回は分別をわきまえよう。たとえ、そのせいで心が真っ二つに引き裂かれても。

グリフは妻が先に立って部屋に入り、更衣室に直行するさまを見ていた。押し寄せてくる恐怖は耐えがたく、言葉にできないくらいだった。ロザリンドが隠し事をしている。

結婚したその日から、ロザリンドは何でも話してくれ、秘密はいっさいなかった。それが、今になって隠し事をするとは、妻を失うことへの絶望的な恐怖が増すばかりだった。ロザリンドが妊娠に必死になり始めたときから、子供ができないことで自分が責められるのが心配だった。そもそも、どうしてそんなに子供を欲しがるんだ？　僕がいればじゅうぶんではないのか？

ロザリンドに愛想を尽かされたのに、その理由もいきさつもわからないとは。

確かに、ベッドをともにするときは、以前と変わらないくらい積極的だった。だが、気がかりなのはベッド以外の場所でのふるまいだった。つねによそよそしい雰囲気をまとい、ジュリエットの結婚に熱意を燃やし、子供を授かることに執着している。うつろな目をしているところもよく見た。どうかしたのかとたずねても、何も言ってくれない。以前はすべてを分かち合っていたのに。今、分かち合っているのはベッドだけだ。以前の自分たちに戻れればどんなにいいかと思う。

グリフが更衣室に入ると、ロザリンドはハンガーからドレスを外してきれいにたたんでいるところだった。「ロザリンド」背後から近づいて声をかける。「いったい何をしている?」

ロザリンドは顔を上げ、作り笑いをした。「どういう意味? ロンドンに帰るんでしょう」

「そういう意味では……。ジュリエットに病気のふりをさせて、ここに長くいられるようにしたのはどうしてだ?」

ロザリンドは服をたたむ作業に集中した。「くだらないって言われるわ」

本当にそうだったらいいのに。くだらないことなら何とかなる。「聞かせてくれ」

「田舎の空気は体にいいと思ったのよ。妊娠しやすくなるかなって。ロンドンの汚れた空気がよくないんじゃないかしらって、ずっと思っていたから」

つかのま、安堵が全身を駆けめぐった。だが、すぐに現実が押し寄せてきた。「もしそうなら、スワンパークの家か、別荘でもいいから行きたいと言えばよかったじゃないか。ずっとロンドンにいる必要はないんだから」

「仕事のじゃまはしたくないもの」ロザリンドは淡々と言った。「私も都会暮らしが好きだし。でも、ここに来てみて、その、しばらくいたら元気が出るかなと思ったのよ」

「元気が出る」

「そうよ」ロザリンドはおずおずとほほえんだ。「それに、ここならあなたもしょっちゅう〈ナイトン貿易〉に飛んでいかなくていいから、夫婦一緒に過ごせるのは確かでしょう」

グリフはロザリンドを信じたかった。信じられたらどんなにいいか。だが、妻が本当のことを言っているとは思えなかった。ロザリンドは田舎が嫌いだ。都会の活動や喧噪《けんそう》や刺激によって生き生きするタイプなのだ。

「ああ、でも、どうしてチャーンウッドじゃなきゃだめなんだ？」グリフは言い張った。「屋敷の主は寄りつかないし、使用人はどうしても熱い湯を用意することができない……君が自宅よりもチャーンウッドで〝元気が出る〟とは思えないよ。それに、もしそれが理由なら、ジュリエットとくだらない企みなどせずに、ここにいたいと僕に言えばよかっただろう？　君の望みなら、何でも喜んでかなえるよ」

「それはどうかしら。仕事が溜《た》まっているから、ここにはいられないと言ってたはずよ」

確かにそれは否定できない。それでも、妹に病気のふりまでさせるとは……。「じゃあ、理由はそれだけだったと言うんだな。田舎の空気を楽しみたかったと」

「もちろん」

「そのためには、ジュリエットを誘拐犯の兄であるテンプルモアのそばに置いても構わないと思ったと」

「テンプルモア卿はモーガンとは違うわ」ロザリンドは熱心に言った。熱心すぎるくらいに。「とてもすてきな人よ。あれ以上の結婚相手を探すのは至難の業というくらい」

今度はジュリエットのために、テンプルモアを擁護するのか。グリフの目つきが険しくなった。「じゃあ、やっぱりそうだったんだな。この一週間ずっと、ジュリエットはこっそりあいつに会いに行っていたんだ」

「あの子はどこにも行っていないわ」ロザリンドはぴしゃりと言った。「私が信じられないなら、ポリーにきいてごらんなさい。ジュリエットは部屋でくつろいでいただけよ」

「やつも一緒に〝くつろいでいた〟のか？　それで食事にも現れず、どこかに消え――」

「いいかげんにして、グリフ、テンプルモア卿は一緒じゃなかったわ。あの人はたいてい自分の小屋にいたのよ。あなたほど疑い深い人、この世にいないわ」

グリフは動きを止めた。「自分の小屋？　あの男から小屋の話など聞いていないが」

ロザリンドはぎょっとした顔でグリフを見上げた。その表情の変化を見て、心がずっしり重くなる。僕が知らない何かを、ロザリンドは知っている。テンプルモアと秘密の小屋に関する何かを。

ロザリンドはうつむき、シュミーズをたたんで、見たこともないほど小さな四角形にした。「それは……ええと……使用人に聞いたの。射撃をしに行っているんだと思うわ」

「でも、自分で見たことはないんだな」

「見た？　まさか、見てはいないわよ」ロザリンドは不自然なほど即座に否定した。

ああ、嘘をついている。僕にはわかる。ロザリンドは嘘をつくのが大の苦手なのだ。テンプルモアのことで、ロザリンドが嘘をついている。グリフの耳で血流が轟音《ごうおん》をたてた。とたんに何かが起こり、頭にかかっていた霧が晴れた。ロザリンドはジュリエットとテンプルモアが二人きりで会うことを許すわけにいかず、お目付役として妹に同行していたのだろう。だからこそ、二人で共謀してシュロップシャーに残ろうとしたのだ。

だが、ジュリエットはもうここにはいたくないようだ。むしろ、残りたがっているように見えるのはロザリンドのほうだ。

突然喉元にせり上がってきた不快感をのみ下す間、些細な事柄がいくつも頭の中でふくれ上がった。ロザリンドとテンプルモアが、快適なそりすべりから帰ってきたこと。ある日、グリフが見ていないと思って、隅でこそこそ話をしていたこと。

何しろ、テンプルモアの父親は人妻に手を出すことで有名だったのだ。

グリフは頭を振った。いや、そんなことを考えてはいけない。ロザリンドが僕を裏切るはずがない。絶対に。でも、だからといって、あの男に少しも惹《ひ》かれていないとは言いきれない。テンプルモアは女性をていねいに扱う術《すべ》を心得ていて、それはグリフにはまねできないものだった。グリフのように短気でもない。また、ほかの男性の知り合いと違って、いつもロザリンドの話を熱心に聞いている。

グリフはぎくりとした。最近は仕事のことで頭がいっぱいで、ロザリンドの話をあまり聞いていなかった。それに、彼女が喉から手が出るほど欲しがっている子供を与えてやれないせいで、そばにいると落ち着かない気分になる。そこで、仕事に没頭した。ジュリエットの誘拐犯捜しが片づけば、もっと頑張るからと自分に言い聞かせていた。

どうしてこんなこともわからなかったんだろう？　ロザリンドは放っておいても大丈夫な女性ではない。もしかすると、テンプルモアのことを、夫が近くにいないときに構ってくれる相手として見ているのではないか？　友情が何か別のものに変わるには、どのくらいかかるだろう？　しかも、どこかの小屋で密会していたとしたら……。

いや、そんな想像には耐えられない。

「ロザリンド」グリフはささやき、妻に触れたい衝動から腰に腕を回した。「幸せか？」

ロザリンドは困惑した笑顔で夫を見つめた。「もちろんよ。決まってるでしょう？」

「最近、その……何かに気を取られているように見えるから」

ロザリンドは体をひねってグリフと向き合い、腕を首に回した。「それは、あなたに気を取られているのよ」

いたずらな笑顔と色っぽいまなざしは、以前と少しも変わらなかった。豊かな胸を押しつけられると、グリフの心を締めつけていたものは少しゆるんだ。隠し事をしているなど、すべて妄想なのかもしれない。何も問題はない。僕がばかな想像をしているだけだ。

それでも、ロザリンドをテンプルモアから遠ざけるまでは、安心できそうになかった。

19

〝人は誰しも間違いを犯すが、間違いを改めようとしないのは愚か者だけである〟
悲惨な駆け落ちのあと、ジュリエットが掛け布に刺繍《ししゅう》した
キケロ作『弾劾演説』の一節

ジュリエットが出ていってから二日後の午前、セバスチャンは拳銃を手に、西の芝生に立っていた。本当に二日しか経《た》っていないのか？　もっと長く感じられる。しかもその間ずっと、真鍮《しんちゅう》をたたいてケースを作ったり、銀をたたいて外装を作ったりと、くたくたになるまで作業をしていた。夜はチャーンウッドの寂しく冷たいベッドがいやで、小屋に寝泊まりしていた。

といっても、ジュリエットのライラックの香りが今も枕に残っているため、小屋のほうが快適というわけでもなかった。昨夜はシーツに長い金髪が一本絡みついているのを見つけたが、自分に厳しく言い聞かせてようやく、どこかにしまっておきたい衝動を抑えるこ

とができた。こんなのどうかしている。ジュリエットに焦がれる気持ちは、本人がいなくなれば静まるものだと思っていた。なのに、むしろ強まるばかりなのだ。

そして、今はこのありさまだ。

セバスチャンは弾をこめるのに忙しく、近づいてくる足音が聞こえなかった。ロシア製のオイルの香りがして、ようやく叔父が来たことがわかった。

「呼んだか？」ルー叔父はたずねた。

「はい」セバスチャンは拳銃の照準を合わせ、引き金を引いた。これは使い物にならない。弾が少し右にそれるのだ。忘れていた。セバスチャンはその拳銃を、やはり不具合のある二挺《ちょう》の拳銃の近くに置いた。「馬車にトランクを積んで、決闘用の拳銃選びが終わったら、ロンドンに向かいます」

「決闘用拳銃だと！　なぜそんなものがいる？」

「用心のためですよ。ロンドンに行ったら何があるかわからないので」

「まさか、決闘場でナイトンと対決するつもりじゃないだろうな」

「違いますよ」セバスチャンは次の拳銃を手に取った。「でも、ほかの誰と対決することになるかわかりませんから」

「どういう意味だ？」

セバスチャンは上着のポケットに手を入れ、新聞の切り抜きを取り出して叔父に渡した。

「〝秘密の駆け落ち〟という見出しの記事を見てください。今朝の新聞に出ていました」

叔父は数秒間で目を通した。「最悪だ」低い声で言う。

「そうなんです」セバスチャンの声には、自己嫌悪がにじんでいた。「噂《うわさ》が広まるかもしれないとジュリエットから聞いたときは、信じていませんでした。使用人の間で間違った情報が流れているだけで、そのうち収まるだろうと思ったんです。だって、最初から真相を知っていた人がいるなら、どうして今になって言いふらすんです？　最初から知っていたわけでなければ……二年も経っていきなり情報を入手する理由がわからない」拳銃の火打ち石を点検してから、むっつりと言い添える。「でも、僕は間違っていたようです」

叔父はセバスチャンの腕に手を置いた。「それはおまえのせいじゃない。ナイトン夫妻でさえ、ぼんやりした噂にすぎないと言っていたんだから」

「この記事はぼんやりした噂どころではありません。ジュリエットは十八歳のとき駆け落ちし、その後〝求婚者〟に捨てられた、とはっきり書かれています」セバスチャンは歯ぎしりした。「少なくとも、表現は〝恋人〟ではなく〝求婚者〟です。でも、それが社交界での僕の呼び名だとしても、ジュリエットはどう呼ばれることか。この新聞が出たのは三日前だから、ひどい噂が広まるにはじゅうぶんな時間が経っています」

最悪だ！　セバスチャンは拳銃を上げて的に向かって撃ったが、空の銃のかちりという音が芝生に響いただけだった。

「一発撃つごとに弾をこめなきゃいけないと思うよ」ルー叔父が優しく言った。

その言葉は聞き流し、セバスチャンはくるりと叔父のほうを向いた。「今ごろ、連中は快楽のためだけにジュリエットを八つ裂きにしているはずです。社交界から村八分にされ、軽蔑の言葉を投げつけられ、売春婦のような扱いを――」

「おいおい、そこまでひどくないさ。そんなことになる前に、ナイトンが何とかするよ」

「どうやって阻止するんです？」セバスチャンはずきずきするこめかみをさすった。「それに、噂が限りなく事実に近いことも心配なんです。もし誰かが偶然事情を知って、ジュリエットの評判を汚すためにわざと噂を流したのだとしたら？　求婚を断られた男か、ナイトンの敵か？　もしこれが悪意から出た行動だったら、どうすればいいんです？」

出発の準備をしている午前中ずっと、その可能性に悩まされた。ナイトン夫妻はまだロンドンに着いていないだろうが、じきに着くはずだ。そうなると……。ジュリエットが人々に避けられ、人前で自分の行動を弁護する必要に迫られ、噂のせいで身持ちの悪い女性だと思われ、男たちに手を出される様子が頭に浮かんだ。

「ロンドンに行ってどうするつもりだ？」叔父はたずねた。

「わかりません。まず、誰が、どういう理由で噂を流したのか突き止めないと。そのあとは、できるだけのことをするしかありません」

「モーガンは？　おまえの留守中にあの子が現れたらどうすればいい？」

「その件は叔父様にお願いします。僕たちが二人とも目を光らせている必要はない。僕がロンドンにいる間にモーガンが戻ってきたら、手紙をくだされば……」セバスチャンの声はとぎれた。どうすればいいのかわからない。何しろ、ロンドンで何が起こるかもわからないのだ。わかるのはただ、行かなければならないということだけだった。噂は自分が何とかすると約束したのに、何の備えもなしにジュリエットを行かせてしまった。

そのことでは、決して自分を許せない。

「セバスチャン、ナイトン夫妻が帰ったと聞いてすぐにききたかったんだが、ボッグズがおまえは忙しくて私に会う暇はないと言うし、詮索はしたくなかった――」

セバスチャンは眉を片方上げた。

叔父は苦笑いした。「ああ、そんな理由で私が思いとどまったことはないね。でも、おまえが私に会う暇がないほど忙しかったこともない。そのうち自分で話してくれると思っていたよ。むしろ、今朝私を呼び出したのも、それが理由だと――」

「ききたいことって何ですか？」セバスチャンはじれったくなってたずねた。

「おまえとレディ・ジュリエットの間に何があって、一家は一目散に帰っていったんだ？」

セバスチャンは拳銃に弾をこめる作業に集中した。「結婚を申しこみました」

叔父は息をのんだ。「そうか。それで、彼女に渋い顔をされたのか？」

「いえ、プロポーズは受けてくれました。ただ、条件がいくつか折り合わなくて」

「条件？　それはいったい……」叔父の顔に納得の色が浮かんだ。「ああ、おまえに本当のことを話してほしいと言ってきたんだな」

「いいえ。それはすでに話しました」

「話したのか？」叔父は信じられないというふうに言った。

「ジュリエットが出ていった日に。すべてを話して、僕と結婚してほしいと言いました。ジュリエットは了承してくれました。でも、家族のことに話が及ぶと……」記憶がよみがえると胸が締めつけられ、セバスチャンの言葉はとぎれた。「ジュリエットは僕に、ナイトンに真実を話すようにと言うんです。僕はナイトンに干渉させるわけにはいかない、モーガンが帰ってきてからでないと、すべてを明らかにはできないと説明しました。すると、結婚生活を嘘《うそ》から始めたくないとか何とか、くだらないことを言われました。僕が本当のことを言ってからでないと、結婚できないと。そして、ジュリエットとナイトン夫妻はロンドンに向けて発《た》ったんです」

叔父はため息をつき、そばのテーブルの前に座った。「レディ・ジュリエットがそういう反応をするのは、当然だと思うがね。あの子の過去と家族との関係を考えれば」

セバスチャンはじろりとルー叔父を見た。「どういう意味です？」

「わかるだろう。レディ・ジュリエットに対する家族の扱いは、おまえも見てきたじゃないか。また失敗するんじゃないかと心配し、子供のように守らなきゃいけないと思っている。あの子はかわいそうに、ずっと姉たちの影響下で生きてきたあげく、姉たちの心配が一生消えなくなるようなことをしでかしてしまった。ようやく自分の行いはそこまでひどくなかった、むしろ理解できることだったと証明するチャンスが得られたのに、おまえがそのチャンスを奪ったんだ。結婚を申しこんでおきながら、家族に対して味方をしてやることは拒否した。いったいどんな反応が返ってくると思ったんだ？」

セバスチャンはそんな見方をしたことはなかった。「僕がジュリエットの要求を拒んだのは間違いだったと言いたいんですね」

「そうじゃない。おまえは慎重に動こうとしただけだ。この状況なら、慎重になるのは無理もない。私はただ、レディ・ジュリエットはこういう気持ちだったんじゃないかと指摘しただけだよ」叔父は嗅ぎ煙草入れ《たばこ》を取り出した。「レディ・ジュリエットが自分で家族に言わないとは限らないんじゃないか？」

セバスチャンは森に視線をやったが、琥珀色《こはくいろ》と緑色にきらめく目が、理解と寛容をこめて見つめてくるばかりだった。この目から僕は逃げ出し、すべてを台なしにしたんだ。

「ジュリエットはそれは僕の役目だから、自分からは言わないと約束してくれました。その約束は守ってくれると信じています」

「家族からおまえを守るつもりなら、おまえのことをとても大事に思っているんだな」

「ええ、とても」セバスチャンは皮肉めかして言った。「何しろ、僕と結婚せず、急いでロンドンに帰るくらいですからね」

叔父は嗅ぎ煙草をつまんだ。「立ち入ったことをきくが、何と言って求婚したんだ？」

セバスチャンは肩をすくめた。「君と結婚したい、君に惹《ひ》かれていると。君なら僕のよき妻になってくれると思うと言いました」

「間違いなく、レディ・ジュリエットはうっとりしただろうね」ルー叔父は嗅ぎ煙草をひとつまみ吸った。「愛しているとは言わなかったのか？」

セバスチャンは身をこわばらせた。またこの忌ま忌ましい言葉だ。「愛は何の関係もありません。そのむこうみずな感情を僕がどう思っているか、叔父様はご存じだし、ジュリエットも知っています。そのことを話し合って、僕が愛には興味がないことを理解してくれたんです。それも、復讐《ふくしゅう》に取りつかれた家族に真実を打ち明けることを、僕が拒むまでの話ですけど」

「自分が思いを寄せている男に愛していないと言われて、喜ぶ女性はいないよ」

「とにかく、僕の口からその言葉が出ることはない」セバスチャンは拳銃を強く握りしめた。「しかも、ジュリエットがそんな話をするのは、僕に言うことを聞かせるのが目的なんですから。僕は母のように、愛という夢を追ったりしない。父と同じ道も選ばない」

「もう手遅れだ」ルー叔父は考えこむようにセバスチャンを見た。「おまえは自分で気づいている以上に、父親に似てきているよ」

セバスチャンは鼻を鳴らし、銃の照準器をのぞきこんだ。「ばかばかしい。父は見境なく愛に溺れていたけど、僕はまるで修道士だ」

「いや、おまえの父親が感じていたのは愛なんかじゃない、本人がどういうつもりだろうとね。あれは正真正銘ののぼせ上がりで、戯れが真剣みを帯びてきたらすぐに消えてしまうような、子供っぽい感情だ。彼は誰かを愛したことはないんじゃないかと思う。愛を恐れるあまり、経験できなかったんだ。おまえと同じように」

セバスチャンは拳銃を下ろし、叔父を見つめた。「いったい何を言っているんです？ 僕は愛を恐れてなどいない」

「いや、恐れているよ。だから避けているんだ。おまえの父親は情熱任せの無意味な関係に没頭することで、愛を避けていた。おまえは……少なくとも今までは、情熱任せの関係そのものを慎むことで、愛を避けていた。だが結局、人生を生きる価値のあるものにしてくれる唯一の感情を経験できずにいるのは、二人とも同じだ」

叔父の言葉のもっともらしい響きに、セバスチャンは食ってかかった。「愛のおかげで、叔父様の人生は生きる価値のあるものになったんですか？ 愛する人に先立たれ、その後一生死を悼むことになっても？」

セバスチャンはその残酷な言葉が口から出た瞬間に後悔した。叔父の目に一瞬苦痛の色がよぎったのを見るとなおさらだった。だが、その色はすぐに消え、叔父はほほえんだ。

「妻と過ごす一日か、妻のいない一生を選べと言われたら、喜んで一日のほうを選ぶよ」

叔父の顔が愛《いと》おしさに輝くのを見て、セバスチャンは胸がうずくほどの羨望を感じた。羨望？　ばかばかしい。何もかもを囲いこみ、行動を縛りつけてくる感情を、欲しがる理由がどこにある？　自分が理解できるとも思えないようなものを？　それに、僕は愛を恐れてなどいない。叔父は間違っている。完全に間違っているのだ。

ルー叔父はため息をついた。「私が言いたいのは、プライドや主導権を失うことへの恐怖のために、愛を避けるなということだ。プライドも主導権も、孤独な男には何のなぐさめにもならない。だから、差し出された愛を拒絶する前に、よく考えるんだ。本物の、不変の愛は人生に何度も訪れるものではないと、私は誰よりもよく知っているから」

突然通用口が開いて、シンプキンズが出てきた。「旦那様、馬車の用意ができました」

「ありがとう、シンプキンズ。すぐに行くよ」セバスチャンは再び拳銃を掲げ、的に向かって発射し、中心を撃ち抜いた。この拳銃ならいい働きをしてくれるはずだ。手早く銃を掃除して、決闘用のケースに入れる。

「では、ロンドンに向かうのだな」叔父は声に警戒の色をにじませて言った。

「はい」

「レディ・ジュリエットの望みを聞いてやるつもりか？」

「まさか。状況は変わっていませんよ。ナイトンがモーガンに関する交渉を台なしにする危険は冒せませんから」

ルー叔父は明らかにほっとしたように椅子にもたれた。「ああ、よかった」

「えっ？　一週間前は、ナイトンに真実を話したほうがいいと言っていたでしょう？」

「一週間前は、おまえも決闘用拳銃の試し撃ちはしていなかったからな」叔父は真剣な目でセバスチャンを見た。「モーガンはもちろん心配だが、おまえのことはもっと心配だ。噂のことを知ったら、ナイトンはかっとなるだろう。おまえに復讐したくなる。だから、おまえとレディ・ジュリエットにはぜひとも結婚してもらいたいが、家族に本当のことを言うのは、少なくとも噂を止める方法がわかるまでは待ったほうがいいと思う」

叔父の心配を、セバスチャンは面白がらずにはいられなかった。「ご心配なく。いつもどおり慎重に行動しますから」

「そもそも、ロンドンに行くべきだとも思えないんだ」叔父は困惑した声で言った。

「噂のせいでジュリエットの人生が台なしになるようなことは、僕が許さないと約束したんです。せめてそのくらいのことはする義務がありますから」

ロンドンに飛んでいくのは、それだけが理由だった。最近、チャーンウッド館ががらんとしていることや、思いがけないところから飛び出してくる刺繍針を懐かしく思うこととは、いっさい関係ない。ジュリエットにもう一度会いたくて、抱きしめたくて、今も自分のことを思ってくれることを確かめて安心したいからでは、断じてない。

「そのとおりだと思うよ」ルー叔父は不気味なほど重々しく立ち上がり、胸を張った。

「よし、おまえがいない間、私がチャーンウッドの面倒を見よう。任せてくれ」

「高級ブランデーの貯蔵庫を空っぽにして、僕のクラヴァットを勝手に使うことに関してはね」セバスチャンは冗談を言った。「でも、叔父様が僕の地所の管理をすると考えると、背筋が凍る思いですよ。お願いだから、そっちは家令に任せてください」

幸い、その言葉で叔父の目に輝きが戻ってきた。「そうかそうか、じゃあさっさとロンドンに行ってしまえ、この薄情者が。二度と傲慢な口がきけないよう、私にぶちのめされる前に」

「そんなことできないでしょう」セバスチャンはにやりとして、通用口のほうを向いた。

「セバスチャン？」叔父は言った。

「はい？」

「気をつけろ。おまえの父親のときみたいに、おまえの死体の確認はしたくないからな」

セバスチャンは叔父を安心させようと笑顔を作った。「ばかなことを言わないでください。僕は自分から死にに行くほど愚かじゃありません。そもそも、射撃の名手ですよ？」

「おまえの父親もそうだった」

頭の芯を冷やすその一言を耳で鳴らしながら、セバスチャンはその場をあとにした。

20

ロンドン

〝名声は往々にして手柄も立てずに手に入り、失敗もしていないのに失われる〟
テンプルモア邸の勉強部屋の壁にかつて掛かっていたイギリスのことわざ一覧より

ジュリエットはロンドンに戻って最初の舞踏会に参加するため、フェザリング卿《きょう》の立派な邸宅に入り、とたんにため息をついた。

舞踏会が嫌いなわけではない。自分で刺繍《ししゅう》したダンス靴をパートナーに蹴られなければ、ダンスの時間は楽しかった。女主人が月桂樹《げっけいじゅ》の小枝や風変わりなちょうちんをあちこちに飾って、普通の屋敷を豪華に変身させたさまを眺めるのも好きだった。何をするときもこおろぎの合唱のようにあたりを包みこむ、がやがやしたおしゃべりの音すらも楽しんだ。

ただし、そのおしゃべりが自分のことでなければの話だ。三日前にロンドンに戻って以来、世間にはジュリエットの話題しかないのではと思えるほどだった。ぞっとするような堕落の物語。ロンドンを二週間離れていれば、噂《うわさ》が根づき、有毒な雑草のように広がっていくにはじゅうぶんだったらしい。

それでも、大半がずいぶん前に送られてきた招待状を消化するまでは、社交の催しに行くのをやめたくはなかった。グリフとロザリンドがいくら反対しようと関係ない。昨夜のレディ・イプスウィッチ宅での晩餐会《ばんさんかい》が、大惨事に終わったことも関係ない。内緒話と悪口と好色な口説き文句が押し寄せてきて、ジュリエットは今にも泣きそうだった。

だからといって、出席を取りやめようとは思わなかった。あの卑劣なおしゃべりたちが、薄汚い侮辱で私を社交界から追い出せると思っているなら、驚くことになるわ。あくまでも堂々とふるまってやる。噂から逃げれば、事実だと認めることになる。噂をつぶそうと思えば、人前に出て、何をばかなことを言っているのだという態度を貫くしかない。

幸い、しばらくセバスチャンの正体を暴こうとしていたため、演技はうまくなっている。セバスチャン。噂は自分が止めると誓いながら、またもジュリエットを捨てた。甘ったるい愛の行為のあと、ジュリエットが一人でロンドンに帰ることになろうとも、家族に真実を話すことを冷たく拒否した。

ジュリエットはまばたきで涙を押し戻したが、シュロップシャーを出てから五十回はそうしていた。最低！　今夜はあの人のことは考えるまい。すでに状況は最悪なんだから。

ロザリンドとグリフを両脇に従え、ジュリエットはつんと顔を上げて舞踏室に入った。レディ・メリントンに気づかないふりをされても、ひるまなかった。この口うるさい老侯爵夫人のことは、もともと嫌いだったのだ。

キンズリー卿は友人たちに何やら言い、いやらしい視線を送ってきたが、ジュリエットが黙って見つめていると、顔を赤らめてそっぽを向いた。自分のほうが先に目をつけたとか何とか下品なことを言い、噂に尾ひれをつけているに違いない。

友人だったはずの三人の女性のそばを通るときに非難のまなざしを向けられると、さすがのジュリエットも決意が揺らいだ。もちろん、三人とも厳格な母親に同調しているだけだろう。だとしても、三人の内緒話の声は大きく、〝大胆な人〟だの〝何て恥知らずなの〟だの〝私が聞いた話だと〟だの、会話の断片が聞こえた。

それ以上聞こえる前にと、ジュリエットは足早にその場を通り過ぎた。今のは堪《こた》えた。それは否定できない。だが、その気持ちを誰かに知られるくらいなら死んだほうがましだ。

ロザリンドに肘をつかまれた。「ねえ、ジュリエット、いやならもう帰っていいのよ」

ジュリエットは姉の手を振りほどいた。「まさか、私はそんなに簡単に追い払えないわよ。今、立ち向かったほうがいいの。臆病者だとか、自分の〝罪〟がばれて気後れしているだとか、思われたくないから」一カ月前は近寄ってもこなかった年配のナイト卿が、にたにたと笑いかけてきて、ジュリエットはその笑みが消えるまで相手をにらみつけた。

「大丈夫よ、お姉様。自分で何とかするから」

「今夜、けりをつけてやる」グリフがうなった。「モントフォードが来ているようだ。噂を流したのはあいつだと気づくべきだった。でも、そこまでするとは思わなかったんだ」

シュロップシャーを発《た》つ前、グリフはスワンパークにいるダニエルに手紙を書き、噂のことを説明して、それを止めに行くと告げた。ロンドンに戻ってくると、ダニエルからの手紙が待っていた。グリフは内容については何も言わなかったが、それを読んでモントフォードが犯人だと信じるに至ったのだろう。

「モントフォード卿に近づくときは慎重にね」ロザリンドがグリフに言った。「あの人が犯人だという確証がないのなら――」

「確証はある」グリフは言い返した。

「結婚の申しこみを断ったとき、モントフォードには確かにひどい態度をとられたけど」ジュリエットはむっつりと言った。「でも、噂を流したことを証明するのは難しいわ。社交界では感じのいい紳士だと思われているし、それはつまり意地が悪いだけじゃなくて、陰険だということよ。それに、あの人が噂の発端だと証明できたとして、どうするつもり？」

「モントフォードのことは僕に任せてくれればいい」グリフはそれだけ言うと、舞踏室の奥に向かっていった。

「早まったことをしなければいいけど」ジュリエットはつぶやいた。

「私もそう願うわ」ロザリンドは言った。「でも、できることはしてもらいましょう。あなたが受けた仕打ちに報復するのは、自分の使命だと思っているの。復讐《ふくしゅう》しに行ける場所に誘拐犯がいないものだから、代わりにモントフォードを攻撃するつもりなのよ」

「モントフォードのほうも攻撃してくるかもしれないわ」ジュリエットは言い返した。「でも正直に言って、グリフがモントフォードに何かできるとは思わない。モントフォードは本人のためにならないくらいの大金と権力を持っているわ。言うまでもないけど、他人が苦しむのを見て楽しむ人だし。だからこそ、私のことで喜ばせたくないのよ」歯を食いしばってでも、まったく動じていないふりをするつもりだ。

ヘイヴァリング卿が早足で近づいてくるのが見え、ジュリエットは何を言われるのだろうと身構えた。いつも感じのいい人だが、今は誰がどんな態度をとるかわからない。

二人の前まで来たヘイヴァリング卿は息を切らし、つっかえながら言った。「最新ニュースはお聞きになりましたか？　今、その話で持ちきりですよ！」ジュリエットは気を引きしめ、自分に関する噂を繰り返すつもりなら反撃してやろうとしたが、口を開く前にヘイヴァリング卿が続きを言った。「また海賊王が襲ってきたのです！　今回はやりすぎですよ。船一隻分のイギリスの女囚を人質に取ったのですから！」

「本当に？」ロザリンドは興奮に目を見開いて言った。「船を丸ごと？」

「船じゃなくて、女囚ですよ。理由は誰にもわかりません」ヘイヴァリング卿は身を乗り出し、二人に最新情報を伝えたのが自分であることがいかにも嬉《うれ》しそうだった。「しかも、海賊に襲われたとき、その船にはブラックモア卿の継妹のミス・ウィリスが乗っていたんです。改革主義者ですからね。とにかく、ブラックモアはかんかんです！　今日の午後ずっと、波止場にいたという話ですよ。ミス・ウィリスはほかの女性たちと一緒に連れていかれたわけではなさそうですが、誰も乗っていない囚人船がイギリスに戻ってきて以来、彼女の姿を見た人はいないと。それから、ほかにも噂が——」

「嘘《うそ》かもしれませんわ」ジュリエットは厳しい声で割って入った。自分の状況に酷似していて不愉快だった。「本当に、聞いた話を何でも信じないほうがよろしいですわよ」

ヘイヴァリング卿は熱っぽくジュリエットを見つめた。「レディ・ジュリエット、それは大丈夫です。どこかの若い淑女がどうしたというような話は、たとえ皇太子殿下がおっしゃったとしても信じませんから」意味ありげな沈黙が気になった。「でも、この話は海軍委員会の委員が直接の情報源なのです。はっきりしないのは、ミス・ウィリスが連れていかれたかどうかという点だけで、それもじきにわかると思いますよ」

「かわいそうに！」ロザリンドは言った。「海賊に連れていかれるなんて……ぞっとするわ」

そのときに、ジュリエットはようやく気づいた。モーガンは海賊王と一緒にいる。この事件にもかかわっているかもしれない。気の毒に、セバスチャンは打ちひしがれるだろう。ずっしりと気が重くなる。さっきまでは、モーガンが戻ってくる前にセバスチャンが会いに来る希望も少しは持てたのに、この知らせに打ち砕かれてしまった。ブラックモア卿はウィンスロップ卿と違い、政治的影響力が大きい。海賊王と、彼に仕える不運な乗組員たちを成敗しなければ気がすまないだろう。その中には、セバスチャンの不幸な弟もいる。

これでセバスチャンは、ジュリエットのためにリスクを冒すことはなくなる。このような話を聞いたあとでは。

「レディ・ジュリエット？」ヘイヴァリング卿は心配そうに問いかけた。「大丈夫ですか？　顔が真っ青です。あなたのようにお優しい方は、恐ろしい悪党の話を聞くのがおつらいのでしょうね」ヘイヴァリング卿はヘアオイルの悪臭が臭うほど身を寄せ、ジュリエットの手を両手でさすった。「パンチでもお持ちしましょうか？　今にも失神しそうだ」

ロザリンドもけげんそうに見てきたので、ジュリエットは何とかしかめっつらを抑えた。

「いえ、大丈夫です。ただ、その女性たちがどんな目に遭っているのかと考えてしまって」

「もし、僕が船を持っていたら」ヘイヴァリング卿は力強く言った。「今すぐ海に出て、海賊を追いかけていますよ。絶対に」

ジュリエットは笑いを噛《か》み殺した。「もちろんですわ」ただし、誰かに銃を頭に突きつけられている場合に限るだろう。

ダンスが一曲終わり、会話は一時的に拍手の音にさえぎられた。やがて、ヘイヴァリング卿はジュリエットのほうを向き、期待するようにほほえんだ。「よろしければ、次の曲は僕と踊っていただけませんか？」

気の毒な、優しい人。賢くはないけれど、少なくとも、私とダンスをしているところを見られてもいいと思える度胸はある。少なくとも、義務と責任を女性に対する感情の枷《かせ》にはしない。

だから、自分のほうはその感情を返せなくても、ヘイヴァリング卿に手を取られてダンスフロアに出ることは許した。すれ違いざまに内緒話をする人々は無視した。軽蔑したければすればいい、私は動じない。踊って笑って、現実とは違う無垢《むく》な乙女のふりをする。顔が痛くなるまでほほえみ、誰も笑い返してくれなくても、とにかく笑い続ける。

何よりも、この混乱に私を突き落とした裏切り者、セバスチャン・ブレイクリーのことをくよくよ考えないようにするのだ。

その裏切り者のセバスチャン・ブレイクリーは、混乱を解決するべくロンドンに来ていた。午後に海軍委員会に出向いたところ、例の海賊に関する最新の知らせを聞かされ、状況はますます混乱した。だが、今頭を悩ませている混乱は弟ではなく、ジュリエットに関するほうだった。この舞踏会にやってきたのも、それが理由だ。

そして、ジュリエットに会いたいという事実。こんな理由でもなければ、フェザリングの舞踏室に立って、大量の知らない顔に視線を走らせ、人ごみに悪態をついたりしない。ジュリエットはどこかにいるはずだ。ナイトンの使用人が自信満々にジュリエットの行き先を教えてくれたので、招待状もないのにやってきた。ジュリエットの姿が見当たらないとなると、それは愚かな判断だったことになる。

まったく、こういうくだらない催しは大嫌いだ。めかしこんでこれみよがしに歩く男たちも、着飾りすぎた女性たちも、自宅の暖かな暖炉の前に留《とど》まる分別はないのかと思う。誘拐騒ぎのあとすぐにロンドンに来なかったのも、こうした場が嫌いなせいだ。

あのときもジュリエットを捜していた。劇場のボックス席に立ち、よだれを垂らした猟犬のような貪欲さで、ジュリエットのほっそりした姿を捜した。今とまったく同じように。

突然、ハンサムな紳士と踊るジュリエットの姿が目に飛びこんできて、セバスチャンはかっとなった。ろうそくの光にほのかに照らされたジュリエットの顔に、その男が注ぐ視線が気に食わない。ちらちら光る絹っぽい素材のジュリエットのドレスも、レースに縁取られた優美な身頃からすべすべした肌が見えすぎていて不愉快だ。何よりも気に入らないのが、ターンするとき、あの雄弁な曲線美をうっとりとなで回す権利があるかのように、男がジュリエットのウエストに我が物顔で手をかけていることだった。

ああ、舞踏室を大股で横切り、あの男からジュリエットを奪いたくてたまらない。だが、それは賢明とは言えない。まずは噂を流した人間を突き止めなければならないのだから、ジュリエットとの関係が周囲に知られるのはまずい。

ただ、心配していたほど、ジュリエットは噂の影響を受けてはいないようだ。でないと、まともな紳士とダンスすることはできないだろう？

といっても、あの男はちっともまともではない。セバスチャンは顔をしかめた。図々《ずうずう》しくもジュリエットと踊るなんて、どこのどいつだ？　あたりを見回すと、近くに若い男性が固まっているのが見えた。「失礼」いちばん近くにいた男性に話しかける。「レディ・ジュリエット・ラブリックと踊っているのは誰でしょう？」

男性はセバスチャンにさっと視線を走らせたが、清潔で高価な服装に満足したようだった。「ヘイヴァリング卿です」

頭が悪いというあの男か？「その人なら、レディ・ジュリエットは求婚を断ったと聞いたが」できるだけ何気ない口調を装って言う。

男性は眉を上げた。「そのとおりです。でも、誰も彼女に結婚を申しこまなくなった今、自分のチャンスが来たと思ったんでしょう」

ああ、やっぱり噂が回っているのか。そろそろ目的を果たすときが来たようだ。「どうして誰も結婚を申しこまないんだ？」何も知らないふりをしてたずねる。「なかなかの美人のように見えるが」おまえたちみたいなばかにはもったいないくらいの美人だ。

別の若いばかが会話に入ってきた。「今までどこにいたんです？　海賊王の例の近況が届くまでは、レディ・ジュリエットの駆け落ちが今シーズン最大の話題でしたよ。あの娘は傷物なんです。二年前、ならず者と駆け落ちして、いいようにされたあと捨てられたんです。家族は今まで黙っていたんですが、誰かがその話を聞きつけて、今じゃ噂の的ですよ」

セバスチャンはまたも罪悪感に苛《さいな》まれた。僕の愚かな行動のせいで、ジュリエットの体面がこれほど恐ろしい危険にさらされているとは！　これでは、後悔してもしきれない。

「駆け落ちの相手は追いはぎらしいね」最初の若者が口をはさんだ。

何をばかなことを？

また別の若者が会話に入ってきた。「逃走中の殺人犯だと聞いたよ。レディ・ジュリエットも逃走を助けたとか」

「どっちも間違ってるよ」長身のまぬけ男が言った。「その男とはストラトフォードの酒場で知り合ったんだ。スワンリー姉妹はストラトフォードの外れに住んでいるからね」打ち明け話をするように、声を落として言う。「とにかく、レディ・ジュリエットはシュミーズ姿で酒場のテーブルの上で踊って、そこからすべてが始まったというわけだ」

「おい、いいかげんにしろ」それ以上聞いていられず、セバスチャンは口をはさんだ。

「あの女性が半裸でテーブルの上で踊るように見えるか？　ロンドンの人間は揃《そろ》いも揃って分別を失ってしまったのか？」

「人は見かけによらないものですよ」いちばん近くの若者がセバスチャンをつついてウィンクした。仲間は知ったふうな視線を交わした。

「見かけもある程度は信用できる」セバスチャンは言った。「大金を賭けてもいい。レディ・ジュリエットはこの部屋にいるほかの淑女と同様、きちんとした人だ」

「僕たちも皆そう思っていたんですが、間違っていたんです」若者は続けた。「実は脚の間に男を迎えたくてたまらない、みだらな女だったんですよ。今、あの人と踊るのは、ヘイヴァリングを除いたら、愛人を捜している男だと思いますね」

おしゃべりなばか男どもめ！　セバスチャンは何度も頭に血が上り、爆発しそうになった。こいつらの脚の間にあるものを引きちぎってやりたい。全員の首を絞めてやりたい。

奇跡でも起こったのか、セバスチャンは激昂《げっこう》を抑えることに成功した。「噂がくだらないものであることは、もちろん君たちもわかっているだろうね。そもそも状況がありえない。追いはぎだと？　若い淑女が酒場に？　逃走中の殺人犯？　すべて誰かの作り話だ」

「それがですね」殺人犯の話を持ち出した男が反論した。「ありえない話でもないんです。レディ・ジュリエットの家族にはたいした経歴がありましてね。ナイトンは密輸品を売って財を成した。義兄のブレナンとかいうやつは、追いはぎの息子です。上の姉が結婚して以来、レディ・ジュリエットは犯罪と縁のある環境に置かれるようになったんです。父親の伯爵にも怪しいところがありますしね」

二年前に計画を立てたときは、こうした点は考慮に入れていなかった。自分の状況だけを考え、ジュリエットに厄介な経歴があることなど気にもしていなかった。誘拐騒ぎのせいで、燃える準備万端の火に油を注ぐことになったのだ。ああ、何と愚かだったのか。

最初に話をした男が、頑として頭を振った。「とにかく、ほかの連中の話は知らないけど、僕が言っていることは本当です。ラングストンから聞いたんですが、ラングストンはモントフォードから直接聞いたそうです。モントフォードは、自分の情報源はきわめて信頼できるものだと言っています。あの人は紳士だから、自分の情報源に確信が持てない限り、若い淑女を貶《おとし》めるようなことは言わないはずですし、事実でしょうね」

セバスチャンの全身の筋肉が石のように硬くなった。もっと早くモントフォードを疑うべきだった。ずる賢いあの男がいかにもやりそうなことではないか。

「なるほど、そのせいか」セバスチャンは反撃した。「モントフォードはレディ・ジュリエットに結婚を申しこんで断られている。だから、自分にできる方法で仕返ししたわけだ」

「どうしてそんなことをご存じなんです？」別の男が敵意ある口調でたずねた。「僕は結婚の申しこみの話など聞いたことがないし、そもそもあなたは誰なんですか？」

「テンプルモアだ。シュロップシャーから来た」

その男は目を丸くし、友人たちは視線を交わした。一人がたずねる。「先代のテンプルモアの相続人、セバスチャン・ブレイクリーですか？」

セバスチャンはそっけなくうなずいた。

「拳銃のデザインをしている？」別の男がたずねた。

「そうだ。射撃もやっている」セバスチャンは男たちをにらみつけた。「実情を知りもせず、若い淑女に関する悪意ある嘘を言いふらす紳士を練習台にするのが、何よりも好きでね」

それを聞いて、若者の大半がおしゃべりをやめたが、一人の若者が果敢に口を開いた。

「あなたに何がわかるんです？　いきなりやってきてそんなことを言い張り、モントフォードを非難したあと、僕たちを脅して――」

「そのとおりだ。僕が苦情を申し立てている〝紳士〟とは、君たちのことではない。モントフォードだ。誰かあいつの居場所を知っているか？」

一同は不安げな顔をしたが、やがて一人が申し出た。「少し前に、ナイトンと図書室に向かっていましたよ。あの人の話に噛みついているのは、あなただけではないようですね」

くそっ、ナイトンが出てくると、ますます話がややこしくなる。「図書室はどこだ？」

一同は図書室の方向を指さし、セバスチャンは急ぎ足でそちらに向かった。舞踏室の壁沿いを迂回《うかい》しながら、さっきよりも近くでジュリエットを見ると、ダンスの相手に無理にほほえんでいるのがわかって身がすくんだ。ダンスが終わり、ジュリエットがヘイヴァリングに導かれてダンスフロアを離れるときは、二人が通り過ぎるそばで女性が固まって噂をしているのが見えた。若い紳士たちがジュリエットにぶしつけな視線を浴びせているのに気づくと、セバスチャンは声を殺して毒づいた。

両手をこぶしにする。自分に先が見通せなかったばかりに、ジュリエットをこんな目に遭わせてしまった。だが、慎重に制御したはずの行動が、ここまで手に負えない結果を招くとは思っていなかった。ジュリエットを傷つけるつもりも、彼女の人生をここまで徹底的に打ち砕くつもりもなかったのに。

セバスチャンは歯ぎしりした。どういうつもりだろうと関係ない。これが結果なのだ。しかも自分は、ジュリエットの不安を軽んじるようなことを、本人の前で言った。よくもそこまで残酷になれたものだ。だが、これからは違う。ほかに何もできなくても、このばかげた噂だけは何とかする。噂を消し去ることはできないが、被害を減らすことはできる。

酒場でシュミーズ一枚で踊っていただと？　モントフォードを剣の先端で踊らせてやる。

図書室はすぐに見つかったが、それは廊下の半ばまで大声が聞こえていたせいだった。

セバスチャンは外でためらい、ナイトンが自分の主張を終えるまで待つべきか迷った。そのとき、隣の部屋のドアが開いていることに気づいた。中をのぞきこみ、二つの部屋をつなぐドアが開きっぱなしになっているのを見てほくそ笑む。

必要とあれば飛びこもうと身構え、開いたドアに向かってじりじり動いた。

「いったい何の話だ」普段はイートン校出身らしく歯切れのいいモントフォードの口調が、今は酒で不明瞭になっていた。「どうして僕が君の義妹《いもうと》さんの噂を流すんだ?」

「理由はわかっているだろう!」ナイトンはどなった。「ジュリエットにふられたからだ!」

セバスチャンはうなり声をこらえた。この男ときたら、大砲並みの直球勝負だ。

「僕の結婚の申しこみを断るような愚かな女性のことで、手をわずらわせたりはしない」モントフォードはかすかにろれつが回らない口調で言った。「復讐などもってのほかだ。どんな女性だって手に入るのだからね」

「そうかもしれないが、おまえが噂の発端だということはわかっている」

「どうしてそんなことがわかる?」

「義兄《あに》のダニエル・ブレナンから手紙をもらったんだ」

「ああ、善人ミスター・ブレナンか」ガラスがかちりと当たる音が聞こえた。「で、追いはぎの私生児である君の義兄が、僕のことを何と言っていたと?」

モントフォードは多少酔っ払っているようだが、ナイトンのいびり方は実に効果的だった。それでも、セバスチャンはナイトンの証明が聞きたかったので、そのまま待機した。

「ダニエルが言うには、おまえは二年前にロンドンで、ウォリックシャーにいるはずのヘレナを見かけ、ある舞踏会でその件をだしに彼女に言い寄ったと。ヘレナはおまえに迷惑をかけたくなくて、そのことは黙っていた――」

「ばかなことを！」モントフォードは笑いながら叫んだ。「彼女が黙っていたのは、うっかり秘密をもらしてしまったことを、君たちに知られたくなかったからだ」

「秘密って何だ？　おまえが広めている、ジュリエットが男と逃げたという戯言《たわごと》か？」

またもガラスのかちりという音が聞こえた。「ナイトン、とぼけるのはよせ。僕は真実を知っている。ジュリエットに求婚を断られたあと、人を雇って、君の義姉妹二人がウォリックシャーの自宅にいたことになっているとき、実際にはどこにいたのか調べさせたんだ。それで、ジュリエットがモーガンという男とサセックスに逃げたことがわかった。だから、嘘はつくな。愛《いと》しのジュリエットが見た目ほど無垢でないことは知っている」

セバスチャンは今すぐ隣の部屋に駆けこみ、モントフォードの首を絞めたい衝動をかろうじて抑えた。本当に首を絞められるべきは自分だ。いったい何を考えていたんだ？　モントフォードは強欲な人間だが、社交界には似たような連中がうようよしている。もし自分以外の人間について冷静に考えていれば、ジュリエットを誘拐することで彼女が置かれる状況の危険さに気づいたはずだ。

「つまり、噂を広めているのはおまえということだ」ナイトンは言った。

「噂じゃない。事実だ。僕は社交界に便宜を図っているだけだ。君の義妹さんの本当の姿を知っているのに、誰かが勝手な思いこみをするのを見ていられないからね」

「この野郎！」ナイトンはどなった。「この件で夜明けにおまえと――」

「それはどうかな。君が僕と決闘すれば、噂を裏づけることになって、レディ・ジュリエットは今よりも分が悪くなる。それに、まずないとは思うが、君が僕を殺した場合はイギリスから逃げることになるから、商売は経営陣に丸投げ、家族は君なしでやっていくことになる。あるいは、家族を大陸に連れていって、何者でもない立場に追いやるか。決闘に勝てない可能性もあるね。そのときは、悲しみに暮れる気の毒な義妹さんを、ぜひともなぐさめさせてもらうよ」

その光景を想像し、セバスチャンの血は冷えきった。

「邪悪な悪魔め、破滅させてやる！」ナイトンは叫んだ。「おまえの名前を泥まみれに――」

「どうぞどうぞ。ただ、うちは歴史ある由緒正しい家柄だが、君の家族は醜聞だらけだ。僕は名前を泥まみれにされても無傷でいられる。君に同じことができるとは思えない」

長く張りつめた沈黙が流れた。「要するにおまえは、おまえの求婚を断った以外には何もしていない女性を破滅させるつもりなんだな」

「いつまでも断ってはいられないさ。もうほかに結婚してくれる人はいないんだから」

「こんなことをしておいて、義妹との結婚を許すと思っているなら――」

「今はそうだとしても」一瞬間があり、またもガラスの音がした。「社交界でレディ・ジュリエットと君たちがどう扱われるかを思い知ったあとでは、考えも変わるかもしれない」

セバスチャンは唖然《あぜん》としてその場に立ちつくしていた。これはすべて、ジュリエットに結婚を強いるためにやったことなのか？　モントフォードは正気を失ってしまったのか？

「これで終わりじゃない」ナイトンはどなった。「こんなことをしておいて、逃げられると思うな。おまえの企《たくら》みは阻止してやる、絶対に」

モントフォードはその言葉に笑顔を返しただけだった。ナイトンは部屋を出ていったらしく、図書室から外に出るドアが背後でばたんと閉まり、モントフォードがこう呼びかけるのが聞こえた。「せいぜい頑張って阻止するんだな、ばか野郎！」

セバスチャンは何気ない表情を繕って、続き部屋のドアから図書室に出た。「この種の催しでは、こういう興味深い会話が耳に入ることもあるものだな」それを聞いたモントフォードが悪態をつき、手にしていた酒瓶を取り落とすのを見て、暗い喜びを覚えた。瓶はどんと音をたて、モントフォードが腰かけていたデスクに落ちた。

だが、入ってきたのが誰かわかると、モントフォードはほっとした顔になった。「何と、テンプルモアか。君で助かったよ」半分空になった瓶からグラスにワインを注《つ》ぎ、瓶を掲げる。「旧友よ、一杯やるか？　フェザリングはどこかにまだグラスを置いているはず……」モントフォードは立ち上がり、グラスを探して部屋の中をふらふらと歩いた。

「ありがとう、でもけっこうだ」セバスチャンは言い、言葉がつかえそうになるのをこらえた。本当は瓶をモントフォードの喉に押しこみ、金髪の悪魔のなよなよした目鼻立ちを紫色にしたくてたまらない。

だが、自分の手の内を見せる前に、モントフォードの目的と、彼がどこまでするつもりなのかを見極めなければならない。いかなる場合も、敵を知るのは賢明なことだ。

モントフォードはワインをあおった。「驚いたね、何年ぶりだ？　一年？　二年？」

「二年は経《た》っている。前回会ったとき、僕はロンドンにいた」

モントフォードは不安定な姿勢で本棚にもたれたまま、片眼鏡を取り出してセバスチャンを眺めた。「君はあの田舎の地所で、銃を鋳造していると思っていたが」

「気分転換がしたくてね」セバスチャンはデスクの角に片尻をのせ、腕組みをした。「何か面白いことはないかと思って、フェザリング邸に来たんだ。すると、君がナイトンと気まずい展開になっていたものだから、大いに楽しませてもらったよ」

モントフォードの顔に気取った笑みが広がった。「さっきのやり取りを全部聞いたんだな？」自分に乾杯するように、グラスを上げる。「次に僕に絡むときは、ナイトンもよく考えたほうがいい」

「確かに。ただ、君が一人の女性、それもきちんとした女性のためにそこまでするというのは、話に聞くのとは違っていて驚いたよ。噂を広めるだの何だの……ナイトンを怒らせてまでも結婚したいと思うなんて、よっぽどきれいな人なんだろうな」

モントフォードは片眼鏡を落とした。「確かにきれいだが、重要なのはそこじゃない」グラスの中身を飲み干すと、どんと棚に置いた。「物の道理というやつだよ。これまで女性に求婚したことはなかった。足枷をつけられるには、まだ二、三年猶予があると思っていたんだ。ところが、レディ・ジュリエットに出会って、彼女なら申し分ないと思った。かわいらしくて、若くて、柔軟で」モントフォードは頭を振った。「いや、そう見えたというだけだが。簡単に僕の趣味に染められると思った……ほら、洗練された趣味に」セバスチャンにウィンクしてみせる。

セバスチャンはやっとの思いで身震いを抑えた。「男が気乗りしない相手に農作物を使おうとするのを、最近は趣味と称するのか？」十四歳のときでさえ、モントフォードの趣味はランブルックの住民に衝撃を与えていた。ロンドンとは違い、シュロップシャーでは趣味を隠していなかったのだ。当時、モントフォードは〝田舎者〟をばかにしきっていた。

「つまり、君は少年時代と変わらず、堅苦しいんだな」モントフォードは肩をすくめた。

「意外だと言わざるをえないね。お父上が型破りな人だったから、君も今はそれなりに洗練された趣味を持つようになったんじゃないかと思っていた」

「ああ、僕の趣味は相変わらず慎み深いよ。愛の営みに農作物を使うのはごめんだ」

「でも農作物は興奮を高めてくれるし、慎み深い行為は退屈なだけだ」モントフォードは宙で瓶を振った。「今回こっちにいる間に、ロンドンのエキゾチックな快楽を教えてやろう」

　セバスチャンは歯を食いしばった。「考えておくよ。それよりも、君の求婚を断った女性の話だ。ナイトンは義妹を君にやらないと決めているようだったが」

　モントフォードの金髪の眉が、むっとしたようにひそめられた。「愚かなやつだ。でも、社会的地位のある男が誰も義妹と結婚してくれないとなれば、態度を変えるさ」唇にだらりと笑みが浮かぶ。「ジュリエットの若さゆえの無分別も、結婚を考える理由の一つだ」

「というと？」

「若くて、結婚相手にふさわしく、乙女と妖婦の両方を演じられる女を見つけるのがどれだけ難しいかわかるか？　僕の妻として通用するほど育ちがよく、かつ若くて、僕のエキゾチックな趣味に合う活《い》きのいい女だ」モントフォードは瓶をらっぱ飲みした。「ジュリエットの過ちを聞いたとき、愛人にすることも考えた。でも、過保護な家族に脇を固められている。それに、僕も結婚しなきゃいけない。それなら、自分が楽しめる女に跡継ぎを産ませればいいだろう？　しかも、公爵夫人の座をありがたく受け入れ、結婚生活の間、過去を弱みとして握っておける相手であればなおいい。たとえばの話だがね」

モントフォードがジュリエットを〝エキゾチックな趣味〟に合う〝活きのいい〟女性として見ていると思っただけで、胃がむかむかしてきた。「でも、君はふられたんだろう。相手は公爵夫人の座をさほど〝ありがたく〟は思っていないような気がするが」

モントフォードは渋い表情になった。「ああ、少々偽善的なところがある女でね。性格が合わないという理由で求婚を断ってきた。腹が立って仕方がなかったよ」

「そこで、仕返しに自分が入手した情報を広めたんだな」

「本当に、仕返しが目的じゃないんだ。欲しいものを手に入れるためさ。欲しいのはジュリエットだ。あの傲慢さを罰してやりたい。あばずれ淑女を膝にのせて、支配力のある男の偉大さを思い知るまで、尻を打ってやる」モントフォードは冷ややかな口調になった。「それに、あんな小娘に結婚を断られるわけにはいかない。胸糞《むなくそ》悪い先例ができてしまう」

セバスチャンは激しい怒りを抑えつけた。「つまり、君は社交界中に悪口をばらまいたのに、それでもレディ・ジュリエットは結婚してくれると思っているんだな？」

「もちろんだ。ジュリエットとその家族を、狙いどおりの立場に追いこめた。二、三週間は社交界に非難され、男からは結婚ではなく愛人契約の申し出を受けて苦しめばいい。そのうち、僕が噂を消してやると約束する。ただし、僕と結婚するのが条件だ」モントフォードは狼《おおかみ》のような笑みを浮かべた。「僕なら噂を消せる。その件について調べたところ、ジュリエットはだまされただけだったとわかった、と言えばいい。口うるさい連中はしつこく噂するだろうが、たいていの人は僕の言い分を信じるだろうし、僕がジュリエットと結婚するとなればなおさらだ。あの女も多少の苦しみを経験したあとなら、僕のおかげでまともな地位に就けることを泣いて喜ぶだろう」

モントフォードの膝の上で。そう思っただけで、肌が粟立《あわだ》った。もうたくさんだ。セバスチャンはデスクから立ち上がった。「〝二、三週間は社交界から非難される〟というのを飛ばして、今すぐ噂を消しにかかったほうがいいと思うがね」

モントフォードは笑った。「君は昔から紳士だったな。ただ、知りもしない女のことをどうして気にかけるのかわからないが」

「実を言うと、ジュリエットのことはよく知っている。この二週間、家族とともにチャーンウッドに客として滞在していたんだ。どうして僕がここに来たと思う？」

モントフォードの顔から笑みが消え、目つきが鋭くなった。「これが何かの冗談だったら――」

「冗談ではない。今この瞬間も、ジュリエットは僕のプロポーズを検討している最中だ。この問題はロンドンにいる間に片づける。だから、彼女と結婚する望みは捨てろ」

「ジュリエットはほかの男と関係を持っていたのに、それでも結婚するのか？」モントフォードは鼻を鳴らして言った。「お高くとまった君が？」

セバスチャンは誰も彼もに気取り屋だと思われることに辟易《へきえき》していた。「僕は君が思っているほど野暮な男じゃない。ジュリエットのような女性独特の魅力に惹《ひ》かれる男は、君だけじゃないんだ」

モントフォードは酒とは別のもので顔を赤くし、本棚から体を起こした。「とぼけた顔で、こそこそしやがって――」

「そういうわけで」セバスチャンは恐ろしく真剣な口調で続けた。「今すぐ噂を止めてくれ」

「おまえの希望など――」

「将来の妻の立派な名前を、君の安っぽい当てこすりのために汚されたくはない。今からやるべきことを教えてやる。舞踏室に戻って、下劣な仲間たちに、レディ・ジュリエットの件は勘違いだったと言うんだ。説得力のある言い方をしたほうが身のためだぞ」

モントフォードの体中の〝洗練された〟骨から、軽蔑の念が噴出していた。「いったいどういうわけで、僕がそのとおりにすると思うんだ？　ナイトンの言うことも聞かなかったのに、どうして君の言うことを聞く？」

「僕はナイトンと違って、君と戦うことで失うものは何もないからだ。妻もいない、義妹もいない、親友もいない。家族はぜひとも僕の結婚を見届けたがっている叔父が一人いるだけだ」最近の騒動を思えば、モントフォードにモーガンとの関係を知られていないのは幸いだった。「守るべき会社もない。だから、僕の名前を泥まみれにすると脅されても何とも思わない。家名なら父が地の底にたたき落としたから、これ以上悪化させることはできないし、もしできたとしても、チャーンウッドでの暮らしに支障はない」前に進み出ると、一瞬モントフォードの目に警戒の色が浮かんだのが見えた。「もしこのことで決闘を挑まれても、君を殺すことに躊躇《ちゅうちょ》はないし、それはたとえ地所を捨て、ジュリエットとともに大陸に逃げることになっても同じだ」

モントフォードは身をこわばらせた。「なぜ自分が勝つと思っているんだ？　確かに君の拳銃の腕前はたいしたものだが、決闘を申しこまれたら、僕は剣を選んで――」

「誰が自分から決闘を申しこむと言った？　公衆の面前で口汚く君を罵り、プライドの高い君が決闘を申しこまざるをえなくするんだ。そして意気揚々と、その薄汚れた心臓に弾をぶちこんでやる」モントフォードの華奢《きゃしゃ》な体を、軽蔑するように上から下まで眺める。「その小さな持ち物を撃ってもいいな。君が狙いを定めるより早く仕留めてやる」

モントフォードは青くなった。彼が射撃下手なことは誰もが知るところだ。プライドが高すぎて、人前で侮辱されることに耐えられないことも、セバスチャンはよく知っていた。

「これで決まりだな」セバスチャンは続けた。「四十八時間以内に噂を止めろ。あさってには、社交界の誰もがジュリエットを本来の姿どおり、天使のように扱っているところが見たい。さもなければ、それが実現するまで、おまえの人生を生き地獄にしてやる」

セバスチャンは答えを待たずに歩き出し、ドアを開けた。振り返ると、モントフォードは凍りついて目を見開き、股間を、しかもそれを人前で撃たれる想像に怯《おび》えているようだった。

図書室に入って初めて、セバスチャンはほほえんだ。「それでは失礼して、結婚しようと思っている女性とダンスをしてくるよ」

ジュリエットに関する計画を大きく変え、セバスチャンはその場をあとにした。これ以上、物陰からジュリエットを見ていることには耐えられない。世界中が見ている前でジュリエットにプロポーズする。彼女が提示するくだらない条件など糞食らえだ。ジュリエットとも結婚するし、モーガンのことも守る。前も守ったのだから、今回も守れるはずだ。

ただ、一つだけ確かなのは、今回はジュリエットのこともあきらめないということだ。

21

〝一人の分別や美徳で大勢が幸せになることはめったにないが、一人の愚行や悪徳で大勢が不幸になることは多々ある〟

シュロップシャーからロンドンに戻る道中、ジュリエットが壁掛けに刺繍《ししゅう》した

サミュエル・ジョンソン作『ラセラス』の一節

ヘイヴァリング卿《きょう》とのダンスが終わってまもなく、ジュリエットが女性用の化粧室から戻ってくると、グリフがひなぎくを狙うすずめばちのごとく舞踏室を旋回しているのが見えた。ジュリエットは身を屈《かが》めてホールに戻ろうとしたが見つかってしまった。グリフは一瞬だけ足を止めてロザリンドを引き寄せ、ジュリエットめがけてまっすぐ歩いてきた。

ジュリエットはため息をつき、立ち止まってグリフを待った。表情から察するに、モントフォードとの話し合いがうまくいかなかったのだろう。意外でも何でもない。

「帰るぞ」近づいてくるなり、グリフは言った。

「どうして？」自分を軽蔑し、噂《うわさ》する人々の間を動き回るのはいやだったが、逃げ出すのはもっといやだった。

「モントフォードには話が通じない」グリフは言った。「噂を流したのはあいつで間違いなさそうだが、折れようとしない。君と結婚すると決めていて、君の評判を泥まみれにすれば目的が果たせると思っている。いずれは絶対に止めてやるが、あいつを出し抜く方法を考えるには、ある程度の下調べが必要だ。それまでは――」

「それまでは」ジュリエットが言葉をはさんだ。「私は何事もなかったようにふるまうわ。ごめんなさい、グリフ、私が逃げ隠れするところを見せて、あの人を喜ばせるわけにはいかないの。だから、そんな考えは捨ててちょうだい」

「でも、ジュリエット――」ロザリンドが口を開いた。

「じゃあ、失礼するわ」ジュリエットは頑として言った。「パンチが飲みたいの。口がトーストみたいにからからよ」そう言うと、すたすたと軽食室に歩いていった。

まったく、とんでもないことになった。モントフォードを絞め殺してやりたいが、それは噂のせいだけでなく、家族が〝何があってもジュリエットを守る〟態勢に逆戻りしたせいでもある。これでは、家族から逃れるためだけに、再び家を出ていかなければならない。

楽団はワルツの演奏を始め、部屋の向こう側で、モントフォードがホールから入ってきてこちらを見たのがわかった。ジュリエットは彼の視線を冷ややかに受け止め、今夜ずっと悩まされていた、人を小ばかにする笑顔を向けてくるのを待った。

ところが、モントフォードはジュリエットをにらみつけると、友人たちのほうに歩いていった。変ね。グリフの話だとモントフォードとの交渉は決裂したはず。それなら、なぜ陰険な獣らしく、にやにや笑いを浮かべていないの？

ジュリエットは考え事に夢中で、肘に誰かの手が触れていることに、なじみのあるかすれ声が聞こえるまで気づかなかった。「ワルツを踊っていただけませんか？」

ジュリエットは凍りつき、そちらを見ることもできず、その人物がここにいることも信じられなかった。勇気を振り絞ってようやく振り向くと、心臓が胸から外れたかのように、激しく打ち始めた。彼は自分が受け入れてもらえるかどうか自信がないのか、中途半端にほほえんでいて、ジュリエットの愚かな、のぼせ上がった心の隅々まで灯《あか》りがともった。

「セバスチャン」ジュリエットは息を切らした。

「別の人だと思ったのか？」セバスチャンは眉を上げて言った。

「ち、違うけど。ただ……その、あなたが来てるとは思っていなかったから」

セバスチャンが探るように顔に投げかける視線があまりに優しく、ジュリエットの胸はうずいた。「僕が君を二度も捨てると本気で思っていたのか？」

その言葉で、ジュリエットは幸福な夢から覚めた。セバスチャンが突然現れたことをどう解釈していいかわからず、ぎこちなく背筋を伸ばす。「ええ、思っていたわよ」

「じゃあ、たっぷり埋め合わせをしないといけないな。僕と踊ってくれ」

ジュリエットは眉を上げ、何気ない、世慣れた態度をとろうと無駄な努力をした。「ダンスをすれば埋め合わせができると思っているの？」

「いや。ダンスをすれば、君が僕を嫌っていないことが確かめられると思っている」

セバスチャンの顔は痛ましいくらい真剣で、ジュリエットは思わず態度をやわらげた。手を差し出す。「嫌ってはいないわよ。とりあえず、大嫌いではないわ」

「じゃあ、もっとよく思ってもらえるよう頑張るよ」セバスチャンはジュリエットの手を肘の内側にはさんでダンスフロアに連れていき、やがて二人はワルツを踊りだした。

記憶が押し寄せ、ジュリエットは息が止まりそうになった。ダンスをするのはずっと前、セバスチャンが初めてストラトフォードに現れたとき以来だ。セバスチャンがダンスの名手であることも、ウエストに置かれた手の感触が官能的であることも、セバスチャンの煙っぽい匂いが二人の間に漂うことも忘れていた。

セバスチャンの顔を見ると、最後に会ったときから変化していることに気づいた。前からこんなに痩せて、疲れた顔をしていたかしら？　それとも、私に会えなかったことが、私と同じくらい堪《こた》えていると思っていいの？

つまり、やっと家族に話をしてくれる気になったということ？

「どうして来たの？」希望を抱きすぎる前にと、ジュリエットはぶっきらぼうにたずねた。

セバスチャンは感情のうかがい知れない顔でジュリエットを見た。「会いたかったから」

その言葉で全身に駆け抜けた戦慄を抑えようと、ジュリエットは無駄なあがきをした。「私の記憶だと、あなたは〝人生の大半を君なしで生きてきた〟から、〝あと数週間くらい何とかなる〟と言っていた気がするんだけど」

セバスチャンはたじろいだ。「ばかなことを言ったものだな。男だから、ときどき大風呂敷を広げてしまうことがあるんだ。そういうものだと思ってほしい」

「相変わらず傲慢な人ね」ジュリエットは鼻を鳴らして言った。

「そのとおりだ」セバスチャンはフロアの上でジュリエットをよどみなく、軽々と動かした。社交界にめったに顔を出さない割に、実にダンスがうまい。「君には言っておかないとね。僕がここに来たのは、君と結婚するためだ」

厳しく自制心を働かせているというのに、ジュリエットの心臓は早鐘を打ち始めた。「私はまだプロポーズを受け入れたわけじゃないし、あなたもそれは知っているでしょう」

「ああ、でもこのあと受け入れるよ。今回は断らせるつもりはない」

愚かな、夢見がちな心を抑えるのは実に難しくなってきていたが、それでも抑えなければならなかった。セバスチャンのことはまだ信じられない。とはいえ、夜会服に包まれた上品な見目麗しい姿を見つめたい衝動には身を任せた。これ以上の容姿を求めるなら、一枚ずつ服を脱いでいって、あのおいしそうな胸をあらわにするしか……。

「まずは」セバスチャンは続けた。「今夜君の家族に僕の目的を告げることから始める」

「私の希望はお構いなしで、ここに来れば結婚できると思っているのね」

「そんなところだ」

心がこんなふうに、時期尚早に喜びの舞を踊るのをやめてくれればいいのに。「まさか、分別を取り戻して、私の家族にすべてを話す気になったわけではないんでしょうね」

セバスチャンの長くしんとした沈黙が、答えを物語っていた。

喜びの舞はぴたりと止まった。そんなにうまい話があるはずがなかった。「それなら、これ以上話すことは何もないわ」小声で言い、セバスチャンの腕から抜け出そうとする。セバスチャンはジュリエットを引き戻したが、その動きはあまりに巧みで、ジュリエットはつまずきもしなかった。「ジュリエット、聞いてくれ」

「いやよ！　あなたはやっぱり筋を通すつもりがない――」

「〝筋を通す〟ことに、君のために弟を捨てることは含まれない」セバスチャンはぴしゃりと言った。「いくら君を妻に迎えたくてもね。そのリスクは冒せない。特に今、こんな厄介なことになっている状態では――」

「海賊のことね」ジュリエットは言葉をはさんだ。「海賊王の新たな犯行についてはひととおり聞いたわ。あなたがこんなふうに反応することもわかっていた」ささやき声になってつけ加える。「私、ときどきあなたのことがわかりすぎている気になるの。あなたが口ンドンに来た本当の目的はそれでしょう……モーガンのためよ」

「いや、目的は君だ。海賊のことは今日の午後になるまで知らなかったんだから」

それを聞いて、少しだけ救われた。あれだけ絶対に来ないと言っておいて、はるばる会いに来てくれたのなら、ジュリエットのことも少しは気にかけているということだ。

ただし、それだけでは不十分だ。「ねえ、セバスチャン、もしモーガンがあの事件にかかわっているのなら、免罪じゃなくて当局に引き渡すことを考えなきゃいけないわ」

「かかわってはいない……そんなことは信じない」二人は噂好きの一人、会話に耳をそばだてているミス・マーチズのそばを通り過ぎた。セバスチャンは彼女をじろりと見たあと、ジュリエットを連れて遠ざかった。「でも、もちろん証明はできない。今日の午後、海軍委員会と話をした。モーガンがまだイギリスに戻っていない状態でも、免罪を考えてくれるよう説得しに行ったんだ。だが、そこで海賊の話を聞いた。おかげであの横柄な連中は、海賊王が捕まるまで免罪は検討もしないと言いだした。この一件で激怒しているんだ」

「少なくとも、気の毒な女囚のことは考えてくれているということね」

「気にしているのは女囚のことじゃない。ブラックモアの継妹《いもうと》だ。君も聞いたと思うが」

ジュリエットはうなずいた。

「どうやら重要機密らしく、海軍委員会の誰もミス・ウィリスがほかの女囚と一緒に連れていかれたかどうかは明言しないだろうが、それでもブラックモアは激怒している。そして、ブラックモア様の怒りは、海軍委員会の怒りというわけだ。連中は海賊王の首を求めていて、それができなければ、モーガンの首を取るつもりでいる」セバスチャンは顔をしかめた。「もし、モーガンが貴族女性の誘拐にかかわっていたとなると――」

「ええ、それは本当にひどい話だわ」ジュリエットはそっけない口調で割って入った。「貴族女性を誘拐……いったいどんな悪党がそんなことをするの？」

セバスチャンは目をぱちくりさせたあと、うなった。

セバスチャンが気まずい思いをしていることに、ジュリエットは満足感を覚えた。「あなたたちブレイクリー兄弟には、そういう趣味があるみたいね。あなたと同じように、モーガンもうまく切り抜けられるといいけど」

セバスチャンは目を細めた。「いったいどういう意味だ？」

ジュリエットは肩をすくめた。「あなたは自分がしたことで、まだ何の不都合も被っていないという意味よ。私の家族に自分の行動を説明することさえしない――」

「僕が君を誘拐したことをナイトンが海軍委員会に一言でももらせば、たとえモーガンが例の件にかかわっていなくても、免罪の可能性は完全に消える。僕がそんなリスクを冒せないことくらい、君もよく知っているじゃないか！」

ジュリエットはひどくいらだち、歯ぎしりした。どうしてこの人は、自分の家族にそんなゆがんだ義務感を抱いているの？「グリフにモーガンのことを言う必要はないでしょう。今もモーガンは死んだと思っているんだから。このままそう思わせておけばいいの。私を誘拐した理由を説明するだけでいいのよ」

「そうしたら、ナイトンはどうして僕が最初から真実を告げなかったのか疑問に思うだろう。どうして弟のせいにしたのかと」セバスチャンはぎこちなく姿勢を正した。「自分のしたことも認められない臆病者だと思われるじゃないか。そうなれば、ますます僕たちの結婚を認める気がなくなるだろう?」

「グリフが認めるかどうかなんて関係ない！　私はただ、グリフと家族に本当のことを知ってもらいたいだけよ」ジュリエットはセバスチャンとの間に少し距離を置いたが、恋人気取りの親密さで抱かれている状態ではなかなか難しかった。「この件に関しては、私の心は変わらない。モーガンが帰ってくるまで話さないのなら、結婚もそのあとよ」

セバスチャンはジュリエットをにらみつけた。「それでも、僕はナイトンに君との結婚を申しこむ」手がジュリエットの背中にすべりこんだ。「とりあえず婚約だけして、その間に僕がこの騒動を片づければいいじゃないか」

「いやよ」条件をかいくぐろうともがくなら、勝手にすればいい。そのとき、ジュリエットの噂がどこまで本当なのかきかれているのだろう、ロザリンドが部屋の奥でレディ・ブラムリーと話しているのが見えた。おかげで決意が固まった。「グリフにきちんと話せるようになるまで、あなたのプロポーズは受けない。もしグリフに少しでも結婚の話をしたら、私はあなたの求婚は断ったとはっきり言うから、その後どんなに頑張っても無駄よ」

「まったく、わからない人だな！」セバスチャンは小声で鋭く言った。「どういう形であれ、モーガンはじきに戻ってくる。ブラックモアは完全武装した集団に海賊王の行方を追わせている。もしモーガンが今は海賊と一緒にいないのなら、そのうちイギリスに戻ってくるだろう。もし今も一緒にいるのなら、ブラックモアが鎖をつけて連れ戻すはずだが、モーガンはそれだけのことをしたのだから仕方ない。どっちにしても、この問題自体がもうすぐ片づくことに変わりはない。だから、二人とも結婚に同意しているなら――」

「いいえ、それは違うわ」ジュリエットは言い張った。「このごたごたが落ち着くまで、私は何にも同意しない」そのときになれば、セバスチャンはほかの方法を、ほかの理由を見つけてその場をくぐり抜け、ジュリエットは家族が正体を知らない男性と結婚することになるかもしれないのだ。「あなたの言うとおり、この件はもうすぐ片づくんだから」

オニキスのように硬い目が、ジュリエットをにらみつけた。「君もわかっているはずだ、自分の言い分が信じられないくらい腹立たしく、神経を逆なでする――」

「〝子供っぽい〟も忘れないで」ジュリエットは言葉をはさんだ。

「〝意地っぱり〟もか？」

ジュリエットはつんとあごを上げた。「じゃあ、どうして私と結婚したいのかしら」

セバスチャンの顔に浮かんでいた怒りの色が突然、健全なひとひらの欲望に変わった。

「二人きりになれば、そんな疑問も引っこむさ」ジュリエットの背中で官能的に指を踊らせ、尻をなで下ろす直前で止める。だが、ジュリエットにはその指の熱が感じられ、絹のドレスとキッド革の手袋にぼかされてはいるものの、それでも熱は背筋をはっきりと伝った。「フェザリングの庭を散歩するというのはどうかな」

セバスチャンと二人で屋敷から抜け出し、キスや愛撫《あいぶ》、そのほかセバスチャンが得意な官能の行為をされることを思うと、口に唾が溜《た》まった。だが、今その誘惑の声に流されるほど、ジュリエットは愚かではない。「あなたが家族に話をしてくれるまで、二度と二人きりにはならないわ……庭だろうとどこだろうと。問題が片づいて、あなたが満足できる結果が出るのを待つ間、あなたの愛人になるつもりはないの」

「僕が君をそんなふうに見ていないのはわかっているだろう！」

「あら、ワルツが終わったわね」音楽が止まると、ジュリエットは明るく言った。「パンチが飲みたくて仕方がないわ」

セバスチャンは歯を食いしばり、庭に続く開いたフレンチドアを手で示した。「散歩に出て新鮮な空気を吸いながら、この話し合いを終わらせよう」

「話し合いならもう終わったわ」今、セバスチャンと二人きりになって、鉄の決意が溶かされてふにゃりとした塊になってしまうなど、まっぴらごめんだった。

ジュリエットはその場でセバスチャンと別れようとしたが、彼は追いついてきて、ジュリエットの腕を曲げた肘の内側に押しこみ、自分が先に立ってフロアをあとにした。「ときどき昔のジュリエットが、二年前に出会った女性が恋しくなることがあるよ」

ジュリエットはセバスチャンに顔をしかめてみせた。「どうして？　ばかみたいに、あなたの言いなりになったから？」

「違うよ。僕を振り向かせることに必死で、キスしてほしいと頼んできたからだ」

ジュリエットは苦笑いを浮かべた。「確か、あなたは最初断ったわね」

「一時の気の迷いだ。でも、二度と同じ間違いは犯さない」セバスチャンはジュリエットの手をさすった。「それで、君が飲みたがっているパンチはどこにあるんだ？」

「軽食室よ。でも、あなたはついてきてくれなくていい――」

「そう簡単に僕を追い払えると思うなよ」セバスチャンはささやき、ジュリエットの手をぎゅっと握った。

ジュリエットは口がからからになった。セバスチャンの前から立ち去れる意志の強さがあればいいのに。だが、この三日間セバスチャンに会えなかったせいで、少し弱っていた。

もうすぐ軽食室というところで、グリフとロザリンドが声をかけてきた。

「やあ、テンプルモア」グリフのこわばった姿勢とそっけない口調が、温かなあいさつが形ばかりのものであることを示していた。「何でまたロンドンに？」

セバスチャンは露骨に愛情をこめた目でジュリエットを見た。「ある若い淑女のことで」

ジュリエットはうなった。〝僕のもの〟と額いっぱいにインクで書かれた気分だ。「実は、テンプルモア卿がロンドンにいらっしゃったのは、行方不明になっているモーガンのことをもう少し調べるためなの。まだモーガンが見つかる希望を捨てていないんだけど、残念な結果になるような気がするわ。世の中ってそういうものだもの」

「レディ・ジュリエット、君は何と悲観的なんだ」セバスチャンは低い声で言った。「でも、君も知ってのとおり、僕は意志が固いし、残念な結果なんて許さないよ」

「私はあなたにお会いできて嬉《うれ》しいわ、テンプルモア卿」これ以上黙っていられないとでもいうように、ロザリンドが勢いこんで言った。「グリフが来る前にレディ・ブラムリーからある話を聞いたんだけど、あなたたちも喜んでくれると思うの」ジュリエットに笑いかけ、声を落として続ける。「どうやら、舞踏室で新しい噂が広まっているみたいよ。モントフォード卿が今日、自分であなたの噂の真偽を調べたんですって。それで今、あれは真っ赤な嘘《うそ》だったと言って回っているの」

グリフはきょとんとした顔になった。「一時間前とはえらい変わりようだな?」

「確かにそうね」ジュリエットは言い、その妙な新展開について考えた。

ロザリンドはセバスチャンにウィンクをした。「あなたは事情をご存じなんじゃない？さっきあなたがモントフォード卿を捜していたと、若い紳士の一団が言っていたわ」

ジュリエットは驚いてセバスチャンに目をやった。「本当に？　あなたが手を打ってくれたの？　それなら、どうして教えてくれなかったの？」

　セバスチャンは肩をすくめた。「モントフォードが僕の、その……提案に応じてくれるかどうか自信がなかったから。でも、確かにあの男とは話をした。僕の弟がしたことで、君が汚名を着せられるのは理不尽だと思って」

「僕もあいつと話した」グリフがぶっきらぼうに言った。「でも、モントフォードはジュリエットを破滅させると心に決めていて、一歩も譲らなかった。いったいどうやってあいつを説得したんだ？」

「前に言ったとおりだよ」セバスチャンはこともなげに言った。「僕はモントフォードとは少年時代からの知り合いなんだ。あいつの道徳観に訴えかけただけだよ」

　グリフの目が険しくなった。「モントフォードに道徳観などない」

　セバスチャンはグリフを見下ろした。「それなら単に、僕の言い分にあいつが拒否する余地はなかった、ということにしておこう」室内に目をやり、モントフォードが噂好きの友人の一団といるのを見ると、あごがこわばった。「断言するよ、あいつがレディ・ジュリエットを悩ませることはもうない」

　その険しい口調に、ジュリエットは腹の中で恐怖が跳ねるのを感じた。「ちょっと、まさかあの人に決闘を挑んだわけじゃないでしょうね！」叫ぶように言う。

　セバスチャンは穏やかな、どこか面白がるような目でジュリエットを見た。「心配してくれるのか？」

「当たり前でしょう！」

セバスチャンの顔に笑みが広がった。「決闘は申しこんでいない。ただ、噂を覆すことの利点を指摘してやっただけだ」

「ああ、テンプルモア卿」ロザリンドは感極まったように言った。「感謝してもし足りないくらいだわ！」

「とはいえ」グリフはぶつぶつ言った。「そもそも事の発端となったのは、君の弟だ。事態の収拾くらい君がつけるのが当然だよ」

「グリフ、いいかげんにして！」ロザリンドが文句を言った。「失礼なことを言わないの！」

グリフは怪しむような目でセバスチャンをじっと見た。「僕は事実を言ったまでだ」

「いいんですよ、レディ・ロザリンド」セバスチャンは慌てて口をはさんだ。「ミスター・ナイトンの言うことにも一理ある」

「そうかもしれないけど」ロザリンドは言い返した。「とにかく、彼の無礼は気にしないでちょうだい。シュロップシャーを発《た》って以来、ふさぎこんでぶつぶつ言うばかりなの」

「ふさぎこむだと？」グリフはむっとしたようだった。「僕はふさぎこんでなどいない」

「いいえ、ふさぎこんでいたわ」ロザリンドは打ち明け話をするように、セバスチャンのほうに身を乗り出した。「この人、ジュリエットがこんなことになってすごく心配していたの。だから、グリフが何と言おうと、私たち一家はあなたの協力に感謝するわ」

おかしなことに、グリフが感謝している様子はまるでなかった。それどころか、セバスチャンの頭をもぎ取って、レディ・フェザリングの壁に飾りたがっているように見える。

「僕も協力できてよかった」セバスチャンは言った。「さてと、レディ・ジュリエットが今すぐパンチを飲みたいそうなので、失礼します。レディ・ロザリンドもいかがです？」

ロザリンドはにっこり笑った。「私もパンチをいただきたいわ、テンプルモア卿」

セバスチャンはおじぎをして、パンチを取りに向かった。声が聞こえないところまで行ったとたん、グリフが言った。「やっぱり、あいつがモントフォードに何を言ったのか知りたい。何もかもが怪しく思える」

「ばかなことを」ロザリンドはジュリエットにウィンクした。「内気な妹が、ついに自分にぴったりの求婚者を見つけたということだと思うわ」独り善がりの笑みを浮かべる。

「そんな短絡的な結論を出さないほうがいいと思うが」グリフは言った。

あと一分でも自分の家族に耐えられなくなり、ジュリエットはつぶやいた。「失礼するわ」そして、足早にセバスチャンのあとを追った。

信じられない、私のためにモントフォードを脅してくれたなんて。それは希望の湧く事実だった。もし、その種のトラブルを覚悟してくれているなら……。バルコニーに続くフレンチドアの前を通っているセバスチャンを、ジュリエットは捕まえた。外に引っぱり出し、冷たい夜気の中で彼と向かい合う。

「モントフォードと話してくれてありがとう」ジュリエットはささやいた。「もし、うまくいかなかったとしても――」

「うまくいくよ。そのことは心配しなくていい」セバスチャンの目がジュリエットの顔を探った。彼が近づいてくると、とたんにジュリエットはバルコニーに自分たちしかいないことに気づいた。セバスチャンはジュリエットの手を取った。「このことで、君が僕との婚約について考え直してくれるとは思っていないよ」

ジュリエットは悩み、目をそらした。ことあるごとにセバスチャンが揺さぶってくることくらい、わかっていたはずだ。「感謝していないわけじゃないけど……」言いかける。

「感謝が欲しければ、子犬でも飼う」セバスチャンはうなるように言った。「君に感謝は求めていないし、お門違いであればなおさらだ。ナイトンに指摘されたとおり、僕はこの悪夢に責任があるし、自分の責任は果たす人間だ」

セバスチャンお得意の責任。ジュリエットはさっと視線を戻した。「全部は果たしていないわ。私のたった一つの頼み事を引き受けることは、いまだに拒否しているもの」

セバスチャンの頬が怒りに染まった。「ああ、君に丸めこまれることは拒否するよ。操作されるのは好きじゃないんでね」

ジュリエットはかっとなった。「私もよ。もし私が座って指いじりをしながら、あなたがうまくやってくれるのを待って、ペーネロペーのように虚《むな》しく待ち続けると思っているなら、考え直したほうがいいわ。あなたが分別を取り戻すまで、今までどおり社交界で活動を続けるから」

セバスチャンはジュリエットの手を振り払い、部屋の中に入ろうと向きを変えた。

セバスチャンはジュリエットの腕をつかみ、頬に息がかかるほど近くに引き寄せた。「勝手にしろ。気の利かないばか者どもとダンスをすればいい。君の最悪の評判を信じたがっていた悪党どもと戯れればいい。でも、今回は君がそんなことをしている間、シュロップシャーに引きこもることはしないと約束する。一刻も早く君と結婚したいし、僕がこうと決めたらその気にさせられることは、君もよく知っているはずだ」

そうね、あなたはその気にさせる達人だわ。セバスチャンに何をされるか想像すると、ジュリエットは体が震えた。

セバスチャンはジュリエットのウエストに腕を回し、唇を耳元に寄せた。「君の弱点ならすべて知っている。〝親密な〟キスとチェスと台座が好きなことを知っている。君を燃え上がらせる方法も知っている。その知識を最大限に活用するつもりだ。今週の終わりまでには、君は僕に結婚してほしいと泣いて頼むことになる、間違いない」

「女性とあまり経験がない男性にしては、ずいぶん自信があるのね」ジュリエットは言い、冷ややかな軽蔑をにじませようとしたが、ぼんやりした不安がにじみ出ただけだった。

すでに勝利の匂いを嗅ぎつけたのか、セバスチャンはジュリエットの片側の髪に鼻をすりつけ、唇を開いて耳に熱いキスをした。「女性との経験などいらない。君との経験があればじゅうぶんだ。幸い、必要な経験はすませてある。それに、僕は自分なりのやり方で君をものにするつもりだ。そう胸に固く誓っているよ」

そう言うと、ジュリエットの髪に軽くキスをして、その場を立ち去った。

ジュリエットはその後しばらくの間、バルコニーに立ちつくし、怒りと欲望に震えていた。あの恥知らずの悪党は、キスと愛撫で私の決意を鈍らせるつもり？

よく考えてみなければならない。ええ、確かにあの悪党を夫にしたいわ、何が何でも。でも、私が何でも言うことを聞くと思っているなら、最初から結婚なんてしない。

セバスチャン・ブレイクリーはそろそろ女性のことを学んだほうがいい。あの人を燃え上がらせる方法なら、私も知っている。今週の終わりまでには、私を安心させる行動をとることに同意させてみせるわ。ジュリエットはそう固く胸に誓った。

22

〝運命は誰もに不幸の分け前を与える〟
シュロップシャーからロンドンに戻る道中、ジュリエットがハンカチに刺繍《ししゅう》した
エウリピデス作『ヘレネ』の一節

モントフォードがしぶしぶ噂《うわさ》を覆したことで、ジュリエットは社交界に返り咲きを果たし、セバスチャンは五日間その様子を見守っていた。だがセバスチャンの毎日を生き地獄にしてやるというジュリエットの固い決意のせいで、見守る以上のことはできなかった。

三十センチ以上近づくことができなければ、ジュリエットを燃え上がらせるのは難しい。噂が静まってきたため、ジュリエットの人気は上がっていた。沈静化に尽力したことは後悔していないが、ほかの連中と並んでジュリエットのご機嫌取りをするのはごめんだ。

そばに家族がいないときも、作り笑いを浮かべた女友達や、噂好きの奥様方がいた。男たちもジュリエットのスカートに群がって鼻をくんくんさせている。それがいやでたまら

なかった。求婚者に関するジュリエットの発言から、全員取るに足りない男だと思いこんでいたが、実際にはハンサムで条件のいい男も多く、冷静ではいられなかった。

もちろんジュリエットは男たちを簡単に許すつもりはなく、ほとんど相手にしていなかった。何しろ、モントフォードが最初に流した噂を聞いて真っ先にジュリエットを避けたのが彼らなのだから、今さら求婚されてもいい顔をする気にはなれないだろう。

だが、一人だけ近くにいることを許されている男がいた。ヘイヴァリングだ。彼はジュリエットが辱められている間も味方になっていたらしく、それで株を上げたようだ。セバスチャンは何度も、あんな頭の悪い男にジュリエットが心から惹《ひ》かれるはずがないと、自分に言い聞かせなければならなかった。そう思うことでかろうじて、ヘイヴァリングがパーティでジュリエットをダンスフロアに連れ出したり、ペリースを脱がせてやったり、ぶどう酒のカクテルを持ってきたりするたびに、喉につかみかからずにすんでいた。

ヘイヴァリングにこんな反応をしてしまうとは。自分が嫉妬しているという事実が信じられない。これまで嫉妬などしたことはなく、それは主に、自分のものにしたいと思った女性がいなかったからだ。父はどうやって女性から女性へと渡り歩いたのだろう。たった一人の女性にも手こずっているというのに、この苦しみが次々と続くなど想像もできない。

ジュリエットにこれ以上苦しめられるのはごめんだ。そこで、今夜はレディ・ブラムリーのトランプパーティでジュリエットを待ち伏せし、一人のところを捕まえることにした。

根回しもしてある。ヘイヴァリングが闘鶏に目がないことを突き止め、すべての試合の日時を調べたのだ。言葉を選んで、今夜行われる〝今シーズン最大の戦い〟を勧めると、ヘイヴァリングは流血と騒乱の刺激的な一夜のために王立闘鶏場に飛んでいった。

セバスチャンのほうも、まったく別の種類の刺激的な夜を過ごすつもりだった。

今夜のためにトランプ部屋にしつらえられた広い客間に入ってきた瞬間、セバスチャンの目は獲物をとらえた。ジュリエットは緑のサテンのドレスを着ていて、ほっそりした体にそれがまつわりつくさまは、海霧から姿を現すアフロディーテのようだった。顔のまわりで躍る金髪の巻き毛には真珠のピンが飾られ、真珠は美しい喉元にも巻きついていた。

胸の中で心臓がひっくり返ったかのようだった。ああ、何てきれいなんだろう。もっと豪華なドレスを着て、もっと整った顔立ち、もっと豊満な体型をした女性もここにはいるが、完璧なのはジュリエットだけだ。

厄介な家族が数秒遅れでジュリエットのあとから入ってきても、セバスチャンの熱意は冷めなかった。家族に対しても根回しはできていて、今日レディ・ロザリンドにこっそり会いに行き、ジュリエットと二人きりになれるよう協力を頼んでいた。レディ・ロザリンドには、結婚を申しこみたいのだと言ってある。まったくの嘘《うそ》というわけではない。

だが、セバスチャンの秘密兵器は、実に意外なところにいた。この催しの女主人、レディ・ブラムリーその人だ。口うるさく騒々しい女性だが、秘密のロマンスが花開いていることを知ると、ぜひとも協力したいと言ってくれた。

特徴的な船員風の髪飾りを白髪頭につけたレディ・ブラムリーが、部屋を横切ってきた。ジュリエットのそばまで行くと、ふじつぼのようにぴたりとくっつく。しばらくすると、ロザリンドがグリフをトランプの勝負に連れていった。

このように有能な味方を選んだ自分を祝福しながら、セバスチャンは身を隠していた柱の陰から飛び出し、獲物に向かって歩きだした。先にジュリエットのもとに行った紳士が二人いたが、レディ・ブラムリーがすぐさまトランプ用テーブルに連れていった。ジュリエットたちに話しかけようとした女性も、感じよく追い払われた。セバスチャンが近づいたときには、ジュリエットは相変わらずレディ・ブラムリーと二人きりで立っていた。

レディ・ブラムリーは笑顔とウィンクでセバスチャンを迎えた。「あら、テンプルモア卿《きょう》、やっとあなたのパートナーが見つかったわよ」

ジュリエットはさっと振り向き、喜劇的とも呼べるほどの狼狽《ろうばい》の表情を浮かべた。

「レディ・ジュリエット」レディ・ブラムリーは続けた。「テンプルモア卿はお気の毒に、長い間社交界から離れていたせいでトランプの遊び方をご存じないのよ。すごいでしょう。でも、チェスがお好きだと聞いて、パートナーを見つけてあげる約束をしていたの」

ジュリエットは恐ろしい目つきでにらんできたが、セバスチャンはすっとぼけた顔でその目を見つめ返した。ずる賢い手が使えるのは、ジュリエットだけではない。

レディ・ブラムリーはジュリエットの手をぽんとたたいた。「あなたもチェスをすると聞けてよかった。この方を一晩中、やることもなく隅に座らせておくのは気の毒だもの」

「ええ、実に罪深いことですわ」ジュリエットは冷ややかに言った。

よそよそしい空気は醸しているが、ジュリエットに逃げ場がなくなったのは確かだった。ジュリエットの性質で変わらないのは、礼儀作法と、セバスチャン以外の誰にも失礼な態度をとれないところだ。だから、レディ・ブラムリーにチェスで〝気の毒な男性を楽しませる〟ことを頼まれたら、そっけなくも同意することはわかっていた。セバスチャンは腕を差し出し、女主人が目を光らせている前ではジュリエットもその腕を取るしかないのを見て、思わずにやりと笑いそうになった。

「端に専用のテーブルセットも用意したわ」レディ・ブラムリーは続けた。部屋の向こう側を指さし、ほかの客のテーブルとは低い壁と柱で仕切られたアルコーブを示す。

セバスチャンはそのテーブルを個室に置くよう頼んだが、レディ・ブラムリーには誘惑のお膳立てをするつもりはないときっぱり言われた。そこで、アルコーブで手を打ったのだ。少なくとも、ある程度のプライバシーは守られる。

「テンプルモア卿のお相手も見つかったことだし」レディ・ブラムリーは言った。「次はミス・チャイルズの様子を見てこないと。またうちのワインの品質のことで文句を言っているの。困った娘さんだわ」そう言うと、せわしなくその場を去った。

「本当に困るのは」レディ・ブラムリーが行ってしまうと、ジュリエットは声を殺して言った。「策略家の女主人よ」

「僕は好きだけどな」セバスチャンはジュリエットをアルコーブに連れていきながら、彼女を独り占めできることにばかみたいに胸を躍らせていた。

「でしょうね。それに、この策略にあなたがかかわっているのもわかっているわ」

セバスチャンはわざわざ否定はしなかった。「君のせいで選択肢がなくなったからだ。家に行っても君はいないし、手紙を送っても返事はないし、人前では取り巻きにまわりを囲ませている」自分がだだをこねているように聞こえるのがいやで、無理やり笑顔を作った。「僕をそばに近寄らせたら、決意が鈍りそうで不安なのが見え見えだよ」

「違うわ。私に興味を持って、面白い人だと思ってくれる人たちと楽しむのに忙しいだけよ。あなたと違って、私を〝子供っぽい〟とか理屈が通じないとか思わない人たちと」

「僕はそんなこと――」セバスチャンは言葉を切り、いらだちを抑えつけた。今回は守備に回ってはいけない。「ああ、ヘイヴァリングのように、君にぶちのめされても何とも思わないまぬけ男のほうが好きなんだな。挑戦されるのはいやみたいだから」

ジュリエットはあごを突き出した。「あなたなんか怖くない。どんな挑戦でも受けて立つわ」

「よかった。チェスで白熱の戦いを繰り広げるのが楽しみだったから、君が萎縮してしまったら台なしになると思っていたところだよ」

「〝チェス〟という言葉でボードゲーム以外のものを指すのはやめたほうがいいわ」

「僕たちはレディ・ブラムリーの客に囲まれている。テーブルの上で君を奪うことなんてできないよ」身を屈《かが》めて耳打ちする。「確かに、その考えは頭をよぎったけどね」

ジュリエットが顔を赤らめて目をそらすと、セバスチャンは笑った。ジュリエットのこういうところが何よりも恋しかった。少し刺激しただけで、毅然《きぜん》とした女神が魅惑的な乙女になってしまう。話していて心から楽しいと思えるただ一人の女性だ。

経験の浅い女性は中身のない天気の話や最新の噂話、最近出席した舞踏会の話ばかりで、セバスチャンをうんざりさせる。未亡人も同様に我慢がならない。結婚相手としてのセバスチャンの価値を測るか、さもなくば〝楽しませて〟あげると提案してくる。それを言うなら、後者は人妻も同じだ。夫はどこにいる？　女性を満足させる術《すべ》を知らないのか？

こうした夜の催しで男友達と飲んでいる既婚男性の多さからして、きっとそうなのだ。だが、僕はそうはならない。父と同じ過ちは犯さない。妻をないがしろにし、他所に安らぎを求めさせるようなことは。セバスチャンは一人で笑った。それ以前に、僕がジュリエットと過ごす以外の娯楽を好むはずがないのだけど。

セバスチャンはジュリエットを、テーブルの白い駒の側の席に案内した。「先手は君に譲るよ」そう言うと、テーブルの反対側の席に回った。

「紳士なら当然ね」ジュリエットはつんとして言った。

セバスチャンはテーブル越しに、ジュリエットがかわいらしい眉をひそめ、集中して盤を見つめるさまを眺めた。「今夜の君はとてもきれいだ」思いきって言う。

ジュリエットはポーンを動かし、ゲームを始めた。「お褒めいただき、光栄ですわ」甘ったるい声で言う。「それに、実に独創性がおありで。ファーガソン卿とミスター・ローランドも、今夜私が入ってきたときにそれとまったく同じことを言っていたわ。ヘイヴァリング卿も今週、何度も同じ言葉を使っていたし。ここ五日間の晩に会った紳士全員にとって、私は〝とてもきれい〟なんでしょうね」

セバスチャンを怒らせようとしたのなら、見当違いもいいところだった。「はっとするような君の美しさに、頭の働きが鈍るのは仕方ないだろう?」ポーンでポーンを取る。

「それはチェスの試合には縁起が悪いわね。頭の働きが鈍った人が勝つのは難しいもの。どうしてわざわざ勝負しようとするのかもわからないわ」

「鈍った頭を研いで、次はもっと〝独創性〟のある褒め言葉を言えるようになるためさ」

「そんなの無駄よ」ジュリエットは盤を見て検討したあと、ナイトを動かした。「あなたの褒め言葉はどれも心がこもっていないもの。以前、ある策略家の男性に聞いたとおり、それは私を〝勝ち取る〟ためであって、私自身には関係がないことだから」

セバスチャンは笑った。「僕を怒らせようとしているんだな? でも今夜は何を言われても動じない。楽しむつもりだ。こんなに魅力的な連れがいるんだから、当然だろう？」

ジュリエットはあごを上げ、セバスチャンを見つめた。「モーガンに関する新しい知らせを聞いていないみたいね」

セバスチャンの顔から笑みが消えた。さっき言ったことは間違っていた。ジュリエットに言われて動じる言葉はある。「ああ、聞いていない」

「ブラックモア卿が海賊を捕まえられるかどうか怪しいそうよ。これまでに挑戦した人は大勢いるけど、誰もうまくいかなかったから」

「ブラックモアなら大丈夫だ」彼は歯ぎしりして言った。「話題を変えないか？」

「どうして？」

セバスチャンはナイトを動かした。「君がその話をするのは、僕に対する怒りを持ち続けるためだとしか思えないからだ」

ジュリエットは眉を上げた。「あなたに対する怒りなら何もせずとも燃えてくれるわ」

セバスチャンは手を伸ばしてジュリエットの手を取った。「じゃあ、それを消すチャンスをくれ」手袋をはめた手を持ち上げ、手のひらにキスをする。

ジュリエットはさっと手を引っこめた。「こんなやり方は間違っているわ。それに、あなたは私の気をそらして勝負に勝とうとしているだけよ」

「そのとおり。ただ、僕が勝とうとしている勝負はチェスじゃないけどね。君が触らせてくれないのは、自分が動揺することがわかっているからだ」

「まさか、ぜんぜん違うわ」ジュリエットは気取ったしかめっ面で手を差し出した。「ほら、好きなだけキスしてごらんなさい。あなたのくだらない作戦には乗らないんだから」

「本当に？」セバスチャンはジュリエットの手を無視し、別の面を攻めた。アルコーブの低い壁のおかげで、テーブルより下の部分はトランプ客たちには見えないため、それをうまく利用する。靴を脱いで、靴下の足でジュリエットのふくらはぎをなぞり上げた。

ジュリエットは鋭く息を吸いこみ、背筋をぴんと伸ばした。テーブルに身を乗り出してささやく。「セバスチャン、今すぐやめて！」

「やめなければどうする？　キングを取るか？」セバスチャンはほほえみ、ふくらはぎの愛撫《あいぶ》を続けた。

ジュリエットはセバスチャンを蹴ったが、すぐに顔をしかめた。

セバスチャンは大笑いした。「蹴るならダンス靴以外のものを履かないと効果がないよ。どうせ役に立たないなら……」足をジュリエットのかかとに引っかけ、ダンス靴を脱がせる。薄っぺらいサテンの履き物を、ジュリエットに届かないところまで引いていった。

少なくとも、飛び上がって駆け出そうと思えば、ストッキングで動かなければならない。それでは礼儀に反することになってしまう。

憤怒《ふんぬ》の表情を見る限り、ジュリエットにもそれはわかっているようだ。「ダンス靴を返して」声を殺して鋭く言う。

「今はだめだ」

ジュリエットはビショップを進め、何を企《たくら》んでいるのか、かわいらしくほほえんだ。小さな足でセバスチャンのふくらはぎを上下になぞり、脚の裏側を愛撫する。「ほら、セバスチャン、正々堂々と戦いなさいよ」

「いくら君が美しくても、僕の頭はそこまで鈍っていない。操られているときは自分でもわかる」セバスチャンはもう一つのナイトを動かした。数メートル離れた隣のテーブルをちらりと見て、ささやき声で言う。「僕がいいと思ったときにダンス靴を返すよ」

ジュリエットは鼻を鳴らし、セバスチャンの脚から足を下ろして、最初のナイトをビショップで取った。「それはいつになるの？」

セバスチャンはテーブルに身を乗り出して小声で言った。「君を燃え上がらせたあとだ」そう言うと、爪先でふくらはぎをなぞってスカートの中に潜りこんだ。

ジュリエットは目を見開いた。膝を合わせようとしたが、手遅れだった。セバスチャンの足はすでにガーターの上の素肌に達し、そこをいやらしくさすりながら、少しずつ上っていった。ジュリエットは膝を閉じてセバスチャンの足をはさんだ。

セバスチャンは盤の状態を吟味するふりをしながら、はっきりと言った。「きついところから脱出を試みるのが好きでね」

そう言うと、靴下の足をよじって約束の地までずり上げ、軽く力を加えた。ジュリエットは驚いて口をぽかんと開けた。そこを優しくさすると、ジュリエットは押し殺した悲鳴をあげ、テーブルの下に手を入れてセバスチャンの足をどかそうとした。だが、秘所に置かれた足をどかしたくても、それがスカートの中に潜りこんでいて、持ち主の男性に引っこめる意志がないときは不可能なのだとすぐに気づいた。

「あなたって最低、最低だわ」ジュリエットはささやくように言ったが、セバスチャンが再び愛撫すると、そのささやきはこらえきれないうめき声になった。

靴下とドロワーズが間にあっても、自分の攻撃にジュリエットが震えるのが感じられた。ポーンでゆっくりビショップを取りながら、足はジュリエットの柔らかな部分をゆっくりさする。ジュリエットは真っ赤になり、その赤はたちまち、目に見えるほど盛り上がった魅惑の胸から首へ、そして顔へと上っていった。

「レディ・ジュリエット、僕のチェスの腕前はたいしたものだろう？」セバスチャンはにやりと笑った。「でも、君も悪くはない。残念なのは、防御策が少々頼りないことだ」ある一点の上で爪先を丸めると、ジュリエットはあえぎ声をもらした。

「それなら、私……攻撃策をとらないと」ジュリエットは息も絶え絶えに言った。ナイトでもう一つのポーンを取り、セバスチャンの陣地に深く攻め入る。そのことにセバスチャンが気を取られている間に、ストッキングをはいた足で別の陣地、脚の間に攻めこんだ。

ブリーチズの中で盛り上がったものを、爪先でつつき始める。

ジュリエットが危害を加えようとしたのは明らかで、もし彼女の脚がセバスチャンに比べてここまで短くなければ、今ごろセバスチャンは痛みで体を二つ折りにしていただろう。けれど、ジュリエットはすでに硬くなっている部分を爪先でつつくことしかできなかった。セバスチャンは気が変になりそうだった。「いい攻撃策だ」うなるように言い、ビショップを動かす。ジュリエットが足を引っこめようとすると、テーブルの下に手を突っこんで捕まえた。ジュリエットは椅子をずり下がり、足の裏がセバスチャンのふくれ上がっていく部分にぴたりとくっついた。「すごくいいよ」セバスチャンは言い添えた。

本当はこんなことをするつもりではなかったが、何しろ感触がたまらなかった。セバスチャンの足はジュリエットの脚の間からすべり落ちていたので、膝を大きく開き、椅子の上で腰を落としてジュリエットの足が届きやすいようにする。アルコーブの低い壁の陰で行われていることに誰かが気づいたら、二人とも万事休すだ。

ジュリエットは足を股間に当てたまま、今後の策を考えているのか長い間セバスチャンを見つめていた。艶《なま》めかしい唇に妖しげな笑みが広がる。テーブルの上の手がポーンを動かした。テーブルの下では、ブリーチズのふくらみの上で足がゆっくりと官能的に動く。

セバスチャンは呆然《ぼうぜん》とジュリエットを見つめた。何をするつもりだ？　やがて足は再び動き、セバスチャンがうめき声をもらすと、ジュリエットの目はいたずらっぽく輝いた。

「テンプルモア卿、どうかなさいました?」ジュリエットはよく通る声で言った。「私のチェスの腕前に苦しんでいらっしゃるように見えますけど」

何もわからない。その足を動かし続けてほしいということ以外、何もわからなかった。足は動き、じれったいくらいゆっくりと、驚くほどの巧みさでこわばりを上下にさすった。「ほら、あなたの番よ」ジュリエットはセバスチャンを横目で見て言った。「それとも、私の攻撃に不意を突かれてしまったのかしら」

そのとおりだ。セバスチャンがジュリエットを燃え上がらせるはずで、その逆ではなかった。チェスの勝負に集中したくても、ジュリエットの巧みな足さばきで後戻りできない場所へと急速に運ばれていては、チェスの戦略のように複雑なことは考えられない。

ナイトでポーンを取る。少なくとも、セバスチャンはその駒をナイトだと思った。筋の通った思考は不可能になりつつあった。ジュリエットはクイーンを動かした。いつもならその動きを見れば、頭の中で警鐘が鳴ったはずだ。けれど、ジュリエットが華奢《きゃしゃ》なかかとで高ぶりを揉《も》み始めたせいで、別の鐘が鳴り始めた。

これはまずい。セバスチャンは呼吸も満足にできなくなっていたが、ジュリエットの足はどかせなかった。今は、まだ。気持ちがよすぎるのだ。誰がこんな事態を想像した?

「テンプルモア、やられているみたいだな?」近くのテーブルから声が聞こえ、セバスチャンは興奮が顔に出ているのだろうかと思った。もしそうであっても不思議はない。熱い血が頬に這《は》い上がるのが感じられる。

「こてんぱんにしているところですわ」ジュリエットが明るすぎる笑顔で口をはさんだ。「男爵様は、ずる賢い女の敵ではないみたい」

「それはどうかな」セバスチャンはつぶやいた。勝負に集中する。危険な箇所がいくつもあることに気づいて、ナイトを防御の形に動かしたあと、ジュリエットの足をつかんで動きを止めた。もうじゅうぶんだ。これ以上続けられると、爆発してしまう。

ジュリエットはいたずらな笑みを浮かべ、クイーンで隣のポーンを取り、セバスチャンに当たっている足を小刻みに動かした。セバスチャンはその足をすばやく膝にのせて足首をつかんだが、今度は反対側の足が愛撫を始め、逆の膝に置けばよかったと悔やむ。

その足もつかむと、ジュリエットは笑った。「あなたの番だと思うんだけど」快活に言う。「駒を動かしてくれないと、一晩中ここにいるはめになるわよ」

ああ、しゃくに障る。駒を動かすために足を放したら、再びこすり始めるつもりだ。この状態では、そう長くはかからず爆発するだろう。

手遅れだ。あの日、小屋で我を失わされたときのジュリエットの喜びようが思い出される。このおてんば娘は僕を爆発させたいんだな？　興味津々の観客の前で……。

冗談じゃない、そんなことでジュリエットを満足させたくない。セバスチャンはジュリエットの足を放し、テーブルの上に手を出してナイトを動かしたが、足を押さえようとテーブルの下に引っこめる前に、ジュリエットにつかまれた。

「テンプルモア卿、本当にその手でよろしいの？」どこまでも無邪気なふりをしてたずねる。「気が変わっても知りませんよ」

「これでいい」セバスチャンはぴしゃりと言い、こっそり手を引き抜こうとした。

その間も、ジュリエットの足はセバスチャンを激しくこすっていた。頭が野卑な想像でいっぱいになる。裸のジュリエットが手足を広げて組み敷かれ、熱い小さな口からは興奮と欲求と情欲のかわいらしい悲鳴が……。

ジュリエットの手から抜け出せたので、椅子をぐいと引くと、床にこすれて大きな音がした。人々がいっせいにこちらを見たと同時に、ジュリエットの足は安全に床についた。セバスチャンが客たちに無理やりほほえんでみせると、一同は自分のゲームに戻った。

何という女だ、石みたいに硬くなったじゃないか。しかも、恥をかく寸前まで僕を追いつめておいて、自分は純真な乙女のように何も知らない顔でそこに座っているのだ。

だが、これで終わりではなかった。セバスチャンが熱っぽい妄想を抑えきれずにいるうちに、ジュリエットは身を乗り出してクイーンでポーンを取り、勝ち誇ったように笑った。

「チェック、チェックメイト」

セバスチャンは女性漁師に棍棒《こんぼう》で打たれた鱒《ます》のような気分で盤を見つめ、ジュリエットのクイーンが勝利確定の位置にあることを確かめた。ジュリエットの勝ちだ。忌ま忌ましい小娘に、ついに打ち負かされてしまったのだ！

正々堂々と戦ってはいない。だが、それはセバスチャンも同じだった。セバスチャンがぽかんと盤を見ている間、ジュリエットはテーブルの下に頭を突っこんでダンス靴を見つけた。再び顔を出し、あたりに聞こえる声で言う。「さてと、次の獲物を探しに行かなきゃいけないみたいね。今回のお相手はあまり手応えがなかったから」

近くのテーブルの客たちが笑い、セバスチャンは顔をしかめた。最悪だ。あの執念深い妖精は、満たせそうにない欲求を抱えたまま僕をここに残すだけでなく、プライドと体面の両方を傷つけなければ気がすまないのだ。

ジュリエットはうんざりするほど悦に入った表情で、立ち上がってすばやく脇を通り過ぎようとしたので、セバスチャンはその腕をつかんだ。「まさか、僕に満足できるチャンスも与えずに行ってしまうほど、残酷ではないよな」

ジュリエットの笑顔は崩れなかったが、目の奥には突然絶望の色がちらついた。「チャンスならもう何度もあげたじゃない」静かに言う。「女はいつか損切りをしなきゃいけないのよ」セバスチャンの手を振りほどき、すたすたと歩いていった。

セバスチャンもすぐにあとを追いたかったが、ブリーチズがまだ人に見られる状態になっていない。そこで、チェスの勝負の考察をするふりをし、やきもきしたまま座っていた。

損切り？　どういう意味だ？　勝負には勝っただろう！　ひそかな小競り合いのほうにも。

いや、違うか？　突然、ジュリエットの言葉がある種の最後通告のように思えてきた。モーガンの問題解決を待つのに疲れたわ。あなたに見切りをつけることにしたの、と。

腹の中で狼狽が渦巻く。本気で愛想を尽かされたのなら、どうすればいい？

最近、ジュリエットはセバスチャンが会いに来られないようにしていた。無視していたと言ってもいい。でも、だからといって、見切りをつけたとは限らない。見切りをつけたように見せかけるという、ジュリエットの新たな小細工にすぎないのかもしれないのだ。

それでも、セバスチャンの予想では、ジュリエットはとっくに折れているはずだった。だが、若くて純朴なジュリエットは、僕のせいで永遠に失われたのだ。ジュリエットはいつもどおり機嫌を直して僕を許してくれると思いこむなど、彼女のことを決めつけてかかる家族と同罪だ。噂を静めれば、ジュリエットは感謝して胸に飛びこんでくるものと思っていた。その予想が外れると、体を攻めればその気になってくれると思っていた。

何と浅はかだったのだろう！　ジュリエットはもう大人だし、しっかりした大人の女性が自分で方針を決めたのなら、気まぐれでそれを変えたりはしない。

セバスチャンは急いで椅子から立ち上がり、床に穴を空けそうな勢いでトランプ部屋を横切った。ジュリエットを見つけないと。彼女を永遠に失ってしまう前に、この問題に片をつけないと。ドア近くまで来たところで、陰険な声がささやいた。「テンプルモア、彼女は君の結婚の申し出もさほど喜んではいないようだな。見るたびに君を避けている」

セバスチャンは足を止め、モントフォードをにらんだ。「少なくとも断られていない」

「今のところは」

今のところは。その短い言葉は設計を間違えた拳銃のように爆発し、しばらく頭から離れなかった。モントフォードに返す言葉もなければ、悪口の応酬をする時間もない。

セバスチャンはきびすを返し、ジュリエットを捜しに行った。ところが、応接間にも、軽食室にも、その他開放された部屋のどこにも、彼女の姿は見当たらなかった。そこで、化粧室の外で待ったが、出てきた若い女性にジュリエットはいなかったと言われた。

ホールを離れると、レディ・ロザリンドがこちらに向かってくるのが見えた。ありがたいことに一人だったので、セバスチャンは彼女を呼び止めた。「ジュリエットに会いませんでしたか？　まだ話が終わっていないのに、どこかに行ってしまって」

「ジュリエットだったら、つい五分ほど前に話をしたわよ。自分は家に帰って、馬車は私とグリフのためにあとで送り返すと言っていたわ」

「もう帰ったんですか？」

レディ・ロザリンドは肩をすくめた。「何しろ、明日は長旅になるから」

セバスチャンは驚き、動揺した。「長旅というのは？」

レディ・ロザリンドは意外そうな顔をした。「聞いていないの？　午後に姉のヘレナから、赤ちゃんが生まれたと知らせを受けたの。男の子よ。明日は三人で、ヘレナがお産のために滞在しているスワンパークに行くのよ」

「何だと！」

「急げば、ジュリエットが会場を出るのに間に合うかもしれないわ。馬車の準備が整うまでには少し時間がかかるから」

セバスチャンは黙って駆け出そうとして、ふと我に返った。「ありがとうございます」レディ・ロザリンドの手を取り、甲にすばやくキスをする。「あなたはいつも僕に優しくしてくれる。このご恩はいつまでも忘れません」

顔を上げると、ナイトンが不気味に迫ってくるのが見えたので、大急ぎで退散した。玄関ホールをめざしていると、心臓が早鐘を打った。ジュリエットはロンドンを離れることも言わなかった。これはいやな予感がする。

ああ、ついに我慢の限界を超えていたらどうしよう？　ジュリエットの真剣な頼みをはねつけたせいで、彼女を失ってしまったら？　それどころか、ほかの男に取られてしまったら？　噂が静まったことで、ジュリエットはほかの男性とつき合いやすくなっている。

一瞬、十年後のジュリエットの姿が頭に浮かんだ。ヘイヴァリングのような社会的地位の高いまぬけ男と結婚し、ヘイヴァリングのまぬけな子供たちが走り回っている。セバスチャンはチャーンウッド館に一人きりで暮らし、やんちゃな弟がときどき訪れる程度だ。

モーガンがこんな状態では、それすら怪しい。今回は免罪を取りつけたとして、それがいつまで続く？　次に海賊とつるむまで？　内務省や海軍の命でスパイ活動に出るまで？　そんなこんなでセバスチャンは一人きりになり、いつまでも一人きりで、唯一自分のものにしたいと思った女性を手放した記憶を抱えて生きるのだ。

そう思うと、胸が締めつけられた。ジュリエットを失いたくない……そんなことは考えられない！

玄関ホールに向かう足を速め、ジュリエットがまだそこで待っているのを見ると、安堵《あんど》のあまり崩れ落ちそうになった。

だが、一人ではなかった。ヘイヴァリングと一緒だ。

「だから、本当に」ジュリエットはまぬけ男に、礼儀正しくも断固とした口調で言っていた。「送っていただかなくてけっこうなの。あなたは今来られたばかりだし、これは礼儀に反することですわ。だから放っておいてくだされば、義兄《あに》の馬車を呼んで——」

「でも、追いはぎやたちの悪い連中がうろついています。一人で帰ってはいけません。僕の姉がついてきたほうがよければ、呼んできます。今夜は姉もトランプをしているので」

「そんなことをしたら、お姉様の夜が台なしだわ」ジュリエットは愛想よく言った。

「いやいや、気にしませんよ、大丈夫——」ヘイヴァリングは言いかけた。

「ヘイヴァリング、ここで何をしているんだ？」セバスチャンはがなるように言い、近づいていった。「君は闘鶏に行ったんじゃなかったのか」

「行ったけど退屈な試合で、君に聞いた話とは大違いだった。だからこっちに来たら、レディ・ジュリエットが頭痛がするからと、一人で家に帰ろうとしていたんだ」

「レディ・ジュリエットはセバスチャンが家まで送っていくよ」

ジュリエットはセバスチャンをにらみつけた。「誰にも送ってもらうつもりはないわ」

セバスチャンは従僕のほうを向き、自分の馬車を回すよう命じた。

「おい」ヘイヴァリングが抗議した。「誰かが送っていくなら、僕が送る」

「レディ・ジュリエットが言うとおり、それは礼儀に反する」セバスチャンはうなった。

「それは君が送っても同じ——」

「ヘイヴァリング、数奇な人生を歩んできた君としては、拳銃の扱いに長《た》けた男を怒らせるのはいやだろう」

いきなり話題を変えられ、ヘイヴァリングは目をぱちぱちさせたが、やがて顔を赤らめた。「あ……その……いったいどういう意味なのかよくわからないが」

「そんなに意味が知りたいなら、喜んで明日の夜明けに教えてやるよ」

「ばかなことを言わないで」ジュリエットは言い返した。「本当に二人とも、こんなのくだらないわ。私は家族の馬車で一人で帰るから——」

「まさか……その……僕に決闘を申しこむつもりじゃないだろうな?」ヘイヴァリングは眉を畝だらけの畑のようにしてたずねた。

セバスチャンはいっそ本当に決闘を申しこもうかと思った。だが、ヘイヴァリングは簡単に威嚇できる。「礼儀正しい紳士としてトランプ部屋に入り、別の若い女性を見つけてその柔らかな物腰で魅了するなら、考え直してやってもいい」

ヘイヴァリングは苦悩の表情になった。そして、夜明けの決闘を受けて立つ覚悟はできていないと判断したらしく、姉を捜すだの何だのとつぶやきながら、こそこそ歩き去った。

ジュリエットは冷ややかにセバスチャンを見ていた。「あの人を追い払ってくれたのはありがたいけど、あなた自身を追い払ってくれたらもっとありがたいわ。もう行って。一人になりたいの」

「君と話がしたいんだ」

「あら、そう」ジュリエットは圧倒的優位に立っている女性らしい無造作な仕草で、手袋を引っぱった。「朝、家に来てくれたら――」

「君たちは朝出発するとお姉さんに聞いた。どうして教えてくれなかった？」

ジュリエットは肩をすくめた。「思いつかなくて」

「ああ、そうだろうな。話をするんだ、今すぐに」セバスチャンは断固として言った。ジュリエットの背後から、さっきの従僕が馬車の用意ができたと身振りで訴えているのが見えたのでうなずく。「行こう、ジュリエット。家まで送るよ」

「あなたとはどこへも行かないわ！」ジュリエットは叫び、セバスチャンは彼女の肘をつかんで玄関に向かわせた。

「君が行かないと言うなら僕が連れていくし、今度駆け落ちしたら二度と戻らない。まっすぐグレトナ・グリーンに行って結婚しよう」

従僕はセバスチャンの言葉に動揺した様子を見せたが、それでもドアは開けてくれたので、セバスチャンはジュリエットを引っぱって外に出た。

「私があなたとまた駆け落ちするって、本気で思ってるの？」ジュリエットは反論した。「私はもう、二年前のおばかさんとは違う——」

「あのころも君はばかじゃなかった。今もばかじゃない」セバスチャンはジュリエットを急《せ》かして階段を下りた。「でも、僕は当時よりも悪い男になったから、自分が求める女を手に入れるためなら何でもする」

「〝何でも〟じゃないでしょう、セバスチャン」馬車の開いた扉の前で、ジュリエットは足をふんばった。「あなたが〝何でも〟するなら、私たちが揉める理由はないもの」

セバスチャンは彼女の美しい顔を見つめ、耳で血液が奔流となるのを感じた。「今言ったことは本当だ」自分がそう答える声が霧の向こうから聞こえてきた。「何でも、する。君が望むことは何でも。だから馬車に乗ってくれ。そろそろ結婚式の相談をしないと」

ジュリエットは長い間セバスチャンの顔を探るように見ていたが、突然向きを変え、馬車に乗りこんだ。セバスチャンは今夜初めて、心から希望を抱くことができた。

23

〝愛のために死ぬのは、愛が激しすぎるから〟

　テンプルモア邸の勉強部屋の壁にかつて掛かっていたイギリスのことわざ一覧より

　モントフォード公爵はテンプルモアがヘイヴァリングを追い払ったあとジュリエットを連れていくのを見届け、物陰から出てきた。レディ・ブラムリーのタウンハウスをうろつくテンプルモアのあとをつけたのは、正解だったようだ。

　つまり、ジュリエットとテンプルモアに交流があるというのは本当なのだ。テンプルモアが嘘《うそ》をついているのではないかと思い始めていたのだが。

　戻ってきた従僕が、モントフォードを見て飛び上がった。「公爵様！　いらっしゃることに気づかなくて」

「いいんだ。テンプルモア卿《きょう》とレディ・ジュリエットが一緒に出ていったようだが」

「はい、実を言いますと、気がかりなことがありまして。普段は女性のお客様のことは詮索しないのですが……」従僕はひどく動揺した顔で言いよどんだ。

モントフォードは前に進み出た。「どうした？　私で力になれることがあれば」

「あの様子ですと、テンプルモア卿はもしかして……その……レディ・ジュリエットを無理やり連れていったのではないかという気がするのです」

「本当に？　なぜそう思うのだ？」

従僕は、モントフォードには断片的にしか聞こえなかったいきさつを語った。話が終わると、モントフォードは笑いをこらえるのに必死になった。だが、まじめな顔でうなずく。

「話してくれてよかったよ。心配はいらない……レディ・ジュリエットにおまえの懸念を伝えよう。テンプルモアとレディ・ジュリエットの会話は私自身が聞いたことにする。その裏におまえがいたことを公にする必要はないからな」そもそも、レディ・ジュリエットには一言も言うつもりはない。あの女性のことだから、なぜ話が聞こえたのか詮索してくるだろう。それに、この情報に関してはもっといい利用法がある。

「ありがとうございます、公爵様！」

「レディ・ジュリエットのご家族にも話をするよ。テンプルモア卿がおかしな動きをしたら、それと気づくように。ナイトン夫妻はまだここにいるんだろう？」

「はい。お呼びしましょうか？」

「いや、それには及ばない。仕事に戻ってくれ」モントフォードは従僕に一ポンド金貨を二枚握らせた。「これで黙っていてほしい。この件は私に預けてくれればいいから」

従僕が再び礼を言って足早に立ち去ったあとも、モントフォードはその場でくすくす笑っていた。つまり、二年前にジュリエットを損なったのはテンプルモアだったということか？　何と面白い。だとしたら、いろいろとつじつまが合う。退屈な男爵がジュリエットとの結婚にこだわるのも、ジュリエットが彼の馬車に乗るのをいやがっている様子なのも。

この状況は利用できる。ジュリエットとのつき合いが許されているということは、ナイトンはテンプルモアが駆け落ちにかかわったことを知らないのだろう。もし、何かのはずみで知ることになったら、短気なナイトンのこと、派手な行動に出るはずだ。例えば、テンプルモアに決闘を申しこむかもしれない。

そうなれば、実に都合がいい。どう転んでも、ジュリエットは自由の身になる。テンプルモアがナイトンを殺せば、ジュリエットはあの男を決して許さないだろう。そのうえ、テンプルモアは国外に逃亡するか、裁判を受けなければならなくなる。

もしナイトンがテンプルモアを殺したら、僕とジュリエットの間に立ちはだかる唯一の人間がいなくなるわけだ。何とすっきりすることか。

となると、すべきことはただ一つではないか？　ナイトンを捜し出し、あなたの大事な義妹《いもうと》さんはたった今、二年前に連れ去られたのと同じ悪党に連れていかれ、今ごろは馬車で二人きりですよ、と告げるのだ。

楽しい夜になってきた。朝には、僕がジュリエットと結婚できるただ一人の男になっているだろう。


セバスチャンが馬車の向かいの席に座る様子を、ジュリエットは用心深く見守った。

「どこへ行く?」セバスチャンは問いただした。「グレトナ・グリーンか、ナイトン邸か」

「ナイトン邸に決まってるでしょう」

セバスチャンは窓から顔を突き出して大声で御者に命令し、中に戻ってきた。車内は暗くて陰気だが、月明かりが差しこむため、彼がジュリエットの目を探っているのがわかる。

「自分が僕との結婚に同意した自覚はあるんだろうな?」

「あなたがたった今、私の家族にすべてを話すことに同意した自覚があるならね。何でもすると言ったわ」

「ああ、言ったよ」

ジュリエットの心に喜びが湧き起こった。「本気で言ってるの?」

セバスチャンは顔をしかめてみせた。「本気で言っているように見えないか?」

「今のところ不機嫌そうに見えるわ」

「いったいどんな顔をしろというんだ? 君のことで一人の男に決闘を申しこみかけたんだ。しかも、決闘には反対派だというのに。決闘なんて何も証明できない無意味な暴力だそれは困難だった。

よ」

「わかったわ」ジュリエットは顔がにやけるのを抑えようとしたが、セバスチャンを前に
「言うことはそれだけ？　〝わかったわ〟？」

「正直に言うと、まだ実感がないの。私があなたに勝ったことは今まで一度もなかったし、まさかこんなに早く折れてくれるとは思っていなかったから」

セバスチャンはむっとした顔になった。「まさかって……おい、ジュリエット、一週間近くも僕の気をおかしくさせておいて、よくもそんな……。色っぽいドレス姿を見せびらかして、ヘイヴァリングのような愚か者と戯れて、かわいらしい足を……足だぞ、足をおかしな場所に突き立てておいて、僕が降参したのがそんなに驚くことか？」

ジュリエットはついに噴き出した。「最初におかしな場所に足を置いたのはあなたよ」

「ああ、余計なことを教えてしまったな」セバスチャンはぶつぶつ言った。「おかげで君に苦しめられた。しかも、トランプ部屋いっぱいの客の前で辱められるところだった」

「そんなことをされたの？」ジュリエットはとぼけた口調で言った。

驚いたことに、セバスチャンは馬車の向こう側から手を伸ばし、ジュリエットを膝の上に引き寄せた。「わかってるだろう。でも、その代償は支払ってもらうよ、おてんばさん」

「ちょっと、セバスチャン……ん……」

ジュリエットが言おうとしていた言葉は、セバスチャンの唇にかき消された。ああ、何てすてきなキス！　とても激しくて甘く、頭の中の考えをかき乱していく。このキスにどんなに焦がれていたか。セバスチャンにどんなに焦がれていたか。

セバスチャンが身を引いたとき、二人とも同じ思いであることがわかった。「何だって？」

「何を言おうとしたか忘れたわ」

セバスチャンはにやりとしてカーテンを閉め、もう一度キスした。ジュリエットはセバスチャンの首に腕を回してキスを返し、この瞬間が永遠に続くことを願った。だが、身頃が引き下ろされ、むき出しになった胸を愛撫《あいぶ》されそうになると、ためらって身を引いた。この暗さでは、すぐそばにあるセバスチャンの目の輝きがかろうじて見えるだけだ。

「グリフとロザリンドにはいつ話すつもり？」まだセバスチャンのことが信用しきれず、ジュリエットはたずねた。「誘拐のことを」

「いつでも、君がいいときに」セバスチャンに親指で巧みに胸の頂をこすられ、ジュリエットの口はからからになった。「君が望むなら、今すぐにでも。馬車で来た道を戻れば、レディ・ブラムリーの屋敷にはすぐに着く。あるいは、ナイトン邸でお姉さん夫婦を待ってもいい。君しだいだ」ジュリエットの胸を大胆に、ぞくぞくするような動きで揉《も》む。

ジュリエットはその手の上で背をそらした。「あとでいいわ」

「本当に?」セバスチャンがしたり顔でほほえみ、器用な指で胸の先端を転がしたので、ジュリエットは顔を赤らめた。「ナイトン邸までどのくらいの距離だと思う?」

セバスチャンにされていることがあまりに心地よく、ジュリエットはやっとの思いで答えた。「わ、わからないわ……三、四キロってところじゃないかしら」

「いいね。それだけあれば時間はじゅうぶんだ」セバスチャンはジュリエットのドレスのボタンを外し始めた。

「何の時間?」ジュリエットは絞り出すように言ったが、すでに予感はあった。尻の下で硬さを増していくセバスチャンのものにはいやでも気づかされた。

「君は誰でもない、僕のものだと思い出させる時間さ」そう言うと、セバスチャンはジュリエットの唇を再び奪い、我が物顔に情熱的なキスをした。

そこまで激しくキスをされていなければ、こんなふうに手際よく服を脱がされてはいなかっただろう。だが、セバスチャンが唇を引きはがし、ジュリエットが欲求に陶然となったころには、ドレスは取り去られていた。シュミーズはコルセットの上でだらりと開き、ドロワーズはペチコートとともに消えている。コルセットと大胆にはだけたシュミーズだけという姿にされ、胸の傾斜をセバスチャンの舌が下っていった。

「御者に聞かれたらどうするの?」ジュリエットはささやき、この馬車の中で愛の営みをされることに驚きと戦慄を覚えていた。

「撃ち殺す」セバスチャンはうなり、胸に吸いついた。

「ああ」柔らかな肌で暴れる歯と舌に、ジュリエットはため息をついた。「すごく上手」

セバスチャンが胸の先端の上でほほえんだのが感じられた気がした。「そうか？」

「ええ」

セバスチャンは胸の谷間に舌を這《は》わせた。「一晩中、あのチェステーブルに君が身を乗り出すたびに、こうしたいと思っていたんだ。手を伸ばしてドレスから胸をつかみ出して、そこに顔をうずめたいと」

ジュリエットは笑った。「レディ・ブラムリーはいい顔をしないでしょうね」

セバスチャンは顔を上げ、ジュリエットに向かってにやりと笑った。「残念ながら、あの人は僕たちがしていたことには一つもいい顔はしなかったと思うよ。それで思い出したんだけど……」驚いたことに、セバスチャンはジュリエットを膝から下ろし、向かい側の席に座らせた。「さっきは途中までで終わってしまったね」

突然セバスチャンのぬくもりが消え、ジュリエットは身震いした。「え？　何が？」

「君を燃え上がらせることさ」

暗闇から誘うように低く震える声が聞こえ、ジュリエットはとっさに身構えた。何も見えない状態で座っているため、自分が半裸であることがかえって強く意識される。薄い布だけをまとった尻に感じられる座席のフラシ天の柔らかさと、むき出しになった胸に当たる冬の風、硬くなって小さな点と化していく胸の先端。

恥ずかしいことに、脚の間にも脈打つようなうずきを感じていた。暗闇のせいで衣《きぬ》ずれの音が増幅され、セバスチャンがクラヴァットをゆるめて上着とベストを脱ぎ、脇に放るのがわかった。

突然、セバスチャンが目の前の床にしゃがんだのが、見えたというよりは感じられた。シュミーズが太ももまで押し上げられ、脚が開かれる。

安堵《あんど》が全身を駆け抜けた。これなら知っている。腰をつかまれると、すぐに席をずり下りて、脚の間にセバスチャンの下半身が入りこんでくるのを待ち構えた。ところが、太ももの内側に押し当てられたのは唇だったので、ジュリエットはぎょっとした。かなり上のほうだ。もう少しで……秘密の場所に届きそうな位置。

途方に暮れて暗闇に手を伸ばすと、シャツに覆われたままのセバスチャンの肩が自分の膝の高さにあるのに気づいた。「セバスチャン、何をしているの?」そうささやく間にも、キスは感じやすい内ももの肌を上へ上へと上ってきた。

「じきにわかるよ。そのうち真剣に天の名を呼ぶことになる」セバスチャンはしゃがれた声で言った。「あえて言うなら、神の名も」

ジュリエットは体を震わせたが、今回は寒さのせいではなかった。ひげが肌にこすれ、興奮が火花となって太ももをちりちりと這い上がってくる。秘所めがけて突進しているように感じられ、ジュリエットは身をよじった。

ジュリエットはセバスチャンのさらさらした豊かな髪に指を差し入れ、頭をどかそうとした。そのとき、唇がそこにキスをした。脚の間の、どんな男性も、セバスチャンでさえキスしたことのない場所に。

「ああ、ちょっと……セバスチャン、そんな……怖い……ああっ」

セバスチャンの舌が中に潜りこむと、ジュリエットはとろけた。まさか……こんなこと……想像もしたことがない。

「おいしいよ」セバスチャンはジュリエットの柔らかな場所を舌でなめ、過激な愛撫に脈打つ箇所を鋭くつついた。「ずっと君を味わいたくて仕方がなかったんだ」

貪欲で器用な口に攻められ、ジュリエットはここがどこなのか、自分が誰なのかわからなくなってきた。百人の追いはぎに馬車を襲われても、今この人が取り組んでいる狂気の沙汰が終わるまで待っていてちょうだい、と言うだろう。

私も狂気に駆られているんだわ、こんなに気持ちいいなんて……こんなにうっとり……こんなに……ああ、形容する言葉すら思いつかない。頭が爆発しそう。それとも、体？

充血した部分にごく軽く歯を立てられ、ジュリエットは取り乱した。セバスチャンに押し当てた腰をしゃにむにひねる。「そう、セバスチャン……いいわ、そう……」

セバスチャンは笑いながら、いちだんと熱心な愛撫を始めた。舌をまつわりつかせ、歯でなぶり、ジュリエットが狂気の縁を踏み越えそうになるまでいたぶる。気づくとジュリエットはセバスチャンの頭をつかみ、ひそやかな官能の夜に叫んでいた。「ああ、神様、いい！」

つかのまの魅惑の瞬間、ジュリエットは快楽の中で宙吊《ちゅうづ》りになった……そして、下界に戻ってきた。ひんやりとした馬車の中に。セバスチャンはジュリエットの腰をつかみ、さっきよりもゆったりと太ももにキスをしている。

その顔が上がった。「僕が言ったとおり、神の名を呼んだね」

気に障る横柄な物言いすら、とろけるような喜びの余韻を損なうことはなかった。「私を燃え上がらせるというのがこれなら、好きなときに火をつけていいわよ」

「そのつもりだ。これからの二人の人生で、できる限り何度も」その声に続き、衣ずれの音が聞こえた。セバスチャンは膝をついたまま体を起こし、ジュリエットは硬くて長く温かいものが太ももに触れるのを感じた。「でも、まずは君がさっきの続きをやってからだ」

ジュリエットはとぼけた。「どうすればいいのかしら？」

セバスチャンは前屈《まえかが》みになり、ジュリエットの胸の先をなめ回した。「よく知ってるだろう、意地悪だな」

突然馬車が停《と》まり、セバスチャンは勢いよくジュリエットにぶつかった。セバスチャンは声を殺して悪態をつき、ジュリエットは彼の肩をつかんだ。

やがて御者が叫ぶのが聞こえた。「旦那様、着きました」

ジュリエットは座席の上でぴんと背筋を伸ばした。「セバスチャン……無理……どうしよう……服を着るにはすごく時間がかかるし、この中にずっといたら、使用人に私たちが何をしているか気づかれてしまうわ」

「そうだな。それで、僕にどうしてほしいんだ?」

「御者に引き返すよう言って」

「何だと?」

「レディ・ブラムリーのお宅によ! 引き返させて!」

「わかった」セバスチャンが大声で命令すると、御者は再び馬車を出した。「それで、何の解決になるんだ?」

「服を着る時間ができるわ。それによく考えてみると、あなたが殺されないよう、グリフに話すなら人がいるところにしたほうがいいと思うの」

「笑える」

「冗談を言ってるんじゃないわ。グリフがナイトン邸に帰ってきたときに私たちが一緒にいるのを見たら、最悪の事態を想定するかもしれない。レディ・ブラムリーのお宅なら、馬車をこっそり降りて、今まで一緒ではなかったふりをしてグリフに近づくことができるもの」ジュリエットはセバスチャンの肩を押した。「ほら、立って。服を着るの」

「いや、だめだね」セバスチャンはかすれた声で言った。「服を着る時間ならたっぷりある。なのに、君は僕を一晩に二度も、興奮だけさせて満足させないまま放置するのか」

「ねえ、セバスチャン――」ジュリエットは言いかけたが、セバスチャンに腰を引っぱられ、根元まで突き立てられてうめいた。「ちょっと！」セバスチャンは動き始め、ジュリエットはあえいだ。「まあ、どうしてもって言うなら……仕方ない」

仕方ないどころではなかった。気持ちいいのは前回と同じだが、今回ジュリエットの中はぎゅうぎゅうに満たされ、その強烈な快感に今にも崩れ落ちそうだった。

「くそっ、君のせいでおかしくなりそうなくらい悶々《もんもん》としていたんだ」セバスチャンは絞り出すように言いながら、ジュリエットが座席から半分浮くほど激しく突いた。

「私も」ジュリエットは吐息混じりに言った。

「やめて服を着るか？」セバスチャンは半分うなるように言った。

「だめ！」ジュリエットはセバスチャンのすべてを取りこみたくて、彼の肩をつかんで腰を突き上げた。

「やめたくてもやめられないよ」セバスチャンはジュリエットの胸をわしづかみにし、いたぶってかき立てながら、腰を動かした。

ついに死んで天国に行ったのではないかと、セバスチャンは思った。ただ、この行為が天国で許されているとは思えない。

やっとジュリエットが完全に僕のものになった。永遠に。あるいは、夢を見ているのかもしれない。だが、あたりは暗くても、腕に抱いているのがジュリエットであるのは間違いなかった。一面にライラックが咲き誇る草原の香りがする女性はほかにいない。こんなにも柔らかくて、寛大で、正直な女性はほかにいない。その慈悲深い腕に抱かれた瞬間、自分が王になった気分にさせてくれる女性はほかにいないのだ。

甘いぬくもりに我を失い、馬車の揺れをものともせずに中に突き立て、腰をすりつけていると、やがてジュリエットは喜びに満ちた小さな声をもらし始めた。その声はセバスチャンの根元に響いた。激しく、深く突き立てていると、さっきのジュリエットの手管のせいですっかり高ぶっていたため、今にも満足してしまいそうな気がした。

二人で一緒に達するためにペースを落とそうと、身を乗り出し、暗闇の中で見つかる部分はどこにでもキスをする。ほっそりした喉元、強情なあごの先、すぐに赤くなる頬。ジュリエットは肩に指を食いこませ、セバスチャンにしがみついている。やがて、ジュリエットの内側がセバスチャンのまわりで収縮し、つるりとしたこぶしのように締めつけてくると、セバスチャンはうなり声をあげて解放のときを迎えた。

セバスチャンがジュリエットの上で身をこわばらせ、精を注ぎこんでいると、ジュリエットは叫んだ。「愛してるわ、セバスチャン！」そして、自分も頂点に達した。

聞き慣れないその言葉が、うずく心に痛み止めの軟膏《なんこう》のように降ってきた瞬間、セバスチャンはジュリエットから再びその言葉を聞くためなら何でもしたいと思った。今後の人生で、ジュリエットがその言葉を堂々と口にするのを聞くためには、何でもしようと。そのためなら、何でもする……何でも。プライドや義務など知ったことか、欲しいのはジュリエットの愛だ。自分が同じ言葉を言えるかどうかはわからないけれど。

言えなかったらどうなる？　それでもジュリエットはそばにいてくれるのか？　セバスチャンはジュリエットをきつく抱き寄せ、心臓の轟音《ごうおん》を胸に、ゆるやかになっていく呼吸音を耳に感じた。「僕を捨てないでくれ」ささやくように言う。「そんなの耐えられない」

ジュリエットは体を引き、セバスチャンの眉から髪を押しやった。「どうして私が愛するあなたを捨てると思うの？」

またあの言葉、決して聞き飽きることのないすばらしい言葉だ。ジュリエットに言われて初めて、セバスチャンは自分が生まれてこのかたその言葉を待ち続けていたことを知った。「チェスをしたあと、君は今夜限りで僕と別れようとしていたはずだ。もううんざりしていたし、明日にはロンドンを発《た》つ予定だった。家に帰ろうとしていたみたいだし」

「ええ、あなたのつまらない駆け引きにはね。だからって、完全に身を引いてしまうつもりはなかったわよ。この状態が続くなら、あなたのそばにはいられないと思っただけ。でも、セバスチャン・ブレイクリー、私はいつだってあなたを手に入れるつもりでいるわ。それがどんなに大変なことでも」

「最初からそう言ってくれたら、ここまで心配しなくてすんだのに」セバスチャンはぶつくさ言った。ジュリエットから離れて下着とブリーチズを引き上げ、前を留める。そして、ジュリエットの向かい側の席に座った。

「まさか」ジュリエットはシュミーズを直し、ボタンを留め始めた。「それだと、あなたは私に安心しきって分別を取り戻してくれなかったわ。私はそんなにばかじゃない」

セバスチャンは手を伸ばして灯《あか》りをつけ、服を着る手元が見えるようにしてつぶやいた。「それは違うと言う人もいるだろうね。僕を愛した時点で……君は愚かなのだと」口が止まらない。ジュリエットにあの言葉をもう一度言ってもらいたかった。「だって、僕は君を誘拐して、ひどい扱いをした――」

「確かにそうね」セバスチャンがびくりと顔を上げると、ジュリエットは笑いながらつけ加えた。「でも、許すわ。それが愛のすばらしいところよ。女は人を愛すると、すぐに許してしまうの。ね、愛にもちゃんといいところはあるでしょう」

ジュリエットは真剣な顔で、答えを待つようにセバスチャンを見つめた。

あの言葉を言うときが来たというのに、何かがセバスチャンのじゃまをした。「その点は君を信用するしかなさそうだな」ジュリエットが期待していた言葉を返さなかったことを責められると思い、息をつめる。

だが、ジュリエットは悲しげな笑顔を見せただけで、ドレスに手を伸ばした。「まあ、いくら私があなたを愛していても、誘拐稼業はやめたほうがいいわ。割に合わないもの」

セバスチャンは安堵のあまり崩れ落ちそうになった。それでいて、自分がひどい悪人のような気もしていた。「今夜、僕がどれだけ真剣に誘拐を考えていたか知らないな」顔をしかめ、シャツの裾をブリーチズにたくしこむ。「しかも、ヘイヴァリングのやつが口を開いて、君を家まで送っていくと言い出したときには」

「本気で決闘するつもりじゃなかったんでしょう？」

「たとえ誰かと戦うはめになっても、拳銃を向ける先も知らないやつは相手にしないよ」

「やっぱり口だけだったのね」ジュリエットがドレスを体にすべり下ろしたので、セバスチャンは喉が渇いてきた。やがて、彼女はセバスチャンに向き直った。「ボタンを留めて」

言われたとおりにしていると、手が汗ばんできた。こんなにも早くジュリエットがまた欲しくなるなんて、どういうことだ？　こんなふうに彼女を求めずにすむ日は来るのだろうか？

「服がこんな状態になっているのを見られたら、ボッグズにとっちめられるよ」

ジュリエットはため息をついた。「そうね。汚れを落とすだけでもどれだけ時間がかかるか。しかも、あなたは膝まで汚れているわ！」

セバスチャンはジュリエットの心配を笑い飛ばした。「ボッグズが何とかしてくれる」

「でも、レディ・ブラムリーのお宅に着いたときはどうすればいいの？　二人ともおばけみたいに見えるわ」

「屋敷の正面で降りたあと、ギャラリーかどこかの開放されていない部屋にこっそり入って、身なりを整えたらどうだ？　僕は馬車であたりをうろついてから降りて、同じことをするよ。何とかごまかせるはずだ。ごまかさなきゃいけない。馬車で君と愛し合ってきましたという格好で、ナイトンと話をするわけにはいかないからね」

「当たり前でしょう」ジュリエットは言い返した。

今後の予定が決まったので、二人は再び服を着始め、すべてを元の状態に戻すという難題に取り組んだ。レディ・ブラムリーの屋敷に再び馬車が停まったとき、セバスチャンはこれで二人とも比較的まともな姿になっていると思っていた。

ところが、馬車が完全に停まるより早く、扉が勢いよく開けられ、声が響いた。「出てこい、テンプルモア！　今すぐにだ！」

セバスチャンはうなった。こっそり入るどころではない。心臓が胃まで沈みこんだ気分になって馬車を降り、自分に危害を加える正当な理由を持った男と向き合う。

グリフ・ナイトンと。

ナイトンはセバスチャンが見たこともないほど激怒していた。流血騒ぎを起こす人間の目をしている。レディ・ロザリンドが腕にぶら下がり、落ち着いてちょうだいと必死に頼んでいるが、ナイトンは完全に無視した。

レディ・ロザリンドの向こうにいるのはモントフォードだ。ここで何をしている？　ほかには誰の姿も見当たらない。

「おまえがジュリエットを連れ去ったとモントフォードに聞いたときは、とても信じられなかった」ナイトンはぴしゃりと言った。「だが、この目で見てしまえば、否定のしようがない。ジュリエット、今すぐ出てくるんだ」

くそっ、モントフォードめ。僕たちが屋敷を出ていくところを見ていたのか。一人で出ていったとしらを切り通せば、何とかなると思っていたのに。何と愚かだったのか。

背後からジュリエットが降りてくると、セバスチャンは言った。「君が考えていることは想像がつくが、これは見かけほどひどい事態じゃない。僕はジュリエットと結婚するつもりだ。実際、君とレディ・ロザリンドにその話をするためにここに戻ってきたんだから」

「ほう?」ナイトンの目が剣なら、セバスチャンは真っ二つに斬られていただろう。「おまえの正体も教えてくれるつもりだったのか?」

セバスチャンの血が凍った。「どういう意味だ?」

「普段はモントフォードの言うことなど相手にしないが、この状況では……。二年前にジュリエットを誘拐したのはおまえだったと言うんだ。弟ではなく、おまえだ。本当か?」

驚いたことに、ジュリエットがこう言うのが聞こえた。「モントフォードみたいに意地の悪い人の話を、どうして信じられるの? 嘘だわ、私を傷つけるための作り話よ。セバスチャンが犯人じゃないって、私にはわかるもの！」

　何と、ジュリエットが僕をかばってくれている！　あれだけ真実を打ち明けろと言って聞かなかったのに、今は僕を守ろうとしてくれているのだ。

　そんなことはさせられない。何しろ、約束したのだから。セバスチャンは振り返り、ジュリエットの頬に手を当てた。「いいんだ、ジュリエット。報いを受ける覚悟はできている。本当は、ずっと前にこうしていなきゃいけなかったんだ」そして、再びナイトンのほうを向いた。「そうだ。あれは僕だ」

「でも、ちゃんと理由があったのよ」ジュリエットは勢いよく言い、二人の間に割って入ろうとした。「グリフ、最後まで話を聞いて。でないと不公平だわ！」

　ナイトンはジュリエットをちらりと見ただけで、脇に押しやった。「話など聞きたくない。君はこいつの誘惑に意識がくもっているんだろうが、僕は違う」冷たい目でセバスチャンをじろりと見る。「おまえとは、明日の夜明けにレスター・フィールズで会おう。武器と介添人を選んでそこに来なければ、おまえを臆病者と呼んで大いにばかにしてやる」

「やめて！」姉妹は声を揃《そろ》えて叫んだ。レディ・ロザリンドがこう言い添える。「決闘なんてだめ！　道理をわきまえて！」

「ロザリンド、下がっていろ」ナイトンはどなった。「君には関係のないことだ」

「私には関係のない……いいかげんにして、グリフ、夫が殺されるのを防ぐのは、私に関係しているに決まってるでしょう。やめて――」

「黙らないと、無理やり黙らせることになるぞ！」

レディ・ロザリンドは夫が手に負えないところまで来たと悟ったらしく、すぐさま口を閉じた。だが、その目には反抗の色が浮かんでいる。

ジュリエットはセバスチャンの腕をつかんだ。「決闘なんかしないと言って。僕は戦わないとグリフに言ってちょうだい！」

セバスチャンはジュリエットを見下ろし、彼女にこんなことをさせたくはなかったのにと思った。「そういうわけにはいかないよ。紳士は挑戦を断らない。それは恥ずかしいことなんだ。君もわかっているだろう」

「何が恥ずかしいとか、気にしないわ！」

セバスチャンはかすかにほほえんだ。「ああ、でも僕は気にする」

「あなた、決闘には反対だと言ったじゃない！　無意味な暴力だって！」

「そうだ。だから、自分から仕掛けたことはない。でも、決闘を申しこまれた以上、断るつもりはないし、たとえ相手が君のお義兄《にい》さんでも同じだ。すまない」セバスチャンはナイトンのほうに向き直った。「挑戦を受けて立つよ」

「少なくとも、臆病者ではないわけだな」ナイトンはジュリエットのほうを向いた。「行くぞ。ここにはもう用はない。家に帰ろう」ジュリエットの腕を無理やりつかみ、セバスチャンの馬車の真後ろに停まっていた馬車に連れていく。どうやらナイトン夫妻はセバスチャンとジュリエットが現れたのを見て、二人のあとを追うつもりだったようだ。

「待って!」ジュリエットは叫んだ。「少しだけセバスチャンと話をさせて、お願い!」

ナイトンは断るかと思わせる表情を見せたあと、そっけなくうなずいた。

ジュリエットはナイトンの手から抜け出し、セバスチャンのもとに駆け戻った。「ああ、セバスチャン、どうしてあなたは間違ったことでも筋を通そうとするの?」

「癖だろうな」セバスチャンは皮肉な笑みを浮かべた。

ジュリエットはセバスチャンの胸をこぶしで打った。「こんなことで冗談を言わないで!」

セバスチャンはこちらをにらみつけているナイトンをちらりと見たあと、声をひそめた。

「ナイトンのことは心配しなくていい。武器の選択権は僕にあるし、拳銃を選ぶつもりだ。それなら結果を制御できるから、ほとんど被害がないようにする。運がよければ、ナイトンの手から拳銃を撃ち落とせるから、そこで勝負は終わりだ」

「ばかね、私はグリフを心配しているわけじゃないわ!」ジュリエットの頬に涙が流れた。

「心配なのはあなたよ!」

セバスチャンは手を伸ばし、ジュリエットの涙を拭った。「心配するな。僕は大丈夫だ」

「あなたの言うとおり、誘拐のことは秘密にしておくのが正解だったわ。家族に話をしてほしいなんて頼まなければよかった！」

「いや、正解は君だ。君の言ったとおりだ。先延ばしにすれば、ますますひどい結果になるって。いずれこうなることは決まっていた……運命に逆らっても無駄だ」セバスチャンは励ますようにほほえんだ。「でも、明日にはすべてが終わるんだ。ナイトンは満足するし、僕たちは結婚できる」ジュリエットはセバスチャンの本心と同じく、信じられないという顔をしたが、セバスチャンは何とか彼女を押しのけた。「さあ、君は家族のもとに戻って、心配はしなくていい。わかったな？　何もかもうまくいくから」

ナイトンがジュリエットの背後で言った。「さあ・ジュリエット、家に帰ろう」

セバスチャンは顔を上げ、モントフォードが一連のやり取りを大喜びで眺めているのを見て言った。「ナイトン、ちょっといいかな」

ナイトンが近づいてくると、セバスチャンは声をひそめてささやいた。「モントフォードがこれを娯楽扱いして、友人どもを引き連れて見物に来るのがいやなら、決闘の場所を変えて、それは誰にも教えないほうがいい」

ナイトンは不本意ながら感心するような顔になった。「そうだな。ウィンブルドン・コモンはどうだ？」

セバスチャンは重々しくうなずいた。ナイトンは向きを変え、女性二人を急《せ》かして馬車に向かった。しばらくすると、三人の姿は見えなくなった。

あとはモントフォードをどうするかだ。どこで真実を知ったのだろうと思いながら、セバスチャンはモントフォードのほうに向かった。「自分が勝ったと思っているんだろう？」

「僕がか？　ただ家族の悲劇を興味深く見物していただけだよ」

「ああ、君がどんな〝見物〟をしたかは聞いた。だが、明日は何も見物しようと思わないほうがいい。我が身が大事なら、朝はレスター・フィールズに近寄るな」

「君はもう脅す立場にはない」モントフォードは気取った調子で言い返した。「それに、決闘を見物するのが楽しみで仕方ないんだ。二人とも死んでくれるといいな」仲間を捜しに行くのだろう、モントフォードが舞踏室に戻ると、セバスチャンは安堵のため息をついた。少なくとも、モントフォードがウィンブルドン・コモンに現れる心配はしなくていい。

だが、冷たい現実を実感すると、膝から力が抜けていった。夜明けには決闘をすることになり、ジュリエットにはああ言ったものの、自分が生き延びられる自信はない。ナイトンは間違いなく、拳銃で命を取りに来るだろう。

馬車に乗りこみ、自宅に向かうよう御者に言いつける。ナイトンめ、何と短気なやつだ！　せめて腰を落ち着けて、こちらの言い分に耳を傾けてくれれば……。

ため息がもれた。罪のない若い家族が同じ男に二度もひどい扱いを受けているのを知って、相手の言い分を聞く気になるか？　戦わずして立ち去るなど、男のすることではない。

セバスチャンは両手で顔を覆った。二人とも無傷で決闘を終えなければならない。でも、できるだろうか？　ナイトンが拳銃の扱いに長《た》けているのかどうか、見当もつかない。

下手であってほしい。ここで助かるには、自分が先に撃ってナイトンに拳銃を手放させなければならない。もし狙いが外れたら……。

確実に死ぬだろう。ジュリエットの体面を汚して、一人ぼっちにして。だが、ここまで彼女の人生を破壊しておいて、そんな仕打ちまでするなど絶対にあってはならない。

24

〝きっかけは些細《ささい》なことでも、舌を解放すれば過激な論争になりうる〟

ジュリエット・ラブリックが十五歳のとき、ロザリンドのタオルに刺繍《ししゅう》した

エウリピデス作『アンドロマケ』の一節

ナイトン家の馬車が出発すると、ロザリンドはグリフと二人きりになれるまで口をつぐんでおこうと心に決めた。ところが、ジュリエットがテンプルモア卿《きょう》に誘拐されたいきさつを早口で説明し始めると、その決意は忘れ、矢継ぎ早に質問を繰り出した。ロザリンドも最初は憤慨していたが、ジュリエットが愛する男性をかばっているのを見て、気持ちがやわらぐのを感じた。心惹《ひ》かれる話だ。まるで劇作品のようだわ！　いかにも癇癪《かんしゃく》持ちの愚か者といった様子で、センスのない夫には理解できないようだった。ジュリエットの話が終わるころには、ロザリンドは新たな決意をしていた。

どんな手を使ってでも、この決闘を止めてみせるわ。

確かに、テンプルモア卿は愚かな過ちをいくつか犯したが、石のような顔で隣に座り、ジュリエットの説明は一言も聞こえないふりをしているきわめて頑固な男のほうが、よっぽど愚かだ。それに、ジュリエットの話を聞いたうえでも、テンプルモア卿が妹にぴったりの相手だという考えは変わらなかった。

難しいのはここから……グリフにそのことを納得させなければならない。

一同の話し合いは自宅に着くまで続いたが、ナイトン邸の前で馬車を降りても、ジュリエットは懇願を続けていた。「グリフ、わかってもらえた？　セバスチャンはできる限りのことをしたの。自分の弟を守ろうとしたあの人を、どうして責められるの？　もしそれがダニエルだったら、あなたも同じことをしたはずよ」

「でも、嘘《うそ》はつかない」グリフは屋敷の中に入った。「あとで自分の過ちを認め、その報いを受けるよ。僕たちがシュロップシャーに行ったとき――」

「私たちは復讐《ふくしゆう》する気だったもの！」ジュリエットは急いでグリフを追った。「あなたに顔を殴られて、セバスチャンもそのことを知った。だから、あの人の行動は理解できるわ。慎重にふるまったのが本当に悪いこと？　モーガンのことが心配だったのよ！」

「密輸団や海賊とつるんでいるような弟――」

「目くそ鼻くそだわ」ロザリンドは少し遅れてついていきながら、ぼそりと言った。

グリフは玄関ホールで足を止め、振り返ってロザリンドをにらみつけた。「君もテンプルモアの行動を〝理解できる〟と思っているのか?」

ロザリンドは攻撃の態勢に入った。「そのとおりよ。あなたも癇癪を収めて、理屈がわかるくらい冷静になったら、理解できるはずよ」

「グリフ」ジュリエットは言った。「私はセバスチャンを愛しているの。ほかには誰も愛せない。もしあの人を殺したら――」

「あら、この人はテンプルモア卿を殺したりしないわ」ロザリンドが割って入り、夫を見下ろした。不安のあまり声が高くなる。「ジュリエット、覚えてない? 私たちがシュロップシャーに着いた日、グリフはテンプルモア卿が拳銃の腕前がすごくて、〝あらゆる標的のど真ん中を撃ち抜く〟と言っていたでしょう。そのとき、テンプルモア卿には決闘を申しこまないと約束したのに、その約束を忘れてしまったみたいね。決闘で命を絶つというのが、夫が今やろうとしていることのようだから」

グリフの揺るぎないまなざしは、ロザリンドが見たこともないほど荒涼としていた。

「ジュリエット、この話は終わりだ。君が何を言おうと、僕は明日誘拐犯と対決する。妻と話がしたいから、そろそろ失礼させてくれ」

「でも、グリフ――」ジュリエットは言いかけた。

「ジュリエット、もう行って」ロザリンドは言った。「あとは私に任せてちょうだい」

ジュリエットは二人を見つめたあと、夫婦の間に並々ならぬ緊張感が漂っていることに気づいたようだった。「お姉様、話が終わったら私の部屋に来てくれる?」

「すぐに行くわ」ロザリンドは答えた。

ジュリエットは二人を心配そうに見たあと、そそくさと階段を上っていった。

グリフはジュリエットが階段のいちばん上に着くのも待ちきれないようだった。すぐにロザリンドの肘をつかみ、応接間に急《せ》き立ててドアを閉める。「あの男の味方をするつもりなら、何を言っても無駄だ。一言も聞く気はないし、君の口からとなればなおさらだ」

その言葉に、ロザリンドは不意を突かれた。「どういう意味……私の口からだと〝なおさら〟というのは?」

グリフは向きを変え、椅子の前まで歩いていくと、何かにつかまっていなければ溺れてしまうとでも言うように椅子の背をつかんだ。「ロザリンド、君がどう思っていようと、僕はばかじゃない。君が少々……テンプルモアに心を奪われているのは知っている。だが、僕が指をくわえて見ていると思ったら大間違いだぞ。君があの……あの悪党に——」

「いったい何の話をしているの?」ロザリンドは口をはさんだ。「私がテンプルモア卿に〝心を奪われている〟? どこからそんなことを思いついたの?」

再びロザリンドのほうを向いたとき、グリフは途方に暮れていた。「嘘をついて、ことをややこしくしないでくれ。僕にも目はついている。シュロップシャーを発《た》つとき、君とジュリエットの言ったジュリエットが病気のふりをしていた理由は嘘だったと気づいたんだ。でも、君は二人の仲を取り持とうとしていただけだ、意味はないんだと自分に言い聞かせた。セバスチャンと行った小屋のことで、君が嘘をついていたときも。僕が起きる前に、あいつと二人きりでそりに乗っていたときも。もちろん、片隅で内緒話をしていたときも――」セバスチャンは言葉を切り、悪態をついた。「でも、あいつが君の手にキスをしているのを見たあと、今朝こっそり君をたずねたと聞いたとき……君があいつに笑いかけているのを見たとき……あいつのことを褒めているのを――」

「まあ、何てこと」呆然《ぼうぜん》として黙りこんでいたロザリンドは、我に返って小声で言った。「あなた……まさかあなた……」こみ上げてきた怒りに圧倒される。「ちょっと、あなたって……本当に大ばか者よ！」つかつかとグリフの前に歩み寄り、胸をパンチした。

「おい！　痛いじゃないか！」

「あら、よかった！　あなた、私とテンプルモア卿の間に何かあると思っていたの？　よりによって、テンプルモア卿と？」

グリフはパンチされた部分をさすりながら、用心深い目でロザリンドを見た。「違う！いや……つまり、君が浮気をするとは思っていないけど、でも……」〝浮気〟という言葉を聞いて、ロザリンドはもう一度グリフを殴ろうとしたが、こぶしをつかまれた。「君が……その……あいつにのぼせ上がっていると思ったんだ」最後は弱々しくなった。

ロザリンドはこぶしを引き抜こうとしたが、グリフが放してくれなかった。夫をにらみつける。「いいかげんにして。あの人は私の妊娠を手伝ってくれていたのよ！」

グリフはぽかんとロザリンドを見つめたあと、爆発した。「ふざけるな！」そのとき初めて、ロザリンドは自分の言葉がどう聞こえたかに気づいた。グリフはロザリンドを押しのけてドアに向かった。「決闘などどうでもいい。あいつを八つ裂きにしてやる！」

「違うの、そういう意味じゃない！」ロザリンドは急いでグリフのあとを追い、腕をつかんだ。「治療家のところに連れていってくれたってこと！　シュロップシャーで！」

それを聞いて、グリフは足を止めた。振り返ってロザリンドを見つめる。「説明してくれ」

グリフの表情にロザリンドはごくりと唾をのみ、そもそもシュロップシャーでの活動を夫に内緒にしていた理由を思い出した。「あなたは私のこの状態に対する治療法を何も試させてくれなかったでしょう？」グリフが黙って顔をしかめているので、急いで続ける。「テンプルモア卿がジュリエットに、自分のお母様が妊娠するときに力を借りた治療家の話をしてくれたの。私がテンプルモア卿と一緒に帰ってきた日は、そこに行っていたのよ。テンプルモア卿とジュリエットと私でそりに乗って、借地人のウィニフレッドという、この種の問題に技術を持っている女性のところに行ったの」

「あの日ジュリエットは一緒じゃなかった」グリフは顔をしかめたまま、ロザリンドの言い分を訂正した。「それはよく覚えている」

「あなたに会う前までは一緒だったの」向きを変えてそわそわと部屋を歩き回りながら、ロザリンドはジュリエットがフォックスグレンに残った理由を説明した。「実は、そのあとこっそりチャーンウッド館に戻ってきたの。そのときから、例の病気のふりを始めたのよ。私がチャーンウッドに残ってウィニフレッドに相談できる口実を作るために。私の言うことが信じられないなら、ジュリエットにあの日のことをきいてみて。ミスター・プライスでもいいし。二人とも私の話を裏づけてくれるわ」

「今朝こっそり会っていたのは何だったんだ？」グリフは問いただした。

「テンプルモア卿が今夜プロポーズをしたいから、ジュリエットと二人きりになれるよう協力してほしいと頼みに来たの。レディ・ブラムリーのお宅で私の手にキスしていたのは、ジュリエットを追いかけているときだったのよ」ロザリンドはグリフに真剣なまなざしを向けた。「テンプルモア卿が求めているのはジュリエットであって、私じゃないわ。あの人にとっては、私は姉にすぎないの」

「じゃあ、内緒話は……小屋は……」

「ウィニフレッドの家に行く途中、テンプルモア卿が小屋のことを教えてくれたの。内緒話はただ、ウィニフレッドが追加の薬草を送ってきたと伝えてくれただけよ」ロザリンドは顔を赤らめた。「あとは……その……あなたがお風呂のことで文句を言っているんだけど、どうすればいいのかときいてくれたの」

　グリフの表情が暗くなった。「風呂だと？」

「実はウィニフレッドに、お風呂が熱すぎると男性は生殖能力が落ちると言われて、それでテンプルモア卿が……つまり……使用人に――」

「僕に熱い湯を使わせないよう言いつけたんだな」グリフはあごをこわばらせ、そっぽを向いた。「まったく、ようやく腑《ふ》に落ちたよ。あそこの使用人はそのことで、実におかしな態度をとっていたから」震える息を吸いこむ。「それで、その〝治療家〟が勧めてくれた優れた治療法には、ほかにどんなのがあったんだ？」

「薬草だけよ」グリフが張りつめた面持ちのまま何も言わないので、ロザリンドは勢いよく言った。「ねえ、グリフ、怒らないで！　あと少し頑張らずにはいられなかったの。私、本当に子供が欲しくてたまらないのよ。私たちの子供が」

　グリフは深いため息をつき、手で顔をこすった。「君のことは怒っていない。怒っているのは自分に対してだ。結論に飛びついて、君の希望に耳を傾けなかった」後ろめたそうに声を落とす。「君を信じなかった。僕は嫉妬深い――」

「〝愚か者〟という言葉がぴったりね」ロザリンドの中に怒りがぶり返してきた。私があなたのことをそんなふうに裏切るだなんて、よく思えたわね！

　グリフはまじめな顔でうなずいた。「ああ、愚か者だ。どれだけ苦しんだか……」

「私がほかの男性のことをそんな目で見てると思うなんて、苦しんで当然よ！」

ロザリンドが近づくと、グリフは自分をかばうように両手を突き出した。「もう殴らないでくれ」警告するように言う。

「もう殴らないわ」ロザリンドはグリフの手をつかんだ。「グリフ、私を見て」

一瞬間があったのち、グリフは苦悩のまなざしをロザリンドに向けた。

「愛してるわ」ロザリンドは熱をこめて言った。「出会ったその日からと言ってもいい、愛してるの。その気持ちが揺らいだことは一度もないわ。これからも決してない。それに、目の前にごちそうが並んでいるのに、一切れのパイを欲しがるほど愚かじゃないわよ」

グリフの顔から、荒涼とした表情が少し消えた。「君がいなくなるような気がしていたんだ」ささやくように言う。「君は最近、すごくいらいらしていた。それに、妊娠しないことにがっかりしていたから、僕が責められるんじゃないかと思っていたんだ」

「そんなふうに思わせてしまってごめんなさい。あなたを責めるつもりはなかったわ。いらいらしていたとしたら、あなたに子供を授けてあげられない自分に対してよ」弱々しい笑顔を向ける。「知ってるでしょう、私は自分が何かをできないことに慣れていないの」

「僕に子供を授けてくれてもくれなくても、どっちでもいいんだ」グリフは熱意をこめて言った。「君がいてくれれば、それでじゅうぶんだから」

ロザリンドは初めて、その言葉が口先だけではないことを知った。グリフは心からそう思っている。最初から本気で言っていたのだろうが、自分に欠陥があるという思いにとらわれすぎて、グリフも同じように感じていると思いこんでいた。

「私……あなたをぬか喜びさせたくはないんだけど」ロザリンドは言った。「でも、先週来るはずだった月のものがまだ来ていないの。だから、もしかすると――」

「もしそうなら、それでいい。そうでなくても、やっぱりそれでいい。君がどこかに行ってしまわない限り、何だって耐えられるよ」

ロザリンドの目に涙が溜《た》まった。「ばかね、私はどこへも行かないわよ」背伸びして、グリフの頬にキスをする。「それに、そういうことで悩んでいるなら、大げさに騒ぎ立てる前に私に話すようにしてちょうだい」とはいえ、こうつけ足しておいた。「でも、私も二度と嘘はつかないわ。それもよくなかったことはわかってるの」それから少し考え、顔をしかめた。「まあ、そもそも私が嘘をついたのは、あなたが命令ばかりして、これはしていい、あれはするなと言い始めたから――」

ロザリンドの文句を、グリフの唇がさえぎった。グリフは飢えたようにキスをし、それはスワンパークのすもも園で初めてしたキスを思わせた。夫が体を引いたとき、ロザリンドの膝からは力が抜け、怒りは吹き飛んでいた。

グリフはロザリンドを抱きしめ、髪に鼻をすり寄せた。「誓うよ、二度と君を疑わない」

二人はしばらくそのままの体勢でいたが、やがてロザリンドはこの言い争いが始まったそもそものきっかけを思い出した。

「ねえ、グリフ?」せっかく取り戻した絆《きずな》を断ちきるのはいやだったが、時間が迫りつつあることはわかっていたので、グリフの上着に向かってささやいた。「テンプルモア卿の事情は理解できたし、私があの人を何とも思っていないこともわかったから――」

「だめだ」グリフはロザリンドの腕の中で身をこわばらせた。「決闘をすることは決まっている。あいつがジュリエットにひどい扱いをしたことを見逃すわけにはいかないんだ」

夫の強情さに歯ぎしりしながら、ロザリンドは体を引いた。「ジュリエットが今の状態に何の不満もなくても?」

「あいつがジュリエットの人のよさを利用して、理性を鈍らせているのがわからないか?」

「私たちが出会ったとき、あなたが私の……はしたないところを利用して理性を鈍らせたのと同じように?」

「同じではない」グリフはうなった。「あいつのほうがたちが悪いし、報いは受けるべきだ」

「いいかげんにして、グリフ、あなたに死んでもらいたくないの!」

グリフはむっとした顔になった。「僕が拳銃をまったく扱えないような言い方をするのはやめてくれないかな。僕も銃の扱い方くらい知っているよ」

「テンプルモア卿の腕前がすごいと騒いだのはあなたなんだから、私がその話を信じたからって文句を言わないでちょうだい」

グリフは腕組みをした。「これは名誉の問題で、僕は自分の言葉を撤回するつもりはない。夜明けに決闘はするし、これ以上その話はしない」声をやわらげて言う。「だから言い争いはやめて、ベッドに行こう。決闘前の最後の晩は、もっと有意義に使いたいからね」

ロザリンドはあきれた顔をした。それで私が怒りを引っこめてベッドに飛び乗ると思うなんて、いかにもグリフらしいわ。「私もよ。最後の晩は、かわいそうな妹をなぐさめることに使いたいの。朝になってもまだあなたが生きていたら、一緒に朝食をとりましょう。もし生きていなかったら……」かわいらしくほほえむ。「男の衝動が満たされないまま、地獄に落ちることになるわね。この状況が片づくか、あなたが分別を取り戻すか、どちらが先になるにせよ、それまであなたとベッドをともにするつもりはないわ」

そう言うと、くるりと向きを変え、ドアに向かって歩いた。背後でグリフがため息をつくのが聞こえたが、追ってこないことはわかっていた。言葉にとらわれすぎる人なのだ。

義憤に駆られてジュリエットの寝室に直行すると、気の毒な妹は窓辺に立ち、ぼんやりと夜の闇を見つめていた。すでに思いきり泣いたのだろう。

ロザリンドがドアに近づくと、ジュリエットは意外なくらい穏やかな声で言った。「グリフの気は変わらなかったんでしょうね」

「ええ。いつもどおりの頑固さだったわ」

ジュリエットが窓辺で振り向くと、驚いたことに、少しも泣いていないのがわかった。むしろその目は澄みわたり、決然としている。「そう。あの二人が愚行に走るつもりなら、決闘を止められるのは私たちしかいないわね」

「どうやって止めるの？　このばかげた男の名誉の問題は、手に負えそうにないわ」

「そうとは限らないわよ。名誉というのは、諸刃《もろは》の剣になりうるもの」ジュリエットの顔に、悪魔じみた笑みが広がった。「座って、お姉様。私に考えがあるの」

25

〝苦労せず得られるものは、汚れと伸びた爪以外になし〟

　テンプルモア邸の勉強部屋の壁にかつて掛かっていたイギリスのことわざ一覧より

　底冷えのする夜明け前、セバスチャンは近侍とともにウィンブルドン・コモンに立ち、これまで生きてきた中で最も神経を研ぎ澄ましていた。昨夜は一睡もせず身辺整理をし、遺言状を書き換え、ルー叔父とモーガンと海軍委員会に手紙を書いたが、眠気は少しもない。今までこの手をすり抜けていった真実を、ようやくつかむことができたのだ。

「あの方は来ると思いますか？」ボッグズが傍らで問いかけた。

「来ないといいな。だが、来るだろう」

「本当に、ご友人のどなたかに介添人を頼まなくてよいのですか？」ボッグズはたずねた。

「ロンドンに友人はいない」

　実を言うと、そもそも友人がいない。家族のほかに人間関係はなかった。家族すらあまりいない。まだ一カ月しかつき合いのない弟と、親しくなり始めたばかりの叔父だけだ。

昨夜、介添人を頼めるのが使用人しかいないと気づいたときは、頭を殴られたような気がした。おかげで一晩中、人生を振り返ることになった。そのことと、ジュリエットが熱心に愛情を伝えてくれることを思い、そろそろ何かを変えるときが来たと悟ったのだ。

まずは、ジュリエットに対する自分の気持ちを自覚することだ。僕はジュリエットを愛している。それ以外に考えようがなかった。愛していなければ、なぜ夜中まで自分が死ぬかどうかではなく、この試練を生き延びた場合にどうやってジュリエットに償えばいいのかと思い悩む？　ジュリエットに迷惑をかけない方法を考える？

もし彼女を愛しているのでなければ、そんなことは気にしない。何を決めるにも、まずジュリエットのことを考えたりしない。

愛、か。セバスチャンは笑みをもらした。夜中から明け方にかけての間に、その言葉に怯《おび》えずにすむようになったとは、何と不思議なことか。そのことをジュリエットに伝える機会が欲しい。だから、今日は何があろうとも、この場を生き延びなければならないのだ。

それはナイトンも同じだ。義兄を殺されれば、ジュリエットは決して許してくれないだろう。問題は、どうやってそれを避けるかだ。ナイトンの手を撃てば、引き金を引くことはできなくなるが、それでも手を替えることはできるし、そうなれば心臓を撃ち抜かれる可能性はある。とはいえ、遠くを撃っても、相手に撃たれる危険は同じだ。となると、前者の方法のほうが、セバスチャンが場を掌握できる点で有利だ。ただし、ナイトンにしてみれば、リスクの高い方法だ。

僕の人生にもたまには幸運が起こって、ナイトンが機嫌を直し、この場に現れない選択をするかもしれない。

ごくかすかなその望みは、ナイトン家の馬車が従僕を乗せてコモンに現れた瞬間に消えた。ナイトンその人が馬車を降り、二人の付き添いがあとに続いた。一人は巨大な黒のかばんを抱えていることから、医者とわかった。もう一人はセバスチャンの知らない男だったが、ナイトンの介添人なのだろう。

セバスチャンはため息をついた。「おはよう、ナイトン」

「テンプルモア」夜明けの薄いもやの中、ナイトンは不安そうに見えたが、それでもセバスチャンと同じような拳銃ケースは手にしていた。同行者の紹介が始まったとき、馬に乗った男たちが近づいてくる音が聞こえ、二人はそちらを向いた。

いや、馬に乗っているのは男性ではない。女性だった。

「あの二人はここで何をしている?」ジュリエットとレディ・ロザリンドが視界に入ってくると、セバスチャンの耳はどくどくと音をたてた。ジュリエットに来てほしくはなかった。彼女の目の前で、ナイトンに弾を命中させることはできない。

ナイトンは顔をしかめた。「わからない。僕が出たときは、二人ともまだ寝ていたはずだ」

二人の女性は手綱を引き、馬を降りた。驚いたことに、ジュリエットはナイトンのものによく似た拳銃ケースを手にしていた。

ナイトンはつかつかと妻に近づいていった。「ロザリンド、いったい何のつもりだ？じゃまをするなら――」

「じゃまはしないわ」ジュリエットが割って入った。拳銃ケースを掲げる。「私たちがここに来たのは、決闘をするためよ。あなたたちが先にちょうどいい場所と介添人を選んでくれたから、これは一石二鳥だと思ったの」

ナイトンはぽかんとジュリエットを見つめたあと、妻のほうを向いた。「ジュリエットはいったい何の話をしているんだ？」答えを待たず、セバスチャンにたずねる。「君もこの件にかかわっているのか？」

セバスチャンは両手を上げた。「とんでもない」

「単純な話よ」ジュリエットはすました顔で言った。「あなたとセバスチャンがこのばかげた戦いをすると言い張って、その結果どちらかが死ぬことになるなら、お姉様と私も自分たちの決闘をすることにしたの。もし、あなたがセバスチャンを殺せば、私は名誉を守るために、ロザリンドを撃って仇《かたき》をとるわ」

「もしテンプルモア卿《きょう》があなたを殺したら」レディ・ロザリンドが口をはさんだ。「私が名誉を守るために、ジュリエットを撃ってあなたの仇をとる」

「それが筋というものよ」ジュリエットは言った。

「正しく立派な行いだわ」レディ・ロザリンドが言い添えた。

セバスチャンは思わず噴き出したが、ナイトンににらまれ、まずかったと気づいた。

「こんなばかげた小細工をしても何にもならないよ、ジュリエット」ナイトンは言い返した。「妻が銃を撃てると聞いても驚かないが、君は銃を撃つどころか、弾をこめる方法さえまるで知らないのは確かだからね」

セバスチャンはたじろいだ。「いや、ナイトン、実はジュリエットはどちらもできるんだ」

ナイトンはくるりと振り向いた。「どういうことだ?」

「セバスチャンに拳銃の撃ち方を教えてもらったの」ジュリエットは冷静に言った。「シュロップシャーにいるときに」

「そんなばかな!」ナイトンは反論した。「僕たちはみんな気がついたはずだ……君が芝生に立って、銃を撃っていれば」

レディ・ロザリンドが前に進み出た。「昨夜、話した小屋があるでしょう? テンプルモア卿はときどきそこへ行って、射撃練習をしていたの。屋敷からはずいぶん遠い場所よ」

「弾のこめ方も教えてもらったの」ジュリエットは朗らかに言った。拳銃ケースを置いて開くと、セバスチャンが誇らしく思うほどの手際のよさで、一挺《ちょう》の拳銃に弾をこめた。

だが、にやにやしているところをナイトンに見つかり、にらまれてしまった。とたんにセバスチャンは真顔に戻り、これでまた死が近くなったと思った。決闘も始まらないうちに、ナイトンに絞め殺されそうだ。

「ジュリエットに教えてほしいと頼まれたんだ」セバスチャンは言った。「従う以外にどうすればいい？」

「断ればいいだろう？」ナイトンは言い返した。

「君はレディ・ロザリンドの頼みを断っても平気なのか？」

驚いたことに、ナイトンは苦笑いを浮かべた。「結婚してから一度も平気だったことはない」しかめっつらに戻って言う。「拳銃も君がジュリエットにやったのか？」

「違う！　僕は頭がおかしいわけじゃない」セバスチャンはかっとなって言った。

「グリフ、これはあなたの拳銃よ」レディ・ロザリンドが口をはさんだ。「見覚えがないの？　昨夜私が倉庫から出して、従僕に掃除と油を差すのをお願いしたの」

ナイトンはうめいた。「ついに使用人を僕に敵対させるようになったのか」

「レディ・ロザリンドの得意技だよ」セバスチャンは言った。

「わかってる」ナイトンはセバスチャンを探るように見た。「ところで、チャーンウッドのぬるい風呂には礼を言わなきゃいけないいな」

レディ・ロザリンドは秘密をすべて打ち明けたようだ。だが、それによってナイトンがセバスチャンに対する態度を軟化させたのか、ますます腹を立てたのかはわからない。セバスチャンは慎重に言葉を選んだ。「すまなかった。君の個人的な事情に立ち入って」

「まったくだ」ナイトンは言ったが、その言い方に力はこもっていなかった。

医者が前に出て咳払《せきばら》いをした。「お二人とも、今日は決闘をしないのなら、ベッドに戻らせていただきたい」

セバスチャンはナイトンを見た。誰もがナイトンを見た。

ナイトンは大勢の視線を浴び、身をこわばらせた。「決闘はする、絶対に」彼は言った。

「僕の名誉はまだ回復していない」

どういうわけか、セバスチャンはその答えを聞いても驚かなかった。ナイトンはこれまで出会った誰よりもプライドが高く、頑固な男だ。

だが、ジュリエットはナイトンを悪魔の化身であるかのようににらみつけた。レディ・ロザリンドは顔をしかめただけで、妹に言った。「拳銃のどれかに弾をこめてちょうだい。やっぱり私とあなたは戦わなきゃいけないみたいだから」

ナイトンは不安げにセバスチャンを見た。「これははったりにすぎない」

「わかってる」

とはいえ、やはり落ち着かなかった。介添人たちが歩幅を測り、二人の立ち位置を決めて決闘の準備をしている間、レディ・ロザリンドとジュリエットも数メートル離れたところでその動きをまね、同じことをしていた。

妻が拳銃の確認をし、義妹が近くの木で照準を合わせる練習をしているのを無視できるなら、ナイトンは愚かか残忍かのどちらかだ。たとえはったりだったとしても、姉妹の手際は鮮やかだった。ナイトンは本気で、この状況で決闘ができると思っているのか？

どうやらそう思っているらしく、やがてナイトンの介添人が二人に位置につくよう言った。セバスチャンは運命だと思ってあきらめ、言われたとおりにした。

「待って！」突然ジュリエットが叫び、弾が飛ぶ位置に駆けこんできた。

「おい、ジュリエット、そこを離れろ」ナイトンがどなった。

ジュリエットは頑固なあごをつんと上げた。「用事がすんだら出ていくわ。でも、まずはセバスチャンと話がしたいの」

グリフはため息をついた。「わかったよ。少しだけだぞ。早く終わらせたいから」

ジュリエットはレディ・ロザリンドに拳銃を渡し、セバスチャンのもとに駆け寄った。ためらうことなく両手で顔をはさみ、正面から唇にキスする。四人の男に見られていることもあり、セバスチャンがジュリエットの愛情表現に恥じ入ってもおかしくなかったが、そうはならなかった。何しろ、ジュリエットは泣いていたのだ。

ジュリエットはつかのまだけ体を引いてこう言った。「聞いて、セバスチャン。私はあなたが正しいことをしてくれるって信じてるわ」

「じゃあ、何が正しいことか教えてくれ。僕にはわからない」

「わかってる」ジュリエットは真剣に言った。「心の中ではわかってるはずよ。あなたが何を選ぼうとも、私にとってはそれが正しいことなの。あなたを信じているから。だから、あなたも私を信じているところを見せて」

その謎めいた言葉を最後に、ジュリエットは立ち去ろうとしたが、その前にセバスチャンが腕をつかんだ。「ジュリエット、君を信じてる。それから……君を愛してる」

ジュリエットはセバスチャンに悲しげな笑みを向けた。「それは、このくだらない決闘があるから言っているだけだわ」

セバスチャンは首を横に振った。「事実だから言っているんだ」ナイトンと介添人たちがじれていることは意に介さず、チャンスがあるうちにと、昨夜悟ったことをすべてジュリエットに話すことにした。「僕はずっと、自分が誰かを愛してしまえば、両親のように人生の主導権を手放すことになると思っていた。主導権を失えば、大惨事が起こると」気分を落ち着けるために息を吸う。「そう、人生はひと続きの射撃練習だと思っていたんだ。明晰《めいせき》な頭脳と上等な拳銃を携えて臨まなきゃいけない。標的を撃つときは、手元が安定していて弾が正確に飛ぶ銃を使えば、狙いどおりのものが撃てると」

ジュリエットはセバスチャンを見つめ、わかるというふうにうなずいた。

「愛というのは、今にも撃とうというときに目をくらませる太陽のように、注意力を奪う危険なものだと思っていた」セバスチャンは自分の愚かさに頭を振った。「だが、一つだけとても大事なことを忘れていた。太陽がなければ、そもそも狙いをつけることができないんだ。僕は日光が差すたびにそれをさえぎっていたから、狙っているものが撃てなかった。安心、義務、家族。この二年間は、何度も何度も的を外した。それで何が得られた？僕が避けようとしていたそのもの……大惨事だ」

手を伸ばし、ジュリエットの手をつかんでぎゅっと握った。

「でも、昨日君が愛してると言ってくれたとき、雲の切れ間から陽《ひ》の光が差したんだ。おかげで物事がはっきり見えるようになった。愛がなければ安心は得られないし、義務は無意味な課題にすぎず、家族は空虚なぐさめにしかならない。君の愛がなければ、拳銃で何を狙っても命中させられないから、自分のこめかみに当てて発射したほうがましだ」

「ああ、セバスチャン」ジュリエットはうっとりした目をして言った。セバスチャンに抱きつこうとしているようだったが、セバスチャンは首を横に振って制した。

「これが終わったら、僕は長い間、君を抱きしめる。でも、今は償いをしないと」

ジュリエットはごくりと唾をのんだ。「あなたがそう言うなら。でも忘れないで、私はあなたが正しいことをすると信じてる。あなたも私を信じているところを見せて」

またあの言葉だ。いったいどういう意味だ？

ジュリエットが姉の傍らに戻って拳銃を手にしたとき、ぴんときた。前にも一度、ジュリエットは信じてほしいと言った。信じて、家族はあなたを傷つけないから、と。セバスチャンはナイトンに目をやった。この男を？　ナイトンは僕を撃ち殺さないというジュリエットの言い分を信じろと？　もし言いたいことがそれなら、なかなか厄介な頼み事だ。しかも、ナイトンが決闘を望んだ時点で、ジュリエットの予想は一つ外れている。だが、この展開に関しては、予想がつかなかったのはセバスチャンも同じだ。

ナイトンの介添人が再び位置につくよう呼びかけ、二人は準備を整えた。

セバスチャンの考えでは、選択肢は二つある。ナイトンの手を撃ち、狙ったところに命中させる自分の実力を信じる。あるいは、わざと遠くを撃って、ナイトンは自分を殺さないと信じる。その場合、ジュリエットのあやふやな家族への信頼のために、この場の主導権を握るのをあきらめることになる。

ナイトンの介添人が、射撃範囲の外ではあるが、二人から見える位置に移動した。ハンカチを取り出し、ゆっくりと宙に掲げる。

セバスチャンは女性たちをちらりと見た。二人も拳銃を腰に当て、準備態勢に入っているが、顔は青ざめていた。これははったりかもしれないが、愛する男を救おうという決意にはどこか心惹《ひ》かれる気高いものがあり、セバスチャンは選ぶ余地などないと気づいた。

〝私はあなたが正しいことをすると信じてる。あなたも私を信じているところを見せて〟

ハンカチが落とされた。セバスチャンは拳銃を構え、撃った。

ナイトンの背後、百八十メートルほど向こうにある茂みを。

煙が晴れると、ナイトンがまだ発砲していないのがわかった。両腕を上げて凍りついたように立っているが、指は今も引き金に掛けられ、拳銃はセバスチャンの心臓をまっすぐ狙っている。

セバスチャンは息をのんだが、手を宙に構えたまま何も言わず、何もしなかった。耳で血流が轟音《ごうおん》をたて、ほんの一瞬、とんでもない判断ミスをしたのではないかと思う。

そのとき、ナイトンの目の中で何かが変わるのが見え、セバスチャンは身の安全を悟った。ナイトンに関しては、結局ジュリエットが言ったとおりだったのだ。

「わかってるだろう、これはおまえにふさわしい代償ではない」ナイトンはどなった。

「わかってる」

「この二年間、ジュリエットが苦しんだのと同じように苦しんでもらわないと」

「あるいは、ジュリエットに償うチャンスをくれるかだ。それ以外に、この人生でしたいことは何もないんだ」

ナイトンはしばらくためらったあと、悪態をついてから言った。「自分が後悔することはわかっている。でも、愛する女を怒らせて、愚かなふるまいをさせるわけにはいかないだろう。拳銃を振り回しているとなればなおさらだ」

ナイトンは自嘲気味にほほえみ、腕を上げて宙に発砲した。

セバスチャンはふうっと長く息を吐いた。女性たちは歓声をあげた。医者と介添人の反応はもっと控えめだったが、やはりこの結果を支持していることが態度からわかった。

その直後、セバスチャンはライラックの香りがする女性に勢いよく襲われた。笑いながらジュリエットのウエストを抱き留め、腕の中で揺する。

「私を愛してるのね！」ジュリエットは顔を輝かせて叫んだ。「本当だったんだわ！」

「もちろんだよ」セバスチャンは答えた。「正気の男なら、誰だって君を愛するだろう？」

ジュリエットはじろりとセバスチャンを見た。「あなたは前から正気だったわけじゃないでしょう。記憶ではたしか、私に何度も――」

セバスチャンは激しく、ジュリエットが腕の中で溶けるまでキスをした。体を引いてぼそりと言う。「今は正気だよ。君を頭のおかしい男と結婚させるわけにはいかないからね」

「おい、テンプルモア」二人の向こうでナイトンが言った。「段階は一つずつ上れ。君が僕の義妹《いもうと》の結婚相手にふさわしいとは思えない」ナイトンに寄り添っていたレディ・ロザリンドが、夫の腕を殴った。ナイトンは目をくるりと回した。「とはいえ――」

「とはいえ」レディ・ロザリンドが割って入った。「君がジュリエットを守ってやれることを証明できるなら――」

ジュリエットはくすくす笑った。

「それから、ジュリエットを大事にできる――」ナイトンが続けた。

「それから、しょっちゅうロンドンに連れてきて家族に会わせてあげられる――」レディ・ロザリンドが言い添えた。

「それから、ダニエルとヘレナを危ない目に遭わせた償いができるなら」ナイトンはそう言って顔をしかめた。「おい、僕は何を考えている？　こいつは悪党で、誘拐犯――」

「何と言われようと、私はこの人と結婚するわ」ジュリエットが強い口調で言い返した。

「だから、この話はこれで終わり。グリフ・ナイトン、そろそろ黙って私たちを祝福してくれないと、結婚式なんて挙げずに駆け落ちするわよ。また。今この瞬間に」

「それも悪くないね」セバスチャンは声を殺してぼそぼそと言った。

だが、ナイトンのしかめっつらは、ジュリエットがしゃべっている間にずいぶんやわらいでいた。「わかったよ。この男にチャンスをやろう」

「ジュリエットのことは大事にする」セバスチャンは言った。「心配はいらない」

「それはどうかな」ナイトンは言ったが、譲歩はした様子で、しかも最後にこうつけ加えた。「この話の続きは、どこかもっと暖かい場所でしよう」

全員が心から同意した。

「僕のタウンハウスに馬車でついてきてくれたら」セバスチャンは言った。「喜んでみんなに朝食をふるまうよ。うちの使用人もそろそろ客のもてなしに慣れたほうがいい」ジュリエットを見下ろす。「いずれはしょっちゅう客を迎えることになりそうだからね」

医者とナイトンの介添人は自宅に戻ると言ったが、それ以外はセバスチャンの提案に飛びついた。馬車に向かう途中、グリフはそっけなく言った。「僕たちが二人とも生きて帰ったと知ったら、モントフォードはがっかりするだろうな」

「レスター・フィールズには行ったんだろうか」セバスチャンは言った。「もし行っていたら、何か社交の催しで一緒になったときに、あいつの顔を見るのが楽しみだ」

「私は違うわ」ジュリエットが静かに言った。「あの人には二度と会いたくない」

ジュリエットは本気だった。モントフォードがいなければ、ジュリエットもセバスチャンも、この決闘沙汰に巻きこまれずにすんだのだ。結果的にこうなったから安心できたものの、心臓が止まりそうなほど恐ろしい瞬間もあり、最悪の事態も覚悟した。

セバスチャンの顔を見上げると、笑顔で見つめ返され、心が温まるのが感じられた。

「とりあえず、ありがたいことに全部終わったけど」ジュリエットはつぶやいた。

ところが、そう結論づけるのは早かった。セバスチャンのタウンハウスに着くと、一同がウィンブルドン・コモンにいる間に混乱が起きていたことがわかった。セバスチャンがジュリエットを連れて中に入ったとき、出迎えたのは予想外の人物だった。セバスチャンの叔父だ。

「おい、こんな時間にどこに行っていたんだ？」セバスチャンが口を開く前に、ミスター・プライスは言った。後ろからグリフとロザリンド、続いてセバスチャンの近侍が入ってきたのを見て、目を丸くする。「皆、ここで何をしている？」

「叔父様こそ、ここで何をしているのかきこうと思ったんですが」セバスチャンはぴしゃりと言った。「シュロップシャーでモーガンを待っていないといけないというのに」

セバスチャンがほかの人々の前で弟の名前を出したことに驚いたらしく、ミスター・プライスは目をしばたたいた。「あ……モーガンはここにいる。私が連れてきた。おまえが置かれているこのとんでもない状況を説明したあと、二人で三日間、馬を飛ばしてきた」

一同を眺め回す。「皆さんにはもう本当のことを言ったのか？」

「ええ」セバスチャンは答えた。「それで、あいつはどこにいるんです？」

「応接間に。モントフォードの野郎と一緒だ」

激しい言い争いの声が聞こえてきた。聞き慣れない、どこか大陸風のもの柔らかなアクセントと、神経を逆なでするおなじみの気取った声だ。セバスチャンは顔をしかめて応接間に向かい、ジュリエットがすぐあとに続いた。

ミスター・プライスが二人の隣をついてきた。「モントフォードは数分前、ろくでもない友人たちを連れて無理やり入ってきて、おまえに会いたい、決闘がどうのこうのと言っていた。追い出してもらおうと従僕を探していたら、おまえたちが帰ってきたんだ」

開いたドアに近づくと、声は大きくなった。

「いいか」モントフォードは言っていた。「昨夜ナイトンが君に決闘を申しこんで、君がそれを受けるのを、僕はこの耳で聞いたんだ！　なのに、なぜそんなひどいアクセントでしゃべるんだ、テンプルモア？」

「僕はテンプルモアではないからだ。さっきから言っているだろう。僕は……」

「弟だ」セバスチャンは代わりに言い、応接間に入った。「おはよう、モントフォード。何の用だ？」

噂《うわさ》好きの友人を五人引き連れたモントフォードは、グリフがセバスチャンのあとから入ってきたとたん叫んだ。「はは！　ほらな？　テンプルモアとナイトンが来たぞ！　だから言っただろう、二人は決闘するって！」

ありがたいことに、グリフは少しも躊躇《ちゅうちょ》しなかった。いかにも驚いた顔でセバスチャンを見る。「この男は何を言っているんだ？　君は決闘のことを何か知っているか？」

セバスチャンは肩をすくめた。「さあね。何を勘違いしているのか見当もつかない」

モントフォードは顔をしかめて凶悪な表情になった。作り笑いをしている仲間をたしなめるように見てからどなる。「じゃあ、どうしてこんなに朝早くから二人でここに――」

「妻と義妹を連れてきたかって？」グリフはあとを続けた。「僕が女性を決闘に立ち会わせると、本気で思うのか？　レディ・ブラムリーの屋敷を出たあと、皆で僕の家に帰ったんだ。テンプルモア卿が昨夜義妹にプロポーズしたから、婚約祝いをしていたんだよ」

セバスチャンは我が物顔でジュリエットのウエストに腕を回し、一刻も早くモントフォードを追い出して弟と話をしたいのか、話を引き継いだ。「今度は僕が朝食に皆を招待したというわけだ。君も一緒にどうかと言いたいところだが、これは……その、家族のことでね。わかってもらえると思うが」

モントフォードの顔が危険な紫色を帯びてくると、友人たちはうんざりした顔で目配せし合った。一人がモントフォードの肩をぽんとたたく。「さてと、そろそろ帰ろう。勘違いしているのがわからないか？」

「勘違いなどしていない！」モントフォードは言い返した。「僕はこの耳で聞いたんだ！」

「最初はレディ・ジュリエットが駆け落ちをしたとかしないとかいう話だった」友人の一人がぶつぶつ言いながら、モントフォードをドアのほうに引っぱっていった。「次に、テンプルモアに誘拐されたという荒唐無稽な話になり、今度は決闘の作り話で僕らをベッドから引きずり出して――」

「それは本当だ！　本当なんだよ！」モントフォードは両腕を友人につかまれ、部屋から引きずり出されながらわめいた。玄関を出ていくときも、まだ叫んでいた。

モントフォードの姿が見えなくなったとたん、ロザリンドはにんまりした。「今のは見ものだったわ。これで誰もあの人の言うことに耳を貸さなくなるでしょうね」

ジュリエットも笑いが止まらなかった。「本当ね」あえぎながら言う。「セバスチャン、あなたみたいに作り話がうまい人は見たことがないわ」

「こいつの性格を考えると、あまり好ましいことではない」グリフが口をはさんだ。

「ナイトン、最初に嘘《うそ》をついたのは君じゃないか」セバスチャンは抗議した。

長椅子のそばに立っていたモーガンが口を開いた。「誰か状況を説明してくれないか?」

一同が部屋に入ってから初めて、ジュリエットはモーガン・プライスを、図らずも二年前の痛ましい……いや、さほど痛ましくはない出来事のきっかけを作った人物をじっくり見ることができた。セバスチャンとの瓜二《うりふた》つぶりは驚くほどで、黒い目も、角張ったあごも、官能的な唇もそっくりだった。髪がもう少し短くて、服装がここまで遊び人風でなければ、確実にセバスチャンと見間違えていただろう。

だが、それもまじまじと見るまでのことだった。モーガンをよく見ると、顔つきには世慣れた雰囲気があり、笑い方にはわずかながら確実に冷笑の色があった。セバスチャンと知り合って以来、さまざまな性質を見てきた。だが、彼に冷笑的なところはまったくない。だが、モーガンはすでに何度も世界に噛《か》みつぶされ、吐き出されてきたように見える。

そのとき、モーガンはジュリエットが見ていることに気づき、ていねいにおじぎをした。

「マドモアゼル。愚かな兄が迷惑をおかけした美しいお嬢さん《ジュネ・フィーユ》というのは、あなたでしょうか?」

モーガンのアクセントは変わっていて、外国人とまではいかなくても、英語に何かの訛《なま》りが混じっていた。それでもフランス語は、少なくとも素人の耳には流暢《りゅうちょう》に聞こえた。

「その予想はだいたい合っている」セバスチャンはかすかにとげのある口調で言い返した。「モーガン、こちらはレディ・ジュリエット、僕の婚約者だ。ジュリエット、これが僕のろくでなしの弟だ」

モーガンは前に進み出ると、ジュリエットの手を取って大陸風のキスをし、きらめく目で見上げた。「はじめまして、マドモアゼル」

ジュリエットが思わず笑うと、ウエストに巻きついたセバスチャンの腕に力が入った。「もういいぞ、この野郎」セバスチャンはうなった。「あれほど僕たちに迷惑をかけたんだから、おまえには彼女と話す権利もないくらいだ」

「僕が？」モーガンは抗議した。「兄さん《モン・フレール》、彼女を誘拐したのも、密輸団の巣窟に連れていったのも僕じゃない。いったいどういうつもりだったんだい？」

「いいかげんにしろ、おまえを助けるつもりだったんだよ！」セバスチャンは不機嫌に言った。「そういえば、おまえはまだモントフォードとその仲間に顔を見せてはいけなかったんだ。海軍委員会が聞きつけたら、僕が止める間もなくおまえの首を取りに来るだろう。海賊王を引き渡すことに同意しない限り」

モーガンは肩をすくめた。「その役ならほかを当たってもらわないと。僕がクラウチの船員にアフリカの海岸沖の島へ流されて退屈していたところを、海賊王が救ってくれたんだ。海賊王に発見されたおかげでヴェルデ岬まで行けて、そこからイギリスに帰ってこられた。それに、あの人はもう海賊行為はやめて、その島で隠居することにしたはずだ」セバスチャンが口を開くと、モーガンは険しい口調で言った。「いや、場所は教えない。海賊王には借りがある。裏切るわけにはいかないんだ」

ジュリエットは笑いを噛み殺した。言っていることが兄にそっくりだ。

「でも、海軍委員会が――」セバスチャンは言いかけた。

「僕がオセアナ号でつかんだ情報を教えれば、海軍委員会も手出しはしてこない。クラウチは海軍の上層部の人物と通じていて、そいつが僕がクラウチのスパイをしていたことをもらしたみたいなんだ。だから、海軍が海賊王とのかかわりでうるさく言ってくるようなら、僕は喜んでその悪党の名をロンドン中の新聞にばらまく。簡単には消えないような下劣な醜聞を作り出してやるよ。ここのところ密輸業者がはびこっているのは誰のせいなのか、イギリス国民は興味津々だろうからね」

セバスチャンは呆然《ぼうぜん》と立ちつくした。「要するに、おまえは――」

「兄さんの力がなくてもやってこられたか？　自分の面倒は自分で見られる？　ああ、モン・フレール、そのとおりだよ。兄さんがそんなことをしていると知っていたら……」モーガンはフランス風に肩をすくめ、ジュリエットに向かってほほえんだ。「しかもこんな天使《アンジェリク》のような、すばらしい《マニフィク》……」

「おまえの弟は、僕の妻のそばには近寄らせないようにしよう」グリフが背後で言った。

「テンプルモア、君もじゅうぶん女たらしに見えたのに」

セバスチャンは笑いだした。最初はしゃっくりのようだったが、すぐにあえぐような笑い声になり、ジュリエットはぎょっとして彼を見つめた。「セバスチャン?」

「僕は密輸団と生活をともにした……何週間も……」むせながら言う。「無実の人間を誘拐し……嘘をついた。決闘もした。その結果がこれか? ああ、いくら何でも……」

「ちょっと失礼していいかしら?」ジュリエットは言い、息を切らしているセバスチャンを引っぱって互いの親族が固まっている前を通り、応接間から連れ出した。二人きりになると、セバスチャンを軽く揺さぶった。「大丈夫? セバスチャン?」

「大丈夫」セバスチャンは絞り出すように言った。「本当だよ、ジュリエット、大丈夫だ」

「大丈夫には見えないわ」

「仕方ないだろう?」セバスチャンは言葉を切り、呼吸を整えようとした。「皮肉だと思わないか? だって僕は……君にあんなことをして、君の人生を台なしにした。それが、すべて無意味だったんだ! そう思うと……思うと……」

「モーガンにキスしたくなる?」

「何だって?」

「セバスチャン、わからない？　家族への義務と義理と責任に対するあなたの妙な考えがなければ、私たちは出会うこともなかったのよ。私たちがロンドンで知り合う可能性がどれだけある？　ゼロだわ。それに、どっちにしてもクラウチは私を誘拐させていた、誰か卑劣な密輸業者にやらせていただろうって、あなたも自分で言っていたじゃない。だから、私は〝すべて無意味〟だったなんてまったく思わない。むしろ、こうなって本当によかったと思っているわ」

セバスチャンはぽかんとジュリエットを見つめた。「でも、僕は君の人生を台なしにした！　噂、嘘……」

「悪かったと思ってる？」

「当たり前だろう！」

「じゃあ、全部許すわ」

セバスチャンは目をきらめかせてジュリエットを抱き寄せた。「ナイトンの言うとおりだよ。僕は君にはふさわしくない」

「確かにそうかもしれないわね。でも、私はもうあなたから離れられないんだから、あとは慣れるしかないわ」

セバスチャンは笑い、顔を傾けてキスしようとしたが、ジュリエットはその唇を指で制した。「グリフで思い出したんだけど……」

セバスチャンはうなった。「縁起でもない」

「ウィンブルドン・コモンを出てからずっと気になっていたことがあるの。昨夜、あなたはグリフの手から拳銃を撃ち落とすと言っていたわ。どうして方針を変えたの？」

セバスチャンはジュリエットの顔を両手ではさんで揺すりながら、泣きたくなるほど優しい顔でほほえんだ。「君に、私を信じてと言われたから。だから、信じたんだ」

ジュリエットは息をのんだ。「本当に？　生まれて初めて主導権を放棄して、グリフが自分を撃たない可能性に賭けたということ？　私がそう言ったからという理由で？」

「いや。僕がそうしたのは、君を愛しているからだ。それ以外に理由はない」

セバスチャンに抱きしめられてキスをされ、最初から彼の中にあるとわかっていた優しさをたっぷり感じたジュリエットは、それはみんな同じよ、と思った。愛以外に理由はない。

エピローグ

〝良妻を得ることは、男をだめにする数少ない手段である〟
ジュリエットの刺繍《ししゅう》用の引用集に夫が記したエウリピデス作『アンドロマケ』の一節

チャーンウッド館に郵便が来ると、ジュリエットはグリフからの手紙を見つけて歓声をあげた。それが意味するところはただ一つ……ロザリンドの赤ちゃんが生まれたのだ！ 姉があとから詳しい手紙を送ってくれると知りながら、義兄の乏しい説明を貪るように読む。読み終えると喜びのため息をつき、ふくらみつつある自分の腹をさすってから、急いで屋敷を出て西の芝生に向かった。

セバスチャンとモーガンは塗装された二つの標的に向かって立ち、自分たちのほうにゆっくり歩いてくるジュリエットには気づかなかった。セバスチャンがモーガンのためにデザインした新しい拳銃を試すのに忙しいのだ。モーガンはまたも拳銃をなくしていた。今回はどこかの貴族の依頼で、コーンウォールで追いはぎを追っている最中のことだった。

モーガンは間違いなく厄介事を生き甲斐《がい》にしていた。セバスチャンは何でも思いどおりにすることはあきらめたものの、弟に対する責任は手放していなかったので、心配が絶えなかった。

そんなセバスチャンの姿を見て、ジュリエットの愛はいっそう募った。

二人に近づくと、テーブルに拳銃が一挺《ちょう》のっているのが見えた。ジュリエットはすばやくそれを取り、弾がこめられているのを確かめると、標的を撃った。二人は飛び上がった。

煙が晴れると、セバスチャンが振り向いてジュリエットの手から拳銃を取り上げた。

「赤ん坊のことを考えろ！　暴発したらどうする？」

「あなたがデザインした拳銃が暴発したところはまだ一度も見ていないわ」ジュリエットはいたずらっぽく言った。「それに、今も撃てるかどうか試してみたかったの」

モーガンは標的に目をやった。「素人にしては悪くない」

ジュリエットはモーガンに笑いかけてから、グリフの手紙をセバスチャンに渡した。

「ロザリンドの赤ちゃんが生まれたわ。女の子よ。名前はウィニフレッドですって」

「ウィニフレッドは喜ぶだろうな」セバスチャンはすばやく手紙に目を通した。「ただ、ウィニフレッドの才能が女性の妊娠を助けることだけだといいんだが。もし予知能力まで備わっているとしたら、僕らはあと五人も子供を授かることになってしまう」

ジュリエットは笑った。すっかり忘れていたが、ウィニフレッドはセバスチャンに〝六人子供を授かれば〟云々《うんぬん》と言っていたのだ。「私は別に構わないわよ」手を伸ばし、風に乱れた夫の髪をなでつける。「小さなブレイクリーきょうだいがわらわらとチャーンウッド館を走り回っている光景は悪くないわ」

セバスチャンは眉を上げた。「君の刺繍にジャムをつけて、絨毯《じゅうたん》に泥の跡をつけても？」

「何とかするわ」ジュリエットは言い返した。

「そうだな、君なら何とかできる」セバスチャンは言い、身を屈《かが》めてキスをした。

モーガンが咳払《せきばら》いをした。「君たちはいつもそんなにいちゃいちゃしているのか？」

ジュリエットは笑った。「モーガン、あなたも試してみるといいわ。ことあるごとに死に向かって疾走するよりずっと危険が少ないもの」

「かわいい人《シェリ》、僕の心配をしてくれるのかい？」モーガンはからかうように言った。

「おい、この野郎、妻にそのフランス語を使うんじゃない」セバスチャンはたしなめるふりをした。「その言葉が女性にどんな効果があるのかは知っている」

「私は違うわ」ジュリエットは反論した。「何も感じない」

モーガンが近寄ってきてささやいた。「シェリ、僕が先に君と出会っていたら、まったく違う展開になっていただろうね」

ジュリエットはふざけてモーガンを押しのけた。「そんなこと、絶対にないわ」

モーガンはセバスチャンを意地の悪い目つきで見た。「兄さん《モン・フレール》、去年僕が早めにイギリスに着いていなくてよかったな。ジュリエットは本物のモーガン・プライスに恋をして、兄さんは恋人を作ることができず、このおんぼろ屋敷だけを伴侶にするはめになっていただろうから」

ジュリエットは首を横に振った。「すぐに違いに気づいたわよ」

「そのとおりだ」セバスチャンはうなずいた。「誘拐したのは僕じゃないと何度も思わせようとしたのに、何をしても何を言っても、ジュリエットは信じてくれなかった」

「当たり前だ。そのときは比較対象の僕がいなかったんだから」モーガンはきりっと背筋を伸ばした。「それに、僕は兄さんとは話し方も服装も違う。でも賭けてもいい、二人とも同じような服装で黙って出てきたら、かわいい奥さんには見分けがつかないはずだ」

ジュリエットは腕組みをした。「その賭に乗るわ。私はモーガンの大群の中からセバスチャンを見つけることができるもの」

「本当に？」モーガンは兄とそっくりの動きでふんぞり返った。「いいだろう。賭の条件はどうする？」

ジュリエットは少し考えてにっこりした。「私がセバスチャンを当てられたら、あなたは一年間イギリスを出ず、厄介事に首を突っこまない。冒険はなし。追いはぎの追跡もなし。ロンドンでもシュロップシャーでもいいから、おとなしく普通の生活をするの」

モーガンは顔をしかめた。「厳しい条件だな。それで、もし当てられなかったら？」

「そのときはセバスチャンが資金を出すから、好きな国で壮大な冒険をしてきてちょうだい。インドに行って象に乗ってもいいし。お望みなら首の骨を折ってもいいわ」

「おいおい」セバスチャンが文句を言った。「これは僕が言い出したことじゃないぞ。どうして僕の懐が痛むんだ？　インド旅行なんて……それにはずいぶん大金が——」

「価値があると思えることじゃないと、モーガンは賭に乗ってくれないわ」ジュリエットは言った。「ほかにどんな提案をすれば、モーガンの気を引くことができるというの？」

モーガンはいたずらな笑みを浮かべた。「もちろんほかにもあるよ——」

「弟《モン・フレール》よ、それだけは許さない」セバスチャンは弟のフランス語を完璧にまねてどなった。「わかった。そうしよう。でも、それは僕がジュリエットを信じているからにほかならない」

「モーガン、わかった？」ジュリエットはからかうように言った。「あなたには勝てないわ。本当にこの賭をする？」

「ふうむ、当てずっぽうでも正解率は五割か」

「当てずっぽうはしないわ」

「じゃあ、公平を期すために、三回正解しなきゃいけないことにしよう。それなら、当てずっぽうが当たる確率を下げることができる」

「わかった」ジュリエットは即座に同意した。「その条件をのむわ」

「おい……ジュリエット」セバスチャンが隣でささやいた。「本当に大丈夫か？」

「もちろん」

セバスチャンはジュリエットほど自信はなさそうだったが、それでも肩をすくめて言った。「まあ、取られても金だからな」そして、モーガンとともに屋敷の中に戻った。

最初に二人が出てきたときは、笑えるくらい簡単だった。モーガンはクラヴァットを結んでいたが、セバスチャンにはできないような凝った結び方だったので、ジュリエットは一秒で夫を見分けることができた。

ジュリエットはそのあと、モーガンの間違いを指摘せずにはいられなかった。勝負は公平に行いたかった。モーガンのほうも、この試しの一回を快く勝負に組みこんでくれた。

二回目は二人ともボッグズに着せてもらったらしく、服装は隅々までそっくりで、髪も同じ形に櫛《くし》が入れられていた。ジュリエットが数秒で答えを出すと、モーガンは叫んだ。

「今のはたまたまだ！」

「チャンスはあと一回あるわよ」ジュリエットはにやにやしながら言った。

三度目に出てきたとき、ジュリエットはしばらく二人を眺めてから、笑って言った。

「これは簡単すぎるわ」夫の前に歩いていき、唇にまともにキスをした。

モーガンが隣で騒いだ。「くそっ《サクレブルー》、どうしてわかるんだ？」

ジュリエットは夫の満足げな笑顔を見上げた。「目よ。セバスチャンの目には、責任感の強さが見えるの」モーガンに向かって眉を上げてみせる。「でも、あなたの目にはいたずらの色しか見えないわ」

セバスチャンは笑ってジュリエットを抱き寄せた。「モーガン、降参したほうがいい。自分の夫を目の色だけで見分けられる女性にはかなわないよ」

「レディ・テンプルモア、いんちきをしましたね」モーガンは冗談めかしてジュリエットを責めた。「方法はわからないが、とにかくいんちきだ」

「もちろん、いんちきさ」セバスチャンはやり返した。「自分が間違えようのない問題で、おまえに賭をふっかけたんだからな。ジュリエットは天使のように無垢《むく》に見えるが、このかわいらしさの陰にはずる賢い女がひそんでいるんだ」

「それっていいことでしょう？」ジュリエットはセバスチャンに軽くキスをした。「ずる賢い女じゃないと、無鉄砲な男は捕まえられないんだから」

訳者あとがき

本書はサブリナ・ジェフリーズ著〝Swanlea Spinsters（伯爵令嬢の恋愛作法）〟シリーズ第三弾、『After The Abduction』の邦訳となります。〝誘拐後〟というタイトルどおり、前作『うたかたの夜の夢』で物語の中心となった誘拐事件のその後を描いた作品です。

『うたかたの夜の夢』では、ラブリック三姉妹の長女、ヘレナ・ラブリックが実業家のダニエル・ブレナンとロマンスを繰り広げましたが、そのきっかけになったのが三女ジュリエットの駆け落ち騒ぎでした。ウィル・モーガンと名乗る休暇中の軍人と駆け落ちした妹を追うことになり、その中で愛を育んでいったのです。ところが、実はそれは駆け落ちではなく、モーガンが身代金目的の誘拐の片棒を担ぎ、ジュリエットをその気にさせて連れ去ったというのが真相でした。ジュリエットはモーガンに夢中だったため、真実を知ったときはショックを受けるのですが、それでもなぜか彼を憎みきれず、後ろ髪を引かれたまま誘拐事件は幕を閉じます。それから二年後、ジュリエットが姉夫婦とともにモーガンを捜しに出かけるところから、本作は幕を開けます。

駆け落ち未遂を社交界に知られれば、未婚のジュリエットの体面は傷つき、まともな結婚が望めなくなってしまうため、一家は事件を表沙汰にせず、モーガンを訴えることもありませんでした。それですべてが終わったと思いきや、二年も経《た》ってから、家族以外はモーガンしか知らないはずのこの件をほのめかす噂《うわさ》が流れ始めたのです。過去を蒸し返され、怒りと悲しみを新たにしたジュリエットは、次姉のロザリンドとその夫のグリフ・ナイトンとともに、モーガンの後見人だというテンプルモア卿《きょう》、セバスチャン・ブレイクリーに会いに行きます。ところが、テンプルモア卿の顔を見たジュリエットは仰天してしまいます。何と、彼こそが、憎いながらも愛《いと》しいモーガンその人だったのです！

テンプルモア卿の説明で、モーガンは彼の双子の弟であり、誘拐後に乗った船が難破したため、すでに死んでいる可能性が高いことがわかります。確かに、テンプルモア卿のように広大な地所を持ち、人々の尊敬を集める立派な貴族が、密輸業者と交わったり、ましてや淑女を誘拐したりするなどありえない話だと、グリフたちも納得します。けれど、ジュリエットには信じられませんでした。いくら双子と言われても、かつて自分が愛し、一緒に旅をした男性を見間違えるはずがないのです。何とかテンプルモア卿に自分が誘拐犯であることを認めさせ、事件の真相を知りたいジュリエットは、あの手この手で真実を引き出そうと試みるのですが、テンプルモア卿にも一筋縄ではいかない事情があり……。

さて、この物語には〝決闘〟という言葉が頻出します。紳士たちは何かあれば決闘だと騒ぎ、実際の決闘の場面や、それで命を落としたという人物も登場します。というのも、この物語の舞台となっている一九世紀のイギリスでは、上流階級の紳士の間で決闘が広く流行していたのです。ヨーロッパでは古くから、殺人などの重犯罪の証拠が不十分だった場合の決着手段として、〝決闘裁判〟が正式な裁判手続きとして認められていました。神は正しい者に味方するという考えに基づくもので、制度自体はイギリスでは一九世紀初頭まで残っていたといいます。ただ、この物語に登場するような決闘はあくまで私闘であり、紳士が名誉を守るための手段として行われていました。実際に相手を殺すことよりも、決闘をしたという事実が重要であり、わざと弾が曲がるように作られた〝決闘用拳銃〟もあったそうです。現在の基準からすれば、ことあるごとに決闘と言われると、何を大げさな……と感じる部分もありますが、名誉を重んじる紳士ならではの習慣だったのでしょう。

本作には、シリーズ一作目と二作目の主人公だった次姉のロザリンドとグリフ・ナイトン、長姉のヘレナとダニエル・ブレナンのその後が描かれています。すでにその二作を読まれた方にとっては、それらの記述も興味深いことでしょう。また、誘拐事件の真相が明らかになるため、特に前作『うたかたの夜の夢』とは続けて読まれることをお勧めします。三姉妹のロマンスの完結編をどうぞお楽しみください。

二〇一三年四月

琴葉かいら

訳者　琴葉かいら

大阪大学文学研究科修士課程修了。大学院で英米文学を学んだあと、翻訳の道に入る。主な訳書に、ヴィクトリア・ダール『モリーの言えない秘密』『天才富豪とローリの真夏の約束』『地味秘書ジェーンの願いごと』（以上、MIRA文庫）などがある。

★　★　★

伯爵令嬢の恋愛作法 Ⅲ
ジュリエットの胸騒ぎ
2013年4月15日発行　第1刷

著　　者／サブリナ・ジェフリーズ
訳　　者／琴葉かいら（ことは　かいら）
発 行 人／立山昭彦
発 行 所／株式会社 ハーレクイン
　　　　　東京都千代田区外神田 3-16-8
　　　　　電話／03-5295-8091（営業）
　　　　　　　　0570-008091（読者サービス係）
印刷・製本／大日本印刷株式会社
装 幀 者／伊藤雅美

ISBN978-4-596-91541-2

伯爵令嬢の恋愛作法 I
お気に召さない求婚
サブリナ・ジェフリーズ
山本翔子 訳

伯爵家を守るため誰かが結婚しなくては。だが、姉や妹を犠牲にはできない…逡巡するロザリンドの前に遠縁の男と従者が到着する。新3部作スタート!

伯爵令嬢の恋愛作法 II
うたかたの夜の夢
サブリナ・ジェフリーズ
小長光弘美 訳

伯爵令嬢ヘレナが窮地で頼った相手は、成り上がりの投資アドバイザー、ダニエル。放蕩者の彼と夫婦のふりをするはめになり…。話題のシリーズ第2話。

オニキスは誘惑の囁き
シャーロット・フェザーストーン
立石ゆかり 訳

平穏で安定した結婚を望んでいたはずのイザベラ。ある日、妖しい魅力を放つ謎めいたブラック伯爵と出会い、秘めていた情熱が疼きだすのに気づくが…。

黒の貴婦人
ジュリア・ジャスティス
青山陽子 訳

熱いキスで彼が愛に目覚めたと思ったのに…。長年の片思いに終止符を打つため、男爵令嬢は黒衣で正体を隠し、忘れられない一夜を過ごそうと決心する。

ひと芝居
ジョージェット・ヘイヤー
後藤美香 訳

18世紀、若い女相続人を救ったのは青年に扮した姉と令嬢に扮した弟。美しい〝兄妹〟は英国社交界を見事にだまし通せるか!? G・ヘイヤー初期作。

花嫁たちに捧ぐ詩
メアリー・ジョー・パトニー
キャンディス・キャンプ
シャーロット・フェザーストーン

キャンディス・キャンプが描く超純愛プロポーズに、メアリー・J・パトニーの〝怪物〟公爵との政略結婚など。19世紀のウエディング物語を豪華に3編収録!